Heiner Müller

TANIGAWA Michiko
YAMAGUCHI Hiroyuki
KOMATSUBARA Yuri

TAWADA Yoko
HONDA Masaya
SAITO Yumiko
TANIGUCHI Sachiyo
ICHIKAWA Akira
SAKAGUCHI Katsuhiko
SHIBUKAWA Maron
KAWAGUCHI Tomoco
KOYAMA Yuna
MIURA Motoi
YANAGI Miwa

谷川道子
山口裕之
小松原由理
編

多和田葉子／ハイナー・ミュラー

演劇表象の現場

多和田葉子

本田雅也
齋藤由美子
谷口幸代
市川 明
坂口勝彦
渋革まろん
川口智子
小山ゆうな
三浦 基
やなぎみわ

東京外国語大学出版会

はじめに

谷川道子

何故、ハイナー・ミュラーと多和田葉子なのだろう。

かたや、いまはなき東ドイツでブレヒトの後継者として、東西体制の壁と文学や演劇のジャンルの壁をともに根底から揺るがして逝った劇作家ハイナー・ミュラーM。かたや二二歳からドイツに渡り、ドイツ（語）と日本（語）の間を壁ぬけするように文学活動を自在に展開し、いまや世界を〈ミツバチ葉子〉のように飛んで受粉させていく多和田葉子T。この両者の間にどういう関係性の糸が紡がれているというのだろうか。

アリアドネの導きの糸は、やはり『ハムレットマシーンHM』だ。ミュラーが一九七七年に『ハムレット』のドイツ語訳上演台本を頼まれて、それが東ベルリン・ドイツ座で上演された。並行した「強迫観念」への鬼子のように生まれて西ドイツの演劇雑誌に発表され、「これ、何だ?」と地下浸透のように演劇の根底を揺るがしていったわずか三頁の謎の塊のような〈戯曲〉？「私はハムレットだった」……。

「あ、これだ」と引っかかったのは、多和田葉子も同じだったらしい。しかもあのベルリンの壁まで揺れて壊れた一九九〇年に、ハンブルグ大学での修士論文として書き始めたのが「ハムレットマシーン（と）の〈読みの旅〉」だ。九一年に書き上げて文学修士となった。しかも同じ年にその間に並行して書き上げていた『犬婿入り』で芥川賞受賞！「何、この凄さ！」と驚かされる。このアリアドネの糸にも導かれた。多和田の修論「ハムレットマシーン論」を三〇年近くも抱え込んで、やっと二〇一九年に共同邦訳して、東京・両国のシアターX（カイ）での晩秋のカバレットで「ハムレット・マシーネ　霊話バージョン」まで演じて貰えることとなった。「わたし　だった　ハムレット／わたし　立った　湘南海岸…」。この二つを合わせ鏡にして、その間の窓からTとMの〈演劇表象の現場〉を考えられるのではないかと思い立ったのが、…TMP。

本書は、そういった謎解きへのチャレンジである。全体の構想は次の通り。

「序」で、多和田Tとミュラー Mのおおよその関わりを描述する。

第Ⅰ部「Relektüre ——再読行為としての〈読み〉」では、その多和田葉子の修士論文「ハムレットマシーン（と）の〈読みの旅〉」全邦訳と、それに多和田が書下ろしたエッセイ「わたしが修論を書いた頃」。そして、それらを受ける形で気鋭の八名の論者にTとMをめぐっての自在な論考を開陳していただいた。旧来の文学規範を超える両者の位相が、万華鏡のように煌めくようだ。

第Ⅱ部は「Homo Theatralis ――演劇表象の現場から」。TMPは、再読行為である演劇実践の現場との呼応・表象関係の中で、TとMの展開とその射程を現在形で測るべきプロジェクトとして構想された。始動と大枠は二〇一九年春からのやなぎみわ巡回展『神話機械』で、中核が多和田葉子のカバレット「ハムレット・マシーネ　霊話バージョン」の上演台本と、若い世代の多和田演劇上演の演出ノート。コロナ禍もあって、劇団地点のユニークな『ハムレットマシーン』の台本抜粋と、最後はやなぎのMM（Myth Machines）の上演台本で締めくくられることとなった。

演劇性とは、本来が相互理解と発話・対話・表象のためのものであり、人間には必須・必要であるという思いが、〈ホモ・テアトラーリス〉という語には込められている。コロナ禍のいまなおさらに。演劇表象と人間の在り方へのより自在で拓かれた可能性の追求という課題だろうか。

目次

多和田葉子／ハイナー・ミュラー　演劇表象の現場

第I部 Relektüre――再読行為としての〈読み〉

論考

第Ⅱ部
Homo Theatralis——演劇表象の現場から

序

多和田葉子の〈演劇〉とは何か

演劇表象の現場

多和田葉子とハイナー・ミュラー

TANIGAWA Michiko

谷川道子

0　出発点の謎

「私はハムレットだった。岸辺に立って、寄せては返す波とおしゃべりしていた、ブラーブラー、背後には廃墟のヨーロッパ。鐘の音が国葬を告げている」……、誰が語るかの指定すらなくこう始まる、原文ではわずか三頁余の極小のテクストが、一九七七年の旧西ドイツの代表的な演劇雑誌「テアター・ホイテ」にひっそりと掲載された。一体これは何なのだろうと私も思った。その謎のテクストが、ブレヒトの後継者とみなされていた東ドイツの劇作家ハイナー・ミュラー（一九二九―一九九五年）の『ハムレットマシーン（以下ＨＭ）』である。

東ドイツでは刊行も上演もされなかったが、西側でいわば謎の塊として独り歩きしていく。翌七八年には西ドイツ・ケルン市立劇場での上演が挫折して、何故頓挫したのかが一冊の本になった。七九年にパリでのジュルドイユによる初演を契機にさまざまな挑戦が相次ぎ、八六年にはアメリカポストモダン演劇の旗手のウィルソンによるニューヨーク大学の学生による舞台化がヨーロッパを巡演して話題になる。そして八九／九〇年に、ミュラー自身の『ハムレット（Ｈ）』翻訳台本にＨＭを挿入させた『ハムレット／マシーン（以下Ｈ／Ｍ）』が、東ベルリンのドイツ座でミュラー演出の八時間余の舞台として上演され、その間に東ドイツの民主化運動とベルリンの壁崩壊、ドイツ統一＝東ドイツの消滅へと、時代状況は激変していった。日本でも一九九〇年春に、このＨＭを梃子にして、現在の演劇の抱える問題を考えようとするＨＭＰ（ハイナー・ミュラー・プロジェクト）が起動した。[1]『ハムレットマシーン（ＨＭ）』は結果として、二〇世紀末ヨーロッパを穿ち、二〇世紀後半の演劇概念の揺れと東西冷戦体制の〈壁の崩壊〉も貫いて、欧米日を席捲していったことになる。今なおあちこちで日本でもくすぶり燃え続けている。これは何故だったのだろうか。何が時代演劇の根幹に触れたのか、偶然か、必然か、探る価値はあろう。

さて一方、多和田葉子（一九六〇年―）は芥川賞作家で、一九八二年に二二歳でドイツに移り住んで以来、日独をさまざまな意味で往還しながら、ドイツ（語）と日本（語）で活躍している作家である。のみならず、いつしか活躍の場は『地球にちりばめられて』の題のように、日独のみならず、世界各地で翻訳され、朗読会や講演会やパフォーマンス、シンポジウム、国際会議で活躍している。国境などないかのごとく、地球という世界劇場を自在に飛び回って言葉と文学営為を運んでそれぞれ交互に受粉させていく「ミツバチ」[2]のような存在だ。そして世界中で様々な受賞……数知れず。近年は「世界文学」として読まれ、地球の各地で「多和田葉子」は盛んに博士論文のテーマにも選ばれている。

実は、一九九一年に多和田がハンブルク大学に提出した修士論文が、「ハムレットマシーン（と）の〈読みの旅〉（以下ＨＭ論）」であった。――つまり、多和田がドイツ移住直後に、まずは研究考察の対象として選んだのが、ＨＭだったのだ。そのＨＭ論と並行するかのように、『かかとを失くして』や『犬婿入り』などで芥川賞作家多和田葉子が誕生していった。それはどういうことだったのだろうか。「演劇表象性」とはどう絡むのだろう。

そして、そのほぼ三〇年後に、多和田葉子のカバレット台本「ハムレット・マシーネ　霊話バージョン」が書かれ、二〇一九年一一月には東京は両国のシアターＸ（カイ）で上演された。こういうカバレットや朗読・講演会のようなパフォーマンス活動は、多和田はすでに二〇年以上も続けていて、多和田の文学営為の中核ともなっているし、あまり知られていないが、戯曲も数多く書いて上演されている。

この多和田葉子のＨＭ論とカバレットＨＭ――両者を合わせ鏡にして、その窓から見えてくるかもしれないこの間の三〇年間というトポスと関係性は、あらためて考察してみるに値するのでではないか。壁の崩壊と東西冷戦終結からも三〇年。九五年にミュラーは逝き、没後二五年、生誕九〇年。多和田は生誕六〇年。ますます見えなくなる世界の中で、〈ミツバチ葉子〉は飛び跳ねている。

そもそも〈ミツバチ葉子〉のような物書き・作家存在は、どういうことで、どのように生まれ、件のHMとどう絡むのか。いつしか何故か多和田とミュラーへの関心はどこからか並存・クロスし始めたような感もあるので、まずは導入の本書巻頭論考として、そのざっくりした謎ときの探りから始めさせて頂きたいと思う[3]。

ことに多和田自身の公式ホームページは本人によって随時更新編集されているようで、彼女はどこで何をしているのだろうということを知りたいときには、いつもそこを検索する。世界あちこちでのシンポジウムやワークショップ、講演会などのYouTube映像も実に興味深い。自筆年譜やメルアドなども含めてすべてがオープンに供されている。その在り方自体が、世界という劇場における演劇的存在(「ホモ・テアトラーリス」)ではないか。

いわば本論は、そういうものをも参照しながら、ハイナー・ミュラーとの関わりも含めての、あえて時代状況のコンテクストを背景にした、演劇的な視角からの〈ミツバチ葉子〉探しの旅の試みである。ゆえに「越境の人ミュラー」探しの旅は、市川明・小松原由理・坂口勝彦・渋革まろんなどの各氏の論考にも託したい。

1 生まれと育ち方？　書き方？

いまさらだろうが、多和田自筆の〈ご本人に「作家は嘘をつく」と言われようが！〉年譜に拠ろう。一九六〇年に東京に生まれ、国立市立小学校入学。父親が書籍に関わる仕事をしていたせいもあるか、読書に熱中。九歳で「小説家になりたいと思う」。中学で小説のようなものを書いて自分で製本していた。立川高校では第二外国語としてドイツ語を選択。自作の小説を印刷製本したり、戯曲で演劇祭に参加したり。早稲田大学では文学部ロシア文学科に進学。ドイツ語も語学研究所で続けて、教えた子安美知子先生から、すごい面白い学生がいるのよ、という話も聞こえてきた。一九八二年に卒業すると即、海外を一人旅しながら、五月に夜行でハンブルク到着。翌日からドイツ語本の輸出取次会社に就職。

すでに九歳にして「作家への意思」を軸芯に、「読書／読むこと」と「言葉への興味」と「旅する楽しさ」が三位一体となって、それにさまざまな偶然・必然の出会いと体験・努力が養分として吸い取られて〈ミツバチ葉子〉が育っていった。

そうして二二歳で始まったドイツ時代

一九八三年秋には働きながらハンブルク大学の授業に出始める。八五年に日本学研究者のペーター・ペルトナーと知り合い、ドイツに来てから日本語で書いた詩のドイツ語訳が始まる。

チュービンゲンの出版社コンクルスブーフ（「破産出版」の意）の編集者クラウディア・ゲルケと出会う。ペルトナーとの共著二か国語の詩集 ***Nur da wo du bist da ist nichts***（『あなたのいるところだけ何もない』）が八七年一〇月にコンクルスブーフ社から初刊行。この二人とは仕事のうえでも終生の仲間であり続ける。多和田のドイツ語での出版はこのときからほぼこの出版社から出ているし、出会いの成り行きが共著の本になる。この楽しく美しい本の在り方がそもそも象徴的か。

多和田の詩と短編とペルトナーの独訳が、日独両語の合わせ鏡になった、原語の二つの根っこを持った本。原作者と翻訳者の共同作業による、ピンクの挿入ページや重ねると別の詩が見えてくるセルロイド板のおまけまでついて、遊び心と悪戯心にあふれたこの本には、目次の後に「はじめに又は使用許可書」が付いている。

めくることとめぐること、めぐむこととめぐりあうことの関係に心を巡らせながらこの奇妙な本、横文字に挟まれながら、その狭間を上から下へ雨と降る日本語の文字のイラストとしての役割とオリジナルであるという仮面、詩は一編ごとにドイツ語に追いかけられ、訳される時間に掛かる時間は抜かれ、しかも一方は前から後へ、もう一方は後から前へと語られる、ふたつのテクストはひとつの穴をはさんで向かい合う二枚の何も映さない鏡、めくり続けるうちに本そのものがひとつの穴になってしまう本当の対訳詩集を夢みながら、できあがった〈これ〉をあなたに贈ります。

言葉の絵本のような〈これ〉=ドイツでの最初の本は、二言語と二文化の狭間に立つというその後の多和田葉子文学の構成原理の宣言の書ともとれるだろう。

自書を刊行すると公開朗読会をするのがドイツでは恒例らしく、〈これ〉で初めてペルトナーがドイツ語を、多和田が日本語を読み、質疑応答という形式で、フランクフルトを始め四か所で開催。ドイツ語の小説 *Das Bad* も出て一九八八年は一六回にもなった。

しかもこのドイツでの次作は、多和田の小説のペルトナーによる独訳本。いわば原作出版のない翻訳文学だ。九〇年にはハンブルク文学奨励賞、九三年にはドイツ語で自ら書いた小説 *Ein Gast*（『客』）の刊行に、戯曲 *Die Kranichmaske die bei Nacht strahlt*（『夜ヒカル鶴の仮面』）がニュルンベルク市立劇場で初演され、さらに九三年に日本（語）で『犬婿入り』が芥川賞受賞。日本とドイツで同時並行的にしかも多ジャンルで高い評価を受ける稀有な作家多和田葉子が誕生していくことになる。その間に介在しているのが実は、ブレヒトの後継者と目された旧東ドイツの作家ハイナー・ミュラーのようなのだ。

2 ハイナー・ミュラーとの出会い・触れ合い

一九八六年にハンブルク大学のドイツ文学科の教授ジークリット・ヴァイゲルのゼミに初めて参加。ベンヤミンを核に現代文学理論を専門とする彼女のもとで「バルト、クリステヴァ、トドロフ、サイードを読んだ」とある。そしてハイナー・ミュラーのテクストに出会い、「あ、これだ」と思ったという。八九年にミュラーの『画の描写』についてのレポートを書き、一九九〇年に修士論文「ハムレットマシーン論」執筆開始。

戦後近代からの転換としての一九八〇年代後半

一九八〇年代後半といえば、いま思えば、ある意味で戦後近代からの大転換点だったかもしれない。東西冷戦体制の揺れ戻しの中で、西側は新自由主義体制への移行からバブル経済とその崩壊へ、東側はゴルバチョフの登場で社会主義陣営の民主化運動が可能かと目指され激化し、八九／九〇年のベルリンの壁崩壊から東西冷戦体制の崩壊へと向かう。奇しくも天安門事件や昭和の終わりとも重なった。しかし東西冷戦体制の終結が国際平和につながりはしなかった。ゴルバチョフとブッシュの「冷戦体制終結の署名」の翌年には、ブッシュはイラン爆撃を開始し、中東紛争の一層の拡大は難民移民の群れとディアスポラ状態に移行、ユーゴ紛争も始まっている。チェルノブイリ原発事故は一九八六年。ますます世界は液状化して先行きは見えなくなった。

芸術文化思想のうえでも、記号論やテクスト理論、受容美学、構造主義、ポスト構造主義などの現代思想が関心を集めて、旧来の思考の枠組みからの「パラダイム・チェンジ」が模索・喧伝される。フェミニズムにおいても、クリステヴァやイリガロイ、バトラーなどポストフェミニズムに到るまでのジェンダー研究の登場と展開が顕著になったときだ。

たまたま私もその頃に西ドイツのケルン大学に在外研修していた。例えば演劇科若手の助手は、ミュラーの『ハムレットマシーンＨＭ』をケルン市立劇場で一九七八年に上演しようとして挫折した経過や原因を *HM-Heiner Müllers Endspiel*（『ＨＭ・ミュラーの勝負の終わり』）（Köln, 1979）を編者として刊行したテオ・ギルスハウゼンその人で、授業のゼミではミシェル・フーコーの『知の考古学』などのドイツ語版で演劇の考古学を？　学生たちと議論していた。近くのボーフム市立劇場の監督が六八年世代の旗手のクラウス・パイマンで、ミュラー作品もさかんに上演されていた。東ドイツで出版上演禁止が続く中、ＨＭもその一つだったが、ミュラーは当時、西側で注目・紹介・上演され始めていたし、私も東西で舞台化されるミュラー作品の面白さ、演出家としてのミュラーの力量の高さ・自在さにも恐れ入ったものだ。

そして一九九〇年

多和田葉子は書いている。一九九〇年一〇月「東西ドイツが統一されるが、他人事のようにしか思えない、旧東ドイツのライプツィヒとドレスデンから朗読に来てくれという手紙が来て、行ってみて驚く」。何故か、なるほどと思った。建国四〇周年を祝った一九八九年の秋の民主化運動から壁の崩壊と九〇年の自由選挙と通貨統一を経てのドイツ再統一への展開は、すべてがあまりにあっけなくて、私も同様だったからだ。世界の反戦・平和と国民の民主・平等の実現を目指した国家は四〇年後に、自由の不在を問われ、国民に見捨てられたのか。二〇世紀の社会主義の実験は、資本主義の経済原理にあえなく屈したのか。

統一自由選挙の一九九〇年三月一八日の直後に、ミュラーが演出した『ハムレットH』に『ハムレットマシーンHM』を挿入合体させ、時代と演劇の両者の裂け目と関わり合う八時間余のドイツ座『ハムレット／マシーン〈H／M〉』が二四日に初日を開けた。この『H／M』のメーキングフィルムを撮ろうとしていたクリストフ・リューター監督の映画は、『関節の外れた時代』という題の〈壁の崩壊／ドイツ統一〉をめぐるドキュメントとなった。この『H／M』の舞台を多和田は六月のフランクフルトでの実験演劇祭「エクスペリメンタ7」において観たという。その後の八月に日本でIVG（国際独文学会）が東京で開かれ、多和田は「ハイナー・ミュラーと能」の関係について発表し、ミュラー本人とも知り合いになったとか。その論は多和田HM論の第五章に組み入れられるが、一一月にその修論が第五章に入ったところで、日本語の小説が書きたくなり、『かかとを失くして』を執筆、これが多和田の最初の日本語小説として九二年五月に群像新人文学賞を受賞。修論は九一年一月末にハンブルク大学に提出していた。もろもろの審査を経て修士課程を修了したのは九二年一一月。そして九三年一月にはその間に書き上げていた『犬婿入り』で芥川賞受賞。想像しただけで、その年月の時間の密度の濃さに驚く。想像してみようか。

3 多和田「HM論」の構成と概要：〈再読行為〉／リ・レクチュール

その多和田の修士論文が *Eine „Lesereise" (mit) der Hamletmaschine. Intertexualität und Relektüre bei Heiner Müller*（HM論）。本書に所収した我々の共同訳「ハムレットマシーン（と）の〈読みの旅〉――ハイナー・ミュラーにおける間テクスト性と〈再読行為〉」である。A四判タイプ版で一四六頁のこのドイツ語修論は、ちょうど一九八九／九〇年の「壁の崩壊／ドイツ再統一」を挟んで、自筆年譜によれば九〇年二月に開始され、九一年一月に提出されたということになる。その間に、前述のような多産・充実・集中ぶり――これは何を意味するのだろうか。蛇足ながら、この修論執筆のために毎月五〇〇マルクの奨学金が一年間もらえることになったという。開かれた教育と文化のドイツなればこそだろうか。

そもそも多和田の文学営為は、最初から、日独語の狭間で、「かかとを失くして／国籍を疑いつつ前のめりになって」、自分の言葉を探り探す作業、〈翻訳〉とは何ぞやという疑念・葛藤から生まれたのではないか。本を刊行すると朗読会を開くのが当たり前というドイツで、日独語合わせ鏡のような本でデビューした多和田は、それゆえ朗読会でも、その両語とそのはざまで、文字だけでなく音声や身振りでのコミュニケーションを探っていくことになる。言葉との戯れの行為がつねに読みの瞬間・パフォーマンスの瞬間における即興的な産出でもあるように、多和田葉子の文学は演劇表象というジャンルとの関係をつねにそのうちに保っているのではないか。そもそもそれが、「あ、ミュラーだ」、と思った所以ではないか。

テクスト「HM（と）の読みの旅〈再読行為〉」

この多和田のHM論は、そのミュラーのHMやH／Mが産まれたコンテクスト／歴史的な文脈に擦り寄ったりすることなく、見事なまでにテクストそのものに収斂し、ミュラーのHM（と）の〈読みの旅〉に徹する。ここで提示される「HM（と）の読みの旅〈再読行為〉」は、ミュラーのテクストへの沈潜と解体による貴重なHM論であると同時に、多層的・多義的・産出的な読みの行為そのものが、その後の多和田葉子の文学活動における演劇のポジションを予示するものともなっていよう。だがともあれ多和田葉子はここでは、HMというテクストを、上から、下から、横から、斜めから、〈読み〉に〈読む〉――〈リ・レクチュール（再読行為）〉。むしろそれが、HMが置かれた歴史状況的な文脈そのものだからだ。

この修論の前半第一章〜第三章は、もろにテクストの独特精緻な「再読行為」の在り方を示している。

まず第一章は、HMの人物像、とりわけハムレットとオフィーリアを中心に、その解釈・受容史によってつくられてきたイメージを、ゲーテ、フロイト、クリステヴァなどの論を駆使しながら、原資料とされる「アムレトス伝説」や、もちろんシェイクスピア原作に関連させつつ、フロイト曰くのハムレットと「エディプス・コンプレックス」系、オフィーリアと「エレクトラ・コンプレックス」系を軸足に、ギリシア神話との関わり方をも、自在に読み解く。次第に多和田の読みは、HM終景の第五景オフィーリア／エレクトラにフォーカスしていく。何故？「斧を次から次の肉に突き立てて穴を作る男たち」と違って、女たちには「もう一つの穴」／「墓」／「言葉にならない狂気の歌」がある。第二景の「私は……オフィーリア。川に受け入れられなかった女」、「きのう私は自殺するのをやめました」から、第五景「こちらはエレクトラ、暗闇の中心から」発信する女へ。その間の第三景には「死んだ女たちの回廊（バレエ）」。「ハムレットは彼らを美術館の観客のような態度で眺めている」。多和田の読む、基本的なHMの神話的布置が浮かび上がってくる。「HMの核心にあるのは階級闘争でも民族紛争でもなく、両性の闘いなのだから」。――このHMの隙間から、昨今のポストフェミニズムの展開に重ねたクィア作家としての多和田の独自な位置に光を当てたのが本書の小松原由理論考だろうか。その背後にベンヤミン思想の確固たる存在を浮かび上がらせたのが山口裕之論考だ。

ところで第二章は、HMにおけるさまざまな「再読の道標としての〈引用〉」について、ことにミュラー自身の作品からの、なかでも東独初期の社会主義建設現場を扱った『建設』（一九六三／六四年）と、一九二五年のソ連建設期のフュードル・グラトコーフ作で二年後に独訳された原作にミュラーが合間にギリシア神話からの素材を挟み込んだ『セメント』（一九七三年）を、梃子にする。新時代建設とは実態としてはどういうことかを「生産劇」として描き続けてきたミュラーは、ここ『セメント』に、内戦から家族の懐に凱旋帰還した夫チュマーロフと、「解放された女となった」妻ダーシャとの葛藤を描く。ベンヤミンはこのグラトコーフの小説に卓抜な書評を書いている――「命令したり支配したりする力が本当に女性的なものになるなら、この力が変化し、世界の年齢が変化し、女性的なもの自体が、変化するだろう。（中略）その顔貌とはひとつの政治的な謎、もしそう言いたければスフィンクスの顔（後略）」（一九二七年）。

ジェンダー、女性解放のこのテーマは当然、HMにオフィーリア／エレクトラとして引き継がれるが、第一章の過去伝承神話からの〈読み〉に、第二章のミュラー／我々現在形二〇世紀からの〈読み〉のHMが逆照射される。多和田はこう結ぶ――「HMは壁がなく、ただ開け放たれた窓だけで構成された建物にたとえることができる。その窓が〈引用〉なのだ。HMは一つ一つの言葉、一文一文、一人一人の人物を通して、もう一つ別のテクストと交信しているのである」。そう、HMは、無限に注を必要とするかのような「引用の貯蔵庫」だ。逆に注など不要で、謎かけの「シニフィアンの戯れ」とも読める。

さらに〈引用〉には、ミュラーが『画の描写』の注記で触れている〈Übermalung 彩色補筆〉という画法・手法もある。ある女学生の画を描写するだけの短文である。「『画の描写』は、能の『熊坂』、『オデュッセウス』の第一一歌、ヒッチコックの『鳥』、シェイクスピアの『嵐』を引用する、『アルケスティス』の彩色補筆と読めるかもしれない。テクストは死の彼方の風景を描写している。筋は任意である。つながりは過去であり、死滅した劇的構造のなかの想起の爆発なのだから」——ミュラー自身の付記だが意味深長な文章である。ミュラーはそれ以上の解説や理論構築はしない。「彩色補筆」は、古くなった古典画の修復法にも使われるが、いま風に言うなら、元データの上に新しいデータを書き込む「上書き（レイヤー）」にも及ぶか。日本的には「本歌取り」や「返歌」や「反歌」の技法もある。HM（『ハムレットマシーン』）も、H（『ハムレット』）のデリダ流の脱構築でありつつ、H（『ハムレット』）への返歌か本歌取り、あるいは演出構想指示ともとれよう。そもそも上演を想定して書かれた戯曲なのか？　過去の作品からの二次創作、というなら、ブレヒトの『三文オペラ』などもそうだろう。舞台への演出となれば、さまざまな演技や装置、音楽等々への〈翻訳〉の総合体だ。連想や、暗示や、関係性、ついには剽窃やオリジナルをめぐる真贋論争にもつながろうか。〈引用〉と〈彩色補筆〉はともにHMでも見出せるテクスト改作の形式であり、新しいコンテクストにおいては別の意味を持ち、多義的で、テクストの〈再読〉の契機をもたらし、境い目は定かではない。〈読み方〉次第だ。〈翻訳〉と〈引用〉と〈改作〉の定義と関連性も、根底から問われるのだ。[4]

そして第三章は、一九七七年に東ベルリン・フォルクスビューネでのベンノ・ベッソン演出のために依頼されたミュラーによるシェイクスピア原作のドイツ語訳『ハムレットH』への〈遠足〉。ちなみにHMは、このときの『ハムレット』翻訳の「鬼子」として産まれた。ミュラー曰く「三十年間、『ハムレット』は私にとって強迫観念だった。だから『ハムレット』を破壊しようと短いテクストHMを書いた」。つまりこの第三章は、ミュラーがドイツ語に翻訳した上演台本『ハムレットH』(ミュラー著作集に所収)を他のルートヴィヒ・ティーク訳やA・W・シュレーゲル訳とも比較しつつ、シェイクスピア原作の種子や翻訳伝承からの〈読み〉をも緻密に検証する。ミュラーの「読み」の「字義通りの翻訳」におけるラジカル性について考察、それが「鬼子」のHMとどういう関係を持つかについても……「私はハムレットだった」へ。巧みな論文構成だ。

〈再読行為〉からの展開──「ポリフォニー小説」と「夢幻能」

後半は、こういった重層的な深く広い〈読み〉のうえで、第四章ではHMというテクストの独特な位置を、ミハイル・バフチン/ジュリア・クリステヴァの言うドストエフスキー小説における「間テクスト性」と「カーニヴァル性」に対照させて考察し、HMこそが、二人の言うその「間テクスト性/自己言及性」と「カーニヴァル性」に基づく「ポリフォニー小説」を本質的に実践しているのではないかと、指摘あるいは主張する。

そして第五章でそのことは、HMが、日本の能の複式夢幻能と死者再生の演劇という本質的な演劇性を体現しているからではないか、と展開させる。ミュラーの演劇は「死者の召喚の演劇」

で、「歴史の想起の空間を切り拓く記憶の劇場」であるからだ。そのうえでさらに、日本の能演劇との関連性で言うなら、ブレヒトとミュラーとではどういう位相の相違があるのだろうか、という形で問いかける。謡曲『谷行』に基づくブレヒトの『イエスマン』や『ノーマン』への改作プロセスを取り上げつつ、「革命にもかかわらず犠牲者を生み出し続ける古い慣習と、いまなお病気で、あるいはすでに死んでしまった母親が、『ノーマン』の革命後に明らかに見えてきた二つの刻印である。HMは、明示的にこの二つの刻印と関わり合っている。その限りにおいて、HMは、ブレヒトの教育劇『ノーマン』の批評的な続編と読めるかもしれない」と結ぶ。止めの謎かけだろうか。ミュラーの詩『二通の手紙』(一九五六年)がその伏線の赤い糸になっていることは、邦訳の謎ときの過程で気付いたことであった。自伝『闘いなき戦い』(一九九二年)の結びの「亡霊はかつては過去からやってきたのと同じように/今では未来からやってくる」というブレヒト/ミュラー合作の『ファッツアー』(一九七八年)からの引用は、「未来形の絶望」であったか。〈再読〉とは、その未来形の絶望への〈永遠の巻き戻し/創り直し〉でもあるのだ。

多和田葉子から送られてきたエッセイ「わたしが修論を書いた頃」

刊行されていない修論を本書にあえて強引に邦訳収録させてもらったのは、ここまで大胆緻密に〈読む〉という行為の持つ創造性、深さと広さの自在さ、楽しさ、「翻訳」とは……等々の問題にかくも素直に果敢に立ち向かっている姿勢を、読者にも自在に拓いて読んで頂きたいと思ったからだ。紙数の関係上、私なりに勝手に簡潔にまとめてみたが、読み方は、入り口はいくらでも可能だろう。多和田の断じるように、ＨＭが「ポリフォニー小説」の先駆けだから、「壁のない窓だけの建物」だから、かもしれない。ある意味で「壁抜け」するような感のある多和田文学も、同様かもしれない。

本書の第Ⅰ部で、各論者のそれぞれの〈読み〉の展開をも堪能頂けるかと思うが、それよりもサプライズとして、多和田葉子さんご自身から「わたしが修論を書いた頃」という素敵なエッセイが、この本の構想と修論ＨＭ論の邦訳、我が拙稿概論の進行のさなかに届いたのだった。勝手に解釈されてはかなわないという異議かなとドキッとしたが、作家の嘘はご本人にも虚実皮膜のようで、執筆の三〇年前をこの契機に想起されたのか……。若い葉子さんの姿とこの間の三〇年が髣髴とする思い遣りにあふれた生き生きとした名文章。そうか、毎日の日記があったのかとあり、七月一一日に又しつこく、〈ＭＡの第三章を書くのが楽しくてしかたがない〉と書いてある……。「六月二三日に〈ＭＡ（修論）の第三章を書き始めたがこれがおもしろくてしかたない〉である」。ウッソー、そうだったのと、楽しくなる。

ミュラーの妻で詩人のインゲ・ミュラーにも触れてもらえたのも助かった。一三年間未遂を重ねてついに自死したインゲへの短編『死亡公告』（一九七五年）は、オフィーリア／エレクトラの源泉と重なって、そう、私もミュラーはフェミニスト作家だと思う。もちろんこの多和田のエッセイは本書に所収されるので、「我らがミツバチ葉子像」の読み手と書き手の微妙な重なりとずれも、さらに感得・堪能・批評して頂けるのではないだろうか……。

そうなら、読み手も勝手に読ませて頂く。多和田葉子がこのHM論執筆中に日本語の小説が書きたくなったのも、暗示的だろう。言葉と言葉の穴での自分の言葉の居場所への「欲動」が起こったのではないか。それは「外国語としての日本語の取り戻し」だったかもしれない。『かかとを失くして』（一九九二年）は、「書類結婚」した夫を異国に訪ねた「私」が列車から降りようとして転倒し「かかと」を失くす。見知らぬ街や風景、夫と呼べるようなものとの関わりも探るが、とりとめない。最後に死んだイカ（異化？）が部屋に横たわっている……シュールで不思議なリアルさだ。多和田のドイツでの原点のような感覚・姿勢だろうか。だが多和田の小説の「私」は、いつもいつしか読み手の「私」の感覚にスライドしてしまっている。そこが多和田マジックだ。こちらにもずっと残る自問——イカって何だろう？

4 戯曲執筆の開始

劇団らせん館との共同作業

その直後に戯曲も書き始めている。一九九三年にオーストリアのグラーツの芸術祭で、初戯曲 *Die Kranichmaske die bei Nacht strahlt*（『夜ヒカル鶴の仮面』）が初演。その後、ベルリンでもハンブルクでも公演され、「毎日観に行った」という。「死者」の周りに関係者らしき者たちがお棺から仮面をかぶって現れ、関係を説明しようとするがシュールに流れてすれ違う。一種の夢幻能の形式で、ミュラーとの対話のようでもある。演出家エルンスト・ビンダーとの関係がその後に続かなかったのは何故かと聞いたら、病気で死んでしまったからと。いつも多和田においては出会いとつながりは持続するから、あえて尋ねてみた。

しかし、ドイツを中心に活動する嶋田三朗主宰の劇団らせん舘が日独で活躍する多和田葉子に作品を依頼し、共同作業が始まった。最初の結実が一九九八年の*Till*。日本人ご一行様が「ティル・オイレンシュピーゲル・ツアー」に出かけて、いつしか中世ドイツの世界にワープしていく。ハノーファーの劇団と組んで、ハノーファーや東京・京都・神戸で客演。多和田自身が二か国語で書き、しかもドイツでも日本でも、字幕も同時通訳もつけなかった。旅をするとは言葉の穴の空間に出会うことだから、観客にもそれを味わって欲しいと。

その次が二〇〇〇年の*Sancho Pansa*。『ドン・キホーテ』のサンチョ・パンサが両性具有的な視点でロバから女性の姿に変身。一〇枚の画をもとに中世から現代までの世界がひっくり返しの視点から立ち上がってくる。らせん舘によって東京・京都・大阪のみならず、ベルリン・バルセロナ・サンチアゴ・マイアミ等々、世界各地でさまざまな言葉を駆使して上演されたという。らせん舘はその後も多和田と組んでさまざまな演劇活動を続けていく。本書第I部の谷口幸代論考がきっちりとその試みとプロセスを描出してくれている。

翻訳上演の試みと『多和田葉子の〈演劇〉を読む』

先述の『夜ヒカル鶴の仮面』の戯曲は多和田訳が刊行されていて、今回のＴＭＰ（多和田／ミュラー・プロジェクト）との協働で、ワーク・イン・プログレスの形で二〇一九―二〇年秋に川口智子演出で上演の予定である。川口は多和田の『動物たちのバベル』を国立市の市民劇として二〇一八年に公演して話題を集めた。川口論考を参照。他にも、本来はラジオ劇として書かれた『オルフォイスあるいはイザナギ』（一九九八年）も小松原由理の本邦初訳、ハンブルク生まれの小山ゆうな演出で本邦初演として、やはり二〇二〇年秋頃に上演予定である。ともに二〇一九年度にリーディング版で先行している。諸々はＴＭＰのＨＰをも参照されたい。

多和田葉子の文学活動のうち、小説・エッセイ・詩などはドイツ語と日本語の両方の言語によって執筆・翻訳されているものの、演劇テクストは基本的に殆どドイツ語によって書かれているため、日本や世界各地でも毎年各所で朗読会やパフォーマンスが催されているにもかかわらず、多和田葉子と演劇というイメージの結びつきは、日本では一般にかなり希薄であると思われる。多和田のドイツ語での戯曲はけっこうたくさんあり、世界各地で上演されているのだ。日本で殆ど知られていないのが惜しい。

そういった状況にかんがみて、ＴＭＰの傘下において新たな翻訳上演を試みるとともに、それに付随する、またそれに先行するこれまでの演劇活動をも紹介できるような『多和田葉子の〈演劇〉を読む』を、若い世代のｔｍｐを中核に本書に連携する企画として二〇二〇年秋に、論創社から刊行予定なので併せて参考にして頂きたい。話が二〇年ほど先走りしてしまったが。

5 ＨＭ論から博士論文へ 「ホモ・テアトラーリス」への展開

博士論文「ヨーロッパ文学における玩具と言語魔術～民族学的詩学」

さて元に戻ろう。我らが「ヨーコ多和田」の展開は自在で速い。いつまでも「深海に呪縛されたオフィーリア／エレクトラ」に留まっていない、〈ミツバチ葉子〉へと羽ばたき始める。

そのひとつが、この頃からチューリヒ大学に移ったヴァイゲル教授のもとで博士論文の執筆を始め、二〇〇〇年にはもう *Spielzeug und Sprachmagie in der europäischen Literatur*（『ヨーロッパ文学における玩具と言語魔術』）（konkursbuchverlag, 2000）が刊行され、博士号を取得しているのだ。ポエタ・ドクトゥスの誕生だが、この博士論文は「民族学的詩学」という副題を持ち、これまでの固定化した文学文化研究の在り方を、Ｅ・Ｔ・Ａホフマンやカフカ、ベンヤミンの玩具収集やプラハの街、等々への従来の見方や言説や解釈を逆手に読む論を例に、いろいろな見方、読み方があるのだよとさまざまに変換させてみせてくれる。勤務先の東京外語大の我が学部ゼミで、この序章で言及される、シラーやカントの詩学から、ホイジンガの『ホモ・ルーデンス』、レヴィ・ストロースの『悲しき熱帯』、フーコーの『言葉と物』、アドルノの『啓蒙の弁証法』、クリステヴァ、ラカン等々の文献を論議し、そこから自分のテーマを探ってゼミ論集にしていく授業を何年か重ねたものだ。いい教材だった。実は、この博論を邦訳したいと言ったら、これは私の老後の楽しみに取っておくのだから、ミチコさんは修論HM論の方を訳してよと言われたのが、そもそもの本書成立への最初の契機だった。この博論に関しては、本書の山口裕之論考と本田雅也論考も参照されたい。

「母語」から「語母」へ

この修論HM論から博論「民族学的な詩学」への展開が、その後の多和田の文学営為を象徴していると言えるだろうか。読もうと思えばすべてが〈読める〉、〈再読できる〉。批判と考察と対話と展開、あるいは遊びの対象になる。言語活動のパフォーマンス化か。[5]

その鍵となるのが言葉の「穴」である。一九九〇年を頂点とした文学営為の中で考察したことを、多和田は一九九六年に *Talisman*（『魔除け』）（Konkursbuchverlag, 1996）というドイツ語での評論・エッセイ集にまとめて刊行している。[6] これが率直で面白い。例えば *Deutschland*（『ドイツ』）ではこうも言っている――「ドイツ語でなくてもいい。私にとって重要なのは、母語で書きつつ、別の言語でも書くということ。二つの言語で書くことによって、言葉という織物のなかにたえずブラックホールを発見する。この言葉のない穴のなかから、文学が生まれてくるのだ」。

もう一つ重要なエッセイが *Von der Muttersprache zur Sprachmutter*（母語から語母へ）。ドイツで仕事を始めた〈私〉は、事あるごとに言葉と物と文字と音の関係の穴にはまり込む。ドイツ語の養女となる第二の幼年体験が「母語」にも亀裂を与え、それぞれが未分化の「語母」ともいうべき地平へと〈私〉を導いていく。「語母」は多和田の造語だが、ベンヤミンの「翻訳論」やラカンの「小文字の他者」も連想させつつ、いや、ここから、近作『地球にちりばめられて』（講談社、二〇一八年）で、「母国」を震災で失くした「日本人Hiruko」が北欧で生きていくために「パンスカ（汎スカンディナビア語）」を造語して旅を続けていく、あの終わりのない言語の旅の小説へも通底発展していく。表紙の帯に曰く──「誰もが移民になりえる時代に、言葉のきらめきを発見する越境譚」。三部作の予定で、もっか第二部「星に仄めかされて」が『群像』誌に連載中だ。この旅はどこまで行くのだろう。

「語母」から「物語母／神話の海」へ

このことは、HMをそういう「読みのマシーン」としてとらえて、「ハムレット」と「アムレトゥス伝説」とギリシア神話とハイナー・ミュラーの二〇世紀の作品世界を、「語母」ならぬ「物語母」の深海あるいは「神話の海」を泳ぎ渡るオフィーリア／エレクトラの「発信」へと変換していく構想・発想とも、通底し、展開するのではないか。「HM（と）の〈読み〉の旅」──いまや旅人「読むマシーン」は多和田葉子自身だ、〈ミツバチ葉子〉に羽化していった。『エクソフォニー──母語の外に出る旅』（岩波書店、二〇〇三年）では、〈世界の旅人ヨーコ〉は「母語の外での創作の場からの好奇心に溢れた冒険的な発想の産物」として「エクソフォン文学」を提唱する。本書の渋革まろん論考も参照されたい。その意味で多和田文学は、言語の持つ固有の身体性と文字と音の持つパフォーマンス性に対しても愛着を手放さない。『飛魂』（講談社、一九九八年）は、これをどう翻訳できるのだろうと思うほど漢字の飛翔する、漢字から立ち昇ってくる濃密なエロスと呪術的な響きで読者を幻想世界に誘い込む長編小説だ。『旅をする裸の眼』（講談社、二〇〇四年）は、ベトナムの少女「私」がサイゴンからベルリン……言葉も知らないパリへと国境を越えながら、「あなた」カトリーヌ・ドヌーブの映画だけを頼りに旅をしていく……「視力自身が裂け目なんです。だからまさにそこが見えないいんです」。見えるとは……？　分かるとは？……この小説は初めて日本語版とドイツ語版が並行して書かれたという。「多和田における翻訳の位相」については齋藤由美子論考参照。それらは演劇的な活動へのさらなる接近とも重なっていた。

6　演劇、パフォーマンスとカバレット・朗読会へ

顕著な現れは、同じ二〇〇〇年頃からジャズピアニスト高瀬アキと、音と言葉のパフォーマンスのジョイント公演を始めたことだろうか。ドイツやフランス、アメリカで、二〇〇一年からは日本でも、ことに東京・両国の劇場シアターXで、毎秋一回一晩の「晩秋のカバレット」が始

まった。[7] 最初はチェーホフ演劇祭にちなんだ「ピアノのかもめ／声のかもめ」、ついで「ブレヒト的ブレヒト演劇祭」にちなんだ「ブレ、Brecht」。つまり作家のテクストと対峙して、それを読み、掛け合い、観客と遊ぶ。修論HM論＋博論「民族学的詩学」を背景にした〈読みの遊びの旅〉だ。毎年趣向を凝らし、二〇一七年の第一三回はロシア革命一〇〇周年に絡めて「マヤコフスキイのミステリア・ブーフ」。これが自在な絶品で、私は頼んだ、二〇一九年ミュラー生誕九〇年には、カバレット「HM」をやって！

晩秋のカバレット「ハムレット・マシーネ　霊話バージョン」

実現して、ここ本書に上演台本も掲載させてもらえた。シアターXでの本番二〇一九年一一月一八日までに高瀬アキとの稽古の中でも実際はいくらか変わっていったが、とりあえずテクスト版が送られてきた。本書刊行に間に合うように──晩秋のカバレット「ハムレット・マシーネ霊話バージョン」。もちろん令和バージョンである。我らが「読むマシーン／多和田葉子」がHMという窓から、令和元年の日本／世界を自在に読み解く。一六〇〇年頃のH、一九七七年のHM、一九九〇年のH／M、そして二〇一九年のHM令和バージョンの重ね合わせで見えてくるもの、そして活字テクストとして読んでこそあらためて感じる、表音文字で表意文字の漢字交じりの日本語の自由自在な表現の跳躍力──「穀倉はお米の排他お蔵／国草は国の草　ぺんぺん草／国葬は国の葬式　国が死んだら　国葬／くにがまえ　なんか　とっぱらって／ちいさく行こう

／国にとって大切な人は全員だ／だから国葬ということは／あり得ない　厚かましい　怪しい」。「もう日本人を演じるのは　やめました／先祖代々　誰もが移民」――さて、台本カバレットHMは、本番の舞台ではどう跳躍してくれるだろうか。両者を合わせて堪能してほしいものだ。HMの眼差しで見れば、令和日本はどう見えるのか。ちなみに多和田葉子はカバレッティストとしても名パフォーマーである。お見逃しなきよう！

この「ハムレット・マシーネ　霊話バージョン」は二〇一九年一一月一九日にカバレットとしてシアターXで上演された。ピアノの高瀬アキとの掛け合い漫才は、テクストを読みつつ遊び、令和元年の世界がHMから逆読みで揶揄(からか)われているようで笑えて、何故か最後に女性オペラ歌手が現れて、ビゼーの『カルメン』からのアリアを朗々と歌い上げて終わった。笑えた！　満席の観客との恒例のアフタートークも、実に活発で楽しかった。

対話の広場としての講演・公演・WS・朗読会

もうひとつは、ドイツでの最初の刊行に始まった朗読会。翌八九年には一六回、九四年にはチューリヒなどドイツ外も含めて四三か所、九七年はロサンジェルス北欧など四〇か所、その後もHPに映像や情報付きで随時掲載されるが、いまや旅は世界各地で総数すでに千回を軽く超えるという。ちなみに、二〇〇五―〇六年まで実際に行った五十余の町の話を日本経済新聞に毎週連載したエッセイ集『溶ける街透ける路』（日本経済新聞出版社、二〇〇七年）も楽しい。表紙の帯にはこうあった、「揺さぶられる身体感覚、欧州、北米、中東、日本を駆け巡り、自作を朗読し、読者と話した一年。見る、聞く、歩く、触る、食べる。街の表層が裂け、記憶がゆがむ、待望のエッセイ集」。他にシンポジウムやコロキウムだったり、ワークショップや公演のアフタートーク……、形態も自在に、いまや世界という劇場を自在に飛び回るパフォーマー〈ミツバチ葉子〉だ。そのあり様自体がパフォーマンス対話であり、韓国のソン・ヘジュンは映像としてそれらを記録化もしている。後続する論創社刊の『多和田演劇本』の方も参照してほしい。私も朗読会や講演会も何度か堪能したが、単なる一方通行の講／公演ではない、観客との交流、対話・遊びなのだ。

難民・移民・国民？

それは難民・移民の問題とも通底しよう。ここまで世界各地を経めぐり対話する多和田葉子は、税関も数知れぬほど通過しつつ、「国民」「国籍」とは何だという問題にも真正面からぶつかる。私は政治的移民ではないけど、経済的な移民なのよ、日本ではこういう自由な作家では居られないもの――といった世界・地球市民としての自分の立場を踏まえつつの発言も、カバレットやフリートークであればこそ、次第に自由に顕著になっていく。「もう日本人を演じるのは　やめました／先祖代々　誰もが移民」……。

東西冷戦の壁は壊れたが、あれから三〇年の世界はどうなったか。これだけ多くの人が自由に国境を越えて移動する「グローバル化」と言われる時代。生まれた国やルーツを離れて生きる「ディアスポラ」は珍しくない。意志的に「デラシネ」や「ノマドロジー」を選び取る人もいよう。だが戦争や迫害、テロ、貧困で「難民・移民」を強いられる人たちの存在と行き先が、ユーゴ内乱や湾岸戦争、アフガン戦争以来、必死で焦眉の問題となっていることは周知の通りだ。

国境に国籍にアイデンティティ……EUは、人・モノ・金の国境の壁をなくしたはずではなかったか。ブレグジット（EU離脱）のイギリスはどうなる？　アメリカは元来移民の国ではないのか。グローバル化のこの時代にメキシコ国境の壁？　東西が大義の優劣に鎬を削っていた時代にはまだあった基本的な思想・倫理的な縛りの紐・タガが解かれてからの、自国・自分ファースト合戦。イラク攻撃をブッシュ政権の下で仕掛けた「邪悪の副大統領」チェイニーを主人公にした最近の『バイス』という映画も話題になった。実在の人物像をここまで描くアメリカ映画界も健在なのだ。もう一つSPAC演劇祭二〇一九で観たスイス人演出家ミロ・ラウによる『コンゴ裁判』――二〇年余にわたり六〇〇万人が虐殺されたというコンゴ戦争は、何が問題で誰のどういう罪なのか。誰も裁かないなら自分たちで実態を究めて関係者による模擬法廷を立ち上げ、その演劇をドキュメンタリー映画として世界に発信しようとする試みだ。それにしても、近代の基盤である「人権―人として地球上に平等に生きる権利」さえ、認められなくなったのは何故だ？　政治が引き受けない問いかけを、表象が担う。地球温暖化現象についても、一六歳のスウェーデンの少女グレタ・トゥーンベリの国連での涙ながらの訴え、「お金のことではなく、私たちの地球の未来を守って下さい」」、これさえ政治が引き受けない必死の表象に終わるのか。何を言っても虚しい状況は危ない。誰も何も言わ／言えなくなる状況はもっと怖い。コロナ・ウィルス禍もその延長線上にあるのではないか……。

ともあれ、多和田の越境性やグローバル性は単なる観念ではない、実践、生き方なのだ。

フクシマ原発震災劇

日本国籍の地球市民の責任としての多和田の文学営為が、〈3・11〉以降さらに明示的になったのが、地球規模の原発問題と環境問題への問題提起だ。多和田葉子の福島原発事故への言及と主張は一層明白になる。HPに「原発問題」のコーナーがつくられ、作品にも陰に陽に取り上げられる。木村朗子『震災後文学論』(青土社、二〇一三年)でも「震災後文学」の一角を占めている。マーガレット満谷英語訳で全米図書賞翻訳文学部門賞を受賞した『献灯使』(講談社、二〇一四年)はその主翼を担う。この表題作は、「昔の大きな過ち」で鎖国状態になった日本を舞台に、環境汚染への適応からか異なる進化を遂げる新しい世代の姿を描き、それが闇を照らす献灯使になれるかを問う、いわばディストピア小説だ。他の収録作も、死ぬ能力を奪われた人々の『不死の島』、あるいは大洪水の後で絶滅した人間について生き残った動物たちが議論する戯曲『動物たちのバベル』は、二〇一八年に川口智子演出で国立市の市民劇として上演された、後続の〈多和田演劇本〉に記録が載る予定だ。受賞後のインタビューで多和田葉子自身が、トランプ政権下でこの『献灯使』が翻訳文学部門賞に選ばれたことを喜びたいと語っていた。

もうひとつ挙げておきたいのは、二〇一三年に多和田が劇団らせん館に書き下ろした、福島で暮らしてきた人々や動物の生活、自然が〈3・11〉を境にどう変わってきたかを何回もの旅の取材を経て書き下ろした戯曲『夕陽の昇るとき――STILL FUKUSHIMA を中心に』である。ドイツ在住のらせん館は、日独スペインを往還して演劇活動を展開しているが、二〇一三年には兵庫県・芦屋市谷崎潤一郎記念館、二〇一四年には兵庫県・旧尼崎労働福祉会館、尼崎ピッコロシアター、徳島県・鳴戸市ドイツ館、ベルリンに帰ってからは、Brotfabrik,Werkstatt der Kulturen、Playing with eels 等で巡演。毎回の舞台演出でもさまざまな試みがおこなわれてきたようだ。残念ながら私は観劇できなかったが。[8] その時その場に出かけないと出会えないのが、ライブアートの演劇なのだ。

7 「ホモ・テアトラーリス」

〈悲劇〉と〈喜劇〉、〈芸術〉と〈芸能〉?

古代ギリシア演劇は紀元前五世紀を最盛期に、画期的な民主制や学問・芸術・競技も花開き、当時全ギリシアに一〇三五を超える自治都市国家（ポリス）が誕生し、ほぼすべての都市国家が演劇祭の場として劇場を備えるようになり、今日なお一二五を超える野外劇場が現代ギリシア全土に確認されるという（「古代ギリシア展」、東京国立博物館「展示図録」、二〇一六年）。そこで上演されたのが、ギリシア悲劇とギリシア喜劇である。ギリシア悲劇は周知のようにいまなお多様に世界で上演され続けている。ハンナ・アーレントの『人間の条件』によると、「ポリスというのは、ある一定の物理的場所を占める都市国家ではない。むしろそれは、共に活動し、共に語り合うことから生まれる人びとの組織である」。「ポリスの真の空間は、どこであったとしても、この目的のために共に生きる人びとの間に存在する」。[9] 多和田葉子の文学的営為は、まさにこのポリス化の営為の試みではないか。

カバレットは、英語風に言うとキャバレー、日本風なら寄席か。ハインツ・グロイル著の浩瀚な二巻本『キャバレーの文化史』（ありな書房、一九八三、八八年）によると源泉に遊びと風刺精神があり、ギリシアのサチュロス劇やアリストファネス喜劇の時事演劇に、古代ローマ以降の道化芸人などの存在を経て近現代までさまざまな系譜があるという。さもあらん、娯楽に挑発、揶揄い、祝祭劇のカーニバル性に大道芸、語りや歌や踊りの庶民の愉しみのない文化はありえないはず。いわば芸術と芸能の境界領域か。流行り廃りはいろいろあっても、欧米では黄金の一九二〇年代や政治の一九六〇年代は、作家や芸人の文学寄席やパロディ演劇の最盛期でもあった。

多和田のような文学寄席・カバレットがもっと多様にあるといい。明治二〇年代の自由民権運動の中で「オッペケペー節」を流行らせた川上音二郎の壮士芝居も？　ブレヒト『三文オペラ』の冒頭の、瓦版売りも兼ねていた「大道演歌師（モリタート）」のような？　いま風で言えばラップ？　エイサー？　さらに言えば、さまざまな人々が集まる広場・アゴラで多様な言葉や論議や振る舞いが展開して、そこでさまざまな「ミツバチ」が受粉し合うような、共生・協働・遊びの場を拓いていく存在が、実は我が造語でいまだ認知されてはいないのだが、「ホモ・テアトラーリス」とでも言うべき在り方ではないだろうか。ヨーロッパではいまも、演劇の主流が公立公共の劇場であるのも、カバレットが盛んなのも、そういった意義と伝承の礎石ゆえと頷けよう。表象的営為や活動は、いくらでも自由で多様であっていい。古代ポリス都市国家の祭りやパブリックな大道歌（それがコロスにつながった？）でもいい。その方が面白い、自由で楽しい。それが構造的な抑圧に対抗するボトムアップの「民主主義の民度」にもつながるのではないか……？　二一世紀は二〇世紀から何を学ぶのか？　マネーゲームやＩＴやＡＩだけでいいのだろうか。平和や言葉と表象は？……。

〈演劇の未来形〉から〈人間の未来形〉へ

そんなこんなの思いで、『多和田葉子／ハイナー・ミュラー――演劇表象の現場』というこの本は構想された。多和田葉子の一九九〇年のＨＭ論と二〇一九年のカバレット台本「ハムレット・マシーーネ　霊話バージョン」を対照軸に、さまざまな論者がそのことを語り合うような本を作りたいと。二〇二〇年秋に刊行予定である。こういう発想と姿勢と実践が、現在世界では何より必要だろうと確信するからである。関連したパフォーマンスやプロジェクトＴＭＰ（多和田／

ミュラー・プロジェクト）の活動も始動並行させる。[10] ＴＭＰのＨＰを参照されたい。若手ｔｍｐによる上演活動を踏まえた『多和田葉子の〈演劇〉を読む』は、谷口幸代との共編で二〇二〇年秋に論創社から刊行予定である。

人類はホモ・サピエンスからホモ・ファーベルへ、ホモ・ルーデンス、ホモ・フェスティヴスへ、そしていま、ＡＩ（人工頭脳）を超え得る神人一体のホモ・デウスへの進化ではなく、それぞれが地球自然界の精霊や等身大の神々や人々、生きとし生けるものと親和性をもつ場や存在を目指す「ホモ・テアトラーリス」になる道を探るべきではないだろうか？　大事なのはそれぞれ生身の自らの言葉と身体と直感の共感力、人間力、生命力の居場所……そこに、コーディネーターあるいはトリックスターとしての妖精〈ミツバチ葉子〉のような、「演劇の未来形」を超えた「人間の未来形」の在り方への可能性が見える気がする、というのが、根底の思いでもある。

註

1 一九九〇年初頭に日本でも、演劇評論家西堂行人を代表にドイツ演劇研究者の谷川道子やアメリカ演劇研究者の内野儀や、劇作家岸田理生、演出家鈴木絢士等も加わってＨＭＰ（ハムレットマシーン・プロジェクト／九三年からハイナー・ミュラー・プロジェクト）が結成され、ＨＭを梃子に日本の演劇現場の現状や未来形を探ろうという多面的な活動は二〇〇三年頃まで続いただろうか。今回のＴＭＰは「多和田葉子／ハイナー・ミュラー・プロジェクト」であり、二〇一九年春にＨＭＰとは別個のプロジェクトとして始動した。両者の関係性に関しては、ここではあえて言及しないこととする。

2 「ミツバチ」という語は多和田葉子自身が『言葉と歩く日記』（岩波新書、二〇一三年、一六二頁）で使っていて、気に入って、あ、これだと思ったので使わせて頂いた。

3 資料としては、例えば二〇一〇年にドイツで刊行された五二七頁のドイツ語・英語・フランス語・作品タイトル引用などは日本語も含めた、国際的な「Yoko Tawada — Poetik der Transformation」は多和田研究書大全で、拙稿も含まれているが、その書き手とベクトルの多様さは半端ではない。出版・刊行、翻訳、インタビュー等々の文献表も、ドイツ、日本、フランス、アメリカ、その他の地にわけて紹介されている。
幸いに『ユリイカ』二〇〇四年一二月臨時増刊号「総特集　多和田葉子」に多和田葉子自筆による年譜と多和田葉子全著作解題（谷口幸代＋土屋勝彦編）が掲載されている。そしてここでクロスさせたいミュラーにも『ユリイカ』一九九六年五月「増頁特集：追悼ハイナー・ミュラー——ハイパーテクストとしての演劇」に「ハイナー・ミュラー主要作品解題：平田栄一郎＋一條亮子」「ハイナー・ミュラー略年譜：一條亮子編」があり、どちらも各論や紹介も含めて参照して頂くのには手軽だろう。あるいはともにWikipediaや公式ＨＰ、国際ハイナー・ミュラー協会ＩＨＭＧなど、検索はいろいろに可能である。ともに作品の邦訳も多くある。

4　なお、『ハイナー・ミュラー・テクスト集1　ハムレットマシーン――シェイクスピア・ファクトリー』（未来社、一九九二年）の解説や、谷川道子著『ハイナー・ミュラー・マシーン』でも、こういう〈翻訳・引用・改作〉の関連性は詳述されているので、参照されたい。

5　谷川道子著『演劇の未来形』（東京外国語大学出版会、二〇一四年）所収の「日本からの〈エクソフォニー〉―多和田葉子の文学をめぐって」で、そういう多和田の表象営為〈翻訳＝trans-late のパフォーマンス〉を論じている。

6　この辺りのことは、東京外国語大学独立百周年記念シンポジウムの記録本である、荒このみ・谷川道子編『境界の「言語」――地球化／地域化のダイナミクス』（新曜社、二〇〇〇年）所収の「境界の詩学――多和田葉子文学の位相」でも触れている。

7　このシアターＸの「晩秋のカバレット」に関しては、谷川道子ブログでも詳しく紹介してある。参照されたい。

8　このテーマに関しては、谷口幸代「多和田葉子の文学における境界――「夕陽の昇るときSTILL FUKUSHIMA」を中心に」（お茶の水女子大学比較日本学研究センター研究年報　第11巻、五五―六四頁）を参考にさせて頂いた。

9　アメリカに亡命したドイツ系ユダヤ人の哲学者ハンナ・アーレントは、ナチズムやスターリニズムから現代に到るまでの『全体主義の起源』（一九五一年）を近代の成立過程にまで遡って探った後に、それへの対抗理念となり得るものを『人間の条件』（一九五八年）で、古代ギリシア都市国家ポリスの在り方に探った。

10　本稿では多和田葉子を軸に語ったので、ＴＭＰの一方の柱であるハイナー・ミュラー関連の行事公演に触れる場所が少なかったが、ＴＭＰのＨＰを参照されたい。本書の第Ⅱ部として、〈ミュラー再読パフォーマンス化〉の参考例としてのやなぎみわ『神話機械』展におけるライブパフォーマンス台本、京都の民営新劇場シアターＥ９での劇団地点による『Ｈ

M』上演台本抜粋についても掲載した。二〇二〇年以降はコロナ渦による中止や延期が続いたが、多和田演劇上演、等々についての記録資料や上演台本、文章なども本書には収録されている。詳しくは後続の論創社刊『多和田葉子の〈演劇〉を読む』を参照されたい。活字作品とパフォーマンス化をつなぐ多様な試みは、今後の演劇表象をめぐる未来形の課題であろう。

第I部

Relektüre――再読行為としての〈読み〉

多和田葉子

ハムレットマシーン(と)の〈読みの旅〉

ハイナー・ミュラーにおける間テクスト性と〈再読行為〉

谷川道子 監訳

小松原由理・齋藤由美子・松村亜矢 訳

Yoko Tawada,

Eine „Lesereise“ (mit) der Hamletmaschine. Intertexualität und Relektüre bei Heiner Müller, 1991.

ハムレットマシーン(と)の〈読みの旅〉

目次

凡例

一．原文のイタリックは傍点で、大文字は太字で強調し、書名は『　』で記した。

二．原文の〃　〃（ダブルクォテーション）は、タイトルの〈読みの旅〉を除き、特殊な概念を指す場合にも、基本的に「　」で記した。

三．原文を日本語訳にする際に参照が必要だと思われる箇所には［　］で原語、あるいは日本語を記した。

四．原註は各章の末に、訳註は★に番号をつけ、側註に掲載した。

五．原著者は、ハイナー・ミュラーの作品をはじめ、引用される文献の多くを原文あるいはドイツ語訳で参照している。本訳書では、できるかぎり原著者の意図に忠実であろうとして、既訳があるものに関しても、私訳によった場合が多い。そのうち、特記すべきものについては訳註に記した。また、参照した邦訳書誌は初出時に記して以降は簡略化した。

六．『ハムレットマシーン』からの引用は第一景から第五景までを【ＨＭ１】～【ＨＭ５】と省略表記した。また、本訳書では、岩淵達治／谷川道子訳による『ハムレットマシーン』（未来社、一九九二年）を主に参照した。

序文

「ある都市で道がわからないということは、たいしたことではない。だがまるで森の中をさまよい歩くように、都市をさまよい歩くには、習練が必要だ」[1]――ヴァルター・ベンヤミンは「一九〇〇年前後のベルリンにおける幼年時代」の冒頭で、そう書いている。この「都市」という言葉を「テクスト」という言葉に置き換えて、「あるテクストで道がわからないということは、たいしたことではない。だがまるで森の中をさまよい歩くように、テクストをさまよい歩くには、習練が必要だ」――と言ってみたならば、それは、あるテクストを都市のように読み得ることと、さほど大きな違いはないのではないだろうか。

習練なしに都市で迷うことは、とくに都市で森の中でのように道に迷うことは、たやすいことではない。なぜなら都市の表示は間違いを避けることを目的としているので、森とは表示の仕方が違うからだ。例えば都市では、通りの名前、交通標識、店の名前がはっきり一つの意味を示しているように見える。森の中の自然の記号と比べれば、そうした一見明白な記号の背後に、多義性を発見することのほうが難しい。硬直性を通して意味の不変性を装う記念碑や、墓石や、橋や、壁なども、知的刺激への道を閉ざしてしまう。だから確かに、秘密のなさそうな都市で、多義的な、あるいは判読不能であるもう一つの文字を見つけ出すには、「習練」が必要だ。ある記念碑の像の前に立って、その名前や歴史をすでに承知しているのに、さらに何を新たに発見できるというのか。例えば、その像の石化の歴史について物語ってくれるような別の文字は、どこにあるのだろう。人間の身体が石化され記念像にされるまでのプロセスがあったにちがいないのに。その痕跡はもはや存在しないのか。「習練を積んだ」遊歩者ベンヤミンの目は、記念碑の足元にある花壇に向けられる。そこにはもう一つ別の文字が存在するのだ。「円形の台座の上の記念碑はその花壇から聳え立っている。まるで目の前の一筋の水の流れが砂に書きこんだ魔法の曲線によって呪縛されたかのように(2)」。ただしその隠された文字が読めると言っても、それがそのままふさわしい概念を確定できることを意味するわけではない。概念などはあとからでも思いつくものだ。

「その『記号』のようなものを、私はずっと幼い頃から受け取っていた。つまりここ、あるいは遠くないところに、あのアリアドネー［道案内のギリシアの女神］が自分の臥所を設けていたにちがいないからだ。私はその近くで、生まれて初めて二度と忘れられないほどに、『言葉』としてはずっとあとになってようやく自分のものとして理解したこと、すなわち愛というものを知ったのだった(3)」。通りの名前のようなもっと簡単な記号でも、その多義性を視覚化する可能性はある。しかもそれを「逐語的」に受け取ることによって。ホーフイェーガーアレー［宮廷付き狩猟師通り］は、その名前でいかに多くのことを約束し、それを守ることはいかに少なかったか(4)。都市においてだけではない。テクストにおいても、さまざまな理由から逐語的に理解されまいとする言葉はたくさんある。そんなときにあえて字義通りに受け取ることによって、テクストの中で迷子になることに成功する。そういうことが翻訳の過程で、ときおり起こるのだ。

『ハムレットマシーン』においては、どの言葉も、少なくとも両義的に読める。例えば棺の中の死者は、最初に連想されるようにスターリンだが、同時にハムレットの父親であり得るし、ドストエフスキーの小説の金貸し老婆かもしれない。そして、この死者と日本の能演劇の死者の間には照応がないと、誰に言えるだろう。それにギリシア神話の人物たちも、このテクストでは、見過ごすことはできない。小さな都市の散歩も、あるいはもっと小さなテクストの散歩も、このように、世界旅行へと展開していく。『ハムレットマシーン』を読むことが、別のさまざまな由来のテクストを読むことを同時に始動させるのだから、「読みの旅」が世界をへめぐることは不可避なのだ。

『ハムレットマシーン』を読むと、シェイクスピアの『ハムレット』も、以前とは違ったふうに読めてくる。それは『ハムレット』だけではなく、『ハムレットマシーン』に関連する、他のたくさんのテクストにもあてはまる。これらのテクストを「オリジナル」と言うとき、私はそれが『ハムレットマシーン』にとって本来的な、不変の原典だと言っているのではない。その逆である。『ハムレットマシーン』がこれらのテクストの新しい読みを切り拓き、「オリジナル」のテクストは、この読みによって、あたかも『ハムレットマシーン』によって新たに書かれたかのように変化するのだ。もう一度読む＝「再読（リ・レクチュール）」は、その意味で、「オリジナル」の第二の読みであるだけでなく、「オリジナル」を「記念碑」にしてきた伝統的な読みを疑問に付すことでもある。この「再読」において、記念碑は砕かれて、再びまた一つの文字「エクリチュール」になるのである。

『ハムレットマシーン』が「オリジナル」に対して持つ関係は、オリジナルの由来――ギリシア神話、ソビエト文学、等々――によってグループに分けられるか、改作の方法――「彩色補筆」、「引用」等々――によって分けられる。言うまでもなく、ことに改作の方法に関しては、それぞれの方法を明確に区別することは不可能である。本論で行っている区分けは、筆者の区分けであり、「間テクスト性」の記述をそもそも可能にするための、いくつかのキーワードを提示しているにすぎない。

第一章では、神話とのかかわり方を考察している。『ハムレットマシーン』と神話との関係を述べるにあたっては、あえて言うなら「彩色補筆」という語を使うこともできる。この語は、ハイナー・ミュラー自身によって、『画の描写』という自らのテクストへのコメントとして使われている。『ハムレットマシーン』でも同様に展開される、伝統的な神話の読みとの批判的な対決を示す言葉である。

第二章では、『ハムレットマシーン』で重要な役割を担っている「引用」を扱っている。とくに興味深いのは、作者自身の過去のテクストからのそれらの引用が、『ハムレットマシーン』とは反対に、多くの批評家から「政治的」とみなされている点である。この引用があきらかにしているのは、一つ一つの言葉は多義的に読まれなければならないということだ。それぞれ自明であるものでも、新しいコンテクストにおいては別の意味を持ち、それによって引用されるテクストの再読の契機をもたらすということだ。

第三章においては、『ハムレット』の翻訳への小旅行を試みた。ハイナー・ミュラーは、『ハムレットマシーン』成立の直前に、シェイクスピアの『ハムレット』のドイツ語への翻訳を行っている。この翻訳は一見すると、とりわけ『ハムレットマシーン』での手法とは対照的に、単純無邪気であるように見える。「オリジナル」に誠実で、「逐語的に」収まっているからだ。それでもまさにこの「逐語性」が、ラディカルな手法としての翻訳を可能にしているのだ。この『ハムレット』翻訳において違うかたちで実現されているように見えるものの多くは、『ハムレットマシーン』の中にも見出すことができるのである。

「間テクスト性」の概念に関しては、第四章で取り上げている。ジュリア・クリステヴァがミハイル・バフチンに関する論文で、導入した概念である。『ハムレットマシーン』と、バフチンやクリステヴァによって展開された、例えば「多声性」「カーニバル」「アンビヴァレンス（両義性）」といった理念の間の関連をさまざまな地平で考察することは、筆者にとって重要だった。ここであきらかになったのは、『ハムレットマシーン』は、バフチンの作品の批判的な読みとして読まれ得るということだ。

最後の第五章では、『ハムレットマシーン』と日本の能演劇との結びつきについて考察した。確かに、『ハムレットマシーン』には、能演劇との明示的な関

連はない。しかし、このテクストを能演劇と比較すると、いくつかの重要な要素が見えてくる。例えば、死者たちの蘇生の場としての演劇。能演劇との関連を明示するハイナー・ミュラーのテクストはいくつもあり、『ハムレットマシーン』においても同様の結びつきが見出せるのは、偶然ではあるまい。なお、私の「間テクスト性」についての考察は、文学が他の文学にもたらすいわゆる「影響」とは何の関係もないことを、私はこの章において再度、あきらかにする必要があった。それよりも、相互のテクストが、出会い以前とは別様に読まれ得るような再読の行為が重要なのである。

『ハムレットマシーン』のテクストは、本論においては単なる研究対象の位置にとどまってはいない。ハムレットマシーンとは、他のテクストの読みを始動させる「読みのマシーン」である。それゆえ、私の言う「読みの旅」とは、『ハムレットマシーン』の読み

の旅である。私もともに旅をして、この読みの旅の報告を書く立場だから、私は付添人として括弧の中に入る。『『ハムレットマシーン』（と）の〈読みの旅〉』。それがこの論のタイトルである。つまり私は、最終的に、この読みの旅によって、読み手として産みだされる。一人の人間を旅人にする旅の場、すなわち遊歩者を観察者にする都市においてと同様に、私もこの読みにおいて、読者になろうと思う。

この読みにおいては、作者とテクストを区別するヒエラルキーは、疑問視される。『ハムレットマシーン』のテクストにはそのことへのシンボリックな場面がある。テクスト中の人物がその作者の写真を引き破るシーンだ。それゆえ私も、本論では『ハムレットマシーン』の短縮語として「HM」の語を使った。簡略化という理由だけでなく、「H」と「M」という二つの文字が、作者とテクストの境界への侵犯を思い起こさせるからでもある。「H」はハイナーで、「M」はミュラー。つまり作者の名前である。

（1）Benjamin, Walter: *Berliner Kindheit um Neunzehnhundert.* Frankfurt/M. 1986, S.9.［ヴァルター・ベンヤミン（小寺昭次郎編訳）『ヴァルター・ベンヤミン著作集 12 ベルリンの幼年時代』、晶文社、一九七一年］

（2）Ebd., S.9f..

（3）Ebd., S.10.

（4）Ebd.

第一章

『ハムレットマシーン』における神話の読み

一　ハムレット――西洋世界の英雄?

ハムレットが、あらゆる時代の西洋文学の中で、「最も名高い」「英雄」の一人であることは間違いない。一度もシェイクスピアを、読んだことも観たこともない人にとっても、ハムレットという名前は何らかの意味を持っている。[1] この名高いハムレットが本当に「英雄」なのかどうかは、これまでたびたび問題にされてきた。「英雄」［Held］という概念は、その人物がどういう性格なのかとは無関係に、単に文学作品の主人公のことも指し示す。このような意味でこの言葉が使われるようになったのは、十八世紀の市民社会以降であるが、この時代には、主人公たちのほとんどが、もはや英雄的な行動をする英雄ではなかった。[2] だが、ハムレットは「英雄」なのかと右のように問うとき、その英雄とは、英雄的な行動をするヒーローを指す。つまり、とくに決闘や戦争において偉大で勇敢な行為をして、手柄を立てる男のことである。そのため、果たすべき任務であった叔父への復讐を行動に移せなかったハムレットは、このような意味での「英雄」ではないと言われてきた。ハムレットの中に英雄を見出すことへの期待は、作品を読み進めるなかで裏切られることになる。裏切られた人にとって、とくに際立って見えるハムレットの特徴は、「行動力がない」という言葉でしか言い表しようがないような性分だろう。しかしながら、ハムレットのことを、アンチヒーローとか悪役と呼ぶことは到底できない。そのため、なぜハムレットの行動力が抑止されているのか、つまり何が彼の行動力を抑止しているのか、その原因が追及されることになる。ジグムント・フロイトは、彼の時代になされたハムレット解釈の傾向について、その基本的な考え方は、ゲーテに起因していると言う。「今日でもなお支配的なゲーテの意見に従えば、ハムレットは、発達しすぎた思考活動ゆえに、その溌剌とした行動力が麻痺した人間のタイプを具現している(3)」。

確かに、ハムレットは非常に多くの時間を「思考活動」にさいている。ハムレットは、ある独白の中で、「思考活動」こそが人間にとって最も大事な能力だと明言している。この独白の場面で重要なのは、場所が地理的に特定されていることである。ハムレットは、デンマークの浜辺に立って独白する。ハムレットの目の前には海が、そして、背後には「ヨーロッパ」がある。

(…)人間とはなんだ。
人生のほとんどの時間を、ただ寝ることと食べることに費やすとしたら? 動物と変わりはしない。
神は、**前を見通し後ろを見る**ために、
大きな思考力をわれわれに与えたのであって
使うことなくわれわれの内で腐敗させるために与えたはずがない(4)。

ハムレットは、「前を」見通し、「後ろを」見ることを可能にする人間の「思考力」や「理性」について語っている。『ハムレットマシーン』(HM)には、こ

の「浜辺のモノローグ」が想起される場面がある。しかし、その長いモノローグは、次のようなほんの短い言葉で示されている。

浜辺に立ち、寄せては砕ける波に向かって**ああだ（ブラー）こうだ（ブラー）**と喋っていた、ヨーロッパの廃墟を背にして。[5]
【HM1】

HMにおいて、モノローグの内容は、「ああだ（ブラー）こうだ（ブラー）」という他愛もないおしゃべりとして表されている。ただ一つシェイクスピアの原作と変わらないのは、主人公である英雄がたたずんでいる場所である。つまり、ハムレットの前方には海があり、背後には「ヨーロッパ」が広がっている。シェイクスピアは、「ヨーロッパ」を戦場として描いている。ハムレットは上述のように独白する直前に、フォーティンブラスの軍隊に遭遇し、ポーランドとノルウェーが「名誉以外に何の価値もない」「ほんのわずかな土地」をめぐって、戦争をしていることを聞き知る。ハムレットはこの戦争を、「体内で増殖し、どうして死ぬのか、外からはその原因がわからない」不治の病に喩えて、戦場であるヨーロッパは「廃墟」のようだと感じている。[6] ハムレットの前には海があり、後ろには戦場が広がっているという、この場所とモノローグの間には、いったいどのような関係性があるのだろうか。その答えは、ハムレットの別のモノローグにある。そこでは、地理的な位置関係が抽象化されたかたちで表されている。

生きるべきか、死ぬべきか、それが問題だ。
どちらが気高い心にふさわしいのか。
荒れ狂う運命の矢先を心で受け止めて
耐え忍ぶのがいいのか
それとも、敢然と立ちあがって寄せ来る苦難を乗り越えて終わらせるべきなのか。[7]

自らを権力の敵とみなすハムレットは、耐え忍ぶことと、死を覚悟して立ち上がることの二つの両立不可能な存在のあり方の狭間で、身動きがとれない。動けなくなったハムレットは、前と後ろを見ることしかできない。そのとき、彼のドラマが起こるのは、海の上でも戦場でもない。それは、ハムレットの「思考」の中で起きる。しかし、ここでいう「思考」とは、一般的なさまざまな思考活動のことではなく、ある特定の思考方法を意味する。それは、忍耐か抵抗か、生きるか死ぬか、前方か後方かという、二つのものを対立させて行う思考方法であり、テクストにおいて対立は風景として示されている。

もしもゲーテが言うように、ハムレットが行動できないのは思考活動のせいだとしたら、考えることをしなくなったＨＭの「ハムレット」は、きわめて行動力に長けているはずである。「ハムレット」にとってもはや「思考」は意味がなく、「ああだこうだ（ブラーブラー）」という言葉で表されるにすぎない。それにもかかわらず、ＨＭの「ハムレット」は、行動する英雄ではない。なぜなら、ＨＭにおいて、「思考と行動」や「言葉と行為」は、対立するものではないからだ。もしも「思考」に対立するものがＨＭの中にあるとするならば、それは、「血」のかよった「イメージ」だろう。

私はハムレットではない。もう役は演じない。私の台詞は、私にはもう興味がなくなった。私の思想が、イメージから血を吸い取ってしまう。私のドラマはもう起らない。【ＨＭ４】

思想は、イメージ（形象）を手段として用いるために、イメージに意味を負わせる。それによって、身体性、すなわち血を抜き取られたイメージは言葉になる。

これについてはあとで度々言及することになる。

フロイトは、ゲーテがハムレットをまったく行動することのできない人物と解釈したとして批判している。[8]というのも、いくつかの場面を見れば、ハムレットにも行動力があることはあきらかであるからだと言う。ハムレットの行動力を麻痺させているのは、ゲーテが言う「思考」なのではなく、オイディプス的願望の抑圧であるとフロイトは述べる。つまり、ハムレットが叔父に復讐できないのは、父親を殺したいという願望を持っていたためであり、この自分の願望を実現した叔父のクローディアスを殺すということは、自分自身を殺すことと同じになってしまうからだという。[9]

こうした意味において、フロイトは、ハムレット像の中にオイディプスの直系の継承者を発見する。ハムレットとオイディプスは、根底に同じオイディプス的な願望を持っているのであり、両者の違いは、ただその演劇的な構造にすぎないという。つまり、古代ギリシアの英雄は、その無意識的な動機が「彼の知らない運命によって強制されたものとして、現実の中に投影されている」のに対して、シェイクスピアでは、同様の無意識的な動機は、英雄の抑圧された願望というかたちで表されている。[10]

父親を殺して母親を自分のものにするオイディプス王の神話は、子供の欲望がほとんど形を変えずにそのまま表出したものである。こうした子供の欲望には、のちに近親相姦の壁が拒絶的に立ちはだかる。シェイクスピアの『ハムレット』という作品も、近親相姦のコンプレックスがよりうまく覆い隠されてはいるが、同じ土台に立つ。[11]

もしも『ハムレット』を、抑圧された欲望との闘いのドラマとして読むならば、戦場ではなく、自分の意識の中で闘うハムレットのこともやはり「英雄」と呼べるかもしれない。ハムレットのドラマは、敵との戦いそれ自体ではなく、戦いに至るまでの過程を暴き出してみせる。

だが、もしも意識の中で戦いが起こるのだとしたら、ハムレットの敵とは誰なのだろうか。英雄になるために、ハムレットが倒さなければならない相手は誰なのか。フロイトのハムレット解釈を研究する精神分析家のテオドール・リッツは、その敵とは、自分自身のことであると言う。

(…)シェイクスピアは、(これまでの英雄像とは)対照的に、無敵の英雄ではない、新しいタイプの悲劇的な英雄をつくり出した。それは敵を倒すことではなく、自分自身に勝つことを最大の使命とする英雄である。ハムレットは非常に不安定な精神状態にあるが、母親を取り戻すためには、自分の情熱と闘って、母を殺したいと思う衝動を抑えなければならない。(12)

「自分自身に勝つ」とは聞き慣れた言い方でありもっともらしいが、『ハムレット』の場合、注意深く読んでも、彼が自分の情熱と闘おうとしたり、母親を殺したいと思う衝動を抑えようとする場面はない。そもそもハムレットにはそんなことをする必要さえないのだ。というのも、ハムレットが抱えている問題とは、まさに情熱を感じないところにあるのだから。

ハムレットが闘うべき情熱とは、母親の情熱である。彼女は、貞操と美徳を追い求める代わりに情熱に身を任せてしまう。オイディプス神話において、母親は重要な役割を担っている。つまり、母親は、父親と息子の両者から欲望の対象としてみなされるために、父親と息子の間で争いの原因となる。この母親をめぐる父親と子の争いは、西洋文明の基本構造と読めるため、批評家のクルニツキーは、オイディプスを「西洋世界の英雄」と呼ぶ。西洋社会におけるすべての男性には、オイディプスであることが宿命づけられている。つまり、母親に対して性的な欲望を持ち、その代わりの対象を追い求めるのである。そのとき、母親には、母としてふさわしい役割を演じることが求められる。「母親としての役割と、母としての振る舞いが、すべてのオイディプスを英雄にしてきた。一方で英雄は、女性に母であることを求め、母親と性的関係を持ちたいという欲望を、代わりの対象へと向ける。[13]」母親が「欲望の対象」であることをやめ、ハムレットの母ガートルードのように、夫でも息子でもない第三者を自分のほうから「欲望する」ならば、息子は西洋世界の英雄にはなれない。そのとき、ハムレットは、「間違いを犯した」母を持つ「オイディプス」と考えられる。それゆえ、最初にハムレットが行うべきことは、父親の殺害者を殺すことではなく、母親に、母としてあるべき振る舞いをさせるために、その欲望を抹殺することなのである。

二　英雄と女性的快楽の闘い

ＨＭでは、抑圧されているとフロイトが考えたものが、テクストの表面に現れ出ている。つまり、「ハムレット」が叔父の共犯者であることは「隠蔽」されていない。それどころか、「ハムレット」は、自分の近親相姦的欲望や、叔父と自分自身を同一視していることを大っぴらにすることをはばからない。第一景では、父親の棺の上に、母親と叔父（ＨＭでは「寡婦」と「人殺し」と呼ばれている）が登場する。「ハムレット」は、彼らに言う。

叔父さん、上に乗る手伝いをしてあげようか、ママ、股をひろげなよ。【ＨＭ1】

この「ハムレット」は、叔父には「親切」であるのに、父親に対しては蔑んだような態度をとる。フロイトが「抑圧されている」と言う父親への憎しみを、「ハムレット」は、ためらいもなく口にする。「ハムレット」は、父親の亡霊に向かって言う。

父上　私にどうしろと言うのです。国葬ひとつでは足りないのですか。おいぼれのたかり屋め。靴に血はついていないのか。あなたの死体など私には関係ありません。【ＨＭ1】

ＨＭのクローディアスは、ガートルードとだけでなく、オフィーリアとも、臥所を共にすることで、「ハムレット」の性的願望を叶える。

（**ハムレット１**と書いてある直立した棺から、クローディアスと、娼婦の衣裳と化粧のオフィーリアが登場。オフィーリアのストリップ。）【ＨＭ3】

ＨＭは『ハムレット』の「解釈」として読めるが、そこではフロイトによるハムレット解釈が重要な役割を担っている。あるいは、ＨＭはハムレット像を基とするフロイトのテクストの「読解」とも捉えられる。

ここでいう「解釈」とは、作者の意図を「説明する」ことではなく、『ハムレット』という作品の構造をさまざまな方法であきらかにするような「解釈」のことである。作品の構造をあきらかにするために、ＨＭでは、ときに、シェイクスピア原作の登場人物とは正反対の人物像が提示される。例えば、シェイクスピアによって、純真無垢な魂を持つ乙女として表されているオフィーリアは、ＨＭでは、娼婦の化粧と衣裳で登場する。オフィーリアが娼婦の役を演じることは、「ハムレット」によって、第一景ですでにほのめかされている。

あの魅力的なオフィーリア、彼女はきっかけどおり

に登場するぞ、見ろよ、あの腰の振り方、悲劇的な役だ。【HM1】

従来の『ハムレット』研究では、母親への不信感がハムレットの中に女性への嫌悪を生じさせ、そのためにオフィーリアとの恋愛も破綻をきたしたとしばしば解釈されてきた。そうであるなら、HMのオフィーリアが、男性の欲望が投影されたイメージである「娼婦」として描かれていることは納得がいく。しかしながら、ここで不思議なのは、シェイクスピアにおいて、オフィーリアは純真無垢を体現するものであるのに対して、女性の罪を体現するのが、ガートルードただ一人であることだ。

シェイクスピアのテクストで目につくのは、母親の欲望に対するハムレットの闘いがとても長く詳細に描かれていることである。ハムレットは身体的な暴力ではなく言葉でもって戦うが、母親が次のようにハムレットに語りかけるとき、それは「血を流す」闘いであることがあきらかになる。

ああ、もうなにも言わないで。言葉は剣のようにわたしの耳に突き刺さる。(14)

その言葉からわかるように、言葉の剣は、母親の胸を切り裂く。そして、母は訴える。

ああ、ハムレット、おまえはわたしの胸を二つに引き裂いてしまいました。(15)

ハムレットは答えて言う。

ならば、悪い方を捨てて、残りの半分でもっと清く生きてください。おやすみなさい。だが、叔父の寝床へ行ってはなりません。(16)

ハムレットは、言葉の剣で、母親の心を良い方の半分と悪い方の半分の二つに割る。例えば、「クローディアスのいるベッドに入りたい」と欲する悪い方の半分は、捨て去られなければならない。

ハムレットは母親に対して、まるで教師や聖職者のように振る舞い、母の「心」がどのように見えるかを説き、母親にどう行動すべきかの指示を与える。「おまえのおかげで、この心の奥底が見えました(17)」と母親はハムレットに言う。ハムレットは、言葉によって、母親の「心」を支配する。つまり、ハムレットは、母親の心を描写し、間違いを正し、改心させようとする。HMでは、「ハムレット」が母親の台詞と行動を決めようとするその態度はいっそう極端になっている。

> 台詞を忘れたのかい、ママ。プロンプしてあげよう。
> 【HM1】

ハムレットは、「ほら、悲鳴をあげなきゃ」「さあ、結婚式にいらっしゃい」【HM1】などと母親に指示を与えることで、母親を支配しようとする。母親への憎しみと欲望の間で揺れるハムレットのアンビヴァレントな感情は、HMの第一景にある次の言葉に表れている。

> 私は母上、あなたをまた処女に戻してあげましょう、
> あなたの王が流血の婚礼をあげられるように。
> 【HM1】

母親の快楽に対する嫌悪と母親への愛という相反する感情に折り合いをつけるために、その唯一の方法として、処女である母という観念がつくり上げられたのではないだろうか。西洋文化は、この処女である母親という観念を、まさに巧みなかたちで聖母マリアの像

に結実させた。聖母マリアはミュラーのテクストにも登場するが、それについてはまたあとで触れたいと思う。

注釈のない以下の文の中には、母胎に戻りたいという願望と、母の肉体に抱く嫌悪感が示される。

女の胎は一方通行路ではない。さああなたの両手を背中で縛りあげます、その花嫁のヴェールで、あなたに抱擁されるのはたまらないからね。【HM1】

ここで、接吻とは叫び声を塞いで相手を窒息させることを意味し、「ハムレット」の憎しみと欲望が表裏一体となって母親を襲うとき、死をもたらすことになる。

叫んだら私の唇で窒息させてあげます。【HM1】

ところで、ハムレットの中に嫌悪と恐れの感情を引き起こす女性の快楽は、彼の目にはどのように映っているのだろうか。シェイクスピアの原作には、ハムレットが女性に対して持っているイメージについて、詳しく述べている箇所がある。

おまえたちの化粧のことも知っているぞ、嫌というほど。神はおまえたちに一つの顔をお与えになったのに、おまえたちは別の顔を作ってしまう。体を揺らし、踊るような足取りで歩き、舌足らずな話し方をして、神がお与えになったものも台無しにしてしまう。ふしだらなことをして無知を曝け出す。行け、もうたくさんだ。おかげで気が狂った。結婚などしてはならぬ(18)。

ハムレットの目には、神が創った一元的な世界の価値を、女たちが理解していないように映る。彼女たちは、その代わりに、化粧や仮面で覆い隠された別の世界を「描く」。体を揺らして官能的だが無意味な動きをし［wippen 上下に揺れる、tänzeln 踊るような足取りで歩く］、不明瞭な言葉をしゃべる［lispeln 舌足らずに発音する］女たちは、ついには、神から授かったものも台無しにしてしまう。そのせいで、気が狂った、とハムレットは言う。女たちの異なる言語を破壊することも、女たちの言語を自分の言語へと翻訳することもできなかったハムレットは、狂気に陥ってしまう。ここで扱われているのは、翻訳という問題である。ハムレットは、女たちが舌足らずに話す不明瞭な言葉を、理解できる明瞭な言葉へと翻訳することができない[19]。

ハムレットと女たちの欲望との闘いは、実際にはただ言葉による闘いであって、ハムレットは、オフィーリアとガートルードの死に直接に関与しているわけではない。それゆえ、ハムレットの闘いは、スフィンクスと対決したオイディプスのように英雄的ではない。

ゲーテが『ヴィルヘルム・マイスターの修業時代』の中で書いているように、ハムレットは、その道徳的信念にもかかわらず、弱く頼りなげに見える。「英雄になる心の強さを持たない、美しく、清らかで、高貴な、きわめて道徳的な人が、担うことも捨て去ることもできない重荷のために亡びてゆくのだ[20]」。

しかしながら、「道徳的な人」が行う闘いが、少なくとも一人の犠牲者を出していることを見過ごすことはできない。オフィーリアである。それは、ただオフィーリアが死んでしまうからというだけではなく、「まるで人魚［Seejungfrau は人魚を意味するが、直訳すると「海の処女」］のように」、あるいは「自分の災いが何であるのかわかっていない[21]」純真無垢な人間として、死んでゆくからである。そのとき、死んだオフィーリアはハムレットによって二つに引き裂かれた女の心の良い方の半分として、ガートルードは悪い方の半分として、『ハムレット』の中に呪縛されてしまう。

HMでは、オフィーリアは娼婦として描かれているが、このことを、良い方の半分と悪い方の半分の統合と考えてはならない。なぜなら、もしも再統合であるとするならば、もう片方は悪い方の半分として、再び固定されてしまうことになるだろう。しかも、ハムレットが心を二つに割る以前には、そもそも良い方も悪い方も存在しなかったことが忘れられてしまうだろう。HMでは、伝統的な女性像を壊すために、別の方法が使われる。つまり、オフィーリアは、ガートルードではなく、別の文学作品の登場人物であるエレクトラという女性像に関係づけられている。声が奪われたオフィーリアの身体が発するのはエレクトラの声である。これについてはあとで詳しく述べるが、その前に、「間テクスト性」の観点から、精神分析的な読解の意味について考えてみたい。

三　アムレトス伝説とオイディプス神話

ホルガー・M・クラインは、自身によるシェイクスピア『ハムレット』の翻訳の序文で、その多様な解釈について述べている。その中でクラインは、『ハムレット』のフロイト的解釈を評価していない。なぜなら、精神分析的解釈というものは、マルクス的解釈やメルヘン研究と同じで、「シェイクスピアの意図した解釈」とは異なり、作者であるシェイクスピアが「知り得ない」世界観に基づいているからだという。(22) だが、異質な世界観が出会うことこそが、読書において最も生産的な出来事の一つなのではないか。これに対して、クラインは、作品には変わることのない一つの「真実」があり、この「真実」を探し出さなければならないという前提に立っている。そうでなければ、読みとは、自分勝手な解釈の投影でしかなくなってしまうという。そのような読みの例として、クラインは、ハムレットが叔父への復讐を遅らせる原因についての説明をあげる。どうしてハムレットはクローディアスの犯行に対してすぐに復讐しなかったのか。この問いに対して、フロイトは、ハムレットにとって自分のオイディプス的願望を実現した叔父のクローディアスを殺すことは、自分自身を殺すことと同じだからである、と論じている。クラインは、こうした解釈も確かに「可能」ではあるが、「確実ではない」と言う。なぜなら、「作品の真実が、他の真実によって置き換えられてしまう」(23)からである。

しかし、フロイトにとって重要であるのは、テクストにおける不変の「真実」ではなく、読者によって読まれるたびに、違う読み方を生み出すような「作用」である。

ここで三百年以上も昔のシェイクスピアの傑作『ハムレット』について考えてみよう。精神分析学の文献をいろいろと読んできた結果、私は、精神分析が『ハムレット』という素材を、オイディプスの主題へと還元したことによって、初めてこのオイディプス王の悲劇が持つ作用の謎が解かれたという意見に同意する。(24)

シェイクスピアがギリシア悲劇を知っていたかについては意見が分かれるところだが、もしも知らなかったとすると、『ハムレット』の中にオイディプス神話を発見したのは、フロイトの功績と言えるだろう。ここで問題にしているのは、劇作家によって扱われる客体としての「素材」、または、テクスト——「マテリアル」ではなく、素材であると同時に生きた身体としてのテクストである。この生きた身体であるテクストの中には、他のさまざまなテクストが認められ、さらに、シェイクスピアが知ることのなかったテクストも見出される。フロイトが『ハムレット』の中に見出したオイディプス神話は、そのよい例である。

シェイクスピア自身もまた、あるテクストの中に別のテクストを見つけ出す読み手であった。しかも、すでに存在している作品の中にシェイクスピアは未だ書かれていない作品を見つけ、それを書き記した。アムレトス伝説の中にハムレットを発見したのである。

古代からヨーロッパ各地に伝えられていたアムレトス伝説には、イランに源を発するものもあり(25)、そうだとすれば、アムレトスの物語はヨーロッパだけのものではない。アムレトス伝説は、デンマークの歴史家サクソ・グラマティクスによって十二世紀末頃に書かれた『デンマーク人の事績』でも触れられており、シェイクスピアが知っていたのは、このサクソによる物語か、あるいは、十六世紀末に出版されたフランソワ・ド・ベルフォレの『悲話集』に収められた『アムレトス伝説』のいずれかであろう。そのため、この伝説の長い歴史において、一六〇〇年ごろに執筆されたシェイクスピアによる『ハムレット』を、「起源」とか「オリジナル」と呼ぶことはできない。そもそも、シェイクスピアの戯曲の原稿は残っておらず、シェイクスピアの自筆原稿というものも残っていない。俳優たちの記憶力によって復元されたテクストには、「真正な」テクストは存在しない。解釈学的な眼差しとは異なる精神分析的な眼差しは、テクストを書かれた原稿に縛りつけられたものと見るのではなく、テクストの構造こそが、テクストのアイデンティティであるという理解を可能にした。ヨーロッパで長いあいだ書き継がれてきた「ハムレットテクスト」とは、そのようなテクストだと言える。アムレトス伝説に端を発するこれらのテクストの内容がどのように変遷してきたかを見てみると、例えば無意識や無意識の表象がどのように扱われてきたかという歴史が、そこには映し出されている。

伝説の英雄アムレトスは、叔父による父殺害の事実を知っていて、復讐を実行する点で、オイディプスともハムレットとも違っている。幼い頃に、アムレトスは父親を叔父のフェンゴンの手によって殺され、叔父はアムレトスの母ゲルーサと結婚して国を支配する。アムレトスは叔父に殺される危険を感じて、狂人を装う。のちに、大人になったアムレトスは叔父を殺して英雄となるのだが、殺害されるのは叔父のフェンゴンだけで、母親は殺さない。なぜなら、アムレトスは、母親は叔父と無理やり結婚させられたのだと思っているからである。ここで注目したいのは、アムレトスの物語では、シェイクスピアの場合よりもかなり登場人物が少ないということだ。伝説には、ポローニアスもホレーシオもオフィーリアも登場しない。フロイトのハムレット解釈を発展させて論じたアーネスト・ジョーンズは、「分解」について述べている。それによると、「分解」は、一人の人物が持っているさまざまな属性を分離して、それらから複数の人物がつくり出されることをいう。[26] 例えば、ポローニアスは、多くの父親が持っている悪い性向だけを担っている。これに対してハムレットの父親は、理想的な父親像を体現しているという。

また、クローディアスはハムレットの無意識を具現しているのに対して、ホレーシオはハムレットの超自我（理想的な自己）だと考えられる。つまり、ハムレットは、無意識と超自我を分離して残っ**た**も**の**から成る人物ということになる。失われた超自我に対するハムレットの憧憬は、ホレーシオへの愛として表れる。ハムレットにとってホレーシオとは、例えばガートルードとは対照的に、「情熱の奴隷」にならなかった人物だ。

しかし、HMでは、超自我の出番はない。「ハムレット」はホレーシオに言う、「**私の悲劇には君の出番はない**」と。この悲劇では、通常は抑圧された状態にあるものを、劇の表面に浮かび上がらせることが試みられている。「ハムレット」は、役がなくなったホレーシオの演者に、ポローニアスの役を演じてみないかと提案する。

来るのが遅すぎたのだから　友よ　ギャラは貰えない／私の悲劇には君の出番はない。ホレーシオ、君は私を知っているのか。私の友人かい、ホレーシオ。私を知っているなら、どうして友人でいられるんだ。それよりポローニアスを演らないか、自分の娘と寝たいと思っている男の役だ、（…）。ホレーシオポローニアス［HoratioPolonius］。君が俳優だということは知っていたよ。私もそうだ、私の役はハムレット。【HM1】

ジョーンズは、二人の人物が融合されて一人の人物になる「圧縮」について言及している。上述の引用でのポローニアスとホレーシオの融合は、夢の中でよくあるような突拍子もないことという印象を与える。それはホレーシオとポローニアスが相容れない組み合わせだからだ。ハムレットにとって理想像であるホレーシオと、父親の悪い面を体現するポローニアスが、役の中で、「ホレーシオポローニアス」として融合する。

HMでポローニアスが、「自分の娘と寝たいと思っている」父親として描かれていることは、精神分析家のテオドール・リッツによる次の意見とも合致する。つまり、オフィーリアにおいて父と娘の関係性がとりわけ緊密であるのは、ポローニアスの妻が死んでしまっているからである。[27] ポローニアスにとって、オフィーリアとは、娘であり妻なのであるという。

オフィーリアは、父からも、兄のレアーティーズからも深く愛されている。これはアムレトス伝説では見られなかった側面である。アムレトス伝説では、ゲルーサ一人だけが、夫（王）、義弟（フェンゴン）、息子（アムレトス）という三人の男に対して依存関係にある。同様に『ハムレット』でも、夫(王)、義弟(クローディアス)、息子(ハムレット)の三人の男に依存する女の登場人物(ガートルード)がいるが、三人の男性と依存関係にある女の登場人物はもう一人いる。父親(ポローニアス)、兄(レアーティーズ)、恋人(ハムレット)と依存関係にあるオフィーリアである。両方のグループ、すなわちガートルードとオフィーリアのそれぞれを取り巻く男たちの輪は、ハムレットを介して重なり合う。シェイクスピアがオフィーリアを劇に組み込んだことによって、英雄の母親、または女性そのものが、アムレトス伝説においてよりも重要な意味を持つようになった。とりわけHMを読んでからは、作品の題名にもなっている主人公のハムレットだけを重視して女の登場人物には注意を向けない、ということはできなくなる。なぜなら、HMでは、最終景でのオフィーリアによるモノローグで、女たちが担う重要な意味に注目させるからである。シェイクスピアでは、女たちにはモノローグがない。しかも、劇の終盤ではオフィーリアはもはや登場せず、彼女について誰も何も語らない。HMのオフィーリアの力強さは、別の女性が、オフィーリアの口から言葉を発していることに関係している。口をきいているのは、エレクトラである。それでは、次にエレクトラについて見ていく。

四　オレステスとエレクトラ

ジグムント・フロイトとアーネスト・ジョーンズが、神話の登場人物であるオイディプスをハムレットの最も重要な原型とみなす一方で、フレデリック・ワーサムやギルバート・マレーらは、やはり神話の登場人物であるオレステスにハムレットの原型を見出している。ワーサムは、ハムレットの苦悩の原因は父の死よりも母の不実にあると言い、オイディプスコンプレックスよりも、母親への憎しみのほうが重要な意味を持っていると述べる。そして、多くの場合、息子は母親に対して強い憎悪を抱くという前提に立ち、「オレステスコンプレックス」という概念を提起する。[28]

オレステスとハムレットの間には、オイディプスとハムレットに比べて、確かにより多くの直接的な共通点がある。オレステスの母クリュタイムネストラは、夫が十年間留守にしているあいだに、愛人になったアイギストスとともに権力を握るようになる。帰還した夫のアガメムノンは、クリュタイムネストラとアイギストスの手にかかって殺されてしまう。クリュタイムネストラの次女エレクトラは、アイギストスの手から守るために、まだ幼い弟のオレステスをフォキスへと送り出す。それから二十年後、故郷に戻ったオレステスは、アイギストスと母のクリュタイムネストラを殺害する。オレステスとハムレットの間に共通点があることは誰の目にもあきらかであり、少なくとも、オレステスによる殺害とハムレットの計略には共通する点がある。しかし、ここで興味深いのは、母殺しの主役はオレステスではなくエレクトラだというジュリア・クリステヴァの意見である。

復讐の化身であるエレクトラは、オレステスがそうである以上に母殺害の主役なのである。殺害の場面から聞こえてくるのは、娘と母の声ばかりで、息子は沈黙したままではないか。[29]

クリステヴァは、ソフォクレスによる悲劇『エレクトラ』のコロスを引き合いに出す。エレクトラは「父の娘」であって母の娘ではない、とコロスは語る。ソフォクレスによる悲劇と同じ題名を持つエウリピデスの悲劇『エレクトラ』でも、エレクトラが母殺しの主役であることが、いっそうはっきりと見てとれる。ソフォクレスの悲劇では、オレステスはためらうことなく母を刺し殺すのに対して、エウリピデスにおいては、母を殺害する決心がつかないでいるオレステスをエレクトラが説得する。エレクトラはまさに文字どおりの意味で「父の娘」である。

オレステス　いったい、母をどうしろというのだ。殺せというのか？
エレクトラ　母の姿を見たら、急に可哀そうになってしまったというの？
オレステス　あぁ、自分を産んで育ててくれた母をどうして殺せるのか。
エレクトラ　おまえと私の父親を、あの人が殺したのと同じようにやればいいのよ。(30)

ＨＭが成立するおよそ十年前の一九六九年に執筆された『エレクトラテクスト』で、ハイナー・ミュラーも、エレクトラ神話について書いている。この非常に短いテクストから、ミュラーも、母親の殺害はエレクトラの願望であって、オレステスはその実行者にすぎなかったと考えていることがわかる。

アガメムノンの次女エレクトラは、弟のオレステスをアイギストスの刃から救うために、フォキスへと逃れさせる。それからの二十年間、エレクトラは最も身分の低い下女として母の宮殿でオレステスの帰りを待つ。クリュタイムネストラはその二十年の間、一匹の蛇が自分の乳房から乳と血を吸う夢を繰り返し見る。二十年目の年に、オレステスは故郷のミケーネに戻ってくると、アイギストスを斧で打ち殺し、次に、乳房を露わにして、目の前で命乞いをする母親を殺す。(31)

ソフォクレスとエウリピデスのどちらの悲劇でも、オレステスは神託の求めに従って、やむを得ず母親を殺したと主張するのに対して、エレクトラは母親を罵っている。物語の中心は、そこでは、オレステスによる復讐にはない。したがってこのソフォクレスとエウリピデスによる作品の両方ともに、『オレステス』ではなく、『エレクトラ』という題名がつけられているのは偶然ではない。同様に、ミュラーのテクストも、『オレステステクスト』ではなく、『エレクトラテクスト』と名づけられている。クリステヴァは次のように言う。

実のところ、父親という正義の追求とは美しい表面であり、その下には暗く陰鬱な裏面が隠されている。つまり、裏面とは、母親への憎悪、さらに言えば、死に対する嫌悪のことだが、それは、この母が父を殺したからではなく、母がアイギストスの愛人であるからだ。母の快楽は拒絶されるべきである。これこそ、母の享楽に心を奪われている父の娘が求めることなのである。[32]

エレクトラは父親の意見を代弁する娘である。父親について語るとき、エレクトラは、愛についてではなく、父親が代表する正義について話す。アイギストスを軽蔑しているエレクトラは、父と同じ尺度でアイギストスを判断する。そのため、例えばエウリピデスの作品では、トロイア軍との戦いに赴かなかったアイギストスは父のアガメムノンよりも劣っている、とエレクトラは言う。[33] さらに、何よりもエレクトラを不快にするのは、アイギストスにおける男らしさの欠如であり、アイギストスは「乙女のような顔だ」とエレクトラは言う。エレクトラが死んだ父の掟を回復したいと思っていることは、次のようなエレクトラの非難の言葉に、明確に表れている。

アルゴス中で皆がおまえのことをこう言っているのよ、

あの女の男だって。あの男の妻、とは一度も聞いたことがないわ！
なんてみっともないこと、
家で命令するのが男でなくて女だなんて。[34]

クリステヴァは、父の死後、息子ではなく娘が父の掟を代表する理由について、エレクトラ神話に関連づけてこう説明する。

娘というものは、父親が殺されることに耐えられない。父親が存在するということは、すなわち、父親は死ぬことによって、ある概念、ある象徴的権力の地位へと高められることになるのである。それによって娘の生は意味あるものとなり、その生涯は永遠の復讐と化すのだろう。[35]

HMのなかでエレクトラが話すのは、復讐の言語である。エレクトラが復讐する女として描かれるのは、なにもめずらしいことではない。むしろ、ここで注目すべきは、ハムレットとエレクトラに類似性があることから、オイディプスとエレクトラの間にも類似性があると言えるようになる点である。そのため、フロイトが言う「オイディプスコンプレックス」に等しいものが、女性の場合では、「エレクトラコンプレックス」と呼ばれるのは不思議ではない。[36] オイディプスを出発点として考えるフロイトは、「男性と女性の性的発達の間に綺麗な平行関係を見ようとする考え方」を「放棄」したため、女性の性的な発達を体現する別の人物を必要とする。[37]

これに対して、エレクトラを立脚点とするクリステヴァは、父の娘が置かれている「位置」[38]は、男によってとって代わられることも可能であるし、あるいはオレステスの場合のように、男が、「取り巻き」の役割を担うこともあり得るという。[39] 父の掟を代表するエレクトラは、母親の快楽を相手に戦わなければいけない。そうしなければ、父親をなくしたオフィーリアがそうであったように、エレクトラも父のいない娘として、社会の秩序から排除されてしまうだろう。もしもハムレットが命じた通りに尼寺へ行っていたならば、オフィーリアには、修道女として生き延びる選択肢があったかもしれない。というのも、修道女とは、父の娘に負わされた典型的な生き方の一つであったのだから。

このエレクトラたちとは、「永遠の処女」であり、父親の大義の擁護者であり、不感症である劇的な形象である。彼女たちは、女であることから逃れたいと望みながらも、社会的規範にがんじがらめになっている。すなわち、修道女であり、「女性革命家」であり、（そしてあり得るのは）「フェミニスト」なのである。(40)

エレクトラは、手に短剣を握り、母親とその愛人の寝室に入って任務を遂げようとする。つまりエレクトラは、母の快楽を抹殺することで父の掟を取り戻そうとするのだ。この掟こそが、ＨＭの中で「真実」と呼ばれているものである。

彼女が屠殺者の短剣をもっておまえたちの寝室を通り過ぎる時、おまえたちは真実を知ることだろう。【ＨＭ５】

このような意味で、ハムレットは、エレクトラの代役になり得る人物だと言える。ハムレットと、その原型であるオイディプス、オレステス、アムレトスとの最も顕著な違いとは、ハムレットはエレクトラ同様に、母親の快楽と戦わなければならないところにある。

では、もう少しギリシア悲劇にとどまって、これまでとの関連で興味深く思われるいくつかのイメージを検証したい。

五　母の胸から血を吸う蛇たち

HMの第一景で、子宮は「ヘビの穴」に喩えられている。

> ぼくの母さんは花嫁。彼女の乳房はバラの苗床で、子宮はヘビの穴。【HM1】

この文の数行先に、「**女の胎は一方通行路ではない**」という表現がある。両者を関連づけて読むと、母胎の中から出てきた蛇が、再びその中に戻ろうとしているところが想像できる。

HMの第五景では、エレクトラ／オフィーリアは、男たちが子宮に戻ることを拒絶する。彼女たちが自分の乳を毒に変えるとき、乳房と乳は死をもたらす危険なものとなる。

> わたしは、わたしが受け入れてきたすべての精液を吐き出します。わたしの乳房の乳を致死の毒に変えます。わたしの産んだ世界を回収します。わたしの産んだこの世界を、股の間で窒息させます。わたしの恥部に埋葬します。【HM5】

ミュラーの『エレクトラテクスト』には、「一匹の蛇が自分の乳房から乳と血を吸う」夢を、クリュタイムネストラは二十年間、繰り返し見たという描写がある。[41] これと同じ夢は、アイスキュロスの『供養する女たち』にも出てくる。ここまでエレクトラが主役のエウリピデスとソフォクレスの悲劇についてのみ論じてきたが、アイスキュロスにも、同じ題材を扱った作品がある。蛇のモチーフに注目してみると、この作品はとても興味深い。どうしてクリュタイムネストラは、自分で殺しておきながら、死者［アガメムノンのこと］の供養をすることにしたのか、オレステスはそのわけをコロスの長に尋ねる。すると、コロスの長は、クリュタイムネストラが大蛇の夢を見たせいだと答える。クリュタイムネストラは、大蛇を産んでそれにおしめを当てる夢を見る。夢の中で、液体である「乳」は「血」と結びつく。

オレステス　生まれたばかりの蛇は、どんな餌をほしがったのか。
コロスの長　夢の中で、蛇に乳をあげたそうで。
オレステス　そのけがらわしい生き物は乳房を傷つけなかったのか。
コロスの長　乳と血の固まりをいっしょに吸ったそうだ。
オレステス　人の見る夢には意味があるはずだ(42)。

この話を聞いたオレステスはすぐに自分自身を蛇に重ね合わせて、こう言う。「蛇の姿を借りたわたしは、母親を殺すだろう。夢が予言する通りに(43)」。クリュタイムネストラも、この夢をオレステスと同様に解釈する。そのため、まさに自分を殺そうとしているオレステスに向かって、クリュタイムネストラは「おまえはわたしが産んで育てた蛇なのだ」と言う(44)。

これに対して、ソフォクレスでは、二十年もの間、母親の血を吸ってきた蛇は、オレステスよりもエレクトラに似ている。

クリュタイムネストラ
昼も夜もわたしには安らかな眠りはなかったのです、
わたしを待ち受けている
死の予感におののきつつ日々を送ってきました。
しかし、今日わたしは、

この者（エレクトラ／筆者注記）と彼（オレステス／筆者注記）の恐怖から、解放されるのです。
なぜなら、この家に一緒に住んで、
いつもわたしの生き血を吸っていた彼女［エレクトラ］は、
わたしにとってもっとも大きな苦痛だったからです。(45)

クリステヴァが書いているように母親の殺害の主役はエレクトラなのだとしたら、ソフォクレスにおいて、蛇がオレステスよりもエレクトラに関連づけられていることは納得できる。オレステスとエレクトラのどちらが蛇だとしても、蛇が果たすべき役割とは、乳の代わりに血を吸って母を殺すことである。これは母親の乳房との戦いである。アイスキュロスの悲劇では、クリュタイムネストラは自分を殺そうとしているオレステスに対して、乳房を晒して言う。

息子よ！　やめて！　この乳房を恐れないというの、我が子よ。
この乳房から、おまえは、よくうとうとしながらその唇で乳を飲んだ。
わたしのこの乳で、おまえはこんなに大きくなった(46)
（…）

動揺するオレステスは、「母親の血を大事」にしなくてよいのだろうかと友人のピュラデスに尋ねる。ピュラデスは、母の殺害はデルポイの神託による命令であることをオレステスに思い出させ、神々よりも「強大な」敵はないのだと言う。そこで、オレステスはピュラデスに礼を言い、母との戦いを成し遂げる決意をする。
ＨＭでは、病に侵された乳房を持つ聖母が登場する。聖母の息子であるＨＭの「ハムレット」もまた、母親の乳房を相手に戦わなくてはならない。「乳癌の聖母」【HM3】。彼女の隣では、ホレーシオが雨傘を広げてハムレットを抱擁している（ピュラデスとホレーシオはよく似ている。ピュラデスも「情熱の奴隷にならなかった人」(47)だからだ。ホレーシオがハムレットに忠誠を誓うように、ピュラデスもまたオレステスに忠誠を誓う）。ホレーシオは雨傘で、ハムレットを守ろうとするが、いったい何から守ろうとしているのか。女たちを苦しめている「拷問の太陽」【HM5】からだろうか。それとも、「太陽のように輝きを放つ」「乳癌」【HM3】からか。いずれにしても、ホレーシオは、雨傘を日傘の代わりにしてハムレットを太陽から守ろうとする。ところで、エウリピデスによる悲劇では、死を目の前にした母親の乳房のことを思い出すとき、オレステスの心のうちに母に対する哀れみの感情が湧き起こる場面がある。オレステスは、コロスに言う。

> 見たでしょう、不幸な人がどんなであったか。
> 衣服から露わにさらけ出した乳房を、とどめの一刺しのときに、
> わたしに見せたのを。(48)

同様にミュラーによる『エレクトラテクスト』でも、母親の乳房のイメージが強調されている。このテクストは非常に短いものであるにもかかわらず、ミュラーが、乳房のイメージを取り上げていることには、なおさら重要な意味がある。

> 二十年目の年に、オレステスは故郷のミケーネに戻って来ると、アイギストスを斧で打ち殺し、次に、乳房を露わにして、目の前で命乞いをする母親を殺す。(49)

ところで興味深いことに、アイスキュロスは、オレステスだけでなく、クリュタイムネストラとアイギス

トスも蛇（あるいは大蛇）［Drache］に喩えている。

コロスの長（…）あなたはアルゴスの町を解放してくれた。
二匹の大蛇から勢いよく頭を叩き切って。

オレステス　ああ！　あそこにゴルゴンみたいな女たちが見える。
黒い衣をまとい、こんがらがった蛇が髪にまとわりついている。もうこれ以上ここにはいられない。(50)

蛇と化したオレステスは、自分と同じ蛇である母親を殺すことで、アルゴスの町を解放する。母を殺害したオレステスは、もはや蛇ではない。しかし、その代償として、蛇の「幻」に追いかけ回されるようになる。コロスの長は、どうすべきかオレステスに指示を与え、「父の息子」であるオレステスは「毅然として」、殺人の記憶を忘れて、町の秩序を回復しなければならないと言う。

どんな幻が、お父様の最も愛しい息子を怯えさせるのですか。
勝ったのですから。毅然としなさい。怖がらずに。(51)

アイスキュロスの悲劇には、大蛇だけでなく、他のさまざまな怪物も登場する。次の箇所では、女の快楽が怪物に喩えられている。

大地が養う、この恐るべきもの、途方もない恐怖はなんと多いこと。
海の襞には、人間を脅かす怪物が溢れている。
だが、誰が男たちのとどまることを知らない野望や、
厚かましい女たちの大胆不敵な欲望を、使い果たさせるのか、
その欲望は死すべき運命である女どもの呪いに巣

くっているのだろうか。
夫婦の契りさえ破らせるのは
女を突き動かす、愛のない欲情。
獣のばあいも人間のばあいも。[52]

人間を脅かす海の「怪物」と「女」は、HMの第五景で、深海の底にいる。女は負傷して車椅子に座っている。そして、魚たちの間を死体が流れていくのが見える。そこに暗示されているのは、すでに古代ギリシアの時代から始まっていた女との戦いの結末である。

六　身体の穴

ハムレットの父である兄王を殺したクローディアスは、兄王は果樹園で眠っているところを蛇に噛まれて死んだという嘘をでっち上げて流布する。のちに、父親の亡霊から真実を聞かされたハムレットは、クローディアスによって父の耳に毒が注ぎ込まれたことを知る。興味深いのは、『ハムレット』にも蛇のイメージが出てくることだ。父親の亡霊は、クローディアスが嘘に使った蛇のイメージを重ね合わせて、クローディアスを蛇に喩える。

おまえの父親を噛み殺した蛇はいま、王冠を戴いている。[53]

蛇と果樹園の組み合わせは、即座に原罪の物語を想起させる。そして、この連想は、政治的な出来事に性的な色合いを与えている。アーネスト・ジョーンズによると、この殺害は同性愛的な性格を持っているが、それはクローディアスが蛇として描かれているからだけではなく、耳の穴は「無意識下で肛門と同等のもの」[54]であるからだという。

殺害の同性愛的な性格にはここでは立ち入らないが、

「穴」というモチーフに注意を喚起してくれたジョーンズに感謝したい。なぜなら、「穴」は、ＨＭでとても重要な意味を持っているからだ。

ＨＭでは、穴が一つ余分にあるものが二つある。すなわち、死者と女である。死者の身体には、「傷口」とも呼べる穴が、少なくとも一つ余計に開いている。それは、死者が刺されたときや撃たれたときにできた穴だ。ＨＭの第一景で登場する亡霊の頭には、自分を殺した斧が突き刺さったままである。斧があるため穴は見えなくなっているが、「ハムレット」には、亡霊には余計な穴が一つ開いていることがわかっている。殺された男たちの身体は、穴が一つ増えるため、女に似るようになる。こうした意味で、死んだ父親と生きている母親の間に結びつきが生まれる。

> 私の製造元の亡霊がやってくる、頭蓋に斧を突き立てたまま。斧の帽子はどうぞかぶったままで、わかっています、父上には余計な穴がひとつ頭にあいているんだから。母上に穴がひとつ少なかったらよかったのにと思う、父上がまだ肉体を備えていた頃。そうすれば私もこの世に生まれないですんだのに。女たちの穴は縫って閉じてしまうといい、母たちのいない世界。そうなれば私たち男どもは安心して殺しあうことができるだろうに（…）　【ＨＭ１】

一つ余計にある穴は、「戦場」で殺し合いをする男たちを不安にさせる。この穴は、生きている男たちがいるこの世とは違う別の世界を暗示しているように見える。あるいは、さらにはっきり言えば、そこは、「世界」が終わる場所である。

> **オフィーリア／エレクトラ**
> わたしの産んだこの世界を、股の間で窒息させます。
> わたしの恥部に埋葬します。　【ＨＭ５】

　ここで、「余計な穴がひとつ」という表現で、穴が余剰として知覚されていることにとくに注目したい。というのも、普通ならば穴は欠落とみなされるものであって、余剰とは受け取られないからである。リュス・イリガライによれば、西欧の論理において、穴は価値を持っていない。すべての知覚の中で、最も優位に置かれているのは視覚だからであり、そのため、女性器は、何も見るべきものがない恐怖を表象する穴としてみなされる。そして、この穴は、日常でも芸術でも常に見られる対象となる女性の体にあるため、余計に恐ろしいものになる。主体の快楽を刺激するために、女性の体からイメージが生産されるが、しかし穴には形態がないため、像をつくり出すことができない（穴の縁やその「容器」には形態があるが、穴それ自体には形態がない）。そこにあるのは別の快楽であり、つまり、視覚ではなく、触覚によって生まれる快楽である。この「穴」という形態は男性に強い恐怖を与えるものであるため、芸術において、穴の「割れ目」は「縫い合わせ」なければならないとされるのである。[55]

　ハイナー・ミュラーの『画の描写』でも、穴、隙間、視覚の裂け目［覗き穴＝(Seh-) schlitz］、傷口というイメージは重要な役割を担っている。そこで提示されているのは、傷口を閉じてしまおうとするのではなく、傷口を視覚の裂け目として用いる思考方法である。傷口の間から歴史を見るということは、敗者の視点から歴史を観察することを意味するが、その際、傷は観察の対象にはならずに、思考そのものが傷として現れる。

　私の思想は私の脳髄の傷痕。私の脳髄は傷痕。

【ＨＭ４】

　傷痕は、例えば、ＨＭの第一景で言及されている縫って閉じられた女性器を連想させる。上述の引用では、女の生殖器の形をした脳のことが言われているが、それに対して、次の文には男根のような脳が出てくる。

私はまるで背中のこぶのように、重い脳髄をひきずっている。【HM1】

男根のイメージは、背中のこぶ以外にも、ミュラーの別の作品で見出される。例えば『画の描写』に出てくるナイフ、『エレクトラテクスト』と『指令』の斧がそうであり、また、HMにおける鉄製の斧も男根的な物体と言えるだろう。

私にそれが慣習だという理由で　斧を次の肉あるいはその次の肉へと突き立てていけというのか【HM1】

男たちは殺し合うことを自らの任務とするが、殺し合いに加わらない「ハムレット」は、「**穴から穴へ最後の穴へと　やる気もなく**」【HM4】ふらふらとよろめきながら渡り歩く。

自分には加害者と被害者としての両方の役目があると考える「ハムレット」は、短剣であり傷口である。

私のふたつの持ち役は痰と痰壺、短剣と傷口、歯と喉、首とロープ。【HM4】

「ハムレット」は、加害者と被害者、登場人物と作者、思考と肉体、身体の内と外の境界を超えようとする。

私は封印された私の肉体をこじあける。私は自分の血管、骨髄、脳髄の迷宮の中に住みたい。私は自分の内臓のなかに引きこもる。自分の排泄物、血管の中に座を占めよう。どこかでたくさんのからだが破壊されている、私が自分の排泄物の中に住めるため

だ。どこかでたくさんのからだが開かれている。私が自分の血とふたりっきりでいられるためだ。【HM4】

ここでは、身体は外側から見られて描写されるものではなく、破壊されて、こじ開けられる。そうしなければ、身体はテクストに「封印」されたままになってしまうからだ。「私」は自分の内臓の中に戻ろうとする。だが、この退却は、生のプライベート化や文学の内面化とは関係がない。なぜなら、内臓の中に戻りたいと言っているのであって、心の中とは言っていないからだ。建物としての身体は、破壊され、こじ開けられて、穴になる。ただし、身体が開かれるということは、当然、死をもたらすことになるわけで、そのことは見過ごされてはならない。体を開くとは、自らの墓を開くことだとも言える。

シェイクスピアでも、墓が取り上げられていて、墓はこの世で「最も頑丈な」建物として描かれている。墓場で二人の道化が次のように話をする場面である。石大工や船大工や大工よりも頑丈なものを建てるのは誰か、と道化の一人が聞く。もう一人の道化は、それは千人が使っても壊れない「絞首台を作る人」だと答える。教会よりも絞首台のほうが頑丈に作られているのはその通り、と一人目の道化はこの答えを気に入るものの、もっといい答えがあると言う。それは「最後の審判の日までもつ家を作る」墓堀人だ、というのである。(56) この頓智は、次の二つの点で興味深い。一つは、穴に似ている墓が「建物」と呼ばれている点である。もう一つは、死者の家である墓が、教会や絞首台と比較されている点である。ここで、道化の質問を少し変えて、権力者の秩序を「最も頑丈な」ものとして維持できるのはどの建物か、と尋ねてみよう。HMと『画の描写』、『指令』を読んだあとでは、それは墓であると答えざるを得ないだろう。なぜなら、犠牲者が墓の中に閉じ込められていて目に見えない限り、権力者は安泰だからだ。革命とは、こうした意味で、死者の帰還を、すなわち死者が再び肉体を纏い、見える者となることを意味する。教会と絞首台も権力者の秩序を保つためには必要である。だがミュラーにおいて、革命のとき、最初にこじ開けられるのは、まぎれもなく墓なのである。

七　オフィーリアの狂気

ハムレットの狂気は、『ハムレット』を解読しようとする人々の間で最も人気のあるテーマの一つである。ハムレットの狂気の原因や、狂気がテクストの中で果たす役割だけではなく、ハムレットの狂気は「本当」か、それとも「気が狂ったふり」なのかということが議論されてきた。(57)

しかし、それとは反対に、オフィーリアの狂気については そうした議論はほとんどなされてきていない。オフィーリアの狂気は「本当」なのかと問われることもなく、彼女はあっという間に狂気のアレゴリーにされてしまった。そのことは、「オフィーリアのように狂っている」という言い回しが三百五十年以上も前から英語で日常的に使われていることからもわかる。(58)

だが、HMに関しては、登場人物について、「狂っている」かどうかという議論をすることはあり得ない。そこでは、発せられる狂気じみた言葉は、別の種類の言語として受け取られなければならない。

HMを読んだあとでは、『ハムレット』における狂気の問題を、もはや以前と同じように考えることはできなくなる。ミュラーと同様に、シェイクスピアにおいても、言語と演劇が主題化されていることに注目するならば、シェイクスピアの作品における「狂気」は、病気ではなく、言語の一形態として考えることが可能になるだろう。しかし、HMでは、狂気はもはやそのようなものとしては描かれていない。その理由を探るために、まずはシェイクスピアにおける狂気について見ることから始めたい。

オフィーリアは、父の死後、いわゆる狂気に陥る。テオドール・リッツは、オフィーリアの死と狂気の関係性を次のように説明する。オフィーリアは深く愛していた父親を失うことになる。通常、娘は父親への愛情を別の男性へと向けるようになり、その男性を恋人にする。しかし、オフィーリアは、自分の父親を殺したのはハムレットであるため、愛情をハムレットに移行させることができない。それゆえ、彼女の未来は完全に壊れてしまう。(59)

なぜ娘は父の死に耐えられないのだろうか。クリステヴァは、オフィーリアと同じく父親を失ったエレクトラについて書かれた先の引用の中で、それに対する答えを示している。エレクトラは、父の掟を復活させるために、自分自身を死んだ父親と同一視して、父親を殺した者たちへの復讐を遂げることができた。だが、エレクトラとは反対にオフィーリアは、父の掟が存在しない世界に落ちてしまう。

父親が死んでしまったオフィーリアは、話す代わりに歌うことが多くなることに注目したい。彼女は、歌の意味を説明することを拒み、ただ耳を傾けて聴くように求める。

王妃 ああ、かわいい人よ、その歌はどういう意味なの？

オフィーリア なにかおっしゃいました？　お願い、ただ聴いていて。(60)

オフィーリアが話している言葉を、王は自分の言葉へと翻訳しようとする。だが、彼女はそれを拒否する。

王 具合はどうだい、かわいいオフィーリア。

オフィーリア　ええ、ありがとうございます。ふくろうはパン屋の娘だったのですって。殿下、わたしたち、いまのことはわかっても、先のことはどうなってしまうかわかりませんわ。どうぞ召し上がれ。

王　父親のことを思って言っているらしい。

オフィーリア　お願いです、そのことはもうおっしゃらないで。でも、もしどういう意味か聞かれたら、こう言ってください。〔歌う〕……(61)

オフィーリアの歌には、例えば死や悲しみなどの具体的なモチーフが見出せる箇所もあるが、しかし、それ以外では、言葉のリズムが前面に押し出され、言葉が持つ意味はリズムの背後に隠れて崩れ去る。例えば、「ヘイ・ノンノ・ノニー・ノニー・ヘイ・ノニー」や、「しと、しと、と合いの手を入れて。(62)そして、あなたは、しと、しと、降る、降る」でのように。クリステヴァは次のように言う。

（…）父親が力を失い、言語がリズムによって引き裂かれてしまうとき、女性は母親を、神聖劇や笑劇の支柱にすることができなくなる。（…）そして、父による承認行為が、象徴化されざる尽き果てることのない欲動をせき止められなかったとき、女は、精神病になるか、さもなければ自殺してしまう。(63)

オフィーリアの変貌をハムレットの狂気と結びつけて考えることもできるが、しかし、ここでハムレットの狂気は本当か、それとも装っているだけなのかと問うことには意味がない。ここで重要なのは、ハムレットの狂気がオフィーリアにとっては現実であるということだ。ハムレットとの会話の途中で、オフィーリアは「ああ、気高い心が、こんなにも壊れてしまうなんて！」と口にする。父親の代わりになり得たであろうハムレットに対して、オフィーリアは「父親による承認行為」をもはや望めない。

オフィーリアの狂気を自然への逆戻りとして見るクローディアスは、オフィーリアに対して「狂気」という言葉を使わない。その代わりに、オフィーリアを「幼虫」[Larve]や「動物」に喩える。


可哀そうなオフィーリア／我を忘れ、判断力もなくしてしまった。

そうなったら、人間は幼虫、単なる動物にすぎない。(64)


これに関連させて、前述のオフィーリアの台詞に出てきたパン屋の娘についての民話を見てみると興味深い。この民話では、キリストがパンを求めたところ、パン屋の娘が小さなパンしかあげようとしなかったため、ふくろうの姿に変えられてしまう。(65) オフィーリアは、ふくろうに、つまり動物に変えられてしまったこのパン屋の娘に似ている。神は、オフィーリアの傍らにはいない。「どうぞ召し上がれ、あなたの食卓で神さまもごいっしょに」[Gott sei an Eurem Tisch]というオフィーリアの言葉は、クローディアスの食卓には神がいるが、オフィーリアはそこにいないことを意味する。というのも、不誠実なパン屋の娘がそうであるように、オフィーリアも神に罰せられてしまっているからだ。

だが、オフィーリアとは対照的に、ハムレットは狂気を通じて神とより強く結ばれる。つまり、狂気によってハムレットは、より道徳的になり、女たちを、神が与えたものを「台無しにする」と言って非難する。

ハムレットとオフィーリアのいずれにとっても、狂気は、父の死、掟の死、さらには、神の死と関連性がある。たとえ、神の死がかりそめの死であるとしても。ただし、両者の間には違いがある。それは、ハムレットは、エレクトラのように、死んだ父親の場所を引き継ごうとする人物として描かれているのに対して、オフィーリアにとって父親の死とは、意味の崩壊、自我の崩壊、そして神の死を意味するにすぎないことである。

近代文学では、意味からの言葉の解放が求められ、それゆえ狂気に高い価値が置かれた。狂気は、「狂気じみている」天才（芸術家）や「狂っている」登場人物のかたちをとって、創作活動に結びつけられてきた。狂気は、意味からの言葉の解放という希望や「自然への回帰」という願望を内に秘めており、アンドレ・ブルトンの『ナジャ』はそのことをよく示している。この小説のタイトルは無作為につけられたものではないのだ（ナジャとはロシア語で希望を意味する名前ナデジダ［Nadeschda］の愛称である）。

しかし、HMでは、希望を担うべきものとしての「狂気」はもはや出てこない。そして、希望を体現するものとして、物語の最後に死を迎える女はもうそこには存在しない。むしろここでは、消えた女たちの身体を再び可視化し、女たちを、女が体現する特定の意味から解放しようとする。

わたしはオフィーリア。川にうけいれられなかった女。首を吊った女、動脈を切った女、睡眠薬自殺の女 **唇には淡雪**、ガス台に首をうつぶせた女。きのうわたしは自殺するのをやめました。【HM2】

もしも単に死というものがテクストのテーマであるならば、少なくとも死んだ女たちと同数の、男の登場人物が存在するはずだろう。しかしながら、ここで問題とされているのは、特定の概念を体現させられた結果によってのみもたらされる死なのである。ハムレットも命を落とすことになるが、この死は、特定の意味の体現による身体の消費とは関係がない。そのことをHMはわれわれに提示している。

（死んだ女たちの回廊（バレエ）。首を吊った女、動脈を切った女、などなど。ハムレットは彼らを美術館（劇場）の観客のような態度で眺めている。）【ＨＭ３】

（1）Vgl. Kott, Jan: Der Hamlet der Jahrhundertmitte. In: Joachim Kaiser (Hg.): *Hamlet heute. Essays und Analysen.* Frankfurt/M. 1965, S.131.

（2）Vgl. Weigel, Sigrid: Die geopferte Heldin und das Opfer als Heldin. Zum Entwurf weiblicher Helden in der Literatur von Männern und Frauen. In: Inge Stephan / Sigrid Weigel (Hg.): *Die verborgene Frau.* Berlin 1983, S.138-139.

（3）Freud, Sigmund: Die Traumdeutung. In: S.F.: *Gesammelte Werke.* London 1942, Bd.2/3, S.271.［フロイト（高橋義孝訳）『夢判断』、新潮文庫、一九六九年］

（4）Müller, Heiner: Hamlet. In: H.M.: *Shakespeare Factory 2.* Berlin 1989, S.87. 強調は筆者による。

（5）Müller, Heiner: Die hamletmaschine. In: *Theater heute.* Dez.1977, S.39-41. 下記にも掲載。 H.M.: *Mauser.* Berlin 1978. und H.M.: *Stücke.* Berlin(DDR) 1988, S.411-419.

（6）Müller: Hamlet, a.a.O., S.87.

（7）Ebd., S.56.

（8）Freud, Bd.2/3, a.a.O., S.271.

（9）Vgl. Freud, Sigmund: Schriften aus dem Nachlass. In: S.F.: *Gesammelte Werke.* London 1942, Bd.17, S.119.

（10）Freud, Sigmund: Dostojewskij und die Vatertötung. In: S.F.: *Gesammelte Werke.* London 1942, Bd.14.［フロイト（石田雄一訳）「ドストエフスキーと父親殺し」、『フロイト全集 19』、岩波書店、二〇一〇年］

（11）Freud, Sigmund: Über Psychoanalyse.In: S.F.: *Gesammelte Werke.* London 1942 Bd.8, S.50.［フロイト（福田覚訳）「精神分析について」、『フロイト全集9』、岩波書店、二〇〇七年］

（12）Lidz, Theodore: *Hamlets Feind. Mythos und Manie in Shakespeares Drama.* Frankfurt/M. 1988, S.124.

（13）Vgl. Kurnitzky, Horst: *Ödipus. Ein Held der westlichen Welt.* Berlin 1981, S.7f.

（14）Müller: Hamlet, a.a.O., S.78.

（15）Ebd., S.80.

（16）Ebd.

（17）Ebd., S.78.

（18）Ebd., S.58.

（19）翻訳の問題については三章で扱う。

（20）Goethe, Johann Wolfgang: *Wilhelm Meisters Lehrjahre.* Frankfurt/M. 1981, S.323. (IX.13)［ゲーテ（山崎章甫訳）『ヴィ

ルヘルム・マイスターの修業時代』、岩波文庫、二〇〇〇年〕
(21) Müller: Hamlet, a.a.O., S.102. 強調は筆者による。
(22) Klein, Holger M.: Zur Einführung in das Drama. In: William Shakespeare: *Hamlet.* Bd. 1. Stuttgart 1984, S.23.
(23) Ebd.
(24) Freud, Sigmund: Der Moses des Michelangelo. In: S.F.: *Gesammelte Werke.* London 1942, Bd.10, S.174.〔フロイト（渡辺哲夫訳）「ミケランジェロのモーセ像」、『フロイト全集13』、岩波書店、二〇一〇年〕
(25) Vgl. Jones, Ernest: Hamlets Stellung in der Mythologie. In: Joachim Kaiser (Hg.): *Hamlet heute. Essays und Analysen.* Frankfurt/M. 1965, S.55.〔アーネスト・ジョーンズ（栗原裕訳）『ハムレットとオイディプス』、大修館書店、一九八八年〕
(26) Vgl. ebd., S.57.
(27) Vgl. Litz, a.a.O., S.30.
(28) Vgl. ebd., S.24f..
(29) Kristeva, Julia: *Die Rolle der Frau in China.* Frankfurt/M./Berlin/Wien 1982,S.259.〔ジュリア・クリステヴァ（丸山静、原田邦夫、山根重男訳）『中国の女たち』、せりか書房、一九八五年〕
(30) Euripides: *Elektra.* (übersetzt von Dietrich Ebener) Berlin 1977, Zeile 966-970.〔エウリピデス（田中美知太郎訳）「エレクトラ」、『ギリシア悲劇Ⅳ』、ちくま文庫、一九八六年〕
(31) Müller, Heiner: Elektratext. In: H.M. *Theater-Arbeit.* Berlin 1986, S.119f.
(32) Kristeva, a.a.O., S.259.
(33) Euripides, a.a.O., Zeile 949.
(34) Ebd., Zeile 930-934.
(35) Kristeva, a.a.O., S.259.
(36) Freud, Bd.14, a.a.O., S.259.
(37) Ebd., S.519.〔フロイト（中山元訳）「女性の性愛について」、『エロス論集』、ちくま学芸文庫、一九九七年〕
(38) Kristeva, a.a.O., S.260.
(39) Ebd., S.259.
(40) Ebd., S.260.
(41) Müller: Elektratext, a.a.O., S.119f..
(42) Aischylos: Die Totenspende. In: A.: *Die Orestie.* (übersetzt von Emil Staiger) Stuttgart 1959, Zeile 530-534.〔アイスキュロス（高津春繁訳）「供養する女たち」、『ギリシア悲劇Ⅰ』、ちくま文庫、一九八五年〕
(43) Ebd., Zeile 549f..
(44) Ebd., Zeile 928.
(45) Sophokles: *Elektra.* (übersetzt von Wolfgang Schadewaldt) Stuttgart 1964, Zeile 780-785.〔ソポクレス（松平千秋訳）「エレクトラ」、『ギリシア悲劇Ⅱ』、ちくま文庫、一九八六年〕

（46）Aischylos, a.a.O., Zeile 896-898.

（47）Müller: Hamlet, a.a.O., S.62.

（48）Euripides, a.a.O., Zeile 1206f..

（49）Müller: Elektratext, a.a.O., S.120.

（50）Aischylos, a.a.O., Zeile 145-150.［アイスキュロス（久保正彰訳）「コエーポロイ―供養するものたち」、『ギリシア悲劇全集I』、岩波書店、一九九〇年］

（51）Ebd., Zeile 1051-1052.

（52）Ebd., Zeile 585-601.

（53）Müller: Hamlet, a.a.O., S.29.

（54）Jones, Ernest: Der Tod von Hamlets Vater. In: Joachim Kaiser (Hg.): *Hamlet heute. Essays und Analysen.* Frankfurt/M. 1965, S.49.

（55）Vgl. Irigaray, Luce: Das Geschlecht das nicht eins ist. Berlin 1979, S.25.［リュース・イリガライ（棚沢直子・小野ゆり子・中嶋公子訳）『ひとつではない女の性』、勁草書房、一九八七年］

（56）Müller: Hamlet, a.a.O., S.104.

（57）Litz, a.a.O., S.22.

（58）Vgl. Ebd., S.50.

（59）Vgl. Ebd., S.107.

（60）Müller: Hamlet, a.a.O., S.89.

（61）Ebd., S.90.

（62）Ebd., S.94.

（63）Kristeva, a.a.O., S.271.

（64）Müller: Hamlet, a.a.O., S.91.

（65）Vgl. Shakespeare, William: *Hamlet.* A new variorum edition of Shakespeare. Horace Howard Furness (Hg.) New York 1963, S.332.（註）

第二章

『ハムレットマシーン』における「引用」

一　再読の道標としての「引用」

本論の第一章では、いかに『ハムレットマシーン』（ＨＭ）が、神話の人物たちを関与させることによって、神話の読みを始動させているのかを考察した。第二章で問題とするのは、人物ではなく、ＨＭが他のテクストから「引用」しているさまざまな文や語である。この場合も、間テクスト的関係は一方通行ではない。つまり、「引用」が二つのテクストを結びつけることによって、ＨＭの読みがさらに広がるだけではなく、「引用」元のテクストの新たな読みも可能になるのである。なぜなら「引用」という反復の形式において文の意味は変化し、その変化が「引用」されたテクスト全体にも効果を及ぼすからだ。

ＨＭには、シェイクスピアの戯曲からの「引用」のみならず、ミュラー自身の過去のテクストからの「引用」も存在する。文学の研究者が自分の過去の論文を引用するのは特別なことではない。それに対して、詩人が新しい詩の中で自分の過去の詩を「引用」することはめったにない。表現の「独創性」を大いに重んじる批評家は、詩人が二度も同じ文章を用いたら、ネガティブに評価するだろう。というのも「独創性」の概念は、一つ一つの詩句をただ一度だけ汲み出すことができる、個性的な、詩的な源泉というイメージに基づいているからだ。詩句が繰り返されるのは、批評家にとって、この源泉がすでに汲み尽くされてしまったことを意味する。しかし、そのような「独創性」は存在せず、どの表現もすでに存在したものの反復として理解され得るなら、[1]この種の「引用」を即座にはねつけるのではなく、厳密に見る必要があるだろう。

「引用」によって始動する「オリジナル」の再読は、「オリジナル」とはまったく異なる歴史的背景があるとき、とくにわくわくするものとなる。例えば、HMの中で「引用」されているミュラーの過去の諸作品のように。HMの第一景には、『建設』[2](一九六三/六四)に由来する「**共産主義の春の第二の道化**」という表現がある。その直前の文(「**私はまるで背中のこぶのように、重い脳髄をひきずっている**」)も、『建設』の以下の文と明確なつながりがある。「私の頭はこぶだ」[3]。また、同様に第一景の「**主よ　酒場の椅子から転げ落ちる時に私の首の骨を　へし折り給え**」という文は、『農民たち』[4](一九六四)のいくつかの箇所を想起させる。第四景の「狼たちは冬には時折この村にやってきて/農夫をひとり引き裂いたものだった」という文は『セメント』[5](一九七二)からの引用であり、第四景の終わりには、『二通の手紙』から次の七行が、わずかに書き換えられて「引用」されている。[★1]「**ハムレット　デンマークの王子にして蛆虫の餌　よろめきながら/穴から穴へ　最後の穴へと　やる気もなく/背後には彼の製造元の亡霊/産褥の床のオフィーリアの肉体のよう**

★1　引用文の最後の動詞「入りこむ(schlüpft)」がHMでは「もぐりこむ(kriecht)」に書き換えられている。なお、他にも一文「地平線では戦闘準備が　延々と続いている」が省略されている。『二通の手紙』の詳細は第五章の訳注を参照のこと。

に未熟／そして三度目に雄鶏が啼く直前に／道化が哲学者の鈴のついた衣裳を引き裂き／一匹の肥ったブラッドハウンドが戦車（甲冑）のなかに入りこむ」[6]

『二通の手紙』はＨＭが成立するおよそ二十年前、『建設』と『農民たち』はほぼ十五年前に執筆された。それに対して『セメント』は、ＨＭの成立時期と大きな隔たりがあるわけではないが、両テクストの間にあるとされる「大きな」違いについてはたびたび論じられてきた。例えば、東ドイツの批評家リューディガー・ベルンハルトは、ＨＭを失敗した実験とみなしている。この戯曲には『セメント』と違って未来が示されていないからだと。両戯曲は、ベルンハルトにとって、一つは成功し、もう一つは失敗したがゆえに、コントラストをなしている。[7] なお、西ドイツにおいても、『セメント』への批評に、ある種の二項対立が見てとれる。ミュラーには一方に詩的な力、しかし他方に「告白文学の発作」[8] があるというのだ。『セメント』は例えば、「革命モラルのハンドブック」とみなされて軽視されたり、[9] この戯曲はボリシェビキの特殊な問題しか扱っていないから、今日のドイツの観客の関心を引くのは容易ではない、などと言われたりした。[10]

しかしミュラーは、『セメント』から引用し、その引用を特定の文脈に置くことによって、『セメント』とＨＭのさまざまな関連を読者に気づかせている。この関連が『セメント』の新しい読みを可能にし、その読みにおいて、これまで主張されてきた両戯曲間の対立が疑問に付されるのである。

ライナー・ネーゲレによれば、一方を「アンガージュマンとリアリズム」、他方を「幻想性、神話、テクストの実験的遊戯」とする二分法を打ち立てるのは、典型的にヨーロッパ的な現象である。たとえ文学作品自体において構想されたものでなくとも、解釈の際、読みによってこの二分法を打ち立てることが頻繁に試みられている。

（…）今日では、例えば「非合理的な」アントナン・アルトーの戯曲対「合理的な」ベルトルト・ブレヒトの戯曲。これはでっちあげられた対立であり、注意深い読みには耐え得ないだろう。片やこの対立は、かの言説マシーンの産物としては興味に値するものだが、それもハイナー・ミュラーの『ハムレットマシーン』で徹底的に解体される。(11)

HMにおける「ハムレット」の次の言葉は、とりわけ「デンマーク」という語を「ドイツ」に置き換えるとき、この二分法の形成の批判として理解できる。

デンマークは牢獄だ、ぼくらのあいだに壁ができる。その壁から生えだしてくるものを見るんだ。【HM1】

壁からは何も生えだすことはできない。壁は不毛な土地、あるいは「セメント」の土地と同様、生い茂るようにふくらむ読みには適していない。支配的な言説の中に組み込まれた目に見えない壁のほうが、実在する壁よりも破壊するのは困難だ。

しかし二分法を「破壊する」とは、二つの部分を再び一つにすることではなく、両者を結びつけた結果、二分法の不条理が目に見えるようになることを意味する。同時に、二分法を形成する、例えば「市民的アヴァンギャルド」や「社会主義リアリズム」のような構想とも批判的にかかわらなくてはならない。二分法の解消は再統合ではなく、どちらの側にも向けられている二重の批判を意味するのだ。ミュラーがあらゆる面で「再統合」に反対し、これまで常に両者の見せかけの対立と批判的にかかわり合ってきたことは、よく知られている。

HMは、政治と神話、グラトコフとソフォクレス、革命と無意識をともに考察できる場をつくり出す。そこでは、神話の人物たちの個々の名やその名に張りついている紋切り型のイメージは、何の役割も果たさない。むしろ読者は神話の構造に気づかされるのであり、まさに同じことが、政治的な人物や出来事についても言えるのだ。例えばＨＭにおいては、マルクス、レーニン、毛沢東が裸形の女として登場する。このイメージを彼らの伝記や歴史的な出来事によって説明することはできない。しかし、神話の構造に習熟した眼差しを政治に投げかけるなら、政治を「テクスト」としても読むことができる。この意味で、ＨＭと政治的な出来事の間には、間テクスト性が存在する。しかしその際、重要なのは、決して、ＨＭを「歴史的背景」によって説明することではない。

ＨＭの最初の場面がすでに明確に示しているのは、神話の読みと「政治」の読みが精神分析的な眼差しによって結びつけられていることである。つまり、国葬は「父」の死として解釈され得るし、ＨＭの第一景は「家族のアルバム」の描写として読まれ得る。そこではアルバムのように、「家族生活」のさまざまな瞬間をイメージとして見出せる。兄弟殺し、父と息子の葛藤、母との近親相姦、父の死、等々。

しかし同時に、この国葬はスターリンの死とも関連づけることができるので、スターリンの死を「父の死」と「読む」ことも可能になる。あらゆる権力の交代はテクストの中で、新たな権力に血の痕跡をとどめる「殺人」として描かれている。

おまえの顔から人殺しを洗い流してね　私の王子／そして新しいデンマークに色眼を使うのよ。【ＨＭ１】

スターリンの死の結果は第四景で描かれている。ＨＭは「ハンガリー動乱」を『セメント』からの引用と結びつけ、さらにドクトル・ジバゴの名も追加する。読みのマシーンは、さらなる読みを始動させる。

最初のテクストとして、『セメント』を取り上げよう。この読みにおいては、わけても、「政治的なもの」と「神話的なもの」の対立が解消されるだろう。遅くとも、『セメント』の「政治的な謎」である「スフィンクスの頭」がＨＭの中に入り込むときには。

二　剛さと柔らかさ

すでにミュラーの両戯曲『セメント』と『ハムレットマシーン』のタイトルにおいて、両者の見かけ上、異なる性格がいささか認識され得る。すなわち、『セメント』は、柔らかいものが固まるという硬化のプロセスを象徴しているのに対して、[12]『マシーン』の剛な身体は、動くことで硬直した状態から自由になる。

『セメント』は、フョードル・グラトコフの同名のソビエト「建設小説」の改作である。この小説では、変革後のまだ「安定した」土台［Boden］のない社会が描かれている。それに対してＨＭにおいては、「解体」が問題になっている。この戯曲では、安定した土台を解体することが試みられているのだ。例えば「現実」［ドイツ語で地面、床などを指すBodenは土台や基盤も意味し、「現実」をBoden der Realität（現実という土台）と表現することがある］と呼ばれるあの想像上の土台を。そして最後にはもはやいかなる土台も存在しない。この戯曲は土台の上ではなく、水の中で幕を閉じる。

グラトコフの小説『セメント』は一九二五年にモスクワで出版され、二年後にドイツ語に翻訳された。一九二六年五月一日、日刊紙『プラウダ』に掲載されたアナトリー・ルナチャルスキーの批評にも、「剛さ」のイメージを見出せる。「プロレタリア文学の部門において、いくつかの注目に値する作品が現れた。その頂点に、グラトコフの堅牢でエネルギッシュな小説『セメント』がある。このセメントの基礎の上に、建設を続けることができるだろう」。

しかしながら、「剛さ」のプロセスがこの小説において、ルナチャルスキーが思っているようにポジティブに描かれているかどうかは疑わしい。確かにこの小説は、見たところ「土台」を固めなければならない社会を叙述しているが、小説の前景にあるのは、さまざまな矛盾であり、決して硬化のプロセスの賛美ではない。「建設小説」という言葉がまだ用いられず、したがってこの言葉に社会主義文学という模範的な性格もなかった時代に書かれたにもかかわらず、この小説が「建設小説」の「バーンブレッヒャー」[Bahnbrecher]とみなされる理由の一つはこの点にある。(13)『セメント』は、「道」[Bahn]のイメージにこだわるなら、「建設小説」の「出発」を前にした「道の破壊者」である。この「道の破壊者」にミュラーが関心を持ったのも、偶然ではない。

ミュラーの『セメント』の改作は、グラトコフの小説よりいっそう明白に硬化のプロセスをテーマに打ち出している。主人公の赤軍兵士グレープ・チュマーロフは、市民戦争(一九二〇/二一)[ロシア内戦]から故郷に帰還し、セメント工場の操業が停止しているのを見て、工場の操業を再開するようエンジニアを説得しようとする。さもなくば、工場は機械の「墓場」であるとチュマーロフは言う。エンジニアの返事には、歴史上の進歩への盲目的な信仰に対するミュラーらしい非難がこめられている。

あんたの言う通りだ。おれが建設したのは墓場だった。
それを俺の墓にしてくれ。あんな過去があったあとで
生きていて何になる。新しい墓場をなぜまたこさえるのだ。
明日のセメントだと。明日のセメントになるのは
今日の死者たちだ。骨や石灰だ、チュマーロフ。

ソビエト権力だ。俺たちの工場だ。革命だ。一人がもう一人を地面に踏みつける。踏んでる足が疲れてしまう。土煙がたちのぼる敗者が逆襲して勝者を蹴りかえす。歴史のひき臼は先へ先へとまわっていく。革命。(14)

「明日のセメントになるのは／今日の死者たちだ」。チュマーロフが、彼にとってはセメント生産と結びついている未来のことを考えるのに対して、エンジニアの眼差しは現在に向いている。つまり、人々は食糧難に陥り、セメント工場でヤギや豚を飼っていて、セメント生産のための余力はない。彼らがいまセメント工場で働けば、生き残ることはできないだろう。未来に「製品」として形になるものは、今日の死者たちから生み出されるのだ。眼差しを未来に合わせると、ただ製品だけが見えて、今日死にゆく死者たちは見えない。未来ではなく死者たちに向いている眼差しは、ヴァルター・ベンヤミンの「歴史の天使」を即座に連想させる。(15) この天使は顔を過去の方に向けている。他の者たちには出来事の連鎖が見えるところに、天使はただ一つ、「破局」だけを見るのだ。すなわち、瓦礫と死者たちを。

革命と権力の交代は、エンジニアの目には、まさにひき臼の回転として機能するように見える。誰かが別の誰かを地面に踏みつけると、じきに敗者によって蹴りかえされる。似たようなイメージはＨＭにも見出せる。

私にそれが慣習だという理由で　斧を
次の肉あるいはその次の肉へと突き立てていけという
うのか
世界が回っているからというだけで　それにつか
まっていろというのか　【ＨＭ１】

剛さというモチーフは、ミュラーの場合、「セメント化」というかたちだけではなく、別のかたちでも姿を現す。例えば、短篇『イメージ』にも硬化のプロセスが描かれているが、そこではこのプロセスを描くために「凝固する」という語が用いられている。

イメージは初めにあらゆるものを意味している。褪せることはない。広々している。しかし夢は凝固し、形になり失望となる。(16)

「凝固する」という語は、通常その主語に「血」や「乳」をとる。すなわち、女性の身体の液体を。「血」という語は、HMにおいて、「イメージ」は「血」を吸い取られると「言葉」になる、と暗示されているくだりを想起させる。つまり「イメージ」は血を吸い取られると言葉になり、血が「凝固する」と形になるのである。血はあきらかにどの身体にとっても、最も重要な要素の一つである。血の除去や凝固は死を意味するだろう。

このような観点から、例えば記念碑も、血が吸い取られ肉が「石化」した、死んだ身体とみなせるかもしれない。記念碑は、同時に希望の「石化」も意味する。HMにおいても、「今日」の死んだ身体にほかならないセメント化した「未来」のイメージが見出せる。

舞台装置はひとつの記念碑。歴史をつくった男を百倍に拡大したもの。ある希望の石化。その男の名は交換可能。希望は実現されなかった。【HM4】

この意味でも、上記のHMに対するリューディガー・ベルンハルトの批判は的確ではない。彼は、『セメント』と違ってもはや未来がないから、HMは失敗に終わったと主張し、「未来の展望」について語る。それは、あらゆるテクストにおいて読みによって

「つかみ得る」はずのものであるという[17]。しかし、彼が見落としているのは、ミュラーの場合、まさにこの「つかみ得る」ものとされた未来が、問題として提起されているということだ。それも、HMのみならず、すでに『セメント』において。

HMでは、石化のモチーフは、いっそう強く前景に押し出される。第三景の終わりのほうで、「ハムレット」はホレーシオと踊っているうちに、硬直してしまう。第四景では甲冑の中に入ってゆく、つまり、彼の身体は金属製の身体の覆いの中に消えてしまい、舞台にはもう決して現れることはない。

第五景のオフィーリア／エレクトラの身体も同様に、二人の男に車椅子ごとガーゼの包帯を巻きつけられて、動きの自由が奪われる。最後の場面で、彼女はミイラか大理石の像のように、「白い包帯にくるまれたまま身じろぎもせず」舞台に座っている。

三　鏡の中の敵の像

HMにおける『セメント』からの直接の引用は、それほど長くはない。しかしその引用が、『セメント』にさまざまなレベルで関連している第四景に配置されていることで、わずかな引用ながらも読みの可能性を大いに切り拓いている。『セメント』に直接関係するのは以下の五行である。

下町にはセメントの花盛り
ドクトル・ジバゴは泣く
彼の狼たちを悼んで
狼たちは冬には時折この村にやってきて
農夫をひとり引き裂いたものだった　【HM4】

最後の二行は、「肉を引き裂いた」[zerfleischten]が『セメント』では「引き裂いた」[zerrissen]であるほかは、ほぼそのままの引用である。

その前の三行は、そのままの引用ではないものの、『セメント』に直接関係している。そこにいるのは、革命に疲れ果て、失った狼たちを悼み泣く、一人の兵士である。ミュラーの『セメント』において、この兵士のエピソードをチュマーロフは妻ダーシャから聞く。彼が故郷に戻ったとき、チュマーロフにとって、セメント工場で起きた変化よりもさらに大きな変化が起こっていた。それは彼の妻の振る舞いである。彼女は女性解放運動を通して、彼にとって見知らぬ存在となってしまった。彼女は彼の所有物であることを拒む。彼が長い論争の末、彼女を暴力でものにしようと試みると、彼女は銃を手に取り彼に銃口を向ける。「あんた達男は皆けものよ」、そう彼女は叫ぶ。[18] これは『セメント』でしばしば繰り返されるメタファーである。新たな生活ルールに順応しようとしない男たちは、ダーシャによって繰り返し獣に喩えられるのである。

チュマーロフが泣き始めると、ダーシャは銃を下げ、笑う。彼の涙が、あの泣く兵士を思い出させたからだ。彼女はチュマーロフに、その兵士が死の前に「狼たち」をいかになつかしがって泣いたかを語る。

でも壁の前に立った時は泣いたわ。
誰をなつかしがってそいつが泣いたか知りたい。
狼どもをよ、彼の持ってた山林に住んでた狼。
冬になると時々狼は村にやってきて
百姓を八つ裂きにしてくれたんだって、
自分も狼のくせに、死ぬまで泣いてたわ、
狼どもをいとおしがって。泣くのはやめなさい、グレープ。[19]

後半のあるシーンでは、自分自身を「狼」だと称するまた別の兵士が現れる。この兵士はダーシャを木に縛りつけて銃で脅す。彼女はしかし落ちつき払い、死

お前が命と呼んでる
ソビエト権力のための哀れな犬どもの命をな。
来年になって俺たちがお前らを片付けりゃ
もう誰も鼻もひっかけなくなるがな。[21]

ミュラーの『セメント』で革命は、「狼たち」が次第に「犬たち」に変化するというような、単なる「犬たち」と「狼たち」との間の闘いとして表現されているわけではない。より注目して見るべきは、犬たちが敵である狼たちとの闘いにおいて、狼たちに似てくるという現象なのである。グラトコフの小説『セメント』には、革命家たちがある裕福な家族の住まいを破壊し、財産を強奪する場面がある。ダーシャの同志であるサウチュークは、そこでは狼に喩えられている。だが興味深いのは、サウチューク自身がその直後にブルジョワジーを「怪物」に喩えていることである。狼と怪物はともに凶暴な本性の体現化である。つまりこ

に何の恐れも示さない。兵士はダーシャを訝しがり、縄を切って解放してしまう。彼は彼女に言葉をかけているのだが、その際、革命に対抗する己の立場を表現するために「狼」の像を使用している。

いい加減な嘘を信じているのが残念だ。
狼のいないお前らのロシアなんて夢物語だ。
俺は夢を見ないで眠る。俺も狼だ。[20]

まだ革命に支配されていない野性の体現化を狼とするならば、従順でフレンドリーな、文明化している「犬」はその逆の者として理解される。犬とは、もはや野性的な衝動を持たない家畜化された狼である。この兵士は、ソビエト権力に賛成する人間たちを犬と呼ぶのである。

提案しよう。俺と寝るなら生命を助けてやる。

こで表現されているのは、英雄と、その本性が同類である敵とが同じになる闘いなのだ。

サウチュークは喘ぎ唸った。寝室からベッドと衣服の束を運び出し床の上に投げつけた。汗を拭うと、狼のようにすべての人間と物たちを睨みつけた。——
——この怪物どもめ。すべて掻っ攫いやがって。(22)

ミュラーはのちに、『ヴォロコラムスク幹線路』において、革命家がその敵に似てくる瞬間に、ある像を見ている。

あんたの真実の瞬間は
鏡に敵の姿が映るとき(23)

「もしくはもはや何も映さぬ黒い鏡(24)」。「自己像」と「敵の像」の関係についてのこの精神分析的な説明を、「政治的」に読むこともできよう。ミュラーは鏡像化の「瞬間」を、「反革命の時代」の「プロレタリア悲劇」として捉えており、『セメント』も、『ヴォロコラムスク幹線路』や『ゲルマーニア ベルリンの死』と同様、この悲劇の試みであるという(25)。

もしも英雄が、闘いの中でその敵に似てくれば、そのうち敵と判別できなくなり、もはや敵を殺すことはできなくなる。まさにハムレットが叔父を殺せないように。あるいは、英雄は敵をもはや失いたくなくなる。敵なしで、自分だけでは自己像を映せないのだから。「彼の居場所であった獣を、完全否定することでしか得られない勝利への恐怖から(26)」彼がもはや敵を殺せないということは、『セメント』に挿入されている「ヘラクレス2あるいはヒドラ」と見出しのついた短いテクストが説明している。それは英雄と森との闘いの物語である。英雄は森にいる。彼の敵は彼の居場所であり、その姿を彼が目で捉えることができるような怪物などではない。彼が気づく前に闘いは始まっている。彼は森を抜けられると信じている。足取りがどんどん重くなってきたとき、彼は自らの前進が、足と地面の間の弁証法に基づいていることに気づき、ゆえになぜ足取りが重くなったか、理由を三つ挙げる。

> 1）彼の足が重くなり地面が彼の足に吸いついた。2）地面が彼の足に吸いついたから、彼の足が重くなった。3）足が重くなったので、地面が足に吸いつくような印象をうけるようになった[27]

もう前へ進めなくなったとき、彼はそれが足のせいなのか「地面」のせいなのかがわからない。もしも足と地面との間に、はっきりとした区別がなければ、英雄はもはや闘うことができないのだ。それゆえ、このテクストの見出しは「ヘラクレス2とヒドラ」ではなく、「ヘラクレス2あるいはヒドラ」となっている。

英雄は、いかにこの不可能な闘いに勝利できるかと考えをめぐらす。自ら敵に対峙しないような、敵が彼の鏡にならないような戦略が必要だ。

> 敵の動きに対応しよう。その動きを避ける。動きを先まわりする。そうして迎え討つ。合わせて合わさず。合わせないことで合わせる。攻撃しつつ回避し、回避しつつ攻撃する。第一撃に対しては先手で襲うか突くか刺すかする、第二撃は避ける。あるいはその逆。順番も変えたり変えなかったりする。攻撃に対しては、同じか別の動きで受ける。白刃をこらえる、凶暴に斧を振るう[28]。

ここで語られているのは、サウチュークの行為を説明するための神話ではない。サウチュークや、あるいは他の人物と同一視できるような英雄は、ここにはいない。なぜなら、ここには主語を持つ文が存在しないからだ。主語が与えられることのない行為の可能性が、ただ次々に挙げられているだけなのである。たとえ主語があったとしても、そのすべてを実行することなどできないだろう。なぜなら、その行為同士が互いに矛盾しているのだから。

『セメント』で神話が「引用」されていようと、それを、それによってテクストが暗示されるはずの手がかりとして使用することはできない。むしろテクストは、神話の新たな読みのための空間を開いているのである。

ダーシャがスフィンクスに喩えられるときに起きていることが、まさに同じことである。両者の人物の特定がなされるのではなく、一つの「スフィンクスの読み」が開始されるのである。それについては次に述べたいと思う。

四　鋼鉄の女、雪のような女、スフィンクス

ミュラーの『セメント』において、剛さのモチーフは、解放によって変化した女性たちとも関係がある。チュマーロフの目には、彼の不在の間に女性たちは「剛」で「異質」になってしまったように見える。例えばダーシャは、チュマーロフによって「半分は女、半分は鋼鉄」と描写されている。[29]

この「半分は鋼鉄である」女には、破壊的な性質があり、HMの「オフィーリア／エレクトラ」を想起させる。チュマーロフにとってダーシャは、すべてをただ「破壊し」たがる女になってしまった。つまり彼女は、チュマーロフがそう非難するように、家、家族、結婚を破壊してしまったのであり、いまや彼女の家は「廃墟」のように見える。そこにはもはや、パンも、温かさも、子供も存在しない。「かまどには灰が石みたいに固まってる。寒い[30]」。ダーシャは積極的に

政治に携わり、家にはめったにいない。もはや家で食事を作ったり食べたりすることはなく、夫婦生活もない。ダーシャはチュマーロフを「所有者」と呼び、プロレタリアートがブルジョワジーと闘うように、彼と闘おうとする。ゆえに、彼女にとって結婚とは戦場でもある。この解放のイメージは、ＨＭにも見出せる。

わたしを囚人にする道具を、椅子を、机を、ベッドを壊します。マイホームだった戦場を破壊します。風と世界の叫びが入ってこれるよう、扉もすべて開け放ってしまいましょう。窓も打ち破りましょう。わたしが愛し、わたしをベッドで、食卓で、床で使用した男たちの写真を、血まみれの両手で引き裂きましょう。わたしの牢獄に火をつけます。着ていたものをその火に投げ込みましょう。【ＨＭ２】

この解放のかたちが理解できないチュマーロフにとって、それはただ故郷の破壊を意味する。彼は、自称するように「内戦の英雄」として帰郷するのだが、妻に英雄とみなされていないことに気づく。「放蕩息子の帰郷」あるいは「家族のふところへの帰還」というような、よく取り上げられる文学作品のモチーフを期待していると、このテクストにおいてはがっかりさせられる。ふところは冷たく剛になってしまっていた。故郷では赤軍よりラディカルな革命が起こっていたのであり、このことが「革命の英雄」というコンセプトを台無しにする。というのも通常、故郷は英雄によって一方で否定され、しかし他方で求められる「古い世界」を体現しているからだ。英雄は「保守的で」「原始的な」古い世界で、革命のために犠牲にした感情、温かさ、愛を再び見出したいと願っている。彼を家で待っている母親や妻は、こうした故郷観の化身だ。故郷像はこの意味で女性的である。『セメント』において故郷の革命として描かれている女性の解放は、英雄にとってはあり得ない状況である。すなわち、そこでは、保守的で原始的なのは彼なのである。妻からいまさら革命の初歩を学ばなければならないのである。

チューマーロフ　（…）まだ俺の女房だろ。

ダーシャ　所有者はいなくなったのよ。

チューマーロフ　いないってか。
いるところを見せてやるぞ。

ダーシャ　やめて、グレープ。

チューマーロフ　乗ってもらいたいかなんて馬にきくやつはいないぞ。

（ダーシャは彼の横面を張る）

チューマーロフ　こっちも殴り返せるぞ

ダーシャ　頭を冷やして、所有者さん。
あんたコミュニストのくせに、どんな入門書で手ほどきを受けたのよ。(31)

ダーシャは論争中も冷めており、超然とし、「剛な」ままである。とりわけ彼女の信念は、どんな手段を用いても揺るがすことができないという印象を与える。目につくのは、ダーシャが自分の信念を語るとき、たびたび「真実」という言葉を用いることだ。

ダーシャ　真実なんだもの。私にはどうしようもないわ、グレープ。

チューマーロフ　真実か。君の真実で誰なら救えるんだ。

ダーシャ　私だけよ。グレープ。あなたに言ってしまう必要があったの。

チューマーロフ　それは俺にも必要だったろう。君の言う通りだ。
その真実ってやつについちゃね。君は君自身と戦った。
俺は君に守るべき掟を課したりはできない。(32)

チュマーロフはもはや掟を課すことができない。ダーシャはエレクトラが父の死後そうしたように、革命後の「真実」を代弁している。「半分は鋼鉄」であり「真実」を代弁しているダーシャとは逆に、ダーシャの見るところでは、神は己の「真実」を失ってしまった。神は火の中の雪のように溶けてしまったのだ。

チュマーロフ　でもまだ女だろ。神がおまえを女に創られたのは何の為か教えてやるぞ。

ダーシャ　せかないの、同志、ソビエト権力は女を創ったあなたの神様を抹消したわ。(33)

鋼鉄の女は「抹消され」ない。鋼鉄のイメージにおいて新しいのは、冷たさではなく剛さである。冷たさだけなら、とりわけその冷たい肉体の描写において、古典的な女性の描写にも見出せよう。時には、「死んだ女たちの回廊」のように女性たちの**「唇には淡雪」**がついていることもある。雪のイメージにおいて、純粋さ、もしくは純潔と死が結びつけられているのだ。雪は、その白さと冷たさゆえに、こうした結びつきを表すのに適している。シェイクスピアのハムレットも、オフィーリアに「たとえ氷のように純潔で、雪のように純粋であっても」(34)と語っている。この「雪のオフィーリア」というイメージは、ランボーの詩『オフィーリア』のような近代の文学においても見出せる。

オフィーリア、青ざめた処女よ。雪のように美しい。
まだ子供の君は、死んでしまった、水底で(35)

ランボーのきわめて古典的なオフィーリア像は、火の中の雪のように「抹消」される。

君は火の中の軽やかな雪のように、その中に消えてしまった。[36]

それに対して、グラトコフが描く鋼鉄の女のイメージは、古典的なイメージと明確に異なっている。新たなイメージの誕生を、一九二〇年代におけるロシアの社会的条件によって説明することもできるだろう。男たちの大多数は革命や戦争で不在だった。女たちは畑や工場で働かなくてはならず、子供たちは孤児院で世話をされた。「家族」は市民社会で展開していた役を降り、新たな役は与えられなかった。

興味深いのはしかし、この「新しい」女性像の手本が神話にあることだ。少なくとも男たちの見るところでは。チュマーロフは変わってしまったダーシャの特徴を述べるために、繰り返し「異質な」という言葉を用いる。「脅迫めいた」女たちの異質性は、十八世紀の市民社会においては比較的、人目につかないように隠されていたが、ロシアでは革命によって再び明るみに出た。それゆえダーシャは、この異質性がまだはっきりと知覚されていた神話の人物を、男たちに想起させる。ミュラーの『セメント』において、イワーギンはダーシャに告げる。

僕はいつも貴女には感心してきました。あなたはメディアみたいだ。僕ら男の目から見るとスフィンクスのようです、(…)[37]

神話の人物であるメディアは、夫に復讐するため彼の目の前で彼との間に産まれた子供たちを引き裂く。それは、敵ではなく、復讐を行う人物自身に由来する何かを破滅させるという復讐行為である。HMにおいて、オフィーリア/エレクトラも似たような復讐行為を口にしている。

わたしの産んだこの世界を、股の間で窒息させます。【ＨＭ５】

それに対してダーシャとスフィンクスの類似を説明するのは、いささか厄介であるように思われる。この比喩は、あきらかにベンヤミンによるグラトコフの『セメント』の書評と関係している。この小説のドイツ語訳が一九二七年に出版されたとき、ベンヤミンは書評を執筆し、その中で主に新しい女性像について考察した。

徐々に——啓蒙された博愛主義者たちが（ロシアのために、また同様にヨーロッパのために）期待したのとは違って——ある女性解放の真の顔貌が刻まれてゆく。命令したり支配したりする力が本当に女性的なものになるなら、そのときには、この力が変化し、世界の年齢[★2]が変化し、女性的なもの自体が変化するだろう。この女性的なものは、漠然とした人間的なものへと変化するのではなく、ある新しい顔貌、より謎めいた顔貌を、いままさに生み出そうとしている。その顔貌とは、一つの政治的な謎、もしこう言いたければスフィンクスの顔であって、これに比べれば、婦人の閨房の秘事などすべて、使い古された謎かけのようなものに見える。この顔が、本書に突き出てきているのである。このイメージから著者がその顔を生長させていたら、本書は偉大な文学作品になっていたことだろう。[38]

ゲーニア・シュルツがすでに述べているように、ミュラーは小説『セメント』からこのモチーフを取り上げ、彼のテクストの中心に据えた。[39] 女性解放の顔は謎である、というのは、それが男たちにとって「自然」の顔だからだ。それは、「鋼鉄」製の仮面をかぶり、「文化」を支配し、文化に復讐を始める。仮面の下に発見される「自然」という顔は、ただ破壊的なだけだろう。なぜなら、自然は、異質なものを破壊しつくすことによって生まれる破壊的な文化を映し出しているからだ。

この「自然」をスフィンクスに喩えるとき、スフィンクスもまた決して「根源的な」自然としてではなく、復讐の魔物として理解せざるを得ない。というのも、人間が「自然の支配」を始める前には、それ自体が、暴力的で、予測のつかない、混沌とした「根源的な」自然など存在しなかったのだから。自然のネガティブな特徴は、文化が自分自身を映し出した鏡の中の敵のイメージの特徴にほかならない。自然は破壊されたのちに初めて復讐の魔物になったのではなく、自然は文化とともに、しかも、最初から復讐の魔物として誕生した想像上のイメージである。それゆえ、スフィンクスの神話は逆向きに読まれなければならない。すなわち、スフィンクスが初めに多くの男たちを殺して、それからついにオイディプスによって倒されたのではなく、男たちを殺すスフィンクス像は、オイディプスがスフィンクスを死に至らしめた瞬間に生じたのだ、と。

五　仮面と皮膚によるアイデンティティ・ゲーム

ミュラーの『セメント』において、ダーシャをスフィンクスやメディアに喩えるイワーギンが、革命の恐ろしさを表現する際に頻繁に使用するイメージが、「仮面剥がし」である。革命とは、彼にとってある意味、仮面を剥がす行為と同義なのだ。すなわち、他者の野蛮でぎょっとする真実の顔をあきらかにする行為と。彼は二度、仮面剥がしを体験している。一度目はダーシャ。そして二度目は父親である。

メディア神話は、彼にとって仮面を剥がす物語として語られている。

彼女（メディアのこと／筆者注記）が彼の前で彼との間に産んだ子供たちを引き裂き、そのばらばらの死体を彼の足元に投げつけた時、男ははじめて愛人のすばらしい顔の下に、母親の傷跡の下に、隠されていた女の真の顔を認めて戦慄した（…）[40]

ここで恋人の顔、あるいは一人の母親の顔は、その奥に「女の真の顔」を隠すある種の「仮面」として知覚されている。

イワーギンにとって、革命によって仮面が剥がされたのは、女たちだけではなく、知識人たちもである。例えば文明の、そして文化の仮面をつけて暮らす父親もまた、その仮面の奥に狼の素顔を隠し持っていた。

彼の内臓の奥底から、見知らぬ猛獣が鉗子のような手をのばして襲いかかり、彼の顔の皮を剥ぐんです、

★2　ベンヤミンはエッセイ『フランツ・カフカ』のなかで「世界の年齢」と「時代の年齢」を区別している。「時代の年齢」は「今日ちゃんとした机を作ろうと思えば、ミケランジェロの建築学的天才をもたねばならない」ように、時代がすすむにつれ知識や技術が積み重なっていくプロセスである一方、「世界の年齢」は「漆喰を塗」ったり、「まったく人目を引かない身振り」の場合のように、前者のような変化が見られないものである。カフカの作品においてベンヤミンは、そのような動作を通して、太古の世界が現れる瞬間をとらえている。「掛け布団を払いのける父は、それとともに世界の重さを払いのける。太古からの父―息子関係を、生きたものに、実のあるものにするためには、彼は世界の年齢を動かさなくてはならないのだ。」［ヴァルター・ベンヤミン（西村龍一訳）「フランツ・カフカ　没後十年を迎えて」、『ベンヤミン・コレクション2　エッセイの思想』（浅井健二郎編）所収、ちくま文庫、一九九六年、一一一―一一二頁］

楽しそうで哀しそうなインテリの顔を、まるで幕のように、幕があがるのが見えるかい、ポーリャ、ほら見えるだろう、歯をむきだした狼の頭が露出した、狼の大きな口から吠える声が、そして狼は爪と歯で我々に襲いかかり、彼の書物を引き裂く、世界の文化の、いまや没収された財宝、彼は労働者クラブの図書室で彼の狼の踊りを踊るんだ。[41]

敵の「真の顔」、狼の、あるいはスフィンクスの野蛮で破壊的な顔は、すでに述べたように、それを見る者の鏡像である。ミュラーの改作においては、この鏡像化というモチーフがグラトコフの小説よりずっと鮮明に表されている。イワーギンは、メディアと父親について話をしたあと、自分自身の顔もまたひょっとしたら狼に似てきているのではないかと不安になり、妻に鏡はどこかと尋ねる。

イワーギン　何が見える、ポーリャ、見えるものを言ってくれ。僕に鏡がほしい。

ポーリャ　放して、セルゲイ、あんた気が狂ったの。

チュマーロフ　俺たちは顔ひとつでやっていかなくちゃ、同志イワーギン。俺たちにゃ鏡なんかない。

敵の「真実」の顔があきらかになってしまうことが指し示すものは、とっくに押し殺していたはずの「野蛮」な己の顔が露わになることへの不安である。すなわち、敵が仮面を剥ぐとき、そこにあるのは顔ではなく、それを見る者が押し殺したものを映し出す鏡なのである。

それは、伝統的な仮面を剥ぐことのイメージとはあきらかに矛盾する。リューディガー・ベルンハルトのような誰かが、注意深い読みをしたのち、仮面の下には「真実」が隠されており、『ピロクテーテス』以降、ミュラーにとって仮面とは真実を隠ぺいするヴェールである。人類の活動はその仮面を剥ぎ、真実へとたどり着くことなのだ[42]」とするような結論とは無関係なのだ。むしろ逆で、ミュラーにおいて仮面の下には「真の顔」は存在しない。仮に敵の仮面の下に何か顔を見つけるとしたら、それは自分自身が抑圧した顔である。仮面の下に真の顔はないのだから、仮面を何かを隠すものとして理解することはできない。むしろ仮面は、テクストにおいて独自の機能を持っている。ミュラーにおいてそれは、民族や階級、あるいは性的アイデンティティの問題と結びついている。

例えば『指令』では、仮面は終始にわたりテーマとされている。そこでは仮面と顔は決して分離できないこと、仮面のない顔は、真実あるいは根源を体現しないことが強調されている。「我々の芝居は終ったのだよ、サスポルタス。化粧を落とすときは気をつけろよ、ガルデック。肌まではがしてしまわないように。お前の仮面はサスポルタス、お前の顔だ。私の顔は、私の仮面だ[43]」。

『指令』では、肌と仮面が民族のアイデンティティであり、その歴史的な役割を表現しているが、『セメント』において皮膚は、階級のアイデンティティを象徴している。

チュマーロフ　そう俺だ、帰って来た、作業台にお前ら俺たちの工場をどうしちまいやがったんだ。俺たちは餓鬼の頃からセメント製粉の仕事をやって育ったはずだ。工場という資本主義の内臓のなかで石炭、スス、油、鉄粉は俺たちの第二の皮膚になっていた。
その工場が今は山羊小屋になっている[44]。

HMでは「白い」皮膚、あるいは労働者の皮膚といったようなものが全く扱われず、扱われるとしても、「女の」皮膚であることは納得がいく。なぜなら、

ＨＭの核心にあるのは階級闘争でも民族紛争でもなく、両性の闘いなのだから。「女の皮膚」を手に入れるために、「ハムレット」はあるいは化粧をし、あるいは女装をする。化粧と衣裳はここでは、女の第二の皮膚として理解されているのである。

私は女になりたい。
（ハムレットはオフィーリアの衣裳を着る。**オフィーリアは**
彼に娼婦の化粧を施す。）［強調は筆者による］【ＨＭ３】

「ハムレット」の演技者が化粧を落とすとしても、そこに現れるのは化粧をとった「真の顔」ではなく、「ハムレット」の仮面なのである。第四景で彼は自らの仮面を剥ぎとる。「もう役を演じない」――それに続くのは「真実の顔」の告白などではなく、起こらなかったドラマについての独白である。

私のドラマがまだ演じられるとしたら、それは暴動
の時だろう　【ＨＭ４】

第四景で、暴動はドラマとして示される。暴動を実行する可能性としてのドラマ。しかしそのドラマは起こらず、「ハムレット」の演技者は仮面をとり、帰ってしまう。

私のドラマは起らなかった。台本はなくなってしまった。俳優たちは自分の顔を楽屋の衣裳掛けにかけてしまった。プロンプターはプロンプターボックスで腐敗する。客席のペストの死骸の剥製で、ある観客は拍手ひとつしない。私は家に帰って、時間をつぶしていく。分裂していない自我と／ひとつに
なって　【ＨＭ４】

すなわち、仮面がないということは、社会への抵抗

を成し遂げる可能性がないことを意味する。あらゆる抵抗は、ただドラマとしてのみ実現され得るものだからである。

仮面がないということは、政治の介入なしに「私的なこと」を享受できるということではない。その逆で、「私的なこと」の空間は、テレビが流す映像によって占拠されている。そこに映されるのは、「歴史（物語）のつくり手」である男たちの顔だ。冷蔵庫が消費戦争に血の涙を流すとき、その空間は戦場に等しい。いずれにしても、演技者が気づくことなく、テレビと冷蔵庫は部屋に持ち込まれている。あらゆる電気製品から、あらゆる工場製品から、そしてまた小さなコーラ缶からも、権力は顔を出している。「ハイル・**コカコーラ**／暗殺者ひとり手に入るなら／王国ひとつくれてやるのに」。

六 「私的なこと」への後退？

HMの第四景は、ハンガリー動乱への連想から始まっている。「**ブダのペスト**」。十月、「**革命には一年で最悪の時期**」の暴動は、好くない終息を迎えた。「ストーヴは煤けて」、スターリンの死から三年も経ったにもかかわらず、やってきたのは「雪どけ」[45]ではなく「氷河期」だ。なぜ暴動は失敗したのか。十月は本当に革命にとって一年で最悪の時期だったのか。誰かが**ブダ**（ハンガリー語でストーヴ）に**ペスト**を仕込んだのか。この中世の病ペストが二十世紀の「進歩」を笑いものにするために。あるいは政治から退き、部屋に引きこもって作詩するドクトル・ジバゴのようなインテリ、それとも小説『ドクトル・ジバゴ』で革命を単に文化に対する野蛮な敵として描いた、作者ボリス・パステルナークのようなインテリのせいなのか。

パステルナークの小説には、『ジバゴの詩』と呼ばれる二十五の詩が収められている。最初の詩のタイトルは「ハムレット」で、そこでは芝居の進行をオートマティックな進行として観察するハムレット、もしくはハムレットの演技者が描かれている。あるドラマが舞台上で進んでいるが、それは彼のドラマではない。彼はドラマの筋を変えることはできない。ただほどなく舞台に登場し、演じなければいけないことだけがわかっている。彼は自らの役から逃れることはできない。なぜなら彼は、そのドラマのオートマティックな進行の一部であるからだ[46]。このハムレット像が、政治から身を引いた時代のドクトル・ジバゴと政治との関係を映し出している。

リヒャルト・ヴェーバーは、HMの第四景は、インテリたちが政治から身を引いて「私的なこと」へと後退すれば、何が起こり得るのかという危険を私たちに示している、と主張する。それは「古い支配機構の修繕とセメント化[47]」であり、「狼たち」の帰還である（「狼たち」はヴェーバーにおいては、ただ「邪悪」な敵のメタファーとして想定されている）。ヴェーバーによれば、近年のミュラーの発言は、まさに西ドイツにおいて「ミュラーもまた、六〇年代の終わりにブルジョワ的な過去との断絶を実行したと信じ、十年後には、個人的な事情を政治的なものとして偽りながら、政治から私的なことへの後退に向かうような、西ドイツの多くのインテリたちと同様の道を辿った[48]」という疑いを起こさせている。しかし、まさにHMこそ、左翼ブルジョワ的知識人たちのそうした政治的な成り行きと振る舞いに対する批判なのである、とヴェーバーはいう。

真っ先に浮かぶのは、「政治的なこと」と「私的なこと」という概念が、HMの解釈において対概念として使用され得るのかという疑問である。なぜならまさに、この二分法がHMでは破壊されているのだから。例えばHMにおける演劇の機能を観察してみれば、とりわけそのことはあきらかだろう。

ヴェーバーは、「演劇」を「私的なこと」の位置に据える。なぜならそれは「芸術」であり、彼が「日常」あるいは「現実」と呼ぶものではないからだ。ヴェーバーは、知識人たちは少しの演劇と少しの喜びを必要とする、そうして例えば労働者保護規定の遵守といった日常的な問題に淡々と従事できるのである、というミュラーの発言を引用する。それゆえ、ヴェーバーによれば、知識人たちは、自らをある社会において「役に立たない」「抽象的な」モデルとみなし、それによって「現実や日常の諸問題に対する眼差し（…）を失いかねない危険にある」という。[49]

ここで再び、第一章の初めに示した、互いに対立してしまう「言葉」と「行動」の間で揺れ動くという、英雄ハムレットの伝統的なイメージに出くわすことになる。ヴェーバーにおいては、同じ「対立」として、「理論」対「実践」も挙げられている。ヴェーバー曰く、「つまり、ハムレットは彼の理論的な要求と、日常での実践の間にある溝を自覚していた。この自覚が、彼を行動不能にしている」[50]。ヴェーバーによれば、この行動不能性が、インテリたちが政治から逃げた理由である。ヴェーバーは基本的に、伝統的なハムレット像を再生産しているにすぎず、その際、HMにとってきわめて重要なもう一つの別の対立を見過ごしているのである。それは、(固定化されない）像対（固定化された）人物、あるいは血のかよったイメージ（身体）対血のかよわないイメージ（言葉）だ。どうやらこうした対立は、ヴェーバーには全く知覚されていない。そうでなければ、彼が例えば、オフィーリアの人物像はプロレタリアートを代弁し、母ガートルードの人物像は革命のブルジョワ的な由来を物語っていると主張することなどできなかっただろう。なぜなら、まさに女たちの身体をアレゴリーとみるそうした解釈こそが、HMでは問題として主題化されているからである。オフィーリアの人物像は、すでに述べたように、処女性、純潔さと狂気の具現化を通して、アレゴリーとなり、「血のかよわないイメージ」として「死んだ女たちの回廊」で陳列された。そこで「芸術」として見られる裸の女たちの身体は、理念であり、思考であり、意味であり、そのために肉体は犠牲となったのである。それは、マルクスとレーニン、そして毛沢東がＨＭ第四景において裸形の女たちとして登場したことに対する説明でもある。つまり彼女たちは「革命」の具現化なのだ。男たちの身体がそのために用いられれば、読み手は滑稽に感じるだろう。

「芸術」はそれゆえ、ＨＭにおいては「私的なこと」とは無関係である。むしろ、それは政治的な事象にまつわるアレゴリー化のプロセスに目を向けさせている。「記念碑」においても同様にあきらかなのは、「私的なこと」の美学が重要なのではなく、すでに語ったように、「石化」のプロセスが重要であるということなのである。

『ドクトル・ジバゴ』においては、書くことは、そしてとりわけ詩を書くことは、私的なことへの後退と理解されている。ＨＭではそれは何を意味するのか。ミュラーの『二通の手紙』（一九五六）のテクストにおいてすでに、ハムレットの人物像に関して、一つの文学的なテクストが社会的な権力関係に対して抵抗することは可能なのか、という問題が提起されている。このテクストにおいてハムレットは、彼がクローディアスに対する批判を述べることができたであろう詩を書かなかったことで、非難されている。彼のドラマにおいてハムレットは、たった一枚の指名手配書を書いただけだ。それによって、彼は彼の知を放棄し、社会に対して何の作用も及ぼさなかった。端的に言えば、彼は「非政治的」である。興味深いのは、ハムレットがここで叔父をあまりに長く生かしてしまったことで批判されているのではなく、何も書か・な・か・っ・たことで批判されていることだ。書くことが最も重要な「行動」

として描かれているのである。

愚者に韻文が役に立つのか
そう君は問う。
無という者もいれば、ほぼ無という者もいる。
シェイクスピアは『ハムレット』を書いた。悲劇を。
自ら知を放棄し、愚かな慣習にその身を屈したある
男の物語を。
彼はその愚かさを根絶しなかった。
指名手配書の他に何かを書こうと思わなかったのか。
ハムレット　デンマークの王子にして蛆虫の餌
よろめきながら
穴から穴へ　最後の穴へと　やる気もなく
背後には彼の製造元の亡霊
産褥の床のオフィーリアの肉体のように未熟
地平線では戦闘準備が、延々と続いている
そして三度目に雄鶏が啼く直前に
道化が哲学者の鈴のついた衣裳を引き裂き
一匹の肥ったブラッドハウンドが戦車（甲冑）のな
かに入りこむ。[51]

この『二通の手紙』では、書く者たちのための場は、「無とほぼ無の開き」に置かれることで終わっている。書くことは、「次の人を殺さない」ための可能性への模索として理解されている。書くことは、『ドクトル・ジバゴ』におけるそれとは異なり、私的なことへの後退ではなく、トレッドミルに似た歴史のメカニズムから降りる試みを意味する。それは、シェイクスピアの『ハムレット』においても、重要な問題のように見える。「**私にそれが慣習だという理由で　斧を／次の肉あるいはその次の肉へと突き立てていけというのか**」【ＨＭ１】。

こうして、ハムレットの「行動不能」に対する理由を問うことは無意味なものとなる。別様に問われな

ければならないのだ。ハムレットが叔父を殺すのは、「政治的」な「行動」なのか。あるいは殺人は、歴史のトレッドミルの速度を少しあげて回転させること以上の意味を持たないのではないか。彼が叔父を殺さなければ、それは私的なことへの後退なのか。たとえ彼が誰も殺さないにしても、トレッドミルは回転し続け、新たな犠牲者を生産するのか。HMでは、個人は誰も政治から身を引き離すことはできない。たとえそう望んだとしても。なぜなら、どの個人も歴史に巻き込まれており、腐敗と同じ足取りで、それぞれの持ち分を回しているのだから。

七　ニーチェからの引用としての「吐き気」

テオ・ギルスハウゼンは「引用」の概念を、ある拡張された意味で使用している。[52] 彼がHMにおけるニーチェの引用を語るとき、想定しているのは、HMにおける一つ一つの言葉を通して立ち現れるニーチェその人との関連である。ニーチェが用いた「吐き気」という言葉は、第四景で七回も繰り返されている。それは、引用符で記されているわけでも、本論でこれまで取り上げたHMにおける他のすべての「引用」と異なり、大文字で書かれているわけでもない。しかし、その言葉は、とても頻繁に繰り返されることで、また大抵は行の終わりに記されることで、テクストにおいて目立つ存在となっている。

繰り返しのうち最初の六回は、あるキリスト教的な産業社会を表現する只中で、「引用」されている。

> われら日毎に殺すもの　今日われらにそれを与えよ　【HM4】

そこで問題とされるのは、「日毎の殺し」であって、日毎のパンではない。[53] 殺しは目には見えないが、しかし常態的な殺しが行われていることは、消費者たちが「消費戦争」による傷跡を顔に持つことであきらかにされる。消費者たちは、商品によってだけでなく消費することを通していたぶられる「今日の死者」なのだ。彼らは百貨店中を歩き回り購買することを義務づけられている。例えば冷蔵庫には入りきらないほど大量の食料品が購入される。そうして冷蔵庫は血を流し始めるのだ。商品の氾濫が貧困を改善することがないばかりか、人々からただ「品位」を奪い去るように、マスメディアから配信される情報の氾濫もまた、人々の「無知」を改善することはない。テレビでは「嘘」が拡散され、それが信じられている。

テレビ　日毎の吐き気吐き気
なめらかな饒舌　操作された快活さに接するたびの
安逸さという字はどう綴るのか
われら日毎に殺すもの　今日われらにそれを与えよ

なぜなら殺しの成果は無なのだから　吐き気
嘘つきたちしか信じず　他の誰も
信ずることはない虚偽への　吐き気
信じられる虚偽への　吐き気
策謀家の顔に接する吐き気
地位と票と札束を求める闘いの痕跡を貌に留めている

吐き気　鎌マーク付きの戦車が点々と閃光を放つ
私は往来を　店を歩く
消費戦争の傷跡を留めた顔のあいだを　貧困
品位のない　貧困
ナイフやメリケン（拳骨）や拳の品位のない　貧困
女たちの凌辱された肉体
幾世代もの希望
血と臆病さと愚かさのなかで窒息させられた
死んだ腹から出てくる哄笑
ハイル・**コカコーラ**

暗殺者ひとり手に入るなら
王国ひとつくれてやるのに

【HM4】

ここには、発話できる個人は誰もいない。それが私・に吐き気を催させる。なぜなら、人間の知覚はマスメディアの一部分になってしまったからである。吐き気は、先に引用した箇所で視覚的に確認できるように、「行間」の至る所に存在する。吐き気を催している「私」は、「ハムレット」の演技者なのかどうなのかは明白ではない。

この数行後には、吐き気を催し、またそのことを表現できる旧東ドイツの一人の「芸術家」の社会的機能について描かれている。彼にはしかし観客がいない。社会が必要としているのは、自らに「吐き気」するような英雄ではなく、社会主義リアリズムの理論において名づけられるような、ただ「前向きな英雄たち」だからである。彼らは、達成されるべき社会の理想を具現しているのである。吐き気の感覚は、すぐさま私的な感情として無価値化され、またしばしば罰せられもする。そして罰せられないとき、その芸術家は「特権階級」となる。彼は何を書いてもいい。しかし彼に割り当てられているのは、「ドイツ再統一」前のシェーネフェルト空港の待合室に似た場所だ。すなわち、東と西の間の誰もいない場所である。

空港の孤独のなかで
ほっと一息つく　私は
特権階級の男　私の吐き気は
特権

【HM4】

HMにおける「吐き気」がある社会の具体的な日常に関連づけられている一方で、ニーチェの吐き気は、変わることのない「事の本質」がその原因である。ニーチェによれば、「ディオニュソス的人間」と名づけられる、「事の本質」を見抜く能力のある選ばれし男たちが存在する。彼らは吐き気を感じ、ハムレットのように「行動不能」になる。

ディオニュソス的人間というのは、この意味ではハムレットに似ている。両者はともに事物の本質を本当に見抜いた、**つまり見破ったことがあるのだ。そこで彼らは行動することに吐き気を催すのである。**なぜなら、彼らがどのように行動したところで、事物の永遠の本質にはなんの変わりもないのであり、関節がはずれてしまったこの世を立て直す務めなどをいまさら負わされることに、彼らは滑稽な感じ、あるいは屈辱感しか抱かないからである。認識は行動を殺す、行動するためには幻想のヴェールにつつまれていることが必要だ——これがハムレットの教えであって、(…)(54)

このテクストとHMの唯一の共通点は、両者がともに進歩信仰に対して批判的な態度をとっていることにある。しかし共通しているのはそれだけである。ニーチェはここで、その「真の」認識のせいで「行動」できない、認識する英雄像を描いている。一方、HMでは全く異なる「英雄」が描かれている。彼は世界がゆっくりと腐敗に向かっていることは感じながらも、「事の本質」を何も「認識」せず、そのことに「思考」をめぐらすこともない。とりわけ世界の腐敗が、彼に吐き気を、また悲しみの情を引き起こすことはない。

私は地面に身を横たえて、世界が腐敗と同じ歩調で回転するのを聞いていた。
私は善良なハムレット、私に悲しむ理由を与えてくれ、ああ、ほんとうの悲しみをくれるなら、地球全部をやってもいい　【HM1】

「ハムレット」は、例えば真の苦悩のような、情熱的な感情を恋しがっているのである。それとは対照的に、ニーチェのハムレットは、その疑念があまりにも強いため、慰めとしての「芸術」を必要としている。ニーチェは、行動する能力のない人間を癒す機能を芸術に付与することで、行為と芸術を分ける伝統的な二分法を再生産しているのである。

このとき、意志のこの最大の危機にのぞんで、これを救い、治癒する女性魔法使いとして近づくのが芸術である。芸術だけが、生存の恐怖あるいは不条理をめぐる、あの吐き気の思考を、生きることを可能とする表象に変えることができるのである。その表象とは、恐怖すべきものの芸術的制御としての崇高なものと、不条理なものへの吐き気を芸術的に発散させるものとしての滑稽なものとである。(55)

ＨＭにおける芸術は、すでに述べたように、「行動」の対語として理解することはできない。そのうえ芸術は、それが常に女性的なものに連想されることがどういうことなのかを学んでしまった「ハムレット」にとっては、もはや慰みにはなり得ない。先に引用したニーチェの文で、「治癒する女性魔法使い」としての芸術は、女性のイメージで捉えられている。この「女性」は、「ディオニュソス的」な人間には治癒的だが、自分自身の病となると治療不能である。ＨＭ第三景の「死んだ女たちの回廊」で確認できるように。

この「引用」の例が示すのは、小さな言葉でも、より長い読みを始動させることが可能だということだ。テクストそのものを解釈の「量」がはるかに凌駕した際、いくぶん道徳的な口調で「超解釈」の話となることはめずらしくない。ギルスハウゼンもまた、彼の読みがそうではないことを強調するために、この概念を持ちだしている。[56]私の見解では、この概念は、テクストとはそこで語られるだけの特定の「量」しか持たない、という前提があれば利用できる。だが、そもそもテクストの「量」を特定するのは、読みではないだろうか。そもそもテクストは、水を入れる鍋のように量を持っているだろうか。もしもテクストが「閉じられた」ものであるなら、その分量を量ることは可能かもしれない。しかしＨＭのようなテクストでは、どこでテクストが終わり、どこで別のテクストが始まるのか、誰も確定することができない。クリステヴァが主張するように、一つのテクストは同時に複数のテクストであり得る。曰く、一つのテクストに少なくとも別のもう一つのテクストを読むことができるのだ。[57]「引用」は、一つの言葉が倍に読まれ得ることを示す好例である。それは、一つの言葉の二重の意味ではなく、一つの言葉が結びつけることができる二つのテクスト、すなわち二つのコンテクストを意味しているのである。あらゆる言葉は反復である以上、「引用」でない言葉とはどの言葉であろう。

ＨＭは、壁がなく、ただ開け放たれた窓だけで構成された建物に喩えることができる。その窓が「引用」である。ＨＭは一つ一つの「引用」、すなわち一つ一つの言葉、一つ一つの文、一人一人の人物を通して、もう一つの別のテクストと交信しているのである。

（1）Vgl. Derrida, Jacques: Das Theater der Grausamkeit und die Geschlossenheit der Repräsentation. In: J.D.: *Die Schrift und die Differenz*. Frankfurt/M. 1976, S.376-379.

（2）Müller, Heiner: Der Bau. In: H.M.: *Geschichten aus der Produktion 1*. Berlin 1984, S.92.

（3）Ebd.

（4）Vgl. Müller, Heiner: Die Bauern. In: H.M.: *Die Umsiedlerin oder Das Leben auf dem Lande*. Berlin 1988, S.52-55, 78-79.

（5）Müller, Heiner: Zement. In: H.M.: *Geschichten aus der*

Produktion 2. Berlin 1987, S.79.

（6）Müller, Heiner: Zwei Briefe. In: H.M.: *Geschichten aus der Produktion 1*. Berlin 1984, S.81f.

（7）Bernhardt, Rüdiger: Geschichte und Drama. Heiner Müllers "Zement". In: Horst. Nalewski / Klaus. Schuhmann (Hg.): *Selbsterfahrung als Welterfahrung. DDR-Literatur in den siebziger Jahren*. Berlin (DDR) 1981, S.21.

（8）Zaum, Ulrich: Zwischen Dichtung, Bekenntnis und bürgerlicher Avantgarde. Bemerkungen zu Etappen der Rezeption Heiner Müllers in der BRD. In: Theo Girshausen (Hg.): *Die Hamletmaschine. Heiner Müllers Endspiel*. Köln 1978, S.82.

（9）Ebd.

（10）Vgl. Rischbieter, Henning: Rezension zur Uraufführung von "Zement". In: *Theater heute*, 1/1974.

（11）Nägele, Rainer: Trauer, Tropen und Phantasmen: Ver-rückte Geschichten aus der DDR. In: P. U. Hohendahl / P. Herminghouse (Hg.): *Literatur der DDR in den siebziger Jahren*. Frankfurt/M. 1983, S196.

（12）Vgl. Schulz, Genia: *Heiner Müller*. Stuttgart 1980, S.59.

（13）Vgl. Holthusen, Johannes: *Russische Literatur im 20. Jahrhundert*. München 1978, S.139.

（14）Müller: Zement, a.a.O., S.82f.［ハイナー・ミュラー（岩淵達治・越部暹・谷川道子訳）「セメント」、『メディアマテリアル（ハイナー・ミュラー・テクスト集2）』、未来社、一九九三年］

（15）Vgl. Benjamin, Walter: Über den Begriff der Geschichte. In: W.B.: *Illuminationen*. Frankfurt/M. 1977, S.255.［ヴァルター・ベンヤミン（浅井健二郎訳）「歴史の概念について」、『ベンヤミン・コレクション1　近代の意味』（浅井健二郎編訳）、ちくま学芸文庫、一九九五年］

（16）Müller, Heiner: Bilder. In: H.M.: *Geschichten aus der Produktion 2*. Berlin 1987, S.7.

（17）Bernhardt, a.a.O., S.21.

（18）Müller: Zement, a.a.O., S.79.

（19）Ebd.

（20）Ebd., S.97.

（21）Ebd., S.96.

（22）Gladkow, Fjodor: *Zement*. Wien/Berlin 1927, S.262.［フョードル・グラトコフ（辻恒彦訳）『セメント』、阿久津書房、一九三〇年］

（23）Müller, Heiner: Wolokolamsker Chaussee II-V. In: H.M.: *Shakespeare Factory 2*. Berlin 1989, S.259.［ハイナー・ミュラー（岩淵達治・越部暹・谷川道子訳）「ヴォロコラムスク幹線路」、『カルテット（ハイナー・ミュラー・テクスト集3）』、未来社、一九九四年］

（24）Ebd.

（25）Ebd.
（26）Müller: Zement, a.a.O., S.100.
（27）Ebd.
（28）Ebd., S.102.
（29）Ebd., S.111. 強調は筆者による。
（30）Ebd., S.75.
（31）Ebd.
（32）Ebd., S.111.
（33）Ebd., S.75.
（34）Müller, Heiner: Hamlet. In: H.M.: *Shakespeare Factory 2.* Berlin 1989, S.58.
（35）Rimbaud, Arthur: Ophelia. In: A.R.: *Leben und Dichtung.* (übersetzt von Stefan Zweig) Leipzig 1921, S.148.［アルチュール・ランボー（宇佐美斉訳）「オフィーリア」、『ランボー全詩集』、ちくま文庫、一九九六年］
（36）Ebd.
（37）Müller: Zement, a.a.O., S.114.
（38）Benjamin, Walter: Kritiken und Rezensionen 1927. In: W.B.: *Gesammelte Schriften.* Bd.3. Frankfurt/M. 1972, S.62.［ヴァルター・ベンヤミン（浅井健二郎訳）「フョードル・グラトコフ『セメント』」、『ベンヤミン・コレクション5　思考のスペクトル』（浅井健二郎編訳）、ちくま学芸文庫、二〇一〇年］
（39）Vgl. Schulz, a.a.O., S.65.
（40）Müller: Zement, a.a.O., S.114.
（41）Ebd., S.115.
（42）Bernhardt, a.a.O., S.22.
（43）Müller, Heiner: Der Auftrag. In: H.M.: *Herzstück.* Berlin 1987, S.63.［ハイナー・ミュラー（谷川道子訳）『指令』（ドイツ現代戯曲選17）、論創社、二〇〇六年］
（44）Müller: Zement, a.a.O., S.72.
（45）「雪解け」はスターリン死後（一九五三年）の文学・芸術分野における政治的な緩和を指す。この言葉はイリヤ・エレンブルクの小説『雪どけ』（一九五四）に由来する。
（46）Vgl. Pasternak, Boris: *Doktor Schiwago.* Frankfurt/M. 1964, S.589.［ボリース・パステルナーク（工藤正廣訳）『ドクトル・ジヴァゴ』、未知谷、二〇一三年］
（47）Weber, Richard: "Ich war, ich bin, ich werde sein!". Versuch, die politische Dimension der HAMLETMASCHINE zu orten. In: Theo Girshausen (Hg.): *Die Hamletmaschine. Heiner Müllers Endspiel.* Köln 1978, S.90.
（48）Ebd., S.87.
（49）Ebd., S.89.
（50）Ebd., S.50.
（51）Müller: *Zwei Briefe*, a.a.O., S.81f.
（52）Vgl. Girshausen, Theo: Vom Umgang mit Nietzsche in der

Hamletmaschine. Anmerkungen zur Technik des literarischen Zitats bei Heiner Müller. In: T.G. (Hg.): *Die Hamletmaschine. Heiner Müllers Endspiel*. Köln 1978, S.98.

（53）「われらの日用の糧を　今日も与えたまえ」In: *Die Bibel*. Matthäus 6.11.［マタイによる福音書第六章十一節より］

（54）Nietzsche, Friedrich: Die Geburt der Tragödie. In: F.N.: *Nietzsche Werke. Kritische Gesamtausgabe*. Dritte Abteilung. Erster Band. Berlin/New York 1972, S.52f.. 強調は筆者による。［フリードリッヒ・ニーチェ（秋山英夫訳）『悲劇の誕生』、岩波文庫、二〇一七年］

（55）Ebd., S.51.

（56）Vgl. Girshausen, a.a.O., S.101.

（57）Vgl. Kristeva, Julia: Bachtin, das Wort, der Dialog und der Roman. In: Jens Ihwe (Hg.): *Literaturwissenschaft und Linguistik*. Bd.3. Frankfurt/M. 1972, S.347f..［ジュリア・クリステヴァ（原田邦夫訳）『セメイオチケ1　記号の解体学』、せりか書房、一九八三年］

第三章　『ハムレット』の「翻訳」と『ハムレットマシーン』

一　「シェイクスピア工場」における改作

『画（え）の描写』の注記に、ミュラーは、このテクストが能の『熊坂』、『オデュッセウス』の第十一の歌、シェイクスピアの『嵐（テンペスト）』、ヒッチコックの『鳥』を引用する、『アルケスティス』の彩色補筆と読めるかもしれない、と書いている(1)。

ここでミュラーが言及している「彩色補筆」と「引用」は、いずれもハムレットマシーン（ＨＭ）でも見出せるテクスト改作の形式だ。本論の第一章と第二章で示したように、ＨＭはさまざまな神話の「彩色補筆」であり、かついくつかの文学作品（『セメント』や『ドクトル・ジバゴ』、『罪と罰』、『リチャード三世』等々）の「引用」と読める。

『画の描写』を含むミュラーの著作集『シェイクスピア・ファクトリー 1』には、シェイクスピアの戯曲とのさまざまなかたちでの対峙が見られる。一見しただけではシェイクスピアとの直接的なつながりのない『画の描写』も、注意深く読むとシェイクスピアの『嵐』の改作と読み解ける。

このシェイクスピア工場（「ファクトリー」）には、一般に知られた、広く行き渡っているテクスト改作の形式もある。「翻訳」である。「彩色補筆」という用語は、文学や文学研究の領域において（まだ）定着していないが、「翻訳」はどの辞書にも載っている。翻訳とは、テクストをある言語からほかの言語に置き換えることである、と。

ミュラーはシェイクスピアの『ハムレット』を、HMが成立する一年前にドイツ語に「翻訳」した。この戯曲はその後、一九七七年にフォルクスビューネ（東ドイツ）で上演され（演出ベンノ・ベッソン）、一九八九年にはミュラーの著作集『シェイクスピア・ファクトリー 2』に自作とともに収録された。

原作の媒介として「翻訳」を捉える従来の「翻訳」観に倣えば、この『ハムレット』の翻訳をミュラーの「作品」とみなすことはできないだろう。従来の見方において、翻訳者の使命は、オリジナルの言語を理解しない読者にオリジナルを媒介することでしかないからである。しかしただそれだけのために、「同じこと」をもう一度、別の言語で言うのだろうか。ミュラーの『ハムレット』は、シェイクスピアの英語を十分に理解する読者には意味がないのだろうか。私にとって重要なのは、誰にとって翻訳が有用なのかをつきとめることではないので、いささか異なる問いを立ててみたい。翻訳の意義について問うとき、読者と関連づける必要はないのだ。なぜならヴァルター・ベンヤミンの言うように、「芸術作品あるいは芸術形式について考察しようとするとき、受容者を考慮することは、それらの認識にとって決して実りあるものとはならない(2)」のだから。

むしろ私は、「読み」に匹敵する文学的な方法としての「翻訳」について考察したい。後述するように、ミュラーの『ハムレット』の翻訳は、それまでの『ハムレット』のドイツ語訳やハムレット観に対する批判的な読みを提示している。旧来のハムレット像の解体を試みるHMと同様に、『ハムレット』の翻訳は定着した『ハムレット』の読みに対して反乱を起こす。しかしHMと違って、『ハムレット』の翻訳がラディカルであるということは、すぐには認識できない。翻訳の反乱は静かに、ゆっくりと、見かけ上はどうということもなく起きる。例えばHMがハムレットのモノローグを「**ああだこうだ**（ブラーブラー）」という語に書き換えるのに対して、『ハムレット』の翻訳は「原作」の語を尊重する。翻訳者は語に忠実であり続けなければならないし、テクストは「逐語的」でなければならない。しかしこの「逐語性」によってこそ、翻訳は「原作」とラディカルにかかわり合うことができるのだ。

「ラディカル」な翻訳とは、「逐語的」な反復でなければならないが、「内容」や「意味」の反復である必要はない。ロラン・バルトは言う。

> ただし、反復がエロティックになれるのは、形式的で、逐語的であるときだけだ。私たちの文化においては、この意識的な（過度の）反復は再び常軌を逸し、音楽の周辺部へと押しやられる。大衆文化の退化した形式は有害な反復である。反復されるのは、内容やイデオロギー的なパターン、矛盾の取り繕いなどであり、他方、表面的な形式は変化させられるのだ。絶えず新しい本、番組、映画、さまざまなストーリー、しかし、いつも同じ意味。(3)

従来の「翻訳」観においては、どのオリジナルのテクストにも固定した「内容」があり、翻訳者はそれを変えてはならないという前提から出発する。それゆえ、翻訳者はたいてい非逐語的に翻訳せざるを得ない。この方法は、バルトが「有害」だとみなした反復に似ている。それとは違って、「逐語的」な翻訳はオリジナルの「内容」を「変化させる」。つまり翻訳は、これまでとは違ったオリジナルの解釈を示したり、あるいはその多義性を可視化したりできるのである。

行間翻訳の場合、視覚的にあきらかなように、翻訳においては二言語間のシンタクスの違いがあるので、文のつながりは解体され個々の語になる。そのため、行間翻訳は何度も折られた棒に似ている。文の「意味」を生産的なやり方で脅かしているのは、パラディグマにおける豊かさ（例えば、一つの英単語のために可能なドイツ語訳がたくさんあるということ）だけではなく、シンタグマにおける分断でもあるのだ。ゆえに、「逐語的」翻訳はラディカルなのである。「内容」が媒介される翻訳とは違って、「逐語的」翻訳は言語を前景に押し出す。言葉はもはや「意味」の背後に隠れはしない。前景に姿を現し、ばらばらに崩れ、「意味」の一様性を疑問に付す。興味深いのは、シェイクスピア自身がこの方法を『ハムレット』の中ですでにテーマとして扱っていたということだ。ミュラーの翻訳はこのモチーフを取り上げ、翻訳のプロセスにおいて実践している。

ある翻訳が他の翻訳より「逐語的」なのかどうか、必ずしも容易に判断できるわけではない。本論では具体的に英語からドイツ語への翻訳を問題にしているので、部分的には、語源的な親縁性を証左として挙げることができる。例えば「Maschine」［ドイツ語］と「machine」［英語］のように、翻訳された語が「オリジナル」の語と語源的に直接、同系であれば、それを「逐語的」翻訳と呼ぶことにする。その際、重要なのは、意味領域における相違である。「逐語的」に翻訳された語が、「オリジナル」の語の意味するものを常に意味するとは限らない。そのため「内容」を媒介しようとする翻訳者は、場合によっては、意味がより近いほかの語を選ぶ。だが、「逐語的」翻訳者は、新しいアイディアを読みにもたらすために語源的に同系の語をあえて用いる。のちほど詳述するが、「Maschine」の場合、こうしたやり方で翻訳されている。さもなくば、「ハムレット=マシーン」［Hamlet-Maschine］という言葉は『ハムレット』から誕生しなかっただろう。
「逐語的」翻訳は、不可解なものを周知のものへ、未知のものを馴染みのものへ、直ちに置き換えようとはしない。例えば、『ハムレット』の「あの役者ならどうするだろう、／もし彼に私と同じ／情熱の動機ときっかけがあったら?-」［What would he do, / Had he the motive and the cue for passion / That I have?］という文を、ミュラーは次のように翻訳している。「あの役者ならどうするだろう、／もし彼に私と同じ、／情熱のモチーフときっかけの台詞があったら?-」［Was täte er / Hätte er zur Leidenschaft Motiv und Stichwort / Wie ich?］。それはテオドール・フォンターネの次のような翻訳とは違って「逐語的」翻訳である。「あの役者ならどうするだろう、／もし彼に私と同じ、／もっともな苦悩の理由があったら?-」［Was würd' er thun / Wenn er so trifgen Grund zum Schmerze hätte / Wie ich?］。ミュラー訳がフォンターネ訳より「逐語的」であるのは、「モチーフ」［Motiv］という語が「動機」［motive］と語源的に同系であるからだけではない。ミュラーは、より読みやすい言葉で表現することによって自然さやわかりやすさを装う代わりに、日常的な使い方とは違うためにこの文脈では一読しただけではわかりにくい「モチーフ」［Motiv］という語を、あえて用いているからである。「モチーフ」という語は文の「内容」に対して異質であり続け、二番目の語「きっかけの台詞」［Stichwort］とともに、ハムレットの役者としての存在に目を向けさせる。文に適合させられなかった語は、こうしてテクストがただ一つの次元からできているわけではないことを気づかせてくれる。

文学作品の翻訳の読みにおいては、二重のテクストを前にしていることを一瞬たりとも忘れることができない。間テクスト的関係は、とりわけ「オリジナル」と「翻訳」の間に存在する。しかし、翻訳が自立したテクストではなく、「オリジナル」の媒介にすぎないとみなされるとき、ほかでもないこの重要な関係が、そのようなものとして認められないことが多い。

二　「言葉、言葉、言葉」

「翻訳において個々の語に忠実であれば、それぞれの語がオリジナルのなかにもっている意味を再現することは、ほとんど必ずといっていいほどできない[4]」。だからこそ「逐語的」翻訳は、あらゆる文が見せかけようとする一義的な意味に疑問を投げかける方法として理解され得る。「十九世紀の人々の目には、ヘルダーリンによるソフォクレスの翻訳が、このような逐語性の途方もない実例と映っていた[5]」。

ベンヤミンがこのように述べた以前にすでに、ハムレットは、意味を解体するという逐語性の働きを知っていたようだ。ハムレットは逐語性と戯れ、一義的な情報を期待しているポローニアスを混乱させる。

Polonius　What do you read, my lord?
Hamlet　Words, words, words.
Polonius　What is the matter, my lord?
Hamlet　Between who?
Polonius　I mean, the matter that you read, my lord.
〈*Act 2, Scene 2*〉[6]

ポローニアス　何をお読みですか、殿下?
ハムレット　言葉、言葉、言葉。
ポローニアス　内容は何ですか?
ハムレット　誰と誰の間で?
ポローニアス　読んでいらっしゃる本の内容のことで、殿下?〈第二幕、第二場〉

「言葉」を読んでいるというハムレットの返答は、ポローニアスを怒らせるために、ハムレットが言った冗談と解釈できるかもしれない。また、ポローニアスがそうするように、「狂気」の徴候と解釈することもできるだろう。「狂気」[Wahn*sinn*: Wahn（狂気）とSinn（意味）から成る日常語]という言葉はこの場合、「意味」[Sinn]との異常なかかわりが見てとれるという限りにおいてふさわしい。意味と言葉はハムレットの耳の中で、ばらばらになってしまう。言い換えれば、話し言葉では気づかれないことが多い記号内容と記号表現の差異が聞き取れるものとなる。しかし、ハムレットの返答を是が非でも「真摯に」受け止めて、「逐語的」に理解することもできる。そうすれば、「逐語性」についてより多くのことを知ることができる。つまり、ハムレットが読んでいるのは「言葉、言葉、言葉」であり、決してテクストや本ではない。彼は文の意味を理解しないまま、ただ一つ一つの言葉を読んでいるだけなのだ。そのような知覚は、ポローニアスが「狂気である」[wahnsinnig]と呼ぶ状態にふさわしい。

対してクローディアスは、ハムレットの知覚の変化について語るとき、「変容」[transformation]という語を用いている。

(…) Something have you heard
Of Hamlet's
transformation – so I call it,
Sith nor th'exterior nor the inward man
Resembles that it was.(7)

聞き及んでいるであろう
ハムレットの**変容のこと——変容と呼ぶのは**
外面も、内面も
昔とは似ても似つかぬからだ。

「変容させる」[transform]という動詞は、後述するように、『ハムレット』の中で一度だけ「翻訳する」[translate]の同義語として用いられる。つまり、ハムレットの「狂気」[Wahnsinn]は、一冊の本がばらばらになって個々の語になる「翻訳」の方法と近い関係にあるのだ。

ハムレットとポローニアスの対話に戻ろう。第二の問いの場合、少なくとも英語の「オリジナル」において、そのような関係は逆になる。つまり、ポローニアスの問いの「内容」[matter]は逐語的に受け取られるべきなのに（「内容は何ですか」[What ist the matter?]）、ハムレットはこの問いを慣用句「何が起きたのですか」として理解し問い返すのだ。「誰と誰の間で?」[Between who?][8]。

「オリジナル」と違って、ミュラーの翻訳の場合、「逐語性」は第一の問いのみならず、第二の問いに対する返答においても強調されている［ハムレットはGegenstand（テーマ）をGegen（対立や対抗を意味する接頭辞）とStand（状況）に解体し、対立や対抗を意味する前置詞gegen（～に対して）を用いて返答している］。

Polonius Was lest Ihr, Mylord?
Hamlet Worte, Worte, Worte
Polonius Was ist der Gegenstand, Mylord?
Hamlet **Gegen wen?**
Polonius Ich meine, der Gegenstand Eurer Lektüre, Mylord?[9]
ポローニアス 何をお読みですか、殿下?
ハムレット 言葉、言葉、言葉。
ポローニアス テーマは何ですか?
ハムレット **誰に対して?**
ポローニアス 読んでいらっしゃる本のテーマのことで、殿下?

この翻訳によって「逐語性」というモチーフは、はっきりと前景に押し出される。このモチーフは「オリジナル」において、より強く、あるいはより弱く主張されているなどということは言えない。なぜなら、「オリジナル」の志向は翻訳の志向とは質的に異なり、両者は比較できないからだ。翻訳には「オリジナル」の写し**ではない**、それ独自の「派生的」で「理念的」な志向がある。[10]その点で、翻訳と「オリジナル」の**関係**は、文学研究のテクストと、それが論じている文学テクストとの関係に喩えられる。

先ほど引用した例からあきらかなように、ミュラーの『ハムレット』の翻訳は彼の『ハムレット』の読みとして理解され得る。彼の翻訳は「言表内容」を媒介するのではなく、一つの「読み」を提示しているのである。

それにしても、何がこの「読み」の対象なのだろうか。ポローニアスはすでにこの問いを、先ほど引用した対話の中で口にしている。「何が読みの対象ですか」[Was ist der Gegenstand Eurer Lektüre?]［「Gegenstand」には「対象」という意味もある］。翻訳が読みであるなら、さらにもう一つの問いをそこから導き出すことができる。「何が翻訳の対象ですか」。

ベンヤミンは論文「翻訳者の使命」の冒頭で、この問いを投げかけている。伝統的な見方では、「オリジナル」の「言表内容」が翻訳の対象とみなされている。しかし、何が文学作品の「言表内容」なのだろうか。「文学作品はいったい何を『言う』のだろうか。何を伝達するのだろうか。文学作品はほんのわずかなことを、それを理解する者に伝達するだけである[11]」。にもかかわらず、「言表内容」の「媒介」を中心とした翻訳は頻繁に行われている。フォンターネの『ハムレット』のドイツ語訳には、そのような例がたくさんある。そこで目につくのは、フォンターネが常に「言葉」ではなく「文」を翻訳しているということだ。

Polonius Was les't ihr mein Prinz?
Hamlet Worte, Worte, Worte!

Polonius Was ist der Inhalt, mein Prinz?
Hamlet Wovon?
Polonius Ich meine den Inhalt dessen, was ihr lest mein Prinz![12]
ポローニアス 何をお読みですか、殿下？
ハムレット 言葉、言葉、言葉！
ポローニアス 内容は何ですか？
ハムレット 何の？
ポローニアス 読んでいらっしゃる本の内容のことで、殿下！

この翻訳では、会話のテーマとしての「言葉」と、ハムレットがいかに言葉とかかわっているかという点のつながりが、第二の問いにおいて失われ、ただ会話の「内容」だけが媒介されている。翻訳者フォンターネの振る舞いとポローニアスの問いが一致しているのは興味深い。ミュラーの場合、ポローニアスの問いは「読みの対象」に向けられているが、フォンターネのポローニアスは「内容」について尋ねているのだ。

フォンターネがここで、ハムレットの逐語性の遊戯を無視しているのは偶然ではない。一貫して語ではなく文から成るフォンターネ訳において、文から離れて互いに矛盾し合う語は念入りに滑らかにされる。「逐語的」翻訳が「オリジナル」の「語」への通路であり、翻訳の「文」を解体するのに対して、フォンターネの場合、「オリジナル」の語は、文を新たにドイツ語で表現できるよう、まずは破壊し尽くされ忘れられる。

フォンターネはシェイクスピアをリアリストとして高く評価しており、意味の解体には興味がない。「ところでわれわれはシェイクスピアの作品において、とうにリアリズムの完成を経験している。もっともシェイクスピアは、彼の偉大さにおいて、ただその観点でのみ評価されるわけではないが[13]」。

興味深いのは、フォンターネがシェイクスピアをリアリストとして描き出すために、「逐語性」を断念せざるを得なかったということだ。それに対してミュラーは、「逐語性」を強調することによって彼のハムレットを創造することができた。リアリズムと「逐語性」は敵対関係にある。リアリズムは「逐語的」翻訳の中で解体される。なぜなら、「逐語的」翻訳は、ハムレットの言葉に即せば、「対象」と「言葉」とは矛盾しないという見せかけを破壊するからだ。ベンヤミンは言う。

真の翻訳は透明なものであって、原作を被い隠すことも、その光を遮ることもなく、純粋言語を、それがこの翻訳に固有の媒質によって強められると、それだけいっそう隈(くま)なく原作のうえに注ぎこむ。それがなによりシンタクスの置き換えにおける逐語性のなし得ることであり、この逐語性こそが、翻訳者の原要素(ウーアエレメント)とは文ではなく語であることを証明するのである。なぜなら、文とは原作の言語の前に立つ壁であり、逐語性はアーケードなのだから。(14)

三　俳優の行動と言葉

A・W・シュレーゲルとルートヴィヒ・ティークのドイツ語訳においては、ハムレットとポローニアスの対話はこれまでの訳とは異なる様相を見せる。

Polonius Was leset Ihr, mein Prinz?
Hamlet Worte, Worte, Worte.
Polonius Aber wovon handelt es?
Hamlet Wer handelt?
Polonius Ich meine, was in dem Buche steht, mein Prinz.(15)

ポローニアス　何をお読みですか、殿下?
ハムレット　言葉、言葉、言葉。

ポローニアス　それは何を扱っていますか？
ハムレット　誰が行動する？
ポローニアス　何が本に書いてあるのか伺ったのです、殿下。

ハムレットはポローニアスの第二の問いを、ミュラー訳と同様、逐語的に理解している。しかし、この翻訳はある語を含んでいる点で、ミュラー訳とは異なっている。ミュラーならこのような文脈において、必ずこの語は避けただろう。つまり「行動する」[handeln]である［handelnは題材などを「取り扱う」という意味もあり、ポローニアスの「それは何を扱っていますか」という質問の中で用いられている］。この翻訳には、いつもただ「言葉」を読んでいるだけで「行動」はしないという、昔ながらのハムレット像が現れている。ハムレットは、自分自身は行動しないので、行動する人間について尋ねているのだ。「誰が行動する？」というハムレットの「誤解」は、——この翻訳を底本として用いるなら——次のように解釈できるだろう。ハムレットは、いわゆる自分の「行動力のなさ」ゆえに、良心の呵責を感じていたので、ポローニアスの問いから「行動する」という動詞を聞き取ったのだ、と。

シュレーゲルが『劇芸術と劇文学に関する講義』（一八〇八）の中で概略を述べているハムレット像と、ゲーテのハムレット像には共通点がある（第一章を参照）。なるほどシュレーゲルは、ハムレットの道徳的な弱点（「他人の不幸を喜ぶ気持ち」や「無関心」「自己欺瞞」「意志の弱さ」など）ゆえに、その役柄をゲーテのように「好意的に」批評することはできないと記してはいる。[16] しかし、以下のシュレーゲルの言葉からあきらかなように、彼も、まさにゲーテと同様に、ハムレットの「思考」が「行動力」を麻痺させている点を劇の主要テーマとみなしているのだ。

すべてのかかわり合いや起こり得る行動の結果を、人間が予測できる限界すれすれまで汲み尽くそうとする熟考が、いかに行動力を麻痺させているかを、劇全体が示そうとしている。[17]

ここでいっそうあきらかになるのは、ミュラーが『ハムレット』を翻訳するとき、彼はシェイクスピアだけではなくドイツ文学史におけるハムレット観も相手にしている、ということだ。彼の翻訳では、言葉と行動の対極化をもたらす可能性のあるものは、すべて慎重に避けられている。

「オリジナル」において、言葉と行動の対置を読み取ろうと思えば読み取れるのは、例えば次のクローディアスのモノローグなど、わずかな箇所だけだ。

The harlot's cheek, beautied with plastering art,
Is not more ugly to the thing that helps it
Than is my deed to my most painted word:
O heavy burden! 〈Act 3, Scene 1〉[18]
化粧を塗りたくって飾った娼婦の頬も、
飾り立てた言葉でごまかした、
わが行動ほどには醜くはない。
ああ、なんという重荷だ。〈第三幕、第一場〉

このくだりについて、シュレーゲルとティークの翻訳では「Wort」［言葉］と「Tat」［行動］という二つの語が用いられている。

Der Metze Wange, schön durch falsche Kunst,
Ist häßlicher bei dem nicht, was ihr hilft,
Als meine **Tat** bei meinem glattsten **Wort**.
O schwere Last![19]
化粧を塗りたくって飾った娼婦の頬も、
巧みな**言葉**でごまかした、

わが行動ほどには醜くはない。
ああ、なんという重荷だ。

一方、ミュラー訳は、この箇所を、「ああ、なんという重荷だ」[Oh schwere Bürde!] という最後の文を除いてすっかり省いている。彼の翻訳にはそれ以外に「オリジナル」の複数の文をまとめて省いているような例はなく、この訳されなかった文に注目せざるを得ない。省略することによってミュラー訳は、言葉と行動の対極化をもたらすあらゆる可能性を排除しているのだ。さらにこのくだりでは、「行動」が娼婦の本当の顔と、そして「飾り立てた言葉」[painted word] が「化粧」と、同一視されている。そのため、テクスト全体を考慮しなければ、行動と「本当の」顔を、例えばある人間の「本当の」性質として、逆に「飾り立てた言葉」[painted word] と化粧を「偽りの芸術」[falsche Kunst シュレーゲルとティークの翻訳では化粧の意味で用いられている] として、理解するような解釈を引き出すことが可能だろう。

伝統的な『ハムレット』の読解においては、演劇も、「行動」や「行為」とは違って、「偽りの芸術」の一つである。ミュラーは同じ第一場の中で、演劇が低く評価されていることに、「逐語的」翻訳を通して抗議している。クローディアスはハムレットを謁見の間に来させ、ポローニアスはオフィーリアに、そこで祈祷書を読むように命じる。「そのようなお勤めという見せかけによって」、「一人でいても自然に見えるように」である。★1 それから、二人の父親であるポローニアスとクローディアスは、壁掛けの後ろに隠れ、ハムレットの「狂気」の原因を探り出そうとこっそり観察する。ハムレットとオフィーリアが演じなければならないこの小さな劇について、ポローニアスは次のように語っている。

(…) We are oft to blame in this,

'Tis too much proved, — that with devotion's visage
And pious **action** we do sugar o'er
The devil himself.〈Act 3, Scene 1〉[20]

罪なことにはちがいはないが、
よくあることだ、——信心深い顔をし、
敬虔な**行動**で、砂糖の衣を着せるのだ
悪魔そのものに。〈第三幕、第一場〉

この文は「演劇」に対する道徳的な批判として理解されがちであり、この場合、「顔」[visage]と「行動」[action]に「顔つき」[Miene]と「振る舞い」[Gebaren]という語をあてて翻訳すれば、まずはもっともらしく聞こえる。

Wir sind oft darin zu tadeln, 's ist allzu oft erwiesen,
daß wir
mit der Andacht Miene und frommem Gebaren den
Teufel
selber überzuckern.[21]

罪なことにはちがいはないが、よくあることだ
信心深い顔つきや敬虔な振る舞いで、悪魔そのもの
に砂糖の衣
を着せるのだ。

この翻訳（ホルガー・M・クライン）に従えば、この文は「演劇」に対する単なる批判的な発言にすぎないと解釈することもできるだろう。「本当の」敬虔さが背後にない演劇は「本当の」敬虔さを傷つけるがゆえに、悪魔を喜ばせる、と。そのように解釈しがちなので、なぜ「行動」[action]という語がここで「行動」

★1　筆者によるここでの引用は以下の文献によるものと思われる。Shakespeare, William: *Hamlet*. Band 1: Text. Englisch/Deutsch.(Übersetzt von Holger M. Klein) Stuttgart 1984, S.159.

[Handlung] と翻訳されていないのか、問うのを忘れてしまう。これは、なんらかのハムレット観ゆえに、ある語が「逐語的に」翻訳されなかったよい例である。それに対してミュラー訳の場合、「演劇」にまつわるよく知られた道徳的なイメージは消え去る。

(...) Oft sind wir zu tadeln darin
Und viel Beweis gibts : mit dem Blick der Andacht
Und frommer **Handlung** überzuckern wir
Den Teufel selbst.(22)

罪なことにはちがいはないが、
よくあることだ。信心深い眼差しや
敬虔な**行動**で、砂糖の衣を着せるのだ。
悪魔そのものに。

ここでは、オフィーリアの「演劇」が「行動」と呼ばれているので、もはや演劇を悪魔の側に、行動をそれとは別の、教会あるいは神の側に分類することはできない。

シェイクスピアの場合、演劇が行動に対立するものとして解釈される可能性はない。ハムレットは自分自身の行為を演劇として見ている。行為の背後に感情がないためでは決してなく、感情とシナリオの関係が逆になっているからだ。つまり、初めに、テクストがあった。テクストは情熱を呼び覚まし、その情熱が彼に行動への動機を与える。情熱をいつも大げさに表現するプロの役者に対するハムレットの次のような言葉は、ハムレットが自分自身をも役者とみなしていることを示している。ハムレットの情熱がプロの役者の情熱より本物だというわけではない。そうではなく、ハムレットには、より強力なきっかけの台詞とモチーフがあるのだ。

What would he do,

Had he the motive and the cue for passion
That I have?〈Act 2, Scene 2〉[23]
あの役者ならどうするだろう、
もし彼に私と同じ
情熱の動機ときっかけがあったら?〈第二幕、第二場〉

このくだりのミュラー訳は、「動機」［motive］と「きっかけ」［cue］が、どちらも演劇の分野の言葉であることを強調している。[24]

Was täte er
Hätte er zur Leidenschaft Motiv und Stichwort
Wie ich?[25]
あの役者ならどうするだろう、
もし彼に私と同じ
情熱のモチーフときっかけの台詞があったら?

この翻訳は、自分も他者も俳優にすぎないとわかっているＨＭの「ハムレット」を想起させる。例えば、オフィーリアはきっかけの台詞が聞こえると舞台に出て行く。

あの魅力的なオフィーリア、彼女はきっかけどおりに登場するぞ、見ろよ、あの腰の振り方、悲劇的な役だ。ホレーシオポローニアス。君が俳優だということは知っていたよ。私もそうだ、私の役はハムレット。【ＨＭ１】

しかし、自分を俳優とみなすハムレット像は、「不自然な」言葉を用いることを恐れる逐語的ではない翻訳の場合、明るみに出ない。フォンターネはこのくだりの演劇のモチーフをすっかり省いている。

(...) was würd' er thun,

Wenn er so triftgen Grund zum Schmerze hätte
Wie ich?(26)
あの役者ならどうするだろう、
もし彼に私と同じ、
もっともな苦悩の理由があったら？

この翻訳では演劇のモチーフが消えているだけではなく、演劇と感情の関係がさかさまになっている。フォンターネ訳の場合、「苦悩」は「もっともな」理由から生じ、その「苦悩」が人間に行動への動機を与えるのだ。

フォンターネのハムレットとは対照的に、ＨＭの「ハムレット」には「ほんとうの」苦悩のための「もっともな」理由が欠けている。彼は「ほんとうの」苦悩のためなら地球を代償にする覚悟さえできている。「ハムレット」の次のような願望表明を、フォンターネ訳の皮肉な逆転として読むこともできるだろう。

私に悲しむ理由を与えてくれ、ああ、ほんとうの悲しみをくれるなら、地球全部をやってもいい【ＨＭ1】

四　ハムレットと、もはや彼のものではない彼のマシーン

ハムレットの言葉を一語一語、真摯に受け止める「逐語的」な読み／翻訳とは異なる、もう一つの方法がある。ハムレットという人物をある画（イメージ）に仕立て上げ、自分自身の「哲学」をその画面に投影するのである。

（死者たちの大学。囁きや呟き。その墓石（教壇）から死んだ哲学者たちが自分の著書をハムレットに投げつける。）【ＨＭ3】

ＨＭの第三景の「死者たちの大学」では、「ハムレット」がプロジェクタースクリーンとして利用され

る。「著書」、つまり本は「言葉」と違って、閉じられた思考の複合体を体現している。すなわち、不変で揺るぎない。レンガのように人間に投げつければ、暴力的だ。

シェイクスピアの『ハムレット』にも、典型的なハムレット解釈の風刺として読める人物がいる。ポローニアスだ。彼はハムレットの変化を解釈する際、「狂気」という概念に固執する。

ご子息は狂っています。
狂っていると申しましたが、狂気とは、真に定義するならば
狂っている以外の何ものでもないもの以外の何ものでもないからです。
だが、それはともかくとして[27]

明確に定義したあとには、原因探しが始まる。「狂気」には原因があるにちがいない。『ハムレット』の解釈において、狂気の原因探しは最も好まれるテーマの一つである。

殿下は狂っているとお認め頂きましょう。残る問題は
この結果の原因を、突きとめることでございます。
欠陥の原因と申しましょうか。
この欠陥的結果には原因があるのですから。[28]

ポローニアスは、彼の娘が王子を狂気に陥らせたのだと考えており、または少なくともそう期待している。しかし、彼はこうした思いつきを彼の願望として言い表すのではなく、自身の「厳密性」に倣い、書面で証明しようとする。つまり、ポローニアスはハムレットがオフィーリアにあてた恋文を証拠とみなす。そしてその手紙をクローディアスとガートルードに読んで

聞かせ、その際、あくまでも「厳密さ」を主張する。ガートルードはポローニアスの饒舌に辟易している。

お妃様、しばし、ご辛抱を。厳密にいたしますので。(29)

そうして、彼は手紙を原文どおりに引用する。「オリジナル」では、次のような言葉でその手紙は締めくくられている。

Thine evermore, most dear lady, whilst
this **machine** is to him, Hamlet 〈Act 2, Scene 2〉(30)

永遠に、最愛の人よ、
この**身**が自分のものであるかぎり、ハムレット〈第二幕、第二場〉

「身」[machine] という語は、『ハムレットマシーン』のタイトルを知る読者の目を引く。さらにミュラー訳において「マシーン」[Maschine] という訳語は、英語の「マシーン」[machine] よりいっそう目を引く。今日のドイツ語で「マシーン」[Maschine] は、人間の身体ではなく、ただ機械装置だけを意味するからだ。

Dein für immer, teuerste Lady, solange diese Maschine
ihm gehört, Hamlet(31)

永遠に、最愛の人よ、このマシーンが自分のものであるかぎり、ハムレット

シェイクスピアの時代に、この文脈で「マシーン」[machine] という語を用いることがどれほど日常的だったのか、あるいはそうではなかったのかをあきらかにすることは、私の問題ではない。重要なのは、この語がミュラー訳において一際目を引くので、読者は「ハムレット」の手紙を、あっさり通常の恋文としては読めないということだ。例えば、次のようなフォンター

ネ訳とは違って。

Dein auf immer, theuerstes
Weib, so lange dieser
Körper gehört Deinem
Hamlet[32]

永遠に、かけがえのない
人よ、この
身があなたのものであるかぎり
ハムレット

このような訳から『ハムレットマシーン』は生まれない。よくある愛の告白として読める、それだけである。他方、ミュラー訳ではさらに、『ハムレット』研究においてよく提起される次のような問いの一つの答えを見出すことができる。「なぜハムレットはオフィーリアを愛するのをやめたのか?」。

彼が彼女をもはや愛していない原因は、一つだけだろう。つまり、ハムレットの「マシーン」がもはや彼のものではないからだ。ハムレットは、オフィーリアに忠実であり続けるのは、自分の「マシーン」が自分のものであるかぎりだと先の手紙ではっきりと告げている。

もしもハムレットが自分自身の身体をもはや彼のものではないマシーンと呼ぶならば、どこに「ハムレット」はとどまり、誰が「ハムレット」なのだろうか。ハムレットのアイデンティティをめぐる問いは、HMの創作などを待つまでもなく、すでにシェイクスピア原作に一貫して存在している。つまり、ハムレットはドラマの中でとりわけ「俳優」として描かれており、その台詞はというと、間テクスト的で、統一的な主体にはふさわしくないのである。

HMは最初から「ハムレット」を、もはや「ハムレット」ではないものとして提示している。「私はハムレットだった」【HM1】。つまり、彼は、いまはもうハムレットではなく、非ハムレット［Nicht-Hamlet］、あるいは反ハムレット［Anti-Hamlet］、あるいはハムレットマシーンなのだ。

「ハムレット」と「マシーン」の組み合わせは、ドゥルーズ＝ガタリの共著『アンチ・オイディプス』を想起させる。そこでは人間の身体は、互いにつながり合っているさまざまな欲望マシーンの複合体として描かれている。例えば乳房は、乳を生産するマシーンであり、口はこのマシーンに連結されているマシーンである。ただし、口は一つのマシーンではなく、食べるマシーン、話すマシーン、あるいは呼吸するマシーンでもあり得る。[33] 多数のマシーンが互いにつながり合っているという身体像は、この著作の中で、精神分析的な「オイディプス」（および「ハムレット」）像に対抗するコンセプトとして描かれている。ドゥルーズ＝ガタリは、「オイディプス化」や「ハムレット化」が行われる精神療法に抗議しているのだ。[34]「君たちは生まれついてのハムレットなのか。むしろハムレットを自分の中につくりだしたのではないか。なぜ神話に戻ろうとするのか」。二人の著者は、ヘンリー・ミラーを引用し、精神療法が「ハムレット化」によって患者を生産しているのではないかと自問する。

神話を放棄することで、精神分析には、少しばかりの喜びや少しばかりのゆとりがもたらされる。というのも、すべてが、あまりにも前もって決められていて、あまりにも陰鬱な、あまりにも悲しい、あまりにも果てしないものになってしまっているからである。分裂病者だって楽しんでいるわけではないと、反論する人がいるだろうか。だが、分裂病者の悲しみは、あらゆる面から締めつけるオイディプス化やハムレット化の力に、分裂病者がもはや耐えきれなくなったとき、生じるのではないだろうか。[35]

HMは「ハムレット化」に対する批判とも読めるが、『アンチ・オイディプス』とは違って神話を放棄しているわけではない。『ハムレットマシーン』というタイトルからすでにあきらかなように、『アンチ・オイディプス』において対立していた「ハムレット」と「マシーン」という言葉が、HMでは結びつけられている。神話は否定されるのではなく新たに読まれるのだ。人間に心身の不調をもたらすのは、上述の説明によれば、神話そのものではなく、神話を人間の心理の模範、あるいは人間の行動の解釈図式として用いることなのだから。文学作品の人物の読みにおいて、そのように神話を用いることは問題である。テクストの人物を患者として扱うことによって、人物たちは「ハムレット化」され、ハムレット像に縛りつけられてしまう。しかし、HMの「ハムレット」はハムレット化される可能性はない。むしろ神話の新しい読みを始動させ、伝統的なハムレット像を定着させるのではなく、解体するのだ。

五　もう一つの翻訳の問題――アレゴリー像同士の間の翻訳

言語間だけではなく、アレゴリー像同士の間にも翻訳の問題がある。すでに言及したように、言語とのかかわりにおいて、たびたび「狂気」と呼ばれるハムレットの変化は、クローディアスよって「変容」[transformation]と名づけられる。クローディアスだけではなくガートルードも、ハムレットの「狂気」を「変容」とみなしているが、後述するように、この語は「翻訳」[translation]ときわめて近い関係にある。

ガートルードはハムレットの変わり様を「野性」[wildness]と呼び、ミュラーはこの語を「野性」[Wildheit]と翻訳している。なぜハムレットと彼の態度が、野性、つまり人間の「自然状態」に喩えられ得るのか、すぐには理解できない。この場合、せいぜい「野性」を「理性」に対立するものと捉えることができるくらいだ。すると、野性の中に入ることは、理性の外に出ることを意味する。

ガートルードは「野性」の原因をオフィーリアの「美しさ」と関連づける。以下、「野性」と「美しさ」という二つの言葉を、いずれの意味も定義しないまま――この文脈ではどちらにしても定義できないのだが――アレゴリー像として扱いたい。ハムレットの「野性」の原因はおそらく、オフィーリアの「美しさ」なのだから、オフィーリアの「美徳」にはハムレットの「野性」を再びもとの状態に戻す力があるにちがいない、とガートルードは主張する。

それから、おまえのことだけど、オフィーリア、
おまえの美しさが、ハムレットの野性の幸せな原因
であって

くれればと願っています。また、さればこそ、おま
えの美徳で
ハムレットが私たちのところにもどってきますよう
に。

お二人に敬意を表して。(36)

簡単に言えば、ガートルードは、女の「美しさ」には男の理性を「野性」に変容させる力があり、女の「美徳」は「野性」を再び理性に変容させることができる、という前提から出発している。

ハムレットはオフィーリアとの対話の中で、他のアレゴリー像を変貌させる「美しさ」の力について語っている。

Hamlet Ha, ha! are you honest?
Ophelia My lord?
H Are you fair?

O　What means your lordship?

H　That if you be honest and fair, / your honesty should admit no discourse to your beauty.

O　Could beauty, my lord, have better commerce than with honesty?

H　Ay, truly, for the power of beauty / will sooner **transform** honesty from what it is to a bawd than the force of honesty can **translate** beauty into his likeness.〈Act 3, Scene 1〉[37]

ハムレット　ははあ！　おまえは純潔を守っているか？

オフィーリア　殿下？

ハムレット　おまえはきれいか？

オフィーリア　どういうことでしょう、殿下？

ハムレット　もしおまえが純潔できれいなら、その純潔とおまえの美しさを会話させてはならぬぞ。

オフィーリア　殿下、純潔よりも美しさと相性のよいものがあるとでも？

ハムレット　そりゃそうだ。純潔の力が美しさを純潔に似せて**翻訳する**前に、美しさの力が純潔の姿を、売春の仲介人に**変容させる**のだから。〈第三幕、第一場〉

シュレーゲル／ティーク訳は「翻訳する」［translate］という語を逐語的に翻訳するのを避け、その代わりに「変貌させる」［verwandeln］という語を用いている。また、フォンターネ訳も逐語的ではない「自分に似せる」［sich ähnlich Machen］という表現を選択している。それに対してミュラーは、「翻訳する」［übersetzen］という語を選んでいる。

Hamlet: Ja, sicher, denn die Macht der Schönheit verwandelt eher Keuschheit aus dem, was sie ist, in eine Kupplerin, als die Kraft der Keuschheit Schönheit übersetzen kann in Ihresgleichen.(38)

ハムレット：そりゃそうだ。純潔の力が美しさを自分と同じものに**翻訳する**前に、美しさの力が純潔の姿を、売春の仲介人に変貌させるのだから。

女性に属しているすべてのアレゴリー像――「美しさ」、「純潔」、「美徳」――に、翻訳者としての能力があるのは興味深い。これらのアレゴリー像は互いに翻訳し合い、あるいは男性のアレゴリー像を翻訳する。例えば「理性」を「野性」に。翻訳はほとんどの場合、社会が望んでいない方へと向かう。例えばハムレットの「理性」は「野性」に翻訳されるが、ガートルードが期待するように訳し戻されることはない。「美しさ」と「純潔」の間で行われる翻訳も、たいていはハムレットにとってネガティブな方へと向かう。「純潔」が「美しさ」を自分と同じものに翻訳する前に、「美しさ」は「純潔」を「売春の仲介人」に翻訳してしまう。したがって、「美しさ」は最も影響力のある翻訳者であると結論づけられる。つまり、「美しさ」は自分を翻訳させないで、ほかのアレゴリー像を自分の気に入ったものに翻訳するのだ。すなわち、「理性」を「野性」へ、「純潔」を「売春の仲介人」へ。

「売春の仲介人」の使命は娼婦の仲介であり、より正確に言えば、女性の身体の仲介だ。そのため、娼婦のように仲介人を手に入れた「美しさ」は、女性の身体と結びつけられる。といっても、「美しさ」が沈黙した身体と似ているという意味ではない。その逆である。「美しさ」はガートルードとハムレットがすでに述べていたように、「話をするもの」としてきわめて危険だ。それゆえ「純潔」は、ハムレットが言うように「美しさ」と会話してはならない。「その純潔とおまえの美しさを会話させてはならぬぞ」(39)。「純潔」が「美しさ」と共通の会話をすれば、「純潔」は「売春の仲介人」に変貌してしまう。私はこれまでいつも、女性のアレゴリーを沈黙した比喩とみなしていたが、そのアレゴリー同士がこのように独自の会話をしているというのは興味深い。話をするアレゴリーは決して硬直した比喩などではなく、互いに会話しながら変化していく。そのようにして、アレゴリーの世界から、硬直性や一義性といった性質が取り除かれるのだ。というのも、例えば「野性」に翻訳された「理性」は何を意味するのだろうか。その後「野性」と名乗る「理性」になるのだろうか。「理性」はいまとなっては確かに、もはやアイデンティティはないが、しかし生の物語は持っているのだ。アレゴリーの名と意味はばらばらになって、アレゴリーは「アレゴリー」として機能することができなくなる。それゆえハムレットはアレゴリー同士が会話をすることに反対なのだ。

　アレゴリーにおける「擬人化」について語るのは容易である。そうすることで、人物とアレゴリーの関係は文学の技法として処理されるからだ。しかし、そのような説明は、アレゴリーの前提条件、つまり人物をアレゴリー化するという行為自体を意識から排除しているにすぎない。『ハムレット』には、二つの動きが同時に平行して描かれているのだ。オフィーリアの「美しさ」が、他のアレゴリー像と「会話」し、それらを何か別のものに「翻訳する」動きと、オフィーリア自身がゆっくりと会話する能力を失い、ついに死んで沈黙する動きが。すでに繰り返し言及してきたように、「純粋さ」のアレゴリーとして。

（1）Vgl. Müller, Heiner: Bildbeschreibung. In: H.M.: *Shakespeare Factory 1*. Berlin 1985, S.14.［ハイナー・ミュラー（岩淵達治・谷川道子訳）「画の描写」、『ハムレットマシーン（ハイナー・ミュラー・テクスト集1）』、未来社、二〇〇四年］

（2）Benjamin, Walter: Die Aufgabe des Übersetzers. In: W.B.: *Illuminationen*. Fraunkfurt/M. 1977, S.50.［ヴァルター・ベンヤミン（内村博信訳）「翻訳者の使命」、『ベンヤミン・コレクション2　エッセイの思想』（浅井健二郎編訳）、ちくま学

芸文庫、一九九六年〕

（3）Barthes, Roland: *Die Lust am Text.* Frankfurt/M. 1974, S.63. 〔ロラン・バルト（沢崎浩平訳）『テクストの快楽』、みすず書房、一九七七年〕

（4）Benjamin, a.a.O., S.58.

（5）Ebd.

（6）Shakespeare, William: *Hamlet.* A new variorum edition of Shakespeare. Horace Howard Furness (Hg.) New York 1963, Bd.1 S.151. 〔シェイクスピア（野島秀勝訳）『ハムレット』、岩波文庫、二〇〇二年〕

（7）Ebd., S.130. 強調は筆者による。

（8）Ebd., S.151.（註）「matter: ハムレットは『争いのもと』のことを指して言うために、この語を意図的に取り違えている（後略）」。

（9）Müller, Heiner: Hamlet. In: H.M.: *Shakespeare Factory* 2. Berlin 1989,S.43. 強調は筆者による。

（10）Benjamin, a.a.O., S.57.

（11）Ebd., S.50.

（12）Shakespeare, William: *Hamlet. Prinz von Dänemark.* (übersetzt von Theodor Fontane) Beriln (Ost)/Weimar 1966, S.53.

（13）Ebd., S.11.（前書き）

（14）Benjamin, a.a.O., S.59.

（15）Shakespeare, William: Hamlet. Prinz von Dänemark. (übersetzt von Schlegel/Tieck) In: W.S.: *Werke.* München/Zürich 1962, Bd.2, S.172.

（16）Vgl. Schlegel, A.W.: *Vorlesungen über dramatische Kunst und Literatur.* Bonn/Leipzig 1923, Bd.2, S.176f..

（17）Ebd.

（18）Furness (Hg.), a.a.O., S.204.

（19）Shakespeare, William: Hamlet. (übersetzt von Schlegel/Tieck), a.a.O., S.184. 強調は筆者による。

（20）Furness (Hg.), a.a.O., S.204. 強調は筆者による。

（21）Shakespeare, William: *Hamlet.* Bd.1: Text. Englisch/Deutsch. (übersetzt von Holger M. Klein) Stuttgart 1984, S.159.

（22）Müller, a.a.O., S.55f.. 強調は筆者による。

（23）Furness (Hg.), a.a.O. S.194.

（24）Ebd., S.194.（註）「cue: 先行する台詞の最後の言葉。登場のタイミングを俳優に知らせるために、その俳優の台詞の前におかれた言葉」。

（25）Müller, a.a.O., S.53.

（26）Fontane, a.a.O., S.66.

（27）Müller, a.a.O., S.40.

（28）Ebd., S.41.

（29）Ebd.

（30）Furness (Hg.), a.a.O., S.139. 強調は筆者による。

（31）Müller, a.a.O., S.41.

（32） Fontane, a.a.O., S.51.

（33） Vgl. Deleuze, Gilles. / Guattari, Félix.: *Anti-Ödipus.* Frankfurt/M. 1981, S.7.〔ジル・ドゥルーズ／フェリックス・ガタリ（市倉宏祐訳）『アンチ・オイディプス――資本主義と分裂症』、河出書房新社、一九八六年〕

（34） Ebd., S.145.

（35） Ebd.

（36） Müller, a.a.O., S.55

（37） Furness (Hg.), a.a.O., S.217f.. 強調は筆者による。

（38） Müller: Hamlet, a.a.O., S.57. 強調は筆者による。

（39） Furness (Hg.), a.a.O., S.218. 強調は筆者による。

第四章

『ハムレットマシーン』における「カーニバル」

一 「間テクスト性」と「カーニバル」

ジュリア・クリステヴァは、「バフチン、言葉、ダイアローグと小説」(一九六六)という論において、「間テクスト性」という概念を導入している。ミハエル・バフチンがラブレーとドストエフスキーを対比する中で、「間テクスト性」という概念を使うことなく、しかしその構想を展開させていることを指摘しているのだ。

クリステヴァによれば、バフチンは「テクストの静的な分析をやめて、テクストは、文学的な構造が先に**ある**のではなく、もう一つ**別の**構造への関係性によって初めて**生まれる**、というようなモデルに置き換えた、最初の人たちの一人だった」という。こういう構造主義的な動的な分析を可能にしたのは、「文学の言葉」は点(=不動で確固たる一つの意味)ではなく、テクストのさまざまな位相の積み重なりであり、さまざまな作者や受け手(あるいは登場人物)の、現在や過去のコンテクストの書かれ方が織り成すダイアローグである、という考え方である。(1)

クリステヴァは、この「間テクスト性」という概念を導入することで、重点を、「テクスト」へ、「読み」

のモーメントへと移し替える。重要なのは、あるテクストの内部と外部にあるさまざまなテクスト間の関連である。その間連の境界がいまだ明確である場合もあるが、しばしば、この境界は読みにおいては消えていって、あるテクストがどこで終わって、別のテクストがどこで始まるのかは、もはや確定できなくなる。

どのテクストも引用のモザイクとして構成されており、どのテクストもある別のテクストの吸収や変容である。間主体性という概念の代わりに、間テクスト性という概念が登場し、詩的な言語は少なくとも二重の言語として読まれ得る。(2)

『ハムレットマシーン』(ＨＭ)は、この「引用のモザイク」や「ある別のテクストの吸収や変容」の最上例の一つである。ＨＭに、上記の意味での「間テクスト性」が存在していることは疑いない。しかしＨＭは、ことにバフチンと、あるいはクリステヴァの「バフチン論」との関連において、「間テクスト性」の概念とどうかかわるのだろうか。ＨＭがこの概念の模範例であるという事実だけではない。むしろＨＭは、バフチンとＨＭの具体的なつながりを眺めると、つまり「カーニバル」や死んだ「金貸し老婆」のイメージなどは、バフチンへの批判的な補足と読めるからである。それについては、のちほど、さらに詳しく立ち入っていきたい。

　クリステヴァの「バフチン論」において目につくのは、「2」という数へのきわめて強いこだわりである。まず始まりは、二つの異なる論理への分割である。つまり、「学問・科学」の論理と、「もう一つの論理」だ。最初の論理では、いつも「1」(神、法、規定)は「真理」を代表するのに対して、二番目の論理においては、この「1」はいつも意識的に乗り越えられて、ゼロから2までの間として把握されることになる。(3)

最初の論理は、クリステヴァが「モノローグ的な言説（ディスクール）」と呼ぶ言説を支配している。「記述の描写的な話法」「（叙事的な）物語」「歴史的な言説」あるいは「科学的な言説」などは「モノローグ的な言説」に属し、それに対してもう一つの言説は、「ダイアローグ的な言説（ディスクール）」、つまり「カーニバル」［謝肉祭・祝祭のこと］あるいは「ポリフォニー小説」［多声性から成る小説］において力を発揮する。(4)

クリステヴァはこの「1の論理」と、ゼロから2への間で説明される「もう一つの論理」を明確に区別している。ただし、この「もう一つの論理」を数学的な数のシステムをも借りて説明しようとする彼女の試みも、のちの『中国の女たち』（一九七四）での描写様式と比べるなら、いささか、図式的で、静的で、確定的である。こちらの著書でも、異なる文化やもう片方の性を排除する「1の論理」がテーマとなってはいるが、バフチン論とは違って、もう一つの論理を一つの数のシステムで捉えようとはしていない。そこではむしろ、もう一つの論理を地誌学的に規定しようと試みている。つまり、例えば西洋文化の外部で有効となり得るようなもう一つの論理を述べたり、あるいは心理学的な発達に目を向け、言葉に介入する以前の、つまり「象徴的な秩序」に介入する以前の発達段階にある、もう一つの論理も思考可能だろうと述べている。そして、この「象徴的な秩序」に介入してからの、つまり文化の内部での、もう一つの論理のために残されたわずかな場所の一つが、クリステヴァに言わせると「詩的言語」である。

バフチンにおいては、「アンビヴァレンス」（両義性）という概念に出会う。これも、ゼロと2の間を示す概念だ。2という数は、クリステヴァのバフチン論においては、非常に一貫していて、おそらくバフチンの「アンビヴァレンス」という概念と関連している。この概念の助けを借りて、彼は文学を「カーニバル」に結びつけたのだろう。バフチンは、『フランソワ・ラブレーの作品と中世・ルネサンスの民衆文化』と『ドストエフスキーの創作の問題』の中で、この「アンビヴァレンス」という概念が、中世においてはカーニバルのかたちで存在し、文学の中に入り込んできて、「ポリフォニー小説」というジャンルとして発展していった様を論述している。その最も重要な例が、バフチンにとっては「ドストエフスキーの小説」であり、クリステヴァはさらにジョイスやプルースト、カフカといった「近代（モデルネ）」の文学を、例に加えている。それは、ただ他の例を加えたというだけではなく、「ポリフォニー」のさらなる展開も基礎づけたのである。ラブレーやドストエフスキーにおける「ダイアローグ」が「代表的な虚構のレベル」に固執するのに対して、二十世紀のポリフォニー小説は「読解不能」になり（ジョイス）、あるいは「内的言語」になる（プルースト、カフカ）という。(5)

クリステヴァが描き出した「ポリフォニー小説」の展開を辿れば、ＨＭは、後退とみなされざるを得ないかもしれない。なぜならＨＭにおいては、「カーニバル」は再び「比喩的に」引用され、「見える形」あるいは「読解可能」になっているからだ。ここで取り上げたい問いは、一見「アナクロニズム」に見えるＨＭについてである。ポリフォニー小説の歴史という観点でのこのイメージの後退は、何を意味するのだろうか。なぜＨＭにおいては、イメージが「カーニバル」から引用されるのか。

それ以前に、そもそもＨＭは「ポリフォニー小説」とみなされ得るのかを問わねばならない。多声性、ポリフォニーは疑いなくＨＭの中に存在しているが、テクストは、ポリフォニー小説ではあり得ない。これは演劇テクストなのだから。

バフチンは「小説」という言葉を文学の換喩として用いているのではなく、明確に小説というジャンルに力点を置いている。興味深いことにバフチンによると、多声性は、ドラマというジャンルではなく、小説というジャンルで実現されるという。シェイクスピアは最も重要なポリフォニー作家の一人であるというアナトリー・ルナチャルスキーの主張に逆らって、バフチンは、三つの反論を挙げている。「第一に、純粋なポリフォニーは、ドラマの本性には無縁である。ドラマは多層的ではあり得るが、複数の世界を内包しはしない。ドラマは唯一の大きなシステムのみを認め、複数のシステムは認めない(6)」。第二点としてバフチンが補足するのは、確かにシェイクスピアの作品全体の中には、完全に等価な声の多様性は見出せるが、個々の戯曲においてではない、ということである。そして第三点として、シェイクスピアのドラマの人物たちは「イデオローグ」ではなく、ドストエフスキーの小説の人物たちとは違って、それぞれが何らかの世界観を代表しているわけではないことを指摘している。例えば『カラマーゾフの兄弟』においては、それぞれがさまざまな世界観の複合体（コンプレックス）を担っていて、そのうちの一人が唯一の真実／真理を貫いているわけではないことが、はっきり見てとれる。

ＨＭにおいても、確かに複数の声が存在している中で、その声の一つだけが真実の声として描かれているのではない。バフチンの描くポリフォニーとの違いはしかし、それらの声が誰か一人の声として位置づけられ得ない、ということにある。その声は、その人物からは解き放たれてしまっている。喩えて言うなら、ハムレットの声はそれ自体すでに、複数のさまざまな異なる声のモザイクである。ＨＭの場合、ポリフォニーは、ドラマの「本性」とは無縁であるとは、もはや言えない。言い方を換えれば、ＨＭは、バフチンがドラマの「本性」としているものとは矛盾するのである。

ＨＭにおける声は、「ダイアローグ」をしない。第二景と第五景の女性の声は、「ハムレット」と話しているわけではない。しかしその声は、バフチンの描くようなドストエフスキーの小説のポリフォニーに対する批評的な読みを可能にしてくれる。ドストエフスキーのポリフォニー的な小説には、何の声も代理しない人物も登場する。例えば『罪と罰』の「金貸し老婆」は、主人公のラスコーリニコフに殺されるが、小説の多くの声の一つと言えるような、どんな世界観も、「声」も代理せず、ラスコーリニコフの夢の中の「アンビヴァレンス」を体現するイメージとして現れる。HMは、この殺された金貸し老婆の人物を引用し、文学上の人物の中には、声のない身体としてのみ多声性に関与可能な人物が存在することを気づかせてくれる。つまり、文学に「アンビヴァレンス」を導入する道は、二通りあるのだ。この二通りは、歴史の展開というよりもむしろ男女間の性差を示している。一つのやり方では、アンビヴァレンスは多声性によって表現され、もう一方のやり方では、それは特定のイメージに「体現」される。したがって、HMで死んだ金貸し老婆の像を「イメージ」として引用するとき、このイメージ性は「アナクロニズム」とはまったく無関係なのであり、それによってポリフォニー文学の歴史への新たな考察を可能にしているのである。

しかし、まずとりあえずは、HMにおける「カーニバル」のイメージを考察しておきたい。死んだ金貸し老婆は、その文脈で現れるからであり、そのあとで、死んだ金貸し老婆のイメージをさらに詳細に観察して、HMにおけるバフチンへの「声のない」批判を聞こえるものにしたいと思う。

二　「カーニバル」としての国葬

HMの葬儀の場面においては、バフチンの描く「カーニバル」の特徴が、はっきりと認識される。この場面の描写は、鐘の音の響きで始まる。

鐘の音が国葬を告げていた。　　　　　　　　　　【HM1】

バフチンは、鐘や鈴は、すでに昔のカーニバル的な行動における「不可欠のアクセサリー」であった、と書いている。[7]「鐘泥棒」のモチーフは、ラブレーが直接に彼の文学に取り入れているように、カーニバルの最も重要な要素の一つであった。権力を象徴する教会の鐘は、しばしば民衆によって引きずりおろされ、「食べる」というような身体的活動と結びつけられる。ラブレーの『ガルガンチュアとパンタグリュエル』のあるエピソードの中で、パンタグリュエルは食べながらこう言う、鐘の音は、皆が顎に鐘をぶら下げながら食べると滑稽な響きがするかもよ、と。鐘の響きは噛む顎の動きを再現するだろう。[8] このアイディアは、カーニバルに典型的な動きを内包している——「鐘は教会の塔の高みから下に向かって、噛む顎へとずらされる[9]」。

HMにおいても、似たような動きを観察できる。国葬にされる男は、生前は巨大な権力を持っていた。つまり「上」にいた。さもなければ彼に国葬はなかっただろう。国葬を告げる鐘は、ラブレーと違って、引きずりおろされることはないが、ここでも違ったかたちで、「上」から「下」への動きが見てとれる。かつての権力者の肉が切り刻まれ、民衆たちに食べられることで、彼の葬儀は公的で象徴的な地平から、肉的な地平に引きずりおろされるのである。

この遺骸は施しを／ばらまいた偉人だった、左右に人民の人垣、彼の国策の成果がこれだ、**彼は万人から万物をとりあげた男。**私は葬列をおしとどめ、柩を剣でこじあけた、刃先が折れたが、残った刃で柩をこじ開け、産みの父親の遺体を切り刻む、肉は肉を呼ぶ、その肉片を立ち並ぶ貧民たちに分け与えた。

嘆きの声は歓声に変わり、歓呼の声は舌鼓みの音に変わった。【HM1】

ここの描写には、さらに他にも「カーニバル」との共通性がある。「死」と「食」の合体である。先述のラブレーのエピソードにおいても、死と食は、薪の山が重なって「竈（かまど）」に機能変えされることで合体していた。

葬儀の描写においても、喪と歓声、怖れと不敬の合体は、今日では露骨で挑発的に響く。しかしバフチンによれば、埋葬のアンビヴァレンスは、かつては普通のこととみなされ、逝去した支配者の特性とは関係なく、例えばローマ共和国の埋葬においても、故人は褒めたたえられ、嘆き泣かれ、同時に笑い飛ばされた。この相対立する観点が互いに同等であることは、のちの強化された階級や国家の構造の条件の下では、存在し続けることはできなかったのだ。[10]

バフチン曰く、カーニバルにおいては、生も死も、誕生も、排泄と飲食も、一つの解きがたい結び目につながれている。「それらは身体の解剖学の中心であり、上と下が内的に行きかう場所なのである」[11]。排泄のモチーフは、カーニバルにおいてもHMにおいても、重要な役割を担うが、近現代の西洋文学においてはほとんど抑圧されたモチーフとなっている。ラブレーにおいてほど頻繁ではなくても、このモチーフはHMにおいても、奇妙なかたちで現れる。

この死体は便器の中に詰め込んでしまいたい、宮殿が高貴な汚物で窒息するように。それから君の心臓を食べさせておくれ、オフィーリア、私の涙を泣いてくれる君の心臓を。【HM1】

死体（死）は便器（排泄）に詰めこまれる、宮殿（権力）が高貴な汚物（排泄）で窒息（死）するように。

カーニバルにおいても、あるいはラブレーにおいても、排泄や死、権力や排泄物は、統合される。しかし注目すべきは、「汚物」や「心臓」などの言葉は、ラブレーにおいてはメタファー的な意味はなく、もっぱら具体的な意味を指し示すのに対し、HMにおいては、両方の意味領域の間の識閾にあることである。見逃してはならないのは、食や臓器も、上述のカーニバルの重要なモチーフの一つであることだ。

ハイナー・ミュラーの『心の臓』というタイトルの小品においても、似たような現象を見ることができる。その冒頭は、次のようなテクストで始まる。

人物1　僕の心臓を君の足元に置かせてもらえるかな?
人物2　僕の足元を汚さないでくれるならね。
人物1　僕の心臓は純潔だよ。
人物2　じゃあ、見せて貰おうか。
人物1　だって、外には取り出せないよ。(12)

「純潔な心」という使い古された言葉は、この文脈では、「足元を汚さない」という意味での「清潔」という、その具体的な意味がともに示されることによって、不条理の際まで到ってしまう。同時に、「誰かの心臓を手に入れる」というようなイメージの孕む残忍さも感じ取れる。誰かの心臓を手に入れるには、それをその身体から取り出さなければならない。その手術はたくさんの血が流れるだろう。手に入れられるべき「心」というイメージは、ふつうは読者に詩的なイメージを呼び起こし、決して血まみれではない。血は想像のイメージからは、跡かたちもなく追いやられてしまっているからだ。イメージ(形象)はそこでは、思想を運ぶだけの手段にすぎない。

> 私の思想が、イメージから血を吸い取ってしまう。
> 【HM4】

心臓だけでなく、臓器一般は、ある種の文学や思考の伝統においては、単なるイメージとしてのみ使われる。例えば「内的世界に帰る」や「内面生活」といったような使い古されたイメージは、内臓器の想念を、それがまさに人間の内側を形成するとしても、排除するからだ。

身体がイメージのレパートリーとして使われることによって、今日では恥ずかしげもなく、話は身体の中に入り込んでいく。そのことへの抵抗と考えられるのが、具体的な血肉を持った身体は、イメージ世界においてはますます完結して不可逆的になってしまったことである。自分の身体を、病気でも怪我人でもあってはならない「ノーマルな」身体と一体化してしまうからだ。体液、とくに血液は、体の特殊な状況においてしか見えないからだ。さらに、そういう特殊な状況はネガティブなものとして、しばしばカタストロフィーと結びついて連想される。

ＨＭにおいては、閉じた身体と開いた身体がまじり合って、人間の内面の陳腐なイメージに対して問題提起をする。同時に、閉じた身体が切り開かれて、破局でもないのに、血は見えるものになる。

> 私は自分の内臓のなかに引きこもる。自分の排泄物、血管の中に座を占めよう。どこかでたくさんのからだが破壊されている、私が自分の排泄物の中に住めるためだ。どこかでたくさんのからだが開かれている。私が自分の血とふたりっきりでいられるためだ。私の思想は私の脳髄の傷痕。私の脳髄は傷痕。
> 【HM4】

開いた身体のイメージは、バフチンにも現れる。

カーニバルの身体は、今日の身体のイメージとはまったく異なっていると、彼は書いている。

（…）彼（『ガルガンチュアとパンタグリュエル』の第四巻の「医者」のこと／筆者注記）がかかわっているのは、完全な、完結した身体ではなく、まさに産まれつつある、成長しつつある、孕んだ、産みつつある、空っぽになる、病気の、死にゆく、腐敗しつつある身体なのだ（…）[13]

三　ポリフォニーと女性の声

HMにおけるカーニバルに似た葬儀の場面には、亡霊が現れる。この亡霊は、カーニバルの人物とみなすこともできる。生と死の間に存在しているからだ。彼を刺殺した斧が、まだその頭蓋に突き刺さったままである。

私の製造元の亡霊がやってくる、頭蓋に斧を突き立てたまま。【HM1】

この亡霊は「ハムレット」の目の前に現れるので、まず、これは彼の父親の亡霊なのだと推測される。周知のように、シェイクスピアの『ハムレット』は、ハムレットの父親に似た亡霊が現れた話で幕を開ける。

HMの亡霊とシェイクスピアのハムレットの父親の間には、いくつかの重要な違いがあることにすぐに気づかされる。例えば、HMの亡霊のほうは何もしゃべらないが、シェイクスピアのハムレットの父親は、真実を知り、それを伝える、まさにそういう人物として現れる。彼はハムレットに、自分が死んだのは、クローディアスが言っているように蛇の毒によるものではなく、クローディアスに毒殺されたのだと告げる。

この父親の亡霊は、過去を知り尽くしているだけではなく、未来も知っている。それにより、この瞬間から、ハムレットの使命が定められる。「デンマークの王たちの寝床を猥褻と近親相姦の陣営にしておくな」と。それに対してＨＭにおける亡霊は、沈黙したままだ。ハムレットに問われ、嘆願されても口を開こうとはしない。

ＨＭの亡霊とハムレットの父親のさらに大きな相違は、ハムレットの父親が毒殺されたのに対し、この亡霊のほうは斧で殺されたらしいことである。

ＨＭにおける亡霊は何者かという問いには、一義的な答えは見出せない。そのイメージは多様な「間テクスト性」によって多層化されているからだ。テクストの中に、犠牲者や犯行者、さらに殺人場面や殺害道具などのたくさんのイメージが存在している。しかもそれらは、それぞれに、一つのみならずさまざまな文学テクストとの結合をも可能にするのだ。だがしかし、もう少し斧のイメージにこだわって、どの文学像がこの亡霊の正体なのか、あたかも発見できるかのような具合にしてみよう。

ＨＭの第四景では、シェイクスピアのもう一つ他のドラマから主人公の名前が引用される。『マクベス』である。彼の犠牲者の一人であるバンコーが、ドラマの中で亡霊としてマクベスの目の前に現れる。バンコーはしかし斧で殺されたのではなく、剣で殺された。その限りにおいて、ＨＭの亡霊は、バンコーではあり得ない。シェイクスピアの別のドラマの主人公であるリチャード三世の名前も、ＨＭの第一景で言及されており、彼のドラマではたくさんの犠牲者が生まれていて、彼の夢の中に、ある日、全員現れる。しかしその中にも、斧で殺された者はいない。

しかしラスコーリニコフは、ＨＭの第四景で言及されているのだが、金貸し老婆の殺害に、斧を使っている。

ラスコーリニコフ　たった一枚の上着の下の心臓の近くに
金貸し老婆の／たった一つの／頭蓋を割るための斧を隠して　【HM4】

バフチンは彼の書『ドストエフスキーの創作の問題』（一九二九）で、なにより『罪と罰』（一八六六）を取り上げて、この小説において「アンビヴァレンス」がいかに描かれているかを分析している。困窮に苦しむ学生ラスコーリニコフは、選ばれた人間ならよい目的の達成のためには法を破っても許される、という考えに囚われている。それゆえ、例えば彼のような人間が、けちな金貸し老婆を殺して、その金を奪ってもいい。彼の考えでは、そういう女の存在は、無意味なだけでなく有害でもあるからだ。ラスコーリニコフは庭師の斧を盗んで、それを唯一の持ち物である「たった一枚」の上着の下に隠し、自分が金を借りていた金貸し老婆を訪ねる。殺害後に、熱病の悪夢に襲われ、その中に死んだ金貸し老婆が一度だけ現れる。

彼はしばし彼女の前に立った。「彼女は怖がっている」と考えて、釣り包帯から斧を静かに引き抜いて、老婆の頭にひと突き、さらにもう一突き。しかし奇妙なことに、彼女は刺されても微動だにしなかった。まるで木製の人形のように。驚いた彼は、身を彼女の上にかがめ、彼女を眺め始めると、彼女は首を深く曲げた。それで彼は深く地面にかがんで、彼女の顔を下から眺めた。見ていると硬直してきた。老婆は座って笑っていた。笑いで体を揺すった。かすかな聞こえないほどの笑い。彼に聞こえないように、身体の力で身を支えていた。まるで寝室へのドアがちょっと開けられ、そこでも誰かが笑ったり、ささやいたりしているようだった。怒りがこみあげてきて、彼は力の限り、老婆の頭を叩き始めた。しかし叩くたびに寝室の笑いとささやきはだんだん大きくなり、聞こえるものになった。老婆はそうやって笑いで身を揺すっている。彼は飛び出した。しかし玄関の間全体にすでに人があふれ、ドアは階段に向かって広く開けられ、廊下も階段も、そのずっと先まで、人々が立っていて、頭の上に頭、皆が彼のほうを見ている。みんな静かで、何かを待っているように、沈黙しているのだ！(14)

バフチンは、この場面の三つの要素を重要だとみなしている。一つは、死んだ老婆が死と笑いを合体させることによって、「カーニバルのアンビヴァレンスの論理」を体現しているのが明瞭であること。第二に、老婆だけでなく、背後にいる「民衆」も笑っていることだ。第三は、出来事が、カーニバルの象徴性を体現する空間で起こっていること。階段、敷居、廊下、踊り場は(15)、家の中で内部と外部を、上と下をつなぐ場所である。

殺人者の夢の中に現れ、もう一度殺される死んだ女は、ミュラーの『画の描写』における、毎日復活しては毎日殺される女を想起させる。その女の身体は半分だけ土に埋もれていて、その存在が生と死の間にあることを示している。

バフチンによると、ドストエフスキーにおけるアンビヴァレンスは一般に、ラブレーとは違って、カーニバルのイメージによってではなく、「ダイアローグ」の地平で具現化されている。つまり、前述したように、テクストの人物はいずれも、一つの世界観を代表していて、小説全体が、一つの多声性によって貫かれている。ゆえにバフチンによれば、この金貸し老婆のイメージは、いまだアンビヴァレンスがイメージとして描かれていた発展段階の「残骸」として理解せざるを得ない。しかし、例えば小説『罪と罰』における犠牲者像を調べても、とくに殺される人物は、例えばスヴィトリギャロフの妻は、夫にムチ打たれて死んでしまい、やせた雌ロバは（それが雌であることが小説のテクストではとりわけ強調されている）、酔っぱらった男たちによって叩かれて死んでしまうが、もちろん金貸し老婆も含めて、みな同じく、小説の「多声性」に関与し得るような世界観を代表してなどいない。それゆえ、金貸し老婆はその例外なのではなく、ドストエフスキーにおける女性犠牲者の典型的な描写様式を示しているのである。

これらのケースにおいては、イメージによるカーニバルの描写が「ダイアローグ」の地平へと変化したという「歴史的な」発展を語ることはできない。語れるのは、男性像と女性像におけるアンビヴァレンスの、二つの非同時的で異なる描写様式のことである。HMでは、金貸し老婆が物言わぬイメージとして登場することでこの構図を際立たせている。つまり、「ハムレット」と金貸し老婆との間に和解をもたらすような「ダイアローグ」は起こらないのだ。「ダイアローグ」の放棄によって注目されるのは、ポリフォニー文学においてただ「イメージ」としてしか存在しない金貸し老婆が、多声的なテクストにおいても、言語的な表現の敷居を跨がなかったことである。

HMにおいては、ダイアローグのかたちにおいての多声性は存在しない。むしろそれは「モノローグ」の中に観察できる。例えば第二景では、死んだオフィーリアの声が、対話の相手なしに聞こえてくる。そう、彼女は「モノローグ」をしているのだ。このモノローグの語り手は、一人の女性ではなく、たくさんの死んだ女たちの多層的な合体である。

私はオフィーリア。川にうけいれられなかった女。首を吊った女、動脈を切った女、睡眠薬自殺の女**唇には泡雪**、ガス台に首をうつぶせた女。【HM2】

第五景の「エレクトラ」も、多声的なモノローグである。第一に、人物としても二重である。彼女はオフィーリアで、同時にエレクトラだ。第二に、「犠牲者たちの名において」語る。彼女は一つの人生史を持つ個人ではなく、複数の歴史／物語の重なり合いを提示している。ここに、密接な間テクスト性からなる、ある種の多声性が見てとれよう。どの「モノローグ」もこのテクストでは、引用のモザイクとして理解される。そしてそれゆえ、どの文章も、さまざまなテクストから、あるいは複数の語りから、成り立っている。

四　死者にとっての現れの場

ドストエフスキーにおいては、死んだ老婆は、ラスコーリニコフの熱病の夢の中にしか現れない。つまり、死者が現れるのは、テクストの中の特定の空間であり、殺害者の熱病の夢に限られている。それに対してシェイクスピアの『ハムレット』においては、亡霊は、生きた人間の目の前に現れるが、そこにも時間的な限定がある。つまり亡霊は、夜にしか現れてはならない。雄鶏がなき、太陽が上がると、彼は地獄へ帰らなくてはならない。HMには、そのことへの暗示がある。その暗示によって、HMにはもはや昼と夜の、覚醒と夢の区別がないことがわかる。亡霊は、ここではいつも見えるのだ。なぜなら、ハイナー・ミュラーにおいては、文学テクストのほとんどが（その一部だけではなく）、死者の再生のための場所と考えられるからである。このテクストにおいては、「ハムレット」は、死者を見えなくする昼の光はもはやないことを亡霊に知らせるのである。

なにを待っているのです。雄鶏はみんな屠殺されてしまいましたよ。あの朝はもう来ないのです。【ＨＭ１】

対して『マクベス』の亡霊は、昼間でも現れるが、『ハムレット』と違って殺害者にしか見えず、他の人には見えない。

亡霊たちが現れる時空の限定は、それぞれの文学テクストにおいて異なる。夢や狂気がアンビヴァレンスの論理やその展開の空間を提供し、まさにこの空間が亡霊たちのものとみなされるのもめずらしくはない。『リチャード三世』において、主人公が自分の犠牲者たちに再び出会うのはその空間である。この殺人者リチャード三世も、HMに引用されている。

リチャード三世、余は王子殺しの王　【HM1】

彼のドラマは殺人の連続である。王位を手に入れるために、彼は王子エドワード、翁ハインリヒ六世、クラレンス、リヴァーズ、グレイ、ヴォーン、ヘイスティングス、アン、バッキンガムを殺した。ある日、全員が彼の夢の中に現れる。驚いて目覚めたリチャードは、逃げることしか考えられない。興味深いのは、彼は何から逃げるのかははっきりとはわからないのに、どうやって逃げるのかはわかっていることだ、馬で逃げるのだと。即座に馬を出せと叫んだとき、すでに彼は戦いに向かう決心をしていた。リッチモンドとの戦いに——これが彼の最期の戦いになる。彼は実際にすべての戦いで馬を必要としたのであるが、この叫びは、リチャードにとってはどの殺人も、死者からの逃亡を意味していたことを示している。そもそも彼の目的は王国であるはずだが、いまや逃げること自体が目的になってしまっていた。さもなくば、どうして彼が、王国を馬と交換するというような申し出をするような事態に至るだろうか。

馬の代わりに、私の王国をくれてやろう。(16)

ＨＭの次の文章も、そのことへの暗示と読むことができるだろう。

私は善良なハムレット、私に悲しむ理由を与えてくれ、ああ、ほんとうの悲しみをくれるなら、地球全部をやってもいい【ＨＭ1】

この「ハムレット」は大地に身を投げて、「世界が腐敗と同じ歩調で回転する」のを聞いている。それでも何の感情も起こらない、絶望も悲しみも。彼には「真の」悲しみが欠けている。だから、地球全部をやってでも、それを手に入れたい。リチャード三世と同様に、逃亡が彼の人生の目的になってしまっている。「ハムレット」には自分の人生と思える「真の」悲しみがないのだ。こうした英雄像に見られる喜劇は、世界の腐敗に対する悲しみや、殺人への罪悪感を当然だとするような思考の伝統に結びついている。すなわち英雄たるものは頑張らなくとも常にそうした感情を持ち合わせているのだと。だが、リチャード三世もハムレットと同じく、こうした期待に応える英雄ではない。さもなくば、リチャード三世は彼のモノローグで次のようなＨＭにおける台詞を繰り出していただろう。

おお、わが人民よ、余が汝らに何をしたというのか【ＨＭ1】

かつてシェイクスピアのリチャード三世は、自分が行った殺人を振り返り、長いモノローグを行っている。彼が自分の罪をこのモノローグで自覚するようになり、右のような文を述べるのだと考えられもするだろう。しかし、彼は一度も、自分が「他の人に」何をしたか、というようなことは、たとえモノローグにおいても考えたことはなかった。ここで興味深いのは、彼の罪の感情を持つ能力のなさだけでなく、彼の絶対的な自己中心性である。彼の視野には決して、「他人」は入ってこない。彼の思考は、たえず自分自身とかかわわっていて、それゆえ悪夢の中で死者たちが戻ってきて、彼自身の一部になるというように考えるのだ。

俺は何を怖がっている？　俺自身か？　ここには他に誰もいない。

リチャードはリチャードを愛している、そうだ。俺は俺だ。

ここにいるのは殺人者か？　いや、そう、私だ。

なぜだ。彼らは俺自身から逃げていく。主な理由は、何だ。

俺が復讐しないようにか。俺が俺自身に何をするというのだ。

ああ、俺は俺を愛している。何ゆえに？

俺が**俺自身**になにかをしたというのか？(17)

このモノローグは密室に喩えられる。どんな亡霊も入ってこられず、そこでは亡霊は自己の一部と解釈され、亡霊の心理化の方法である「不安」というような名前を持っている。それと違ってハムレットは、父親の亡霊を彼の自我の一部として片づけようとはしないのである。

さて、バフチンによれば、「カーニバル」の伝統は、とりわけプーシキン経由で、ドストエフスキーの文学に入り込んでいるという。とくにプーシキンの小説『スペードの女王』（一八三三）を、「ドストエフスキーの小説におけるカーニバル化の最も本質的で深い源泉」とみなさなければならない、と。金貸し老婆の像はここに前任者を持ち、亡霊の場所という点で、HMに対しても興味深い関連を持っている。

『スペードの女王』というこの小説において中心に立つのはゲルマン（ドイツ語では主人公の名前はヘルマンで

あるが、ロシア語原文からの邦訳ではロシア語読みのゲルマンとなっているので、ゲルマンに統一した）という名の若い工兵将校で、八十歳の伯爵夫人を死に追いやることになる。ゲルマンは、伯爵夫人がトランプカードのゲームで勝つ秘密のカギを知っていると聞いて、いつもはカードゲームなどしたがらないのに、その秘密をあばいてやろうという情熱に憑りつかれてしまう。そして伯爵夫人を訪ねて、ピストルで脅し、ショックで死なせてしまう。死後に彼女は彼の夢に現れて、カードゲームの秘密を漏らす。3と7とエース（1）が、彼に次々と勝ちをもたらすであろうと。ただし彼は、三日間だけカードゲームができる。その後は二度とカードを手にすることはできない。

ゲルマンはこの夢のあとでさらに二度、死んだ伯爵夫人に会う。一度目は葬儀のとき。ゲルマンが棺の死体に目をやると、「死体は彼に片眼で目くばせして、嘲るかの如く微笑んだように思われた。ゲルマンは急いで身を引いて、足を踏み外し、後ろに転んでしまい、助け起こされなくてはならなかった[18]」。ここで伯爵夫人は、死と嘲るような微笑みを合体させることによって、アンビヴァレンスを体現している。だがこのアンビヴァレンスのイメージは、ゲルマンによってすぐさま追い払われてしまう。「物質世界で、二つの身体が同時に同じ空間を占めることはできないのと同じように、精神世界でも、二つの固定観念は並立できない。ゲルマンのファンタジーでは、死んだ老婦人のイメージは、じきに、3、7、エースのイメージにすり替わってしまう[19]」。ここでの問題は、精神世界では、二つの固定観念は並立できないかどうかということだ。亡霊の世界ではしかし、二つの固定した対立物は、小説自体にそう示されたように、並立して存在できる。ゲルマンは二夜続けてカードゲームをして、伯爵夫人の言った通りに、3、7、エースと順繰りにカードを切り、そして多額の金を手に入れる。だが三日目の夜、また同じようにやってみると、彼の手の中で、三枚目のエースであるはずのカードが、「スペードの女王」に変わっていた。ゲルマンは自分の目を疑った。どうして間違ったカードを引いたのか、理解できない。「突然、スペードの女王が彼にウインクして微笑みかけたように思われた。あり得ない相似性が意識化されてきた（…）」[20]。

「エース」、つまり、神や法や、定義を意味する（クリステヴァ）[21]「1」の代わりに、「スペードの女王」が現れたのだ。つまり死んだ微笑む老女に似た、生と死、そして微笑みが並存するという最もアンビヴァレントな論理を体現する人物像だ。この像は別の意味でも二重である。つまり「スペードの女王」であると同時に、死んだ伯爵夫人なのである。

ゲルマンはこの体験のあと、狂気に陥り、わずかに独り言をつぶやくだけになった。「3、7、エース！3、7、夫人！と」[22]。このつぶやきは、彼の狂気の原因が、「エース」が二人の「夫人」に置き換えられたことにあることを明瞭に示している。またここには、狂気とアンビヴァレンスの間の関連も見てとれる。さらに興味深いのは、この小説において、アンビヴァレンスが目に見えるかたちで現れる場所である。具体的に言うと、死者はまずは犯行者の夢の中に、次いで彼女自身の葬儀の場に現れる。最後にカードの上である。

トランプのカードは、数やイメージ、シンボルや文字が現れる表面を持っている。それら一つ一つは、別のカードにも見られるものの、その組み合わせにおいてはどのカードも一回かぎりのものである。それゆえトランプカードは、間テクスト性を強調する文学テクストを想起させる。

ゲルマンを百万長者にするはずだった「エース」のカードは、死んだ女が現れるカードではなかった。対して「スペードの女王」のカードは、いわば死んだ女の現れる場所にふさわしい。文学テクストにも、この種の違いがある。「エース」のカードに似て、「1」の論理で統括されるテクストは、死者たちを除外する。他方、ＨＭのようなテクストは、アンビヴァレントなイメージを目立たせる表面から成り立っていて、死者たちに帰還の空間を提供してくれる。

（1）Vgl. Kristeva, Julia: Bachtin, das Wort, der Dialog und der Roman. In: Jens Inwe (Hg.): *Literaturwissenschaft und Linguistik*. Bd.3. Frankfurt/M. 1972, S.346.
（2）Ebd., S.348.
（3）Vgl., Ebd., S.353.
（4）Vgl., Ebd., S.360.
（5）Vgl., Ebd., S.354.
（6）Bachtin, Michail: *Probleme der Poetik Dostoevskijs*. Frankfurt/M. 1985, S.41.［ミハイル・バフチン（桑野隆訳）『ドストエフスキーの創作の問題』、平凡社、二〇一三年］
（7）Bachtin, Michail: *Rabelais und seine Welt*. Frankfurt/M. 1987, S.254.［ミハイル・バフチン（川端香男里訳）『フランソワ・ラブレーの作品と中世・ルネッサンスの民衆文化』、せりか書房、一九七四年］
（8）Ebd., S.255.
（9）Ebd.
（10）Ebd., S.54.
（11）Ebd., S.203.
（12）Müller, Heiner: Herzstück. In: H.M.: *Herzstück*. Berlin 1987, S.7.
（13）Bachtin: Rabelais, a.a.O., S.221.
（14）Bachtin: Rabelais, a.a.O., S.189f..
（15）Vgl. Ebd., S.190-193.
（16）Shakespeare. William: *King Richard III*. Antony Hammond (Hg.): The arden edition of the works of William Shakespeare. London/New York 1981, S.328.
（17）Ebd., S.318. 強調は筆者による。
（18）Puschkin, Alexander: Pique Dame. In: A.P.: *Ausgewählte Werke in vier Bänden*. Bd.4. Berlin 1952, S.216.［アレクサンドル・プーシキン（神西清訳）「スペードの女王」、『スペードの女王・ベールキン物語』、岩波文庫、一九六七年］
（19）Ebd., S.218.
（20）Ebd., S.221.
（21）「エース」はもともとサイコロの1の目を意味していた。その後トランプで最高位を意味するようになった。
（22）Ebd.

第五章　『ハムレットマシーン』と日本の能演劇

一　ハイナー・ミュラーと能演劇

ハイナー・ミュラーには、一九五〇年代の初期に創られた『旅――モテキヨによる』[1]というタイトルの能の謡曲の改作がある。筋と人物像は原作のままである。平景清（かげきよ）という武士が主人公で、一族の敗北後に敵に捕らわれて、宮崎の日向に流刑された。そこで盲目の乞食として一人で生きていたが、ある日、彼の娘が父を探してやってくる。子供の頃に他人に預けられたので、父に一度も会ったことはない。景清は、父親ではないと嘘をつく。父を助けようと、娘が自分の生命を犠牲にするのを避けたいからだ。しかし娘は、木樵りからその盲目の乞食が父親だと聞いて、再び父親のところへ行く。そして景清に、彼の話を聞かせてほしいと頼む。それで父は、自分が英雄だった時代の屋島の合戦の話をする。話し終えると帰るように諭す。娘とともに暮らしたいのだが、それはあきらめて、一人で暮らし続ける。日本でのこの謡曲の伝統的な解釈によると、自分自身の感情を封印することに、武士の美学と悲劇性がある。[2]

ミュラーはこの景清をまったく異なる視点から捉えていて、それはミュラーが付け加えた次の最後の文章に、はっきり見てとれる。

流刑者は、自分の話を語り終える。娘は黙っている。人生の最後に誰も看取ってくれる者もいないこの男から去って行けというのか？流れる血が頬を濡らしてはいないこの男のそばにとどまるべきなのか。(3)

自分の英雄史を語ることしか知らないこの男、景清像は、この文章で批判の眼差しにさらされることになる。彼は戦さで実にたくさんの敵と味方の血を流したのに、その歴史をもっぱら英雄としての武士の視点からしか眺めていないのだ。自分のあり様から何も学んではいなかった。盲目の乞食の視点から戦争を批判的に描くのではなく、彼は自分がもはや武士ではあり得ないことを恥じている。英雄だった武士の頬に血が流れていない。景清は自分の英雄物語をやめるのではなく、逆にまるで彼の血が言葉に変わってしまったかのように、ますます語り続けるのだ。自分自身の英雄物語の語り手になり、物語る中で彼は英雄として生き続ける。原作である能の謡曲『景清』において重要なのは、他の多くの謡曲においてと同様に、「敗者」の視点から物語が語られることである。景清は確かに戦さにおいては英雄だったが、語り手としては敗者の役割においてである。

ミュラーが『画の描写』で言及している謡曲『熊坂』においても、同様に、敗者の視点から戦さが描かれる。その描写が『景清』と本質的に異なるのは、主人公の熊坂は物語では英雄としてではなく、犠牲者として描かれるからだ。両主人公のさらなる相違は、景清は物語るときにはまだ生きているのに対し、熊坂はもう死んでいることである。彼は自らの物語を彼の視点から語るために、亡霊として現れるのである。

熊坂は、若く美しい武士の牛若丸を襲おうとして殺されてしまう盗賊である。この牛若丸[4]が日本歴史の中で最も愛される文学・歴史上の人物像の一人であることは、誰もが知っていることだから、熊坂が語り手のポジションを占めることが何を意味するかはおのずとわかる。観客は、愛する英雄・牛若丸を被害者の目で体験するのだ。それはしかし、この英雄のネガティブなイメージが新しく創られるということではなく、美しさと武道の技において、正義感において、強盗の熊坂よりはるかに優れている少年として描かれる。もっともこの謡曲では、優れた少年が敵を負かすプロセスは、決して喜ばしいものとしては現れない。この印象は、牛若丸が戯曲の中には現れないことによってさらに強められる。熊坂と牛若丸の戦いは、熊坂の想起のかたちで描かれる。熊坂は、この出来事の詳細を思い出しながら、身振りの助けを借りて描き出し、注釈するのである。

観客は、この話を死者の身体のみを通して、体験する。死んだ男は舞台では、思い出す器官として存在している。それは、演じられる時代に観客が連れていかれて、「そもそもどういうことが起こったのか」を見ることができると錯覚するかのようなわけではない。むしろ観客は、死者の想起の試みの中で、想起がいかに「閃く」かを感じとるために、座っているのである[5]。

殺された男の想起としての殺人の描写というのは、「リアリズム」観に固定されている文学においては考えられない。そこには「亡霊」は存在しないからだ。亡霊は今日では、怪奇小説や子供のメルヘン、あるいはＳＦ（サイエンスフィクション）といった、文学の特定の周辺領域に追いやられている。亡霊のイメージは、笑止千万なものか、おどろおどろしいものに彩られ、ゆえにドキュメント的なテクストの「真面目な」トーンには合わないものになってしまったかのようだ。

ドキュメント的なかたちでの殺人の描写においては、死者の身体はそこでは生者によって数えられ、解剖され、片づけられる物としてのみ現れ、もはやそれ以上の表現の可能性を持たない。そういうふうにしかテクストに現れないということによって、亡霊にもう一度、物語／歴史に介入するチャンスが与えられる。ミュラーは『指令』で次のように述べている。

いつも死んでいくのはひとり。数えられるのは死者だ。(6)

死者の数を数えるのではなく、死んでいく「ひとりの」人間を描くには、生きている勝者がとっくに追いやってしまった記憶に戻らなくてはならない。勝者によって書かれた歴史／物語が現在の状況を正当化することを目的とするのに対し、死者によって語られる歴史／物語は、現在を問題化する。『ハムレット』において、自身の王位継承を正当化するために、兄王の死の原因を捏造して物語るクローディアスのことを考え

ればいい。ハムレットの父親の亡霊が現れるのは、それとは異なる物語、すなわち暗殺の真相を伝えるためだ。死者の物語に耳を傾けて、それを理解し、考える受け手が存在していることも重要である。

この場合、聞き手がハムレットであることも、偶然ではない。彼が死者の息子であるからではなく、彼が政治的な知覚を持っているからである。ハムレットはなにか、現在における脅迫めいたものを感じているのだ。たとえ彼がその原因をいまだ知らなくても、支配権力は、彼をそっとほうっておいてはくれない。さもなければ彼が亡霊についていって、その口から過去を聞きだすこともしなかっただろう。亡霊の話がハムレットだけに聞こえて、他の人々には聞こえていないというのも、意味のないことではない。その存在を危険だと理解する人々だけが、死者の声を聞くことができるからである。亡霊としての聞き手は、「死者たちの演劇」のもっとも重要な構成要素である。「夢幻

能」（夢のビジョンの能）と呼ばれる能演劇の形式では、原則として二人の人物しかいない。物語る死者と耳を傾けて聞く生者だ。この形式は世阿弥元清（一三六三頃―一四四三）によって完成され、現在もなお上演される重要な謡曲の多くは、この形式を持っている。例えば『熊坂』も、夢幻能である。二部構成の夢幻能（「複式夢幻能」）では、謡曲の第一部で二人の人物の出会いが演じられる。第二部では、亡霊がいかに殺されたかが物語られ、生者はそれを黙って聞いている。

『ハムレットマシーン』（HM）において、「夢幻能」への関連を直接的に指摘することはできないが、物語がHMでも夢幻能でも死者の側から描かれていることは、中心的なテーマの一つとして理解されよう。女性像と女優たちの役割に関しても、両方の演劇には共通性が存在している。

だが本論においては、能演劇がいかにミュラーのテクストに影響を与えたかをあきらかにすることが重要なのではない。むしろ、HMを「読みのマシーン」として能演劇のフィールドに関連づけ、その「読みのマシーン」がいかに謡曲を読んでいるかを描写してみたいと思う。

二　名乗りと役のアイデンティティ

近代演劇の舞台は、額縁に似ている。絵画を見るときには額縁を知覚しないように、観客も上演中は、「舞台」そのものは知覚せず、「舞台のイメージ」だけを見ている。対して能演劇においては、「舞台のイメージ」は存在しない。観客は舞台をイメージとして見てはいけない。いわんや、ある部屋やある風景の模造と見てはならないのだ。背景に見えるのは、演出用としては何も描かれていない木の壁。舞台にも、観客に日常的な空間を思わせるような家具などは置いてない。いくつかの謡曲では、山や橋を「意味」させるような簡単な箱が置かれることもある。あるいは電話ボックスよりも小さな竹の小屋が置かれたりするが、しかし、その単純な装置は現実のイリュージョンを呼び起こしはしない。

その代わり、舞台そのものは、ずっと見えている。それは、四本の柱に囲まれて三面の壁があいた檜で造られた小さな小屋に喩えられる。舞台美術など何も描かれていない背景の木の壁には、一本の松だけが描かれている。謡曲の内容とは関係がない。そうではなくこの松は、死者たちがこの世／此岸を訪ねる際に松の木の上に舞い降りてくる、という古い信仰に関連している。

この舞台には、上演される謡曲の内容とは関係なく、その都度それぞれの機能を持つ場所というのがいくつかある。なかでも、登場人物のアイデンティティ構成の点でとくに重要な場所が二つ。一つは「橋掛かり」（橋）、演じ手の楽屋から舞台へ通じる狭い橋である。この橋は、夢幻能の形式が発展したときに特別の意味を持った。死者たちにとってこの橋は、あの世からこの世への移行を意味する。よく言われることだが、この橋の上での「歩み」は、習練を積んだ最も技量のある俳優にとってさえ、簡単には演じられないものらしい[7]。この橋は、生者にはイメージできない時空を体現しているからだ。この能舞台で次に重要な場所は、「名乗り座」（名乗りのための場所）である。多くの能の謡曲は、名乗りで始まる。『景清』では、娘が曲の始めにこう言う。「これは鎌倉亀（かめ）が江（え）が谷（やつ）に住む人丸（ひとまる）と申す女にて候」。この名乗りは二つの性格を持っている。一方で、観客にこの俳優がどういう役をいま演じるかが知らされるとともに、他方で、俳優は完全にはその役と同一化されないということである。名乗りは、生の「リアルな」場面に属してはいないからである。

HMにおいても、「名乗り」を示唆する場面はたくさんある。

第一景は過去形の名乗りで始まる、「私はハムレットだった」。ここで語っている「人物」の名前は、テクストでは挙げられていない。わかるのは、ただそれが、過去に「ハムレット」だった男だ、ということだ。いまは誰なのか、ということは限定されていない。

対して第二景においては個人名が出てくる。「オフィーリア（コロス／ハムレット）」。オフィーリアとコロスとハムレットの間にどんなつながりがあるべきなのかは、あきらかではないのだが、その声は一つの名を告げる。「わたしはオフィーリア」。そして彼女がすでに死んでいること、死者として特定の人物であるわけでもなく、いくつかの可能なアイデンティティを持っていることを示す、さらなるアイデンティティ規定が続く。

> わたしはオフィーリア。川にうけいれられなかった女。首を吊った女、動脈を切った女、睡眠薬自殺の女　**唇には泡雪**、ガス台に首をうつぶせた女。【ＨＭ２】

この部分は、複数形の名乗りと言えるかもしれない。

第四景では、ハムレットの演技者が自分の面と衣裳を脱ぐ。そこでの名乗りは、否定形になっている。「私はハムレットではない」、そしてこう付け加える、「もう役は演じない」。ここで重要なのは、名乗りがめずらしいかたちになっていることだ。否定形の名乗り、あるいは、役はもう演じないだろうという演技者の宣言、といったほうがいい。それでもなお第四景には、ハムレットの演技者が自ら名乗る多くのアイデンティティが見られる。「私は戦車の砲塔のなかの兵士」、「私はタイプライターだ」、「私は私自身の捕えた囚人」、「私はデータバンク」、「**わたしはマクベスだった**」、そして「私は特権階級の男」。

兵士の役というのは、「非現実な」役である。彼がこの役を演じ得るにはある条件が存在するからだ。「私のドラマがまだ演じられるとしたら（…）」。もしも彼のドラマがまだ演じられるとしたら、彼は兵士の役を演じることになるであろう。すなわち、仮定法での名乗りである。対して、データバンクの役は、たとえ「彼のドラマ」が起こらなくても、演じることができ、かつ演じられなければならない。データバンクの役とは、ここではコンピューターを使って働く官僚役人の裏面であると理解され得る。自分のデータをコンピューターにもりもり食べさせて、それによって自分もデータで満腹になるか、あるいは食べ飽きる。この役は同時に、「痰と痰壷」、「短剣と傷口」、「歯と喉」、「首とロープ」である。これらの言葉は、犠牲者の役割と殺害者の役割が合体している役、ということである。

DDR（東ドイツ）の作家として演じるのは、「タイプライター」の役か、「特権階級の男」の役かのどちらかである。これらも、「彼の」ドラマが起こらなくても、演じられる役である。

「**わたしはマクベスだった**」。マクベスも、「ハムレットの演技者」が過去に演じた主人公の役である。

つまり、第四景には、三つの異なる役のカテゴリーが存在している。男が過去に演じた役（ハムレット、マクベス）、彼のドラマが起こったら演じるであろう役（兵士）、そして、いま演じなければならない役（データバンク、タイプライター、特権階級の男）。

第五景の名乗りにおいては登場人物の二重化が、最も明白に見えてくる。オフィーリアが「エレクトラ」と名乗るとき、誰が語っているのか。オフィーリアはエレクトラの精神にとり憑かれ、エレクトラの声で語っているような印象を受ける。というのもオフィーリアは、本論の第一章と第二章で確認したように、純真無垢のアレゴリーにされた女性である。シェイクスピアの原作において、オフィーリアの身体はイメージに呪縛されていて、彼女の声は失われてしまっている。対してエレクトラは、第一章で描いたように、殺された父親の掟を代弁するために、自分の女性としての身体を犠牲にした女性である。確かに言葉は自由になったにしても、身体はもはや持っていない。オフィーリアの身体がエレクトラの声にとり憑かれているとすれば、死んだ女たちのために、演劇の場で何かを言葉にする可能性が生起してくる。

シャーマン的な伝統においてはしばしば、女たちは神的な存在に、あるいは死者たちに、自分の身体を供して、言語器官を託す、ということが見られる。死者たちがこの身体を通して、語る機会を得るのである。

他方、能演劇の発展史においては、この憑依が重要な役割を担う。観世流の始祖で世阿弥の父である観阿弥清次（一三三三―八四）は、死者の亡霊たちに憑かれたときに、人々が狂気に陥るような謡曲を書いている。物狂い（狂気）という概念は、観阿弥にとっては、憑依の観念から切り離せなかった。憑依のモチーフは今日でも、抑圧された記憶との対決として読まれ得るかもしれない。しかし、HMの読みにおいて重要なのは、死者たちの具体的な身体のイメージを諦めないことである。

例えば観阿弥の謡曲『卒塔婆小町』では、女性歌人の小野小町は、深草少将の亡霊にとり憑かれて気が狂う。小野小町が百夜目に求愛を受け入れるだろうと言ったので、少将は九十九夜の間、彼女の愛を得るために通い続けた。しかし百夜目に彼は絶望から倒れて、死んでしまう。その彼女へのいや増した憎しみは、彼の精神を落ち着かせず、彼は彼女にとり憑いてしまい、彼女は狂気に陥ったのだ。

息子の世阿弥においては、この狂気は、観阿弥とは異なるかたちで解釈される。例えば彼の謡曲『隅田川』や『三井寺』、『桜川』では、女たちが狂気に陥るのは、愛する人を失ったとき、そして子供を奪われたときである。あるいは『花筐（はながたみ）』のように、愛する恋人に去られたとき。世阿弥においては、死者による囚われとしての狂気というモチーフは、もはや登場しない。死者たちが能演劇からいなくなったのではなく、のちの世阿弥においては別のかたちで現れる。「夢幻能」において、自身の目に見える身体とともに。亡霊として、舞台に登場するのだ。

三 仮面としての切り落とされた女性の頭

能役者はみな、主人公（シテ）か、あるいはその相手役の副主人公（ワキ）として、教育・稽古される。謡曲ではすべて、どの役が主役でどの役が脇役かが決められている。夢幻能における死者の役は、ふつうは主役と決められていて、脇役は生者の役を演じる。

主役はいつも面をつけ、脇役は面なしで登場する。脇役は常に生者の役であり、男女間の境界も、生死の境界もない。対して主役とその役の間には、二重の違いがある。彼は男として女を演じなければならないし、生者として死者を演じなければならない。

つまり、男の能役者が女面をつけるとき、それは真の顔を隠して他のものに見せかけるための「手段」ではない。また、カーニバルや近代演劇でしばしばあるように、顔を覆うことによって身体の他の部分を前景に押し出すことが重要なのでもない。むしろ、能面は、切り落とされた人間の頭に喩えられるだろう。頭は、自分の失われた身体を取り戻そうと絶えず試みる。能役者が女面を顔の前につけるとき、彼の身体は面にとり憑かれる。生者の肉はそのとき、死んだ身体のない女が自分を表現するために使われるのだ。

女の姿が男の霊にとり憑かれる能の謡曲の場合、主役の役者には二重の憑依が起こる。男の役者は、男にとり憑かれた女の役を演じるからだ。その最上の例の一つが、複式夢幻能の謡曲『井筒』（井戸）であろう。

主人公は死んだ女で、旅の僧侶に自分の人生を語り、今日でもなお有名な歌人・在原業平への愛について語る。隣同士に住んでいたために、二人は子供の頃から知り合いだった。彼女は彼よりずっと低い身分に属していたが、しばしば一緒に遊んでいて、しょっちゅう一緒に井戸の水鏡を覗き込んだことを覚えていた。二人は深く愛し合っていたが、しかしそのうち彼は彼女を見捨てて、別の女性と結婚してしまう。女は彼への思いを捨てられずに、死んでしまう。第二部で女は、在原業平の衣裳を着けて僧侶の前で踊りを舞う。次第に彼女は、自分の思い出す在原業平に変身する。井筒(井戸)の中を覗き込んだとき、水面には自分自身ではなく、彼の姿が見える。思い出す人間と思い出されるイメージの分離は、ここでは止揚・相殺されている。女は存在しない恋人にとり憑かれて、主役となった男は、死んでそれゆえ本当は不在の女にとり憑かれている。一面では、不在の人間を舞台で描写する可能性を見ることができるが、他面で、この描写の根底においては抑圧されたものが不在であることが、逆にあきらかになる。

ミュラーにおいては、役割交換、あるいは性転換は、面と衣裳の交換で機能している。HMの第三景に、ハムレットの演技者が、女の役を演じる場面がある。「私は女になりたい」、彼はそう言って、「オフィーリアの衣裳を着る」。「オフィーリアは彼に娼婦の化粧を施し」てやる。厳密に言うとするなら、ここでは「性転換」についてではなく、女になりたいというハムレットの演技者の願望だけが、語られているのだ。他方、『画の描写』においては、「性転換」への願望が、両性の闘いと結びつけられている。

殺人は性転換(8)

このテクストでは、男の主体が別の性を殺そうと望んで、「自らの肉体のなかの異物[9]」である何かを自分のものにすることを望むのである。「自分のものにする」という表現は、ＨＭにおいてなら、もっと適切であろう。というのも「ハムレット」は、この言葉の字義通りの意味において、「君の心臓を食べさせておくれ、オフィーリア」【ＨＭ１】と言うとき、他の性を自分のものにしたいと望むからだ。

『画の描写』においては、男だけでなく、女でもなく、さらなる性が内在している主体が描くイメージが構想されている。あきらかなのは、ここで問題なのは、「交換」ではなく、男の主体が、排除したものを再び取り戻そうとする試みである。「ハムレット」はオフィーリアの心臓を食べたいという望みを語るが、オフィーリアにおいては、男になりたいとか、ハムレットの心臓を食べたいというような望みは聞かれない。その代わりに彼女はハムレットに、自分の心臓を提供する。

オフィーリア　わたしの心臓を食べたいの、ハムレット。（笑う）【ＨＭ３】

奇妙なのは、ＨＭにおいてはオフィーリアの演技者が登場／存在しないことである。オフィーリアの役はあるが、演技者はいない。「ハムレット」の問題は、演技者が彼の役をもはや演じたくない／演じられないということなのに対し、オフィーリアの問題は、まったく別の点にある。彼女には役しか残っていない。演じ手はとっくに消えてしまっている。

ＨＭは、演劇において女たちは、なにより描かれたイメージとして存在していて演じ手としてではないことを、あきらかにしてくれる。

この現象には、能演劇の発展史とパラレルなものが見出せる。日本の中世には、女性だけで演じられた演劇もあった。「女猿楽」あるいは「女房狂言」と呼ばれ、男たちの演劇に、とくに女役の演技様式に影響を与えた。例えば世阿弥の甥の音阿弥は、将軍の求めに応じて一度だけ、女性演劇グループとの競争試合で演じている[10]。

能演劇のさらなる展開は、演じ手としての女性を締め出してしまった。それと並行して、描かれる存在としての女性はますます大きな意味を持つようになっていく。観阿弥や世阿弥における、女性が主人公の謡曲を比べてみると、女性の特別な機能は世阿弥において初めて、死者と結びつくようになったことが確認できる。

第二次大戦後になって初めて、女性が能舞台に登場することへの禁止は解かれた。しかし今日でも、女性の役が女性によって演じられることはほとんどない。女性の関与なしにこれまで伝承されてきたかたちで展開してきた能演劇にとっては、女性が女性の役を演じても、何かが欠けることになるのだろう。男性役者が女性の役に同一化することは、生者が死者に同一化することとまったく同様に、能演劇の最も重要な要素になってしまっていたのである。

四 復讐の遺恨と救済

「残るは沈黙」——シェイクスピア原作におけるハムレットのこの最期の言葉は、ハムレットが沈黙の中で死ぬのではなく、死の間際にさえ、死後に起こることを名指すことに成功していることを示している。対してオフィーリアは、決して自分の死については語らない。憎しみ、怒り、哀しみ、また彼女の人生のほとんどを占めていたもののすべては、コミュニケート可能な理解できる言葉に翻訳されることはなく、「狂気」の言葉になるだけだ。死ぬときにも、まったくしゃべらず、テクストのないメロディが溺れていく彼女に同伴するだけだ。ガートルードの報告では、死にゆくオフィーリアは、自分の死のことすらまったく理解しない子供のような無垢の、精神の狂った犠牲者として描かれている。

> 自分の苦境も何ら知らない女性のように、
> あるいは、そういう要素に生まれつき恵まれた生き物のように、
> しかし、ずっと、そうではいられなかった。
> 最後には、その衣裳も、水分を吸い込んで重くなって、
> 哀れなその娘は、自分のメロディから、
> 泥まみれの死の中に浮かびあがっていく。(11)

対してHMのドラマは、オフィーリアとハムレットの死後に始まる。「残る」はHMにおいては「沈黙」ではなく、死者たちの一連のモノローグである。「数千年世紀」がオフィーリアの死後に過ぎ去って、彼女はいまなお水の中、「深海」にいる。「魚たち　残骸　死体　死体の断片が流れていく」。「憎悪、軽蔑、暴動、死よ、万歳」【HM5】。

夢幻能においては、復讐の遺恨（「恨み」）を語る亡霊は、ほとんどいつも女性である。(12) 男の亡霊は、例えば『熊坂』のように、その死を犠牲者として再構成するけれども、そこにおいて大事なのは殺害者への恨みではない。大事なのは愛であり、男の死者たちの想起はたいてい美しく、夢のようだ。例えば、『須磨源氏』の光源氏の像のように、あるいは『小塩（おしお）』や『雲林院』における歌人の在原業平のように。一方で、女の愛への想起は、ほとんど常に、なにか苦痛に満ちたものとして描かれている。

『砧（きぬた）』（衣を打つ槌）は、田舎に一人で暮らしている女の話である。夫はある裁判のため三年前に遠い都に出かけてしまって、約束していたこの年にも帰ってこな

かった。彼が帰らないのは、まだ片づいていないはずの用事のせいか、故郷の田舎では持ち得ない楽しい都会生活のせいか。いずれにせよ彼は、結婚生活より仕事を、田舎の生活より都会の生活を選んでいる。じきに女は絶望から病気になって、死んでしまう。ある日、夫が帰宅すると、彼女の亡霊が現れて、彼女がどんなふうに苦しんで死んでしまったかを物語る。

女の亡霊　もう一度、私はあなたに姿をお見せします。
また冥界に降りて行っても、愛のために戻ってこないように。

コロス（地謡）彼女の顔は憎しみに満ちていた。
苦しんできた情念のせいで曇っている。
狂気の世界への間違ったつながりである
亡霊として、彼に自分の姿を見せているのだ。
（…）

女の亡霊　貴方は私との誓いを破った。
貴方には心がない。邪悪な嘘つき鳥の、カラス。
貴方を人間の名前で呼ぶこともためらわれるほどだ。[13]

生者としては自分の絶望を誰にも物語れず、ひたすら待つ女として自らの打つ砧の響きに伴われてきた女は、死者となってやっと語れるようになったのだ。むしろ能演劇は、ふつうは他のどこでも聞かれないような言葉に、そのための空間を与えている。

女が恨みつらみを語ったあとに、救済が訪れる。その救済には、きわめて仏教的な刻印があって、コロス（地謡方）によって謡われる。

彼女が語るのは、仏教の蓮(ロータス)の花のお経(スートラ)
彼女の霊は仏陀のなかに入っていくだろう。
彼女の艱難辛苦は、いま光が当てられる。

砧の槌の音は、彼女が思っていたより
はるかに遠くまで聞かれていた。
彼女のために蓮の花の萼片(がくへん)は開き、
軽い足取りで彼女は
仏陀の果芯の中へと入っていく。(14)

夢幻能においては脇役が生者で、しばしば仏教の僧侶であるのは偶然ではない。彼は最後に死者の魂が安らぐように、死者のための締めのお祈りをする。それから死者は舞台からあの世へと帰っていく。この儀式的な作法の終わり方は、仏教が能演劇に提供した仮の救済のかたちである。

この僧侶の役割は、HMの第五景における「二人の白衣の男」を想起させる。医者というのは近現代社会では、かつての僧侶と似たような機能を持っている。つまり、その役割の一つは「病む人」の救済である。オフィーリア／エレクトラは、復讐の遺恨を語り始めてからずっと、二人の医者によって車椅子にガーゼの包帯でぐるぐる巻きにされる。医者が仕事を終えると、「患者」はもはや語らない。ここで、「救済」の裏面に気づかされる。医者たちは何かを言おうとする患者の身体を包帯で覆って、問題を見えないものにする。HMの最終景は、大半の能の謡曲よりずっとラディカルだ。オフィーリアは舞台上にとどまって、あの世には戻らない。救済は起こらない。彼女は、「白い包帯にくるまれたまま身じろぎもせず舞台に残」っている。未解決のものは、消滅させられるのではなく、見えるかたちにとどまって、観客に不安を与えるのだ。

五　ブレヒトとミュラー——能演劇とのかかわり方の違い

ところで、ベルトルト・ブレヒトにも、能の謡曲の改作がある。その成立のプロセスは、間テクスト性という観点からも、とくにミュラーとの比較において、とても興味深い。ブレヒトはテクストを、段階を追って変えている。このプロセス自体が、「テクスト」として読める。この変化の一歩ずつが、歴史や文学に対する彼の理解や構想の表現を示しているからだ。

こういった改作のプロセスを考察するのは、ブレヒトを批判するためではない。ブレヒトが依拠した原作の「オリジナル」とはあまりにひどく異なっているからだ。「誤解」という概念も使いたくない。例えばドイツの演劇学者ディートリヒ・クルシェが、ブレヒトのこの仕事を「誤解に基づくきっかけ」と「その誤解の徹底した造形」と名づけているような態度だ。[15] 能の謡曲のテクストにおいても、「正しい」読みを確定することや、他の読みを誤解と評価することは不可能だからだ。さまざまな『ハムレット』の翻訳を比較する際と同様に、本論の第三章でやってみたように、私にとって重要なのは、ある改作が「オリジナル」の「正しい」「伝達」かどうかを確定することではない。むしろやりたかったのは、能の謡曲のブレヒトの読みとミュラーの読みを比較することによって、この二人の劇作家の歴史や文学への眼差しの違いを、あきらかにすることである。

能演劇とブレヒトとミュラーの三角関係の探求は、私にとっては回り道でも、補足的な寄り道でもない。能演劇の中に私は、ブレヒトとミュラーの違いを知覚できる場を見ているからだ。その意味で、本論を終えるこの章は、HMにとっての「読みの旅」の最も遠い訪問地であり、というよりむしろ、私の「読みの旅」の帰還地でもある。

取り上げるのは、謡曲『谷行（たにこう）』。十五世紀の日本で書かれ、作者はおそらく金春禅竹氏信（こんぱるぜんちくうじのぶ）（一四〇五—六八）であろう。このテクスト成立の五百年後である一九二二年に、アーサー・ウェイリーによる英訳が出た。ブレヒトの秘書であるエリーザベト・ハウプトマンが、この英訳からブレヒトのためにドイツ語訳を完成させた。ブレヒトはそこから、『イエスマン』（一九二九）という題の学校用オペラを創った。ベルリン・ノイケルン地区のカール・マルクス学校でそれが初演されたのちに、彼はそこで得たたくさんの批判に基づいて、テクストを書き換え、『イエスマン』の第二稿が成立した。だが改作プロセスはこの第二稿では終わらず、筋を変更した第三稿を書いた。この第三稿は第二稿とともに上演されることになっている。その題は、『ノーマン』である。

『谷行』の主人公は、松若（まつわか）という名の少年で、母親が重病になる。山伏である彼の師、帥（そつ）の阿闍梨（あじゃり）は、山伏の一行を率いて聖なる山行に出かけようとしている。少年は師に、その山行に同行させてほしいと願う、母親の病が癒えるように祈りたいからだ。しかし師は、その願いを拒絶する。山行は危険すぎて、少年には無理だと。彼の母親も同じ意見である。それでも少年は師と母親を説得して、別の聖地巡礼者たちと出かけてしまう。だが途上でやはり彼は、師が怖れていたように病気になってしまう。「大法の掟」によれば、山伏行で病気になった者は皆、谷に落とされなくてはならないことになっている。こういう旅での病は、「不浄」の証だからだ。師は少年の病を隠そうとするが、病はどんどん悪くなって、少年はもはや歩くこともできなくなる。とうとうついに、山伏たちは病気の少年を谷に投げて、彼を覆ってしまおうと石や土なども投げ入れる。

アーサー・ウェイリーは、英訳をこの場面で終えている。ただ一つの註にその後の成り行きをまとめているだけである。だが、「オリジナル」の謡曲には、全体の三分の一程度のもう一章がついている。そこでは、山伏たちが少年の救済を祈っている。するとなにか神的なものが現れ、少年が埋められている谷に降りていき、土や石をどけて、少年を腕に抱いて連れ戻してくる。

ブレヒトは英訳からの独訳を種本として使ったので、この最後の部分を知らなかった。

ブレヒトの第一稿には、最後の部分がないという事実を除けば、「オリジナル」に対してほとんど目立つ相違はない。しかしそれでもすでに第一稿で、のちの改作改稿の方向性が読み取れるのである。とくにブレヒトによって付け加えられた最初の五行は、明確に、ブレヒトの関心がこの戯曲のどこにあったのかを示している。

何よりも重要な学びは、了解することである。
イエスと言いながら、しかし了解していない人はたくさんいる。
尋ねられてもいないのに、間違った了解をしている人はたくさんいるのだ。だからこそ、
何よりも重要な学びは、了解することなのである。(16)

この五行から、ブレヒトがこの戯曲の助けを借りて伝えたいメッセージが読み取れるだろう。個人は、普遍的な「真」の目的が重要となるときは、その普遍性に従わなくてはならない。しかし、それが「間違った」目的である場合、個人は「ノー」を言わなくてはならない。

興味深いことに、能の謡曲のテクスト自体にも宿されている「奇妙な」世界観が、ブレヒトのこのよく知られたメッセージよりも観客にはずっと強い印象を与えたために、第一稿は観客にはむしろ理解しがたく、奇妙で残酷だと感じられた。カール・マルクス学校の生徒や、大人の批評家の無理解は、もっぱらこの点に基づいている。つまり、なぜ「大法の掟」に書かれた通りにすることを誰も拒否しないのか、という驚きに基づいているのだ。この学校で書かれた討論記録の中に、例えばこんな少年の意見を読むことができる。「残念ながらこのオペラのテクストは、ある箇所

で、納得し得るものではなかった。少年は殉教者のように美化・変容される。何の抵抗もなく、自発的に死に向かうからだ。(…)もし少年が少しでも躊躇ったら、どうだっただろうか[17]」。十八歳の生徒たちのグループは、次のように意見をまとめている。

多くが一致した意見として、このイエスマンの運命は、必然性が見てとれるようには描かれてはいない。なぜ、一行の全員が逆のことを、病気になった仲間を殺すのではなく、救うことをしなかったのだろうか[18]。

十四歳の少女がこの戯曲から得た感覚は、ただ異質な文化のものか、あるいは「美食好き」のための「芸術」としか説明できない馴染みのなさである。合理的には理解できない戯曲の出来事は、彼女には、人間にネガティブな作用を持つ迷信だと捉えられている。

この戯曲は、迷信の有害性を示すのにぴったりでしょう。もしかしたら故郷の日本でなら理解されるのでしょう、異質な、せいぜい芸術的美食家のためのものとして(…)[19]

批評家フランク・ヴァルシャウアーにとっては、この戯曲は「理解できない」、「異質さ」以上のものである。『イエスマンにノーを!』というタイトルの批評で、これは「間違いなのだ」と断じている。

そもそも検証もせずに、かくも気違いじみたものであっても慣習に従えというのか! そう決められているのなら、助けを呼ばずに、即座に君自身を深淵に投げ落とせ。これが倫理的な集団であるかのように考えるな! こういうイエスマンは、戦争中のイエスマンを顕著に思い出させる[20]

こうした批判のあとでブレヒトは、『イエスマン』の第二稿を書き、そしてさらに、イエスマンがノーマンに変身するさらなる改作の『ノーマン』を書いた。ちなみに第二稿ではブレヒトは、観客が思考を追体験するためのモチベーションを入れ込むことを試みている。例えばなぜ、少年はそもそもこの山行に同行したのか。母親のための薬を貰ってきたいからである(21)。山行の修行ではなく、母の病気を治す治療薬のためなら、観客には許せるだろう。

別の例を挙げよう。この稿では、なぜ少年が谷に投げ落とされたのかについても、もう一つの理由づけがある。それが「掟」だからではなく(22)、彼がもはや歩くことができず、一人で飢え死にしたくもないからである(23)。この「大法」をブレヒトは、第一稿では「慣習」と訳したけれども、第二稿においては、「必然性」に置き換えた(第三稿では「大慣習」と訳されている(24))。それでもなお、なぜ少年は拒否しなかったかという問いは残る。それゆえブレヒトは、最後の一歩を踏み出して、この戯曲を改変しなければならなかった。これが最終作の『ノーマン』である。

『ノーマン』では、師は少年に、谷に投げ落とされるのは君にとって正当か、と問うている。少年は「ノー」と答えた。そのうえで少年は、「大慣習」に何が定められているかは、山行の前に知っていたはずだと指摘される。aと言った者は、bとも言わなければならないはずだろう、と。少年は、それにはこう答えている。

私が述べた答えは間違っていました。しかし貴方の問いも間違っていた。aを言う者がbを言わねばいけないわけではありません。aが間違いだったとも認識できるのです(…)。そして、古い大慣習に関しても、私はそれに道理を感じていません。むしろ新しい大慣習を私は必要としています。[25]

初稿についての討論がもっぱら、少年は大慣習を受け入れたか、拒否したかという問いにかかわっていることは、注目すべきである。初稿のタイトル『イエスマン』は、ブレヒト自身がこの問いを、最初から中心に置いていたことを示している。第二稿と第三稿でも、この問いはなおも中心にある。戯曲の主人公として、少年は目を瞑るべきか。慣習を受け入れるべきなのか。そのときには彼は、『イエスマン』になるか、あるいはそれに対する『ノーマン』として抵抗しなければならない。この主人公のイメージは、自問しているあのハムレットのモノローグを思い出させる。

荒れ狂う運命の矢先を心で受け止めて
耐え忍ぶのがいいのか
それとも、敢然と立ちあがって寄せ来る苦難を
乗り越えて終わらせるべきなのか。[26]

改稿のプロセスがはっきり示すように、ブレヒトとその観客は、『谷行』の中に、ハムレットに照応する人物像を探していた。改作が進めば進むほど、少年はますます伝統的なハムレット像に似てくるのだ。

だが「オリジナル」のタイトルは、「イエスマン」にも「ノーマン」にも関係がない。『谷行』の意味は「谷を行くこと」。『イエスマン』と『ノーマン』のタイトルはある特定の態度——イエスを言うこととノーを言うこと——を持つ人間を示すのに対し、『谷行』というタイトルは地理学的な名称（「谷」）とある動き（「行く」）の合体である。この動きの主体は名指されていない。戯曲には、「前に行く」人と、「谷へ行く」人がおり、後者は厳密にいうと、他人によって谷に投げ込まれる人である。ここでの場合は、病気によって「不浄」の体現者として殺される少年である。前者

は、自分たちが確実に進むために、後者を谷へと投げる。『谷行』の犠牲死の経緯は、「大法（大慣習）」の規定として書かれていて、関与する人々の決断によるものではない。慣習は、「出来事」のメカニズムとして現れるのである。たとえそれが「間違い」だとみなされても、逃れることはできない。ブレヒトの最初の稿の観客であった生徒が言ったように、仮に少年が最初はいくらか躊躇ったとしても、十分にはっきりとは自分の意見を言わなかったから殺されたのだと、言うことはできるだろう。しかし少年はまったく躊躇わずに、黙って犠牲者の役割を引き受けるので、ここでは、個人の「間違った」行動を示すことが問題でないことははっきりしている。というより、犠牲の経緯そのものは、主人公が抵抗して観客を不安にすることもなく、舞台上で見えるかたちになっている。

　ウェイリーが註の中で、小さな文字で要約として載せた『谷行』の最後の部分では、神的なものが現れて、再び少年の身体を蘇らせる。その際も、事件の経過を規定しているのは人間の行動ではない。山伏たちは確かに、神的なものを呼び寄せるために祈るが、死んだ少年を自分で救えるわけではない。この戯曲では、人間はある特定の儀式的な行為によってのみ、出来事に作用できるのである。こういう行動が、初稿の観客によって「迷信的」と感じられた。というのも、「ノーマン」と違って、「迷信的な」人間は、慣習を変えようとはしないからである。この慣習をやめることは、初稿の観客には緊急に必要なことで、容易に実現可能なことに思われた。誰かを谷に投げ込むなど、きわめて残酷でばかげたことに見えるからだ。

　HMでも、殺害という出来事を示すのに「慣習」という言葉が使われている。

私にそれが慣習だという理由で　斧を
次の肉あるいはその次の肉へと突き立てていけとい

うのか

【HM1】

次の人を殺すという慣習は、『ハムレット』でも、シェイクスピアの他の多くの戯曲でもテーマとされている。その限りにおいて、この慣習は、ブレヒトの観客にとってはことさらに新しいものではあり得なかっただろう。それでもこの残忍さは、『ハムレット』より『谷行』のほうが奇異に目立つ。なぜなら、ある種の「読み」の伝統のゆえに、ハムレット像に、たとえうまくいかなかったにしても、努力して行動しようとする人間を見出してしまうからだ。右に引用した疑問文は、この慣習が、個人的な決断や行為ではないと同時に、ハムレットのドラマの進行を規定していることを気づかせてくれる。

誰もが「斧」を次の肉あるいはその次の肉へと突き立てていく。そうやってクローディアスはハムレットの父親を、ハムレットはクローディアスを殺し、等々。伝統的な読みにおいて、ハムレットは、クローディアスを殺そうと試みるが、それをすぐには実現できない人間である。なぜなら、本論の最初の章で描いたように、彼は「行動不能」な男であり、クローディアスと同化しているからだ。このハムレットとは違って、HMの読みにおいては、もう一人の「ハムレット」を発見できる。クローディアスを殺そうとはしないのに、だが最後には、それが「慣習」だからという理由で殺してしまう。シェイクスピアの『ハムレット』と同様に、HMにおいても明白にされているのは、この慣習は、潜在的な行為者と犠牲者の間の「理性的な」会話を導入するだけでは変えられないものであるということだ。ブレヒトが『谷行』の改作で試みたのも、同じことである。

この慣習との対決は、ミュラーとブレヒトという二人の劇作家の、共通の出発点とみなし得るかもしれない。ただしそれは、別々の道へと向かったのだが。

一九五〇年代に成立したミュラーのテクスト『二通の手紙』において、「ブレヒト」は彼なりのやり方で、次の人を殺さない可能性を探した人として登場している。

あるいは誤解されたベルトルト・ブレヒトは
大いなる強靭さと、いささかの希望をもって
それでも弓を張る以上のことは彼にもできなかった
が
生涯、一つの可能性を探し続けていた
次の人を殺さないという可能性を(27)

この五行が、ミュラーがハムレットというモチーフに言及し、HMにもそこから七行が引用されているテクスト『二通の手紙』に収められているのは、偶然ではない。「慣習としての殺害」というブレヒトのモチーフと、ミュラーにおけるハムレットのモチーフは、この『二通の手紙』において互いに結びついていた。★1 ミュラーにとって大事なのは、この慣習をやめようと試みる英雄を探すことではないし、ブレヒトと同様に、能の謡曲のテクストに英雄を求めてはいない。ブレヒトは、『谷行』において決して英雄ではない少年に、英雄の言葉を語らせた。むしろ彼は、テクストの中で埋められ、蘇らせられる犠牲者なのに、である。

とくに死んだ身体が蘇ることは、能の謡曲の本質的なモーメントとみなされ得る。『イエスマン』とは違って、ここでは、犠牲という出来事は、最優先されるべき問題ではない。いわんや、『ノーマン』のように、過去が訂正可能な過ちと描かれる、教育的な振舞いが重要なのでもない。両者ともに、現在に同じようなメカニズムを発見する機会は、観客に託されている。両者ともに、過去は、蘇らせなければならないものなど何もないかのように、見つめさえすればいいような完結したイメージとして描かれている。だから、

ブレヒトに『谷行』の最後の部分がないのは偶然ではない。死者の蘇りはそこでは重要ではないからだ。私の読みによれば、ブレヒトにとって重要なのは、救いのようなものや幸福な終わりではなく、能演劇における過去とのかかわり合いをシンボリックに示すことだ。つまり殺害の歴史の蘇りである。瓦礫の中から死んだ犠牲者を救い出す神的なるものとは、ベンヤミンの「歴史の天使」を思い出させる。

われわれには出来事の連鎖と見えるところに、彼・［歴史の天使］は破局だけを見る。破局は次々に瓦礫を積み重ね、それらの瓦礫を彼の足元に投げつける。彼はおそらくそこにとどまり、死者たちを呼び覚まし、打ち砕かれたものをつなぎ合わせたいのだ。しかし嵐が楽園［パラダイス］のほうから吹きつけてきて、彼の翼に絡まっている。あまりに強いので、天使はもはや翼を閉じることができない。(28)

ブレヒトにおいては「慣習」の破壊は「革命」と描かれ、ミュラーにおいては、「慣習」は革命中もその後も効果を持つことが明確に示されている。例えば『セメント』においては、次の肉に斧を突き立てる

★1　このハイナー・ミュラーの詩は一九五六年に書かれた。ブレヒトは同年八月に逝去しているので、追悼の手紙と思われる。十月にはブダペストで学生や労働者が蜂起してハンガリー動乱が起こるが、ソ連軍の戦車に蹂躙された。両者への屈折した思いが綴られ、『ハムレット』との関連でのＨＭに引用され、この多和田のＨＭ論にも第二章と第五章にその言及がある。同作品の後半「第二の手紙」を参考に次ページに全訳してみた。ミュラーは折に触れて手を入れているようだが、没後の最終校閲版全集第１巻（Müller, Heiner: *Werke 1. Die Gedichte*. Berlin 1988, 33-34.）に拠った。

「慣習」は、日常におけるよりも革命によってさらに目につくものとなる。『ノーマン』においても、革命の英雄が新しい犠牲者を生産し得ることの例を見出すことができる。少年は母親への薬を持ち帰ることなく、家に帰ってくるのだ。母親のことはもはや何も聞かない。少年は救われたものの、母親の病気は新しい慣習の彼方に忘れられている。そしてこの戯曲は、新しい慣習についてのコロス（合唱団）の賛歌とともに終わる。あの『イエスマン』の初稿に対して、「若い生命は老いた生命より価値があると思う」[29]と言ったカール・マルクス学校の生徒は、この結末に満足しただろうか。彼の批判はとりわけ、将来ある少年が老いた病気の女性のために犠牲にならなくてはならないことに対して、向けられていたのだから。

　革命を経たにもかかわらず犠牲者を生み出し続ける古い慣習、そしていまなお病気、あるいはすでに死んでしまった母親の姿は、ノーマンの革命の**あと**にあきらかに見えてきた二つの刻印(しるし)である。ＨＭは、明示的

〔第二の手紙〕

愚者に韻文が役に立つのか。
そう君は問う。
無という者もいれば、ほぼ無という者もいる。
シェイクスピアは『ハムレット』を書いた。悲劇を。
自ら知を放棄し、愚かな慣習にその身を屈したある男の物語を。
彼はその愚かさを根絶しなかった。

指名手配書の他に何かを書こうと思わなかったのか。
ハムレット　デンマークの王子にして蛆虫の餌よろめきながら
穴から穴へ　最後の穴へと　やる気もなく
背後には彼の製造元の亡霊
産褥の床のオフィーリアの肉体のように未熟
地平線では戦闘準備が延々と続いている
そして三度目に雄鶏が啼く直前に
道化が哲学者の鈴のついた衣裳を引き裂き
一匹の肥えたブラッドハウンドが戦車（甲冑）のなかに入りこむ
あるいは誤解されたベルトルト・ブレヒトは
大いなる強靭さと、いささかの希望を持って
それでも弓を張る以上のことは彼にもできなかったし
多くの愚者が彼より長生きもしたが
生涯、一つの可能性を探し続けていた
次の人を殺さないという可能性を　晩年に
遥か彼方に彼が見ていたその可能性は
血まみれの霞に、なかば覆われていたが
一方ヨハネス・ベッヒャーはソビエトに流れるヴォルガ河と東ドイツに
流れるネッカー河を合流させるためのソネット創りに情熱を捧げた。
共産主義が、ジュラ山脈東の小農たちから、
手のかかるその土地を引き受ける頃には、
彼らはベッヒャーのソネットを読み終えたのだろうか。
その差は、私たちには無とほぼ無の開きに過ぎない。

にこの二つの刻印とかかわり合っている。その限りにおいて、HMは、ブレヒトの『ノーマン』の批評的な続編と読めるかもしれない。

（1）この戯曲は以下に所収。Müller, Heiner: *Germania Tod in Berlin*. Berlin 1988, S.17-19.「Motekiyoによる」という副題は、作者である「Motokiyo（世阿弥）元清」、あるいは原作名の「kagekiyo 景清」のいずれかの誤植であろう。正確には、『旅——（元清作『景清』による）』となろうか。

（2）Vgl. Pound, Ezra: Anmerkung (zu "Kagekiyo"). In: Eva Hesse (Hg.): *Nô-Vom Genius Japans*. Zürich 1963, S.170.

（3）Müller, Heiner: Die Reise (nach Motekiyo). In: H.M.: Germania Tod in Berlin. Berlin 1988, S.19.

（4）「牛若丸」は源義経の幼名である（十二世紀）。

（5）Benjamin, Walter: Über den Begriff der Geschichte, In: W.B.: *Illuminationen*. Frankfurt/M. 1977, S.253.

（6）Müller, Heiner: Der Auftrag. In: H.M.: *Herzstück*. Berlin 1987, S.48.

（7）Vgl. Masuda, Shôzô: *Nô no hyôgen*. Tokyo 1971, S.46.［増田正造『能の表現』、中公新書、一九七一年］

（8）Müller, Heiner: Bildbeschreibung. In: H.M.: *Shakespeare Factory 1*. Berlin 1985, S.14.

（9）Ebd.

（10）Vgl. Masuda, a.a.O., S.169.

（11）Müller, Heiner: Hamlet, In: H.M.: *Shakespeare Factory 2*. Berlin 1989, S.102.

（12）Vgl. Bohner, Hermann: *Nô. Die einzelnen Nô*. Tokyo 1956, S.329.

（13）ドイツ語による翻訳は以下による。Hesse (Hg.), a.a.O., S.151.

（14）Ebd., S.152.

（15）Krusche, Dietrich: Brecht und das Nô-Spiel Tanikô. Zur Problematik interkultureller Literaturvermittlung. In: D.K.: *Literatur und Fremde. Zur Hermeneutik kulturräumlicher Distanz*. München 1985, S.84.

（16）Brecht, Bertolt: Der Jasager. In: B.B.: *Gesammelte Werke in acht Bänden*. Frankfurt/M. 1967, Bd.1, S.615.［ベルトルト・ブレヒト（岩淵達治訳）「イエスマン ノーマン」、『ブレヒト戯曲全集8』、未来社、一九九九年］

（17）Szondi, Peter (Hg.): *Bertolt Brecht. Der Jasager und Der Neinsager. Vorlagen, Fassungen und Materialien*. Frankfurt/M. 1966, S.60.

（18）Ebd., S.62.

（19）Ebd., S.63.

（20）Ebd., S.72.

（21）Ebd., S.32.

（22）Ebd., S.24.

（23）Ebd., S.38.

（24）Ebd., S.26.

（25）Brecht, Bertolt: Der Neinsager, a.a.O., S.629.

（26）Müller, Heiner: Hamlet, a.a.O., S.56.

（27）Müller, Heiner: Zwei Briefe. In: H.M.: *Geschichten aus der Produktion 1*. Berlin 1984, S.82.

（28）Benjamin, Walter, a.a.O., S.255.

（29）Szondi, a.a.O., S.62.

参考文献

Aischylos: Die Totenspende. In: ders.: *Die Orestie*. Stuttgart 1959.

Ders.: Die Eumeniden. In: ders.: *Die Orestie*, a.a.O.

Atkinson, M. E.: *August Wilhelm Schlegel as a translator of Shakespeare*. Oxford 1958.

Bachtin, Michail: *Literatur und Karneval*. Frankfurt/M./Berlin/Wien 1985.

Ders.: *Probleme der Poetik Dostoevskijs*. Frankfurt/M./Berlin/Wien 1985.

Ders.: *Rabelais und seine Welt*. Frankfurt/M. 1987.

Barthes, Roland: *Die Lust am Text*. Frankfurt/M. 1974.

Benjamin, Walter: *Berliner Kindheit um Neunzehnhundert*. Frankfurt/M. 1986.

Ders.: Die Aufgabe des Übersetzers. In: ders.: *Illuminationen*. Frankfurt/M. 1977.

Ders.: Fjodor Gladkow. Zement. Roman. In: ders.: *Gesammelte Schriften*. Bd.3. Frankfurt/M. 1972.

Ders.: Über den Begriff der Geschichte. In: ders: *Illuminationen*. Frankfurt/M. 1977.

Bernhardt, Rüdiger: Geschichte und Drama. Heiner Müllers ”Zement”. In: Horst Nalewski / Klaus Schuhmann (Hg.): *Selbsterfahrung als Welterfahrung. DDR-Literatur in den siebziger Jahren*. Berlin/Weimar 1981.

Bohner, Hermann: *Nô. Die einzelnen Nô*. Tokyo 1956.

Brecht, Bertolt: Der Jasager. In: ders.: *Gesammelte Werke in acht Bänden*. Frankfurt/M. 1967.

Ders.: Der Neinsager. In: ders.: *Gesammelte Werke in acht Bänden*, a.a.O.

Deleuze, Gilles /Guattari, Félix: *Anti-Ödipus*. Frankfurt/M. 1981.

Derrida, Jacques: Das Theater der Grausamkeit und die Geschlossenheit der Repräsentation. In: ders.: *Die Schrift und die*

Differenz. Frankfurt/M. 1976.

Dostojewski, Fjodor: *Die Brüder Karamasow*. Berin (DDR) 1981.

Ders.: *Schuld und Sühne*. Berlin (DDR) 1986.

Euripides: *Elektra*. (übersetzt von Dietrich Ebener) Berlin 1977.

Freud, Sigmund: *Gesammelte Werke*. London/Frankfurt/M. 1942.

Furukawa, Hisashi: *Meiji Nogakushi Josetsu*. Tokyo 1969.

Gebhardt, Peter: *A. W. Schlegels Shakespeare-Übersetzung. Untersuchungen zu seinem Übersetzungsverfahren am Beispiel des Hamlet*. Göttingen 1970.

Girshausen, Theo: Vom Umgang mit Nietzsche in der Hamletmaschine. Anmerkungen zur Technik des literarischen Zitats bei Heiner Müller. In: ders.(Hg.): *Die Hamletmaschine. Heiner Müllers Endspiel*. Köln 1978.

Gladkow, Fjodor: *Zement*. Wien/Berlin 1927.

Goethe, Johann Wolfgang: *Wilhelm Meisters Lehrjahre*. Frankfurt/M. 1981.

Hanika, Karin/ Werckmeister, Johanna: "...wie ein Geschöpf, geboren und begabt für dieses Element." Ophelia und Undine - zum Frauenbild im späten 19. Jahrhundert. In: Renate Berger / Inge Stephan (Hg.): *Weiblichkeit und Tod in der Literatur*. Köln 1987.

Hesse, Eva (Hg.): *Nô-Vom Genius Japans*. Zürich 1963.

Holthusen, Johannes: *Russische Literatur im 20. Jahrhundert*. München 1978.

Irigaray, Luce: *Das Geschlecht, das nicht eins ist*. Berlin 1979.

Jones, Ernest: Der Tod von Hamlets Vater. In: Joachim Kaiser (Hg.): *Hamlet heute. Essays und Analysen*. Frankfurt/M. 1965.

Ders.: Hamlets Stellung in der Mythologie. In: Joachim Kaiser (Hg.): *Hamlet heute. Essays und Analysen*, a.a.O..

Kitagawa, Tadahiko: *Zeami*. Tokyo 1972.

Kristeva, Julia: Bachtin, das Wort, der Dialog und der Roman. In: Jens Ihwe (Hg.): *Literaturwissenschaft und Linguistik*. Bd.3. Frankfurt/M. 1972.

Kristeva, Julia: *Die Chinesin*. Frankfurt/M./Berlin/Wien 1982.

Krusche, Dietrich: Brecht und Nô-Spiel Tanikô. Zur Problematik interkultureller Literaturvermittlung. In: ders.: *Literatur und Fremde. Zur Hermeneutik kulturräumlicher Distanz*. München 1985.

Kurnitzky, Horst: *Ödipus. Ein Held der westlichen Welt*. Berlin 1981.

Kott, Jan: Der Hamlet der Jahrhundertmitte. In: Joachim Kaiser (Hg.): *Hamlet heute*. Essays und Analysen, a.a.O.

Lidz, Theodore: *Hamlets Feind. Mythos und Manie in Shakespeares Drama*. Frankfurt/M. 1988.

Masuda, Shôzô: *Nô no hyôgen*. Tokyo 1971.

Morisue, Yoshiaki: *Chûsei Geinôshi Ronkô*. Tokyo 1971.

Müller, Heiner: Der Auftrag. In: ders.: *Herzstück*. Berlin 1987.

Ders.: Der Bau. In: ders.: *Geschichten aus der Produktion 1*. Berlin 1984.

Ders.: Die Bauern. In: ders.: *Die Umsiedlerin oder Das Leben auf dem Lande*. Berlin 1988.

Ders.: Bildbeschreibung. In: ders.: *Shakespeare Factory 1*. Berlin 1985.

Ders.: Elektratext. In: ders.: *Theater-Arbeit*. Berlin 1986.

Ders.: Hamlet. In: ders.: *Shakespeare Factory 2*. Berlin 1989.

Ders.: Die Hamletmaschine. In: ders.: *Mauser*. Berlin 1978.

Ders.: Herzstück. In: ders.: *Herzstück*, a.a.O..

Ders.: Lektionen. In: ders.: *Geschichten aus der Produktion 1*, a.a.O..

Ders.: Die Reise. In: ders.: *Germania Tod in Berlin*. Berlin 1988.

Ders.: Wolokolamsker Chaussee II-V. In: ders.: *Shakespeare Factory 2*, a.a.O..

Ders.: Zement. In: ders.: *Geschichten aus der Produktion 2*. Berlin 1987.

Nägele, Rainer: Trauer, Tropen und Phantasmen: Ver-rückte Geschichte aus der DDR. In: P. U. Hohendahl / P. Herminghouse: *Literatur der DDR in den siebziger Jahren*. Frankfurt/M. 1983.

Nietzsche, Friedrich: Die Geburt der Tragödie. In: ders.: *Nietzsche Werke. Kritische Gesamtausgabe*. Dritte Abteilung. Erster Band. Berlin/New York 1972.

Nogami, Toyoichirô (Hg.): *Yôkyoku Zenshû*. 5 Bd. Tokyo 1951.

Pasternak, Boris: *Doktor Schiwago*. Frankfurt/M. 1964.

Puschkin, Alexander: Pique Dame. In: ders.: *Ausgewählte Werke in vier Bänden*. Bd.4. Berlin (Ost) 1952.

Rabelais, François: *Gargantua und Pantagruel*. Frankfurt/M. 1974.

Rimbaud, Arthur: Ophelia. In: ders.: *Leben und Dichtung*. (übersetzt von Stefan Zweig) Leipzig 1921.

Rischbieter, Henning: Rezension zur Uraufführung von "Zement". In: *Theater heute*, 1/1974.

Shakespeare, William: Hamlet. Prinz von Dänemark. (Schlegel-Tieck-Übersetzung) In: ders.: *Werke*. Bd.2. München/Zürich 1962.

Ders.: *Hamlet*. (übersetzt von Holger M. Klein) Stuttgart 1984.

Ders.: *Hamlet. Prinz von Dänemark*. (übersetzt von Theodor Fontane) Berlin (Ost) /Weimar 1966.

Ders.: *Hamlet*. A new variorum edition of Shakespeare. Horace Howard Furness (Hg.) New York 1963.

Ders.: King Richard III. In: Antony Hammond (Hg.): *The arden edition of the works of William Shakespeare*. London/New York 1981.

Ders.: *Macbeth*. Englisch/Deutsch. Stuttgart 1982.

Ders.: *The Tempest*. Der Sturm. Englisch/Deutsch. Stuttgart 1982.

Schlegel, A. W.: *Vorlesungen über dramatische Kunst und Literatur.* 2 Bd. Bonn/Leipzig 1923.

Schulz, Genia: *Heiner Müller.* Stuttgart 1980.

Sophokles: *Elektra.* (übersetzt von Wolfgang Schadewaldt) Stuttgart 1964.

Szondi, Peter (Hg.): *Bertolt Brecht. Der Jasager und Der Neinsager. Vorlagen, Fassungen und Materialien.* Frankfurt/M. 1966.

Weber. Richard: "Ich war, ich bin, ich werde sein !" Versuch, die politische Dimension der HAMLETMASCHINE zu orten. In: Theo Girshausen (Hg.): *Die Hamletmaschine. Heiner Müllers Endspiel*, a.a.O..

Weigel, Sigrid: Das Theater der weißen Revolution. Körper und Verkörperung im Revolutions-theater von Heiner Müller und Georg Büchner. In: Inge Stephan/Sigrid Weigel (Hg.): *Die Marseillaise der Weiber. Frauen, die Französische Revolution und ihre Rezeption.* Hamburg 1989.

Ders.: Die geopferte Heldin und das Opfer als Heldin. Zum Entwurf weiblicher Helden in der Literatur von Männern und Frauen. In: Inge Stephan / Sigrid Weigel (Hg.): *Die verborgene Frau.* Berlin 1983.

Zaum, Ulrich: Zwischen Dichtung, Bekenntnis und bürgerlicher Avantgarde. Bemerkungen zu Etappen der Rezeption Heiner Müllers in der BRD. In: Theo Girshausen (Hg.): *Die Hamletmaschine, Heiner Müllers Endspiel*, a.a.O..

わたしが修論を書いた頃

多和田葉子
TAWADA Yoko

作家本人の言うことを信じてはいけない。これは文学研究の基本である。作家は思い込みや記憶違いが多い。嘘をつくつもりなど全くなくても過去のことを思い出そうとする瞬間、自動的に創作機能が作動してしまう。では日記ならば信用できるかと言うと、これがまた怪しい。日記も一種のフィクションである。だからわたしも自分の日記を信じるつもりはないが、それでも日記に書かれた虚構は、今頭の中にある記憶という名の虚構とは違うので、読み返してみるとやっぱり面白い。一つの虚構ともう一つの虚構の間のずれには真実以上に真実味がある。

一九九〇年一〇月二四日の日記を見ると、「二ヶ月ぶりでマギスターアルバイトの続きを書き始める」と書いてある。日記には「修論」ではなく、「マギスターアルバイト」とカタカナで書いてあるか、「MA」と略してあるかどちらかだ。「修論」とか「修士論文」という日本語を使う機会はほとんどなかった。

一一月四日にはハンブルグのカンマー・シュピール劇場でハイナー・ミュラー本人がベンヤミンの書いたものを朗読する催しがあったことが日記に書かれている。ベンヤミンのどのテキストだったのかは覚えていないが、ミュラーのぼそぼそした単調な読み方だけは今も耳に残っている。朗読が終わってからミュラーと軽く挨拶を交わした。わたしは同年八月に東京で行われたドイツ語学文学国際学会（ＩＶＧ）でハイナー・ミュラーと能楽の関係について発表した。来日していたミュラー自身がその発表を聞きに来てくれたのだ。実際に言葉を交わしたのはそれが初めてだった。そう言えば、わたしの発表が終わるとある研究者から、「ミュラー文学と能楽のように、時代的背景、文化的背景の違うものをいっしょに論じるのはおかしい」という批判が出た。わたしはこの時、学術界というのはつまらないことを気にするものだな、と思った。時代も文化も違うのに共通点が生じるからこそ人類の文化文明を研究する上で面白いのではないか。今の日本人が例えばカフカを読めばそれだけでもう時代的背景、文化的背景の違うものがぶつかりあうことになる。無関係なものが常に無関係であるとしたら読書という行為そのものが無意味になってしまう。後にツェランについて三つほどエッセイを書いたが、時代も文化も違う、出遭わないはずのものが出遭う可能性として文学を読むことが修論以来、わたしの読解作業の主旋律になっていった。

一九九〇年の日記に戻ると、一一月一一日、修論の第五章はＩＶＧでの発表を下地に使えるので簡単だろうと思っていたがかえって難しい、ということが書いてある。小説の場合でも、ざっと筋だけ書いてそれから詳しく書くことはできない。全体は細部にしか宿らないということなのだろう。先が見えないからこそ細部は密（蜜）になる。その甘い蜜を味わいながら、全体が見えないことなど心配せずに近視眼的にいっしょうけんめい書き続けるのがいいのではないかと思う。

日記によると一一月一〇日の夕方から日本語で「かかとを失くして」を書き始めたようだ。後にこれがわたしの日本でのデビュー作になる。その時すでにこのタイトルが付いていたわけではなく、一一月一四日に「耳鳴り」というタイトルにしようか、という思いつきが記されている。どうして耳鳴りなのか、今となっては全く分からない。もしこのタイトルに決めていたら別の小説になっていたかもしれない。

一一月一四日の日記をみると、修論と並行してこの小説を一日十枚くらいずつ書き進めていることになっている。毎日本当に十枚書いたとは思えないが、書く速度が速かったことはなんとなく覚えている。日中は修論に取り組み、ドイツ語で理屈の通った文章を書くことに必死になっていたので、夜になると日本語を書きたいという欲望が激しくこみ上げてきたのかもしれない。それも理路整然とした日本語ではなく、原因と結果などの因果関係に縛られない自由な日本語を書きたいという欲望だった。

話は突然変わるが、当時のハンブルグ大学文学部はフェミニズムのメッカで、わたしの修論（そして後には博士論文）を指導してくれたジークリット・ヴァイゲル教授の他にもフェミニストとして知られた教授が二人いた。大学に限らずフェミニズムは町に溢れていた。一〇月二二日にはハンブルグの文学館で伊藤比呂美さんと三枝和子さんの朗読会があり、日本学の研究者イルメラ・ヒジヤ＝キルシュナライト教授に初めてお会いした、と日記に書いてある。これだけフェミニズムに囲まれていながら、当時のわたしは「ハムレットマシーン」を読みながらほとんどハイナー・ミュラーの妻だったインゲ・ミュラーのことを考えなかった。今「ハムレットマシーン」を読み返すと妻の自殺と向かい合った一人の男性としてのハイナー・ミュラーの姿が妙に鮮やかに浮かび上がる。

ジークリット・ヴァイゲル教授の数多い研究対象の一つであったウニカ・チュルンの作品もこの頃よく読んだ。一人の女性の人生が物語として語られるのではなく、アバンギャルドの肉になった言語そのものが叫ぶ文学だ。わたしに言わせればハイナー・ミュラーもフェミニズムの作家だが、本人が男性なのでそのことが見逃されがちだ。「ハムレットマシーン」に出てくるオフィーリアは、芸術という制度の中で女性がどのように機能するのかを容赦なく言葉にしている。女性自身の発するナマの声さえ同じメカニズムを繰り返すことしかできないことを示すために、死ぬことが役目である美女、あるいは復讐のために生きる悪女のセリフをわざとオフィーリアに与えている。

しかし女と男という二元論が崩れていく今日、もっと別の発声が可能になりつつあるのではないか。社会は男女平等という方向だけでなく、第三、第四の性が市民権を得るという方向に展開していった。また、難民問題にぶちあたって人々の意識の中に新しい東西ドイツの壁ができ、インターネットが政治に影響を与え始め、福島原発事故が起こり、地球の温暖化が深刻化し、ハイナー・ミュラーの死後様々な問題が水面に浮かび上がってきた。それはこのマシーンにどう繋がって行くのだろうか。そんなことを考えながらカバレットの台本「ハムレット・マシーネ　霊話バージョン」を書いた。

最近は年に三度くらいは日本に行くが、修論を書いた頃は年に一度で、そのかわり一回の滞在は今より長めだった。ずいぶん呑気な話だがわたしは一九九〇年の夏、日本に滞在している間、修論の執筆を休んでいた。当時は重たいワードプロセッサーを旅行に持っていくことはなかった。それはそれで良かったのではないかとも思う。そもそも旅は日常の時間の流れを絶つためにあるのに、軽いパソコンやタブレットや携帯などを持ち歩いてずるずると日常を引きずっていくのでは旅の意味が半減してしまう。

日本に行く前に、修論について何か日記に書いてないか探してみると、「MAを書くのが楽しくて、どんどん書ける状態は小学校六年生の頃を思わせる」という感想が八月七日に見られる。確かに小学生の頃は、作文を書くのが楽しく、その他に日記、読書日記物語なども書いていた。母語である日本語が半分まだ自分の外部にあるように感じられ、それがどんどん勝手に物語をつくっていく感じが爽快だった。中学校に入ると言葉をコントロールするのが上手くなりすぎて、知らない単語に出遭う機会も減ったせいか、道徳的で遊び心のない文章を書くようになった。それはそれで仕方のないことだが、小学校時代に書いたものを読み返すと突飛な発想があって面白い。

最近マールバッハにあるドイツ文学資料館から、作家たちの子供時代の肉筆の展覧会をやるから何か貸してくれと頼まれ、小学校時代に書いた作文を日本から父に送ってもらった。久しぶりでその作文を読み返していて思ったことがある。ドイツ語に出遭ったおかげで、わたしは小学生時代に味わったのと似た新鮮な驚きと喜びを、二十代で再び感じることができたのではないか。外国語を学ぶのは人生の美しい時期を二度体験する幸福なことなのかもしれない。

八月二日の日記には「Akademisches Auslandsamt から手紙が来て今月から一年間毎月五百マルクずつ手当が貰えることになった」と書いてある。もうすぐゴールインしそうな院生の最後の一年をサポートする奨学金だった。ただし、もらい始めて一年後には修論を提出しなければいけない。そんなことでもなければ何年もかけて修論を書き、更に十年以上かけて博士論文を書いても誰にも文句を言われない時代だった。ドイツなので学部も院も学費は無料だった。物価の上がった今のドイツでは五百マルク（二百五十ユーロ）は決して多くはないが当時は物価が安く、食費が一週間で三十マルクかかると日記に書いてある。

日記の表紙に鉛筆で「間テクスト性」という日本語がメモしてあるのが目に入った。ドイツでは耳にたこができるくらいよく聞いた「Intertextualität」という言葉を日本語ではそう言うのだと初めて知って、忘れないようにメモしておいたのではないかと思う。「ハムレットマシーン」

はまさに間テクスト性を目に見えるようにしたような戯曲だ。修論を書きながら「ハムレットマシーン」に出てくるいろいろな小説を読むのも楽しかった。七月二二日の日記には、「ドクトル・ジバゴ」はそれほど面白くないと書いてある。翌二三日は一日中修論を書き、夕方からベンヤミンを読み、小説を書き、夜は能についての本を読み、京都の旅行ガイドと「罪と罰」をベッドで読んだ、と書いてある。「罪と罰」はそれまでも何度か読んでいたが、ミュラーのおかげで新しい面が見えてくるだろうと思って読み返したのだ。

六月二三日に「MAの第三章を書き始めたがこれがおもしろくてしかたない。」とあり、七月一一日に又しつこく、「MAの第三章を書くのが楽しくてしかたがない。」と書いてある。

この年の六月一五日、わたしは日記を縦書きに変えた。それ以来、今でも日記だけは縦書きだ。それまでは横書きで何とも思わなかったのに、修論を書くことでドイツ語に深く浸り、縦書きの自分が完全に消えてしまうのが恐くなったのかもしれない。日本語にはものぐさを指す「横の物を縦にもしない」という表現があるが、横になってきた言語を縦にするという作業をわたしはこの時期に行なったことになる。

学生時代がはるかかなたに遠ざかってから、日本でわたしの修論を読んでくださっている方々がいると聞き、まず感謝の気持ちがこみあげてきた。その邦訳を出版したいという話を聞いた時、初めは乗り気でなかった。この論文は三十年も前に修士号を取るために提出したものに過ぎず、それ以降ミュラー研究も進んでいる。そもそもこの論文は精読日記のようなもので、わたし個人にとっては大きな意味があるが、論文としては人様に読んでもらうような代物ではないと思ったのだ。しかし、演劇研究に携わる先生方の書いたアクチュアルなドイツ演劇研究の論文といっしょに、今は詩や小説ばかり書いているわたしが当時「ハムレットマシーン」をこう読んだという証しにこの修論を収録した本をつくるのならいいかもしれないと思いなおした。谷川道子先生が旋風のように若い研究者たちを巻き込んで、この修論の共同翻訳を実現してくださっただけでなく、様々な場所に熱い芝居熱の種をまき、その勢いを受けてわたしの書いた戯曲を演出してくださる若い演出家なども新たに出てきたので、これは過去を振り返るのではなく未来に働きかけるプロジェクトなのだと、わたしもやっと理解した。ハイナー・ミュラーはもっと日本でも注目されていいはずの作家だ。この本を手にとったことをきっかけに、自分たちもミュラーの戯曲を上演してみようと思う劇団や、芝居を観にベルリンに行ってみようと思う人や、その前にドイツ語を勉強してみようと思う人が出てくれればとても嬉しい。

論考

Relektüre——再読行為としての〈読み〉

多和田葉子のヴァルター・ベンヤミン

言葉の魔術ともう一つの世界

山口裕之
YAMAGUCHI Hiroyuki

多和田葉子のテクストに現れる固有名のなかで、ヴァルター・ベンヤミンという名前にはやはり特別な意味が込められているように思われる。一九九一年にハンブルク大学に提出された修士論文 *Eine „Lesereise“* (*mit*) *der Hamletmaschine. Intertextualität und Relektüre bei Heiner Müller*（「ハムレットマシーン（と）の〈読みの旅〉」）は、ベンヤミンの『ベルリンの幼年時代』からの引用で始まる。「ある都市で道がわからないということは、たいしたことではない。だがまるで森の中をさまよい歩くように、都市をさまよい歩くには、習練が必要だ。」多和田は、「都市」という言葉を「テクスト」に置き換えて、テクストの表層に置かれた言葉たちの背後に絡み合う多義的な空間のなかをさまよい歩く「読み」を、ここでとりあげようとする『ハムレットマシーン』のうちに試みようとしている。そのような都市＝テクストへのまなざし（アレゴリーを読みとるもののまなざし）によって、ハイナー・ミュラーを「再読」しようとする多和田自身が、ベンヤミンを自らの背後に二重写しのように浮かび上がらせている。

そして、一九九八年にチューリヒ大学に提出された博士論文 *Spielzeug und Sprachmagie. Eine ethnologische Poetologie*（「玩具と言葉の魔術」、書籍としての出版は二〇〇〇年）の序文でも、「玩具」「遊び」「言葉の魔術」「模倣」といったベンヤミンに強く結びつく概念とともに、この論文全体を支えているのはベンヤミンの思考の特質であることが明言されている（一九頁）。とりわけ第5章「表面の魔術――玩具蒐集者としてのベンヤミン」では、多和田はベンヤミンの思考やその対象をとりあげるとともに、ベンヤミンの世界の見方を多和田自身の思考の方法論として受け継いでいる。

これら二つの学位論文に共通して、ベンヤミンが決定的に重要な位置を与えられているのは、これらの論文がともに、傑出したベンヤミン研究者でもあったジークリット・ヴァイゲルを指導教員として提出されたものであったということともちろん無関係であるはずがない。博士論文のなかでも、ベンヤミンの思考と自らのまなざしを重ね合わせながら、多和田はヴァイゲルの言葉を引き合いに出している（一三頁）。ハンブルク大学でヴァイゲル教授と出会い、彼女のもとで学ぶなかで、多和田葉子はおそらくベンヤミンのテクストを集中的に読む機会をもったのではないかと思われる。いずれにしても、これらの学位論文や、言葉や自分自身について語るエッセイ（『カタコトのうわごと』『エクソフォニー』『言葉と歩く日記』など）でもはっきりと感じとれるように、ベンヤミンのテクストとその特異な思想は、多和田のうちにごく自然に組み込まれている。

小説や戯曲、詩では、おそらくベンヤミンの名前が明示的に現れることはない。しかし、それらの多和田の作品のうちにも、ベンヤミンのように言葉や世界を見るまなざしが当たり前のようにそこにあるのではないか。「ベンヤミンは言葉の魔術の理論家であるだけではなく、言葉の魔術師でもある。ベンヤミン自身が、事物の魔術的要素がきらりと光る、〈事物の読み（Lektüre der Dinge）〉を実践しているのだ。」（*Spielzeug und Sprachmagie*, p.19）このような〈事物の読み〉、つまり、世界のなかのごく日常的な事物をまったく別な見方でとらえるまなざしは、多和田自身の〈読み〉でもある。博士論文のタイトルにも表れている「言葉の魔術」は、そのような意味で、ベンヤミンの思考の特質であるとともに、多和田自身の言葉と世界に対する見方を最も端的に表すものの一つといえるように思われる。

そのような特質が表れている場は、例えば、多和田の作品のあちこちに見られる「言葉遊び」である。ダジャレのように見えるものもあれば、語（音）や漢字のほんの一部分に焦点を合わせることで、そこに新たな視界が開けてくるものもある。あるいは、新しく生み出される言葉や、まったく異なる意味を与えられる言葉もある。それらの広い意味での「言葉遊び」は、多和田葉子の不思議な世界のなかで、風景の一つとなって溶け込むとともに、まさにそのような言葉が、ありえないような奇妙な世界を次々と紡ぎ出し、展開させている。われわれにとって当たり前と思われている世界を作品のなかでたどろうとしていると、そういった言葉たちによって、これまで慣れ親しんできた発想ではまったく思いもしなかったような世界の見方が、突然目の前に開ける。

そのような言葉遊びは、しばしば「ドイツ語」という異質なものの世界と触れ合うことによって生まれている。詩集 *Abenteuer der deutschen Grammatik*（『ドイツ語文法の冒険』）はそのような遊びに満ちているが、なかでもドイツ語の詩のなかに漢字を置き換えて埋め込んだ「Die 逃走 des 月 s」は、そういった遊びの極致といえるかもしれない。多和田自身がいろいろなところで述べているように、ドイツ語の世界のなかに身を置くことによって、自分自身の日本語も解体されてゆく。そして、自分が住むドイツ語の世界のなかに完全に同化しようとするのではなく、いまや組みかえられたものとなってはいるが、やはり日本語のうちにいる「私」の異質なまなざしによって、ドイツ語もまた、普通のドイツ人にとっては思いもかけないような姿をそこに現すことになる。そのような意味で、多和田はまさに境界の住人である。

しかし、ここにあるのは、よく語られるような「異文化体験」などではない。「ドイツ語」は確かに多和田葉子にとっては、偶然の結びつきとはいえ決定的な要素であるとしても、そこで描かれているのは、日本人から見たドイツの異質な側面でも、ドイツ語によって変化した意識でとらえた日本の姿でもない。多和田が見ているのは、日本であるにせよ、ドイツであるにせよ、われわれが日常的に目にしている世界のうちに浮かび上がる、あるいは日常の世界の特定の事物が入り口となって見えてくる、もう一つの別の世界である。「異質なもの」の経験は、そのもう一つの世界へのまなざしの端緒となる。

このような世界の見方、そして言葉と世界の結びつきこそ、多和田とベンヤミンが最も深く結びついているところである。ただし、そのつながりを説明するためには、少しばかり迂回をしなければならないだろう。

「魔術」とは、言葉やある種の記号的な仕草によって、世界のうちに何かを生み出したり、変化を生じさせたりする力である。それが可能となる（可能であると思い描かれる）のは、言葉と世界のなかの事物とが分かち難く結びついていると考えられているからである。ある言葉を口にした瞬間、その言葉と結びついている事物が出現する。あるいは、その事物に対して働きかけがなされる。事物と完全に結びついているそのような言葉とは、ベンヤミンにとって「名」である。「名」とは、人間が事物に対して恣意的につけた記号などではなく、その事物そのものとして事物と切り離すことができない。そのような状態は、いわば言語のユートピア的状況であって、ベンヤミン自身、創世記のなかのエデンの園を念頭に置きながら、「パラダイス的言語」と呼んでいる。神の完全な言語は「名」によって世界の事物を生み出すことができるが（「光あれ！」）、人間の言語にはそこまでの力はふつうない。しかし、そのように言葉と世界とが「直接的」に結びついているユートピア的状態において、力は最も本源的な力をもっているのであり、そのユートピア的「直接性」をベンヤミンは「魔術的」と呼んでいる（多和田の博士論文の序文でも、こういったベンヤミンの言語思想が要約されている）。

それに対して、言葉が単に何かを呼ぶための「名」ではなく、何かを「意味する」ものとなり、とりわけ「概念」と化してしまったとき、その言葉は堕落したものとして力を失う。われわれが日常的に使っている言葉は、ほとんどそのようなすでに堕落してしまった言語なのだが、ベンヤミンはその悪しき状態からの「救済」の可能性をはるかかなたに見据えている。エッセイ《翻訳者の課題》の末尾で語られる「純粋言語」にも、そのような回復されたユートピアのイメージがある。

「魔術」という言葉は、ベンヤミンにとってはこのように、基本的にある種のユートピア的なもの、理念的なもの、つまりポジティブなイメージと強く結びついている。それは、先に言及した《言語一般について、また人間の言語について》のように、ベンヤミンが若い時代の「秘教的」特質を顕著に示すテクストだけでなく、魔術的なもの（「オーラ」）が表面的には否定的に言及されているように見える複製技術論のように、マルクス主義的な志向をもつ「後期」のテクストでも同じようにいえる。現代のわれわれにとって、いや、ベンヤミンの同時代の人たちにとっても、「魔術」など胡散臭いものでしかない。そのような魔術的（呪術的）思考は、おそらく古代社会ではどこでも当たり前のように存在していたはずだが、世界が「近代化」するにしたがって、「魔術的」要素（宗教的なものもそこに含まれる）はこの世界から放逐されてゆく。魔術が胡散臭いというのは、このようにして世俗化された世界の感覚である。問題は、そのように消滅していった魔術的なものが、われわれの一般的感覚にとってそうであるように、時代遅れでいかがわしいものでしかないのか、ということだ。

ベンヤミンの思考にとってきわめて特徴的なことは、世俗化され、魔術的なものが大部分放逐されてしまったわれわれの世界のなかに、魔術的なものの痕跡をたどろうとすることである。なぜなら、それはユートピアの痕跡でもあるからだ。追放の身である魔術的なものは、われわれの世界ではそのままのかたちでは生きながらえることができない。だから、われわれの世界のうちで魔術的なものはしばしば別の姿をとって存在している（それもまた「世俗化」のプロセスの一部である）。そのような目で世界を見るとき、世界はいわば二重の姿で現れる。一つは、われわれが目にしている通りの世界の姿である。もう一つは、世界のなかのある特定の事物のうちに姿を変えて潜む、まったく異なる連関である。その事物は、見えている通り理解されている意味と、それとはまったく別の意味という二重の意味連関のなかで浮かび上がる。そういった事物を描き出すということ、あるいはそういった事物を「読む」ということは、目に見えている世界をたどりながら、目に見えているのとは異なる別の世界を生み出してゆくという行為である。「まるで森の中をさまよい歩くように、都市をさまよい歩く」というのは、目に見えているものとは別のものをたどって世界をとらえていくことである。新たに生み出される別の連関をたどってゆくと、そのなかでさしあたりさまよい歩いてゆくしかない。そのような世界の見方には習練も必要である。

このような〈事物の読み〉の試みを、多和田葉子は修士論文のなかでハイナー・ミュラーのテクストについて行おうとしていた。そして、全編を通じてベンヤミンの思考を意識していた博士論文でも、そのような〈事物の読み〉が多和田のまなざしのうちにつねにある。そのように事物を読むこと・書くことは、意識的にベンヤミンの思考の方法をたどっている二つの学位論文だけでなく、おそらく無意識のうちにも、多和田葉子の作品のなかに自然に染み込んでいるように思われる。描き出されている通りのものとは別の意味連関が重層的に生み出されるということ自体は、おそらくすべての文学、さらには芸術全般について多かれ少なかれ当てはまる。しかし、特定の個物が入り口となって、それが変容し、変容したものが次々と増殖してゆくというのは別のことである。そして、その特定の個物は、しばしば言葉そのもの、文字そのものである。世界のなかの事物が文字となり、文字そのものが動いてゆくと世界も変容してゆく。文字はそのときさわめて身体的なものとなっている。言葉遊びはそのような世界の魔術的な変容の場でもある。

あるいは『飛魂』のように、書物に書きとめられた言葉と真摯に対峙するときにもまた、山奥で学問の修業に励む女性たちと言葉との関わりには、生身の肉体の感覚が執拗にまとわりついている。性的なものは、生身の肉体の感覚のうちでももちろん突出した領域である。身体のすべての感覚を通じて世界が経験されている原初的な状態では、言葉は「声」(その最も原初的なものが「名」を呼ぶことである)となって世界と結びついている。「音読」する声は、ここでは呪術的(魔術的)な力を遺憾なく発揮する。

『アルファベットの傷口』(のち『文字移植』と改題)では、翻訳するという行為そのものと歩みをともにしながら、世界が次第にその姿を変えてゆく。翻訳はここでは、異質なものの境界で、両方の言語にとって思いもかけないような新しいものが異形の相貌で生まれ出る過程となっている。この小説に限らず、多和田にとって翻訳とは、そのような意味での新しい言葉と世界が生み出される場なのだろう。「むしろ、その言語の中に潜在しながらまだ誰も見たことのない姿を引き出してみせることの方が重要だろう。そのことによって言語表現の可能性と不可能性という問題に迫るためには、母語の外部に出ることが一つの有力な戦略となる。もちろん、外に出る方法はいろいろあり、外国語の中に入ってみるというのは、そのうちの一つの方法に過ぎない。」（『エクソフォニー』九頁）主人公の翻訳によって書きとめられる言葉たちは、意味の伝達で汚染されることに対して抗うかのように、原文のドイツ語と字義的に対応して切れ切れに横たわっている。この翻訳のプロセスは、ベンヤミンが《翻訳者の課題》のなかで掲げているような「逐語性の要請」と対応しているようにも見える。おそらく多和田の意識のなかにはそのこともあっただろう。しかしそれは、ベンヤミンのように「純粋言語」というある種のユートピアを志向するためのものではない。この異質なものとせめぎ合う境界で、異質性をまとった言葉たちを通じて、異形の世界がいわば魔術的に生み出されているのである。だとすると、その異形の世界もある種のユートピアとつながっているのかもしれない。

ちなみにその反対に、『献灯使』のディストピアは（『１９８４』や『華氏４５１度』の場合もそうであるように）、言語が歪められ萎縮させられた世界である。そこでは肉体も思考も退化している。

「〈犠牲者〉という言葉は０の字で始まっていた。その０の字が一ページ目の紙面いっぱいに散らばっていることにわたしは気がついた。散らばっていると言うよりは紙面がその０の字に蝕まれて穴だらけになっていた。しかもその穴の中は覗き込むことなどできない行き止まりの壁になっていてその壁を作っている白い紙面そのものがわたしにはますます突き抜け難く感じられてきた。」（『アルファベットの傷口』）言葉は意味の担い手となってそこにあるというよりも、むしろその物質的な側面そのものが身体となって浮かび上がる。意味の担い手としての言葉は、いわば透明なメディアとして、読書という行為のなかで見えなくなってしまうが、多和田が〈事物の読み〉によって目を向ける言葉たちは、意味を背後に押しやりつつ、それ自体で作動し始める。言葉たちが動いているから目を向けるのではなく、ふと気がついてじっと見ていると言葉たちが動き始めるのである。「逐語性」はそのような言葉との関わりのなかで必然的に生まれている。意味を翻訳することに注意が傾くとき、おそらく言葉たちが動き出すことをそれほど敏感に感じとることはできない。言葉たちがそこにいることを感じとる人にとって、それを「翻訳」することにはとてつもない困難が伴う。言葉はそのようなとき、突然姿を変えて動き始める。

言葉遊び（Wortspiel）もまた、言葉が突然別の相貌をとって動き始める場である。言葉の綴りや音そのもの、あるいは「モンガマエ」といった漢字の一部など、「意味」の手前にある物質的なものに意識を向けるとき、その言葉に伝統的に与えられてきた意味とは別の視野がそこに広がり始める。翻訳も含めて、母語の外に出ることは、多和田にとって言葉そのものが別の顔で歩き始める特別に大切な場となっている。ベンヤミンにとって「遊び（Spiel）」は、ごっこ遊びとしても表れるような「模倣」と同じように、魔術的なものが姿を変えて保持されている領域である。「玩具・遊び道具（Spielzeug）」と「言葉の魔術」を軸として構成された多和田の博士論文は、この世界のうちに広い意味での「玩具」となって表れている事物を通じて、緩やかに間接的に魔術的なものの領域を描き出している。そして、多和田自身が言葉で「遊ぶ」とき、そこには同じように魔術的なものが呼び出されているのかもしれない。

魔術的なものが失われてしまったわれわれの世界のなかで、魔術的な要素がかたちを変えて保持されている場とは、ベンヤミンにとって、何よりも「言葉」であり、そしてとりわけ「文字」である。「隠し絵（Vexierbild）」を見ている者に、突如、もう一つの隠された別の意味がひらけてくるように、書かれた文字の「筆跡」から、その言葉の意味するものとはまったく離れたところで、その書き手の無意識のイメージさえ浮かび上がってくる。

ベンヤミンは、〈読む〉という言葉の二重の意味、つまり「世俗的な意味と魔術的な意味」（《類似性の理論》）にわれわれの注意を向けようとしている。「言葉遊び」という場で、表面的に見えているものとは異なるものを読みとること、あるいはそのような世界を立ち上がらせること——それは多和田の作品の最も重要な特質の一つである。

〈ジェンダー・トラブル〉の清算から生産へ

多和田葉子によるＨＭ再読

小松原由理

KOMATSUBARA Yuri

1　クィア作家多和田葉子の『ハムレットマシーン』再読

ハイナー・ミュラー（Heiner Müller）ほど、戦後ドイツの歴史と真正面から向き合った作家はいないのではないだろうか。彼は東ドイツという理念に最後まで忠実であり、理念なき西ドイツを心から嫌悪していた。それは、あたかもナチズムという歴史に対し、無実・無関係であるかのような振る舞いに対する嫌悪だった。その彼が一九七七年に発表した『ハムレットマシーン』（以下ＨＭ）は、歴史との決別を告げる作品だといわれている。だが仮にこの作品を、歴史の「後」の風景＝ポストモデルネとして捉えようが、超・歴史という美学上の実践として定義しようが、歴史という規範はＨＭテクストの中心軸に揺るぎなく存在している。例えＨＭが、作者としてのハイナー・ミュラーのイニシャルと重なり、自らの分身でもあるハムレットが、無の感情、あるいは「停止」の身振りを前面に示していたとしても。[1]

一方、多和田葉子はどこでもない場所、誰でもなく、誰にでもなれる私、既存の自己規定をすべて否定して、それでも、あるいはそこから存在し得る物語を紡ぐ作家である。ましてドイツの歴史も日本の歴史も多和田において、対峙し決別すべきテーマなどではない。作家としてのデビューと同時にその作品で試みていたことは、一つの像、一つの言葉、一つの解釈、一つの物語を固定させることへの徹底した抵抗であり、その試みはジェンダー規範に関しても、もれなく適用されている。ゆえに彼女はクィア作家として位置づけられてもいる。[2] そんな多和田がHM論を修士論文として執筆していたであろう年が、ジュディス・バトラーによる『ジェンダー・トラブル』が発表された一九九〇年であったことは偶然ではないように思われる。ハンブルク大学に提出されたHM論で、多和田が実践したのもまた、ジュリア・クリステヴァやリュス・イリガライといった女性たちの手によるフェミニズム批評を敷衍しつつ、その理論からもはみ出すHMの可能性を探り、構築体としての「ジェンダー・トラブル」のポジティヴな生産性を掬(すく)い採ることだったからである。あるいは、バトラーの理論を多和田は実践として提示していたともいえるだろう。

もちろんこれまでも、HMのジェンダー表象に注目した読みは複数存在してきた。だが、多和田の読みは、それらとは大きく異なる。〈読みの旅〉と副題に顔を出すその考察態度は、ヴァルター・ベンヤミンのいう遊歩者のようにどこまでも軽やかで「よそ者」の立ち位置を離れず、しかしだからこそ内部から見えない俯瞰的な景色の存在に気づかせてくれる。HMの核心は、「階級闘争でも、民族紛争でもなく両性の闘いにある」と多和田は断言しているが（第二章第五節）、この「両性の闘い」に、どんな〈読みの旅〉をミュラーは、そして多和田は用意したのか。その旅は、クィア作家多和田葉子誕生のこれまで語られることのなかったルーツをも見せてくれるだろう。本稿では、ひとまずHMにおけるこれまでの、とりわけジェンダー論に基づいた解釈の変遷を辿りながら、多和田のHM再読の独自性に迫りたいと思う。

2　ミュラーはフェミニストか？という問い

HMは、仮にジェンダーを意識して読まずとも、シェイクスピアの『ハムレット』とはあまりに異なるオフィーリア像には誰もが目を向けるだろう。『ハムレット』では常に受動的な役回りであったオフィーリアは、HMでは第二景全体のモノローグの発信者となり、第三景ではハムレットを誘惑し、更に最終景をオオトリで締めくくる。オフィーリアのこの露出の多さに着目するのは至極当然のことであり、ここにHMが誕生した一九七〇年代に巻き起こった第二派フェミニズムを重ね合わせることは不自然なことではない。

HMの対抗劇ともいうべき『オフィーリアマシーン』というミュラーのHM改作上演も実現させた、劇作家であり演劇研究者でもあるマグダ・ロマンスカもまた、このオフィーリア表象に着目する一人である。[3] 論考「オフィーリアマシーン——ハイナー・ミュラーの『ハムレットマシーン』におけるジェンダー・民族・表象」において、ロマンスカはミュラーが一九七七年に発表したHMにおける問題提起は、ドイツの再男性化への危機意識であると読んでいる。[4] ここでいう男性化とは、ドイツが国民国家としての社会形成を成し遂げる十九世紀から第二次大戦までの過程を指しており、ロマンスカがこの論考で詳細に言及するのが、いかにシェイクスピア『ハムレット』における復讐のモチーフが、ゲーテやヘーゲルといった男性文化人たちによって、正当なる「父の法」として典型化されていったか、そしてまた復讐を実行する「行動する男性」像とその行為が、いかに愛国心と男性性を結びつけてきたか、その関係性である。[5] その際、「行動する英雄」であるハムレット像とパラレルに形成されていくのが、非現実的な理想主義者で、ナイーヴ、自己破壊的なオフィーリア像である。ミレーによる『オフィーリア』の水死体画（実際のシェイクスピアの『ハムレット』には水死についての描写はない）、ランボーによる詩『オフィーリア』（一八七〇年）のドイツ語訳普及も重なり、美しく儚いオフィーリア像こそが、勇敢なハムレットに献身する国民のもう半分の立ち位置を体現するイメージを形成していたこと。そうして、ドイツにおけるシェイクスピア『ハムレット』受容の背景に、ドイツ国家への愛国心形成と、ジェンダー・アイデンティティーの「交配」がいかに成されていたかをロマンスカは明らかにしている。[6]

その上で彼女は、シェイクスピアの『ハムレット』がドイツの国民意識形成に果たした前記の役割について、歴史と文学を専攻していたミュラーは熟知していたはずだと推測する。[7] ミュラーは、ＨＭでハムレットのアイデンティティー・クライシスを描くことで、まさに分裂した敗戦国ドイツの男性性の危機という現在形の状況を映し出しているのだと。ミュラー自身による「ＨＭにおける意図はオフィーリアもまた、ハムレットと同様の重要性を置くことにあった」という台詞を引き合いに出しつつ、ロマンスカはＨＭにおいて一見その分量が増えたかにみえるオフィーリアは、結局のところ未だハムレットの分身であり、ハムレットの欲望に応じてその実在の枠組みを決定されていることに触れ、男性優越主義と女性賛美のフェミニズムの両極端がＨＭのテクスト内に共存していることを以下のように指摘する。

> 両立場（男性優越主義かフェミニズム的か）は共に正解なのだ。劇自体がジェンダー関連について、多面的に、すなわち、個人的、表象的、哲学的、存在論的、そして政治的な次元において、自覚的にアンビヴァレントなのだから。（中略）エレクトラで

ありハムレットであり、そのコーラスでもあるミュラーのオフィーリアは多元的なのである。政治的なレベルでそれは革命家ローザ・ルクセンブルクであり、テロリストのウルリケ・マインホフであり、チャールズ・メンソンの弟子スーザン・アトキンスである。そして個人的なレベルでは、指摘されるように、ミュラーの死んだ妻インゲ・シュヴェンクナーを指している。[8]

この多元的なオフィーリア像が向かう先はしかし、ロマンスカの考察においては、ラストシーンである第五景でのリベンジするオフィーリア像へと統一されていく。ロマンスカは、第三景において、なぜオフィーリアは柩（ひつぎ）に向かったのか、それは街に出て声を上げることを選択した彼女の退行を示すのかという問いかけに続けて、アンディ・ウォーホルを一九六八年に銃撃したラディカルフェミニスト、ヴァレリー・ソラナスが一九七一年に出版した「ＳＣＵＭ（Society for Cutting Up Men 男性根絶協会）マニフェスト」とＨＭの類似性を取り上げる。そして、オフィーリアがＨＭのラストに、男たちへの復讐を語ることの意味を問い、最終的にフェミニストであるオフィーリアもまた同じく男性の理論を引き受けたことをアイロニカルに示し、その失敗をもって、ミュラーは「男根的な世界を内面化した女性」の「終わり」を描いているのだと結論づけている。

こうしたロマンスカの解釈では、ミュラー自身のフェミニズムに対するスタンスや、価値評価が最終的に不確定なことが重要な問題として残される。そのことは、何より論考の最後に、彼女が以下のような疑問符を投げかけることで一層明確に示されている。

> もしインゲ・シュヴェンクナーが自死するのでなくミュラーを殺していたのなら、どうなっていたのか。『ハムレットマシーン』の代わりに『オフィー

リアマシーン』が登場したのだろうか。そのとき、オフィーリアは何を語るのだろうか。[9]

3　ミュラーの「感性の美学」と女たちの身体、そして「醜さ」

ロマンスカがHMにミュラー自身のジェンダー意識の両義性を批判的に見つつ、フェミニズムの挫折をHMの一つの着地点として読み取る一方で、挫折や失敗、あるいは未解決のままの世界の提示や停滞にこそ、ミュラーが本質的な破壊力を認める「ユートピア」が存在したはずだとする解釈もまた存在する。こうした解釈に呼応するものとして、二〇一五年に、アーヘンで行われた「私は私の時代を超える——ハイナー・ミュラーにおけるユートピアと感覚性」と題された国際学術会議と、そこでの議論をまとめた論集の前書きにおいて、[10]ハンス・クルシュヴィッツは「今日ほど、ユートピアがこれほどにユートピア的な時代もなく、これほど必要な時代もない」と記した後、一九九〇年以降分断が進む社会において、先が見通せないという状況を最も鋭く先読みしていたミュラーの方法論としてのペシミズムに今一度焦点をあてる必要性を説いている。[11]

国際会議での報告と議論をまとめた本論集で、カリニキ・フィリィは、「明日はもう来ない。希望は実現されなかった。記念碑は倒された。（中略）私のドラマがまだ演じられるとしたら、それは暴動の時だろう」と語られるHMの第四景に注目し、ここでミュラーが描いている社会主義の停滞や引き起こされる暴動や革命に見られる「積極的な価値付け」に、ミュラーのユートピア像を見る。対してユートピアの喪失とは、すなわち資本主義の勝利であって、それはミュラーの言葉によれば「現在による完全なる支配」であり、「現在を生きるということは、自覚なく生きるということ」と同義となり、過去の歴史は意識から排除され、そこでは自ずと過去も存在せず、代わりに未来も、ユートピアも存在しないことになる。ゆえに東ドイツの失敗とは、ミュラーの言葉によれば「時間を留めること、未来という名のもとに、あたかもメシアの到来を待望させるように待たせることの失敗」となる。フィリィは彼の東ドイツの失敗を語る前記のようなコメントを一つの証言として、ミュラーのペシミズムが、いかに東ドイツと本質的なユートピアへの希求とを、直接結びつけていたかを説く。[12]

こうしたミュラーにおけるユートピア像と、ジェンダーに関する問題として興味深いのは、一つに、女性たちの闘いが暴動の契機と同様に「積極的な価値付け」をもって解釈される方向性である。例えばファルク・シュトレーローは、ミュラーの作品においては様々な作品に登場し、あるいは言及される悲劇の女王メディア像に、その「故郷なく、反逆的で、盲目的な特性」を映し出し、彼女が快楽に抗い反旗を翻す行為に、女たちの解放の糸口を見ている。[13] シュトレーローは、イアソンの裏切りをなじるメディアのモノローグにおける台詞「あなたの裏切りに感謝しましょう／これで私の目はまた見えるようになったわ」[14]を引用しながら、目が見えるようになる行為そのものに、ミュラーの「啓蒙者としての女性」像を以下のように読み取ろうと試みる。

女の快楽はここでは罠であり檻である。それは解放を妨げる武器である。快楽と抑圧は仲良く腐敗へと手を取り合う。快楽に抗う女の闘い、快楽の武器に抗う女の闘いは、ミュラーによっては啓蒙的な行為として、すなわち「目が見えるようになる」行為として像を結ぶ。それが女性解放的な不従順と抵抗である。[15]

一方、シュトレーローはミュラーが妻インゲ・ミュラーによるラジオ劇『女旅芸人 *Die Weiberbrigade*』をもとに制作した、あまり知られていない六〇年代の作品

『女の喜劇 *Weiberkomödie*』にも遡り、そこでミュラーが女性のありのままの身体にモラルへの対概念を見ていることを指摘している。この作品では、ある箇所では靴に足をおさめるようにすることこそがモラルであり、靴を脱ぎ、はだしになることはそこからの逸脱を意味し、また別の箇所では以下のように裸で泳ぐこと、裸を見せることがモラルに反することであると極めて分かりやすく記されているという。

ツァーベル（幹部リーダー）：ネーグレが水浴びをしていたぞ。（中略）沼で。裸で。
党の秘書：そう。見たのですか。
ツァーベル：ああ。今朝早く、七時前に。意図せずな。
党の秘書：明日からもっと早く起きることにいたします。意図して。
ツァーベル：コンビナート［作業グループの意］の半数が目にしてしまった。彼女は代表者としてはもう認められん。
党の秘書：彼女がそんなに醜いなんて。[16]

もはやモラル（ここでは党の指示するマルクスとエンゲルスの教え）に従わず、解き放たれ、裸になる主人公ネーグレは、こうして耐えがたく、「醜い」存在として描写される。シュトレーローによれば、この「醜さ／美しさ」の概念規定こそが、ミュラーの極めて独特な「感性の美学」を指し示しているという。[17]

4 乳癌と救済のメタファー

女たちの覚醒、「醜さ」という感性の美学と共に、もう一つミュラーがユートピア像に関連して作品に配置する、身体に密接な関係性を持つメタファーが「癌」である。メタファーとしての癌はHMの第三景「乳癌の聖母」をはじめとして、その発展版ともいえる『カルテット』でも「癌／わたしの恋人」という会話劇の締めの言葉に登場する。アンドレアス・モーザーは、ミュラーのテクストに見られるユートピア的構造あるいはプログラムは、政治や文化、文明史、あるいは世俗的な日常生活といった様々な領域へと及ぶことを指摘し、なかでも西洋文明史、植民地主義と第一世界、そして第三世界、あるいは他者の発見といった問題設定を体現する作品群としてHMと『メディアマテリアル』そして『カルテット』を挙げている。[18]

この読みにおいてHMのハムレットは、「私はハムレットだった」と、家父長制的思考を過去のものとして払拭し、「私は女になりたい」と希望し、女たち＝他者のディスクールに変身しようと目論むも、結局男たちのディスクールへと退却していく、いわば失敗の物語を体現する人物として位置づけられる。HMの第四景において、一匹の肥（ふと）ったブラッドハウンドが戦車のなかにもぐり込む描写が示すのは、暴力の支配が続いていくことへの預言だという。ここでのハムレットは植民地主義的思考の代表者イアソンの前身として位置づけられ、一方、HMで結局自身の女性解放を成し遂げることはできず、男性的・ロゴス的語りで自らの復讐ファンタジーに沈潜していくオフィーリアは、やがて実際の復讐を果たすメディアの前身と読まれる。さらに、『カルテット』においては、HMでのハムレット／オフィーリアの男女のディスクールの交換は、ヴァルモンとメルトイユの遊戯的ディスクールへと展開している。男のディスクールを得ることで女性の主体を構築したかに見えるメルトイユは、最後に権力ゲームとして自らの死が演出されていることを知っていたヴァルモンを殺すのみならず、生の彼方に自らの逃避場所を求める。その場所こそは、「娼婦の死。ようやく私たちだけ。癌、私の恋人」という最後の台詞によって明示される場所＝ユートピアということになる。

ところでモーザーはミュラーにおける癌のメタファーとその意味合いが『カルテット』とHMでは異なることについても指摘している。『カルテット』において癌は男女のディスクールを超えた先にある存在として肯定的に描かれている一方、HMでは、歴史の流れを変化させるメシア的希望を粉砕するイメージとして取り上げられているという。

HMの第三景を見れば、そこで描かれている闘う者たちの行為は完全にネガティヴだと気づくだろう。オフィーリアもハムレットも自ら主体的に表現することができない。（中略）ハムレットの友人ホラティオは現存する権力関係を維持するばかりか、ハムレットと踊ることで、そのメシア的な救済思考から逸らしている。[19]

そしてこのメシア的な思考の否定を決定づけているのが乳癌の聖母像であり、硬直するホレーシオとハムレットの一方で太陽のような輝きを放つ「乳癌」だという。

両作品の癌の意味するものの違いを検討するよりも、ここで重要なのは癌が女性の解放のその向こう側を表現するものであれ、メシア的思考を阻むものであれ、いずれにしてもミュラーにおいて、女性性に本質的に関わるものとしてイメージされているという事実だろう。この点でモーザーによる癌という病理の以下のような説明は、ミュラーの描く救済者としての理念を体現するものとしての女性性とその特徴について代弁しているように思われる。

癌細胞は自ら独自のインフラ構造を生み出し、自給自足し、果てなく増殖する。とりわけ最適な箇所へと転移するやり方で、いわば自身は不死身なのだ。[20]

例えば、HM論第一章第六節で多和田はHMのハムレットにおいて、「穴が余計に一つある存在」であるとされる「死者」と「女」の関係性に注目する。フェミニズム批評家であるイリガライが語った女性性器は「何も見るべきものがない恐怖を表象する穴」であるという文脈をふまえながら、穴であれば同様に斧で割られた傷穴を持つ亡霊と結びつき、さらに死者たちの墓の穴というイメージへと繋げられていく。「私にそれが慣習だという理由で、斧を次の肉あるいはその次の肉へと突き立てていけというのか」と立ち止まるハムレットは、背中のこぶや斧、短剣といった男根的なイメージを拒絶することで、斧であり穴、すなわち「死者」と「女」の側、傷穴の側、すなわち墓の側へと自らを開いていく存在として読まれていく。そうして多和田は『ハムレット』は、加害者と被害者、登場人物と作者、思考と肉体、身体の内と外の境界を超えようとする」とその論をイリガライの批評の「その先」へと開いていく。

5　多和田によるHM論における ジェンダー像

一方、多和田のHM論で、ミュラーのフェミニズム的スタンスが問われることは決してない。また、女性たちを歴史からの救済者というイメージで読み取り特権化する試みも存在しない。ハムレットという英雄像に託された、フロイトやアーネスト・ジョーンズなどの精神分析からの行動解釈の変遷、シェイクスピアのオフィーリア像と、HMにおけるオフィーリア像の相違、エレクトラの登場に関する分析などすべては、あくまでHMのテクスト表面上の事実に注目され、ハムレットの振り切りや、オフィーリアの死がミュラーにとってどのような意味可能性を持つかなどと問うことはない。そう問うことなしに多和田は、HMのテクスト上にいかにジェンダー規範から解き放たれた身体が開かれているか、その事実を次々に掘り起こしている。

多和田が注目するのは、このようにHMにおけるイメージとイメージがこれまでの人物像や歴史像、そしてジェンダー像といった固定された鎖をどのように断ち切っているか、そのディテールなのである。言い換えれば、そこで追いかけられているのは、アイデンティティーとは切り離されたジェンダー・イメージがいかに新たに再生産されていくか、その確認作業といってもよい。ミュラー自身の発言や、政治的・歴史的なコンテクストを一切振り返らず、ただテクストの表層に浮かぶイメージの変遷を辿る多和田の行為は、一見すると古典的な文学手法のように思われるかもしれない。だが、多和田の再読行為は実は誰よりもテクストに忠実なやり方で、ミュラーのジェンダー表象の最もラディカルな部分を抉り出す行為ともいえるのである。

6　仮面への注目
――「真実の顔」という概念

とりわけ、多和田の再読行為がミュラーのジェンダー表象に鋭利に切り込んでいる場面は、HM第三景のハムレットの女装願望をめぐるやり取りへの分析に表れている。HMにも引用されているが、ミュラーの『セメント』における「仮面」をめぐる概念を第二章第五節で、「ミュラーにおいて仮面の下には『真の顔』は存在しない」。そして「仮面の下に真の顔はないのだから、仮面は何かを隠すものとしては理解できない」と指摘した上で多和田は、ゆえに第三景のハムレットのトランスジェンダー願望は、ハムレットの男性としてのアイデンティティーとは無縁だと暴いている。そのとき、オフィーリアがハムレットを女装させ、娼婦の化粧をし、「女の皮膚」を手に入れたとして、それで女性になれることもないという悲劇も登場しなければ、化粧を落としたハムレットが「真実の顔」を見せることもない。だからこそ、「ハムレット」の演技者が化粧を落とすとしても、そこに現れるのは化粧をとった「真の顔」ではなく、「ハムレット」の仮面なのだと。すなわちＨＭにおいて性転換や男女の役割交換は、この仮面としての化粧の有無、あるいは衣装の着脱により実行可能な何かなのであり、それより下に、または先に、あるいは彼方に、アイデンティティーの拠り所のようなものは存在しないと多和田は読んでいるのである。

実はこうした多和田のミュラーにおける仮面とジェンダー・アイデンティティーに関する再読は、ＨＭ論の中でも最もオリジナル度の高い、ＨＭと日本の夢幻能との共通性を語る第五章においても、さらなる展開を見せている。能では本来主人公（シテ）と副主人公（ワキ）が登場するが、死者が語る演劇でもある夢幻能では死者の役が普通は主役、一方副主人公が生者となる。したがって夢幻能における主役には、二重の違いが存在する。「男の能役者が女面をつけるとき、それは真の顔を隠して他のものに見せかけるための手段ではない。（中略）むしろ能面は切り落とされた人間の頭に譬えられるだろう」（第五章第三節）。つまり、夢幻能における能面は、その下に真実の女の顔を隠蔽したものなどではなく、それは頭の無い人間と同じく、「不在」そのものの表象なのだと。

ここで再びＨＭのハムレットとオフィーリアのジェンダー表象に戻れば、第三景にて女装したり娼婦の化粧をする、あるいは第二景にてオフィーリアの心臓を食べたいと望むハムレットの願望が描かれてはいるものの、オフィーリアの願望はどこにも存在しておらず、ゆえに第三景は性的役割交換などではなく、つまりＨＭにはハムレットあるいはハムレットの演技者の願望が語られているが、オフィーリアの演技者は存在していないことになる。「ＨＭは、演劇において女たちは、何より描かれたイメージとして存在していて、演じ手としてではないことを明らかにしてくれる」（第五章第三節）――女の役者の不在という能演劇との共通項にも結びつけながら多和田は、演劇という舞台、表象空間そのもの、あるいはもっと大きく広げれば歴史という物語において、存在しなかった女性という演技者の存在をテーマにしたHMにおけるミュラーのジェンダー意識をここに明確に打ち出しているのである。そうして、多元的なオフィーリア像や、救済者としての女性像、あるいはミュラーの立ち位置の両極性を読み、そのフェミニストとしての妥当性を問うような解釈とは全く異なる方法をとりながら、そもそも表象の主体者としての女の不在をラディカルに描いた作家ミュラー像を否応なしに浮かび上がらせる。

7 「不安」の生産へ――クィア作家多和田葉子の誕生

「こちらはエレクトラ。暗闇の中心。拷問の太陽の下。

世界の全ての首都にむけて、犠牲者たちの名において、伝えます。わたしは、わたしが受け入れてきたすべての精液を吐き出します（中略）彼女が屠殺者の短剣をもっておまえたちの寝室を通りすぎる時、おまえたちは真実を知ることだろう」[21]――HMの最終景でオフィーリア／エレクトラが歴史の停止した深海で繰り出すモノローグは、これまでも多くのジェンダー論者の注目を浴びてきた。女たちの最高度の怒りと復讐の誓いは男たちのロゴスへの痛烈な批判か、あるいは男のディスクールにしか自らを構築できない女たちの敗北宣言か。

多和田のHM論が関心を向けるのはしかし、復讐というロジックのジェンダー論的有効性でも、この謎めいた場面に込められたミュラーのフェミニズム／アンチ・フェミニズム的メッセージでもない。このラストシーンに浮かび上がる「景色」のみである。HMと夢幻能の共通性を説く最終章のラストに近い部分で、多和田は女が仮面によって恨みつらみを語ったのちに救済が訪れる場面に立ち会う生者の脇役が、しばしば仏教の僧侶であることに触れ、この救済を行う僧侶がHM最終景に登場する「白衣の二人の男たち」に類似していることを指摘したうえで、以下のように軽やかに結論づけている。

HMの最終景は、大半の能の謡曲よりずっとラディカルだ。オフィーリアは舞台上にとどまって、あの世には戻らない。救済は起こらない。彼女は、「白い包帯にくるまれたまま身じろぎもせず舞台に残」っている。未解決のものは、消滅させられるのではなく、見えるかたちにとどまって、観客に不安を与えるのだ。（第五章第四節）

この「不安」という残物こそが、HMにおける両性の闘争の、あるいはバトラー風にいえば「ジェンダー・トラブル」の最もラディカルな結末であり、最も豊かな生産品なのだと、多和田は語っているのである。この「不安」の遺留、未解決の物体に留まるという結論によって、HMは、歴史的文脈による解釈／評価をすり抜け、その意味でクィア的なテクストに留まり続けるのだと。なかでもHM最終景に向けられたこの再読は、その後の多和田葉子の多くの作品においても、一つの「母型／景」として継承されているように私には思える――ようやく鍵穴をこじあけると、そこで夫であるはずのイカの小さな死体を目にする『かかとを失くして』（一九九一年）の「わたし」の混乱も、ホームパーティーを飛び出し、レーパーバーン駅の路上にあるはずの中華料理店を彷徨い探す『ペルソナ』（一九九二年）での、能面をかぶった道子の「不安」な足取りも、おそらくそうした「母型／景」のほんの一例に過ぎない。

註

1 『ハムレットマシーン』（ＨＭ）第四景のハムレットによるモノローグの終盤では作者の写真が登場し、「私はもう食べることも、飲むことも、息をすることも、女や男や子供や動物を愛することもしたくない。私はもう死にたくない。私はもう殺したくない」に続き、作者の写真を裂くというパフォーマンスが指示されている。このことは多和田のＨＭ論の序文でも触れられている。ＨＭの作者と作品の境界侵犯を、多和田は書き手と読み手を一体化させ結びつける付き添い人としての自身の立ち位置に重ねている。多和田のＨＭのタイトル「ハムレットマシーン（と）の〈読みの旅〉」の（と）が括弧で括られるのはそのためであるとしている。

2 『ユリイカ』の総特集『多和田葉子』でキース・ヴィンセントが「クィア作家としての多和田葉子」（二〇〇四年）を論じたほか（『ユリイカ』青土社、第二六（一四）、一七七―一九一頁）、トム・リゴールによる「中性を求めて―多和田葉子のクィア・スタンス」（二〇一六年）などがある（『立命館言語文化研究』立命館大学言語文化研究所編、二八（二）、七一―七九頁）。

3 ロマンスカによる『オフィーリアマシーン』は二〇一三年六月サンタモニカのシティーガレージシアターで初演。ここでは、分裂する自己に思い悩むオフィーリアが主人公で、ハムレットはネット社会の快適さに埋没するどこにでもいる男たちである。http://magdaromanska.com/opheliamachine/（二〇一九年九月一六日アクセス）

4 Magda Romanska: OpheliaMaschine: Gender, Ethics and Representation in Heiner Müller's Hamletmaschine. In: Dan Friedmann(ed), *The Cultural Politics of Heiner Müller*, 2007, Cambridge Scholar Publishing, 61-86.

5　一九一一年から翌年の一年間で、シェイクスピアの上演を行った一七八の劇場関係のうち、実に四一三作品が『ハムレット』であったことが示すのは、いかに第一次大戦前のドイツの国民にとって人気だったかを示している。

6　Romanska, 62.

7　Ibid., 63.

8　Ibid., 64.

9　Ibid., 77.

10　Hans Kruschwitz(ed): *Ich bon von meiner Zeit voraus.* Utopie und Sinnlichkeit bei Heiner Müller, Berlin, 2017.

11　Ibid., 8-19.

12　Ibid., 98-100.

13　Ibid., 74.

14　Heiner Müller, *Verkommenes Ufer Medeamaterial Landschaft mit Argonauten.* In W5, 76. ハイナー・ミュラー『メディアマテリアル』岩淵達治・越部暹・谷川道子訳、未来社、一九九三年、一三頁。

15　Kruschwitz, 74-75.

16　Heiner Müller: Weiberkomödie. In: W4, 183.　引用は著者、傍線は筆者による。

17　Kruschwitz, 76-77.

18　Ibid., 158.

19　Ibid., 170.

20　Ibid., 166.　メタファーとしての癌に対する考察として、同論集に収められているヴォルフラム・エッテの論考「新しい人間の癌」では、さらに『カルテット』においてメルトイユが癌を最後の恋人に選択したのは正当であり、「この始まりの時に、新しい、別の、他者である人間の始まりを指し示すモノこそが癌なのである」と極めてポジティヴな人間像が癌に投影されていると読んでいる。Wolfram Ette: Der krebs des neuen Menschen. In: Kruschwitzed), 187.

21 Heiner Müller: *Die Hamletmaschine*. In: Mauser, Berlin, 1991, 97. ハイナー・ミュラー『ハムレットマシーン』岩淵達治・谷川道子訳、未来社、二〇〇四年、一九―二〇頁。

玩具と言語魔術

多和田葉子における〈読み〉と〈遊び〉

本田雅也

HONDA Masaya

1

多和田葉子にとって、どうやら本に並ぶ文字はたんに紙に印刷された二次元的な線ではなく、たとえばときに手前にでっぱり、ときに向こうに沈み込み、あるいは離れた場所にある単語やその一部分がいくつか同時に浮き上がって見えたりしているのだ。ことばがそれぞれの声色を持ち、さらには沈黙し現れないことばもそれとして本の外部に浮かんで見えている。文字＝Schrift（シュリフト）が活きたことばへとシフトし、「活字」は独自の舌を持ってポリフォニックな対話を交わす。あるときは文字はモノと化し、あるときはモノが文字と化す。シンタグマチックな連なりの中で個々のことばは意味を持つが、同時に個々のことばはテクスト外のことばたちや無意識の世界（精神分析学）、そしてひとつの文化を超えた複数形としての文化のネットワーク（民族学）と豊かな交流を持ち、その事実とともにテクストに帰還することによって、ことばは物語／小説の中で魔術的な力を得ることになる。Sprache（言語／ことば）の、Magie（魔術／魔力）を駆使したSpiel（戯れ）。そのとき、Spielzeug（玩具）がモチーフとして重要な役割を果たしているテクスト群があって、それをめぐって多和田はチューリヒ大学で博士論文を書いた。タイトルは *Spielzeug und Sprachmagie in der europäischen Literatur　Eine ethnologische Poetologie*（「ヨーロッパ文学における玩具と言語魔術　民族学的詩学」）(Konkursbuchverlag, 2010)。このタイトルにしてからが、頭韻と脚韻による遊びがそのマジカルな内容を示唆している。logic としての magic、magic としての logic。

2

取りあげられる作家／作品は、E・T・A・ホフマン『くるみ割り人形とねずみの王さま』および『見知らぬ子』、ミシェル・レリス『幻のアフリカ』、フランツ・カフカ『こま』および『中年のひとり者ブルームフェルト』、ヴァルター・ベンヤミン、ブルース・チャトウィン『ウッツ男爵』、そしてダニエラ・ホドロヴァー『憂いの都市』。時は一九世紀初頭から二〇世紀後半まで、場所／言語はドイツ、フランス、イギリス、チェコと、どちらも幅広い。これらはみな、「こま」や「ボール」、「人形」といった玩具をモチーフとして持っている作品群である。論文の①前半部がホフマンの二作品、③後半がカフカ、ベンヤミン、チャトウィン、ホドロヴァー、そしてそのあいだを②「人形文字」をめぐる民族学的考察とレリスがつなぐ、という構成になっている。①における玩具（人形、時計）の分析を「民族学」という観点からより一般化する形で②で受け、その上で③において、まずはカフカを、カフカをめぐって考える中で（フロイトを媒介として）ベンヤミンを、その「蒐集」というしぐさの考察からチャトウィンを、そして文学と「魔術」をめぐる思考のたどり着く場として、最後にプラハとホドロヴァーの作品を考察して締めくくる。このようなゆるやかなつながりに、Spiel-zeug すなわち玩-具のモチーフが一本の筋を通している。博士論文としては、破天荒と言ってもよいかもしれない。ある理論を作品に当てはめていくのではなく、作品からひとつの理論を取り出すのでもない。著者が作品を読み進めるうちにその脳内に浮かび上がる連想の束を、ときに自由に展開するにまかせ、ときに理論的な支えをあてがいつつ、またときに「遊び」つつ、丁寧に解きほぐし言語化していった、というおもむきなのである。いちばんのキー・ワードは、事物と音声と言語が相互交流する場としての、モノと人間とをコミュニケートさせる言語的「魔術」としての「翻訳」。だとすれば、本書は学術論文であると同時に、多和田葉子という作家の秘密（の一面）を明かすものでもあるだろう。

3

なぜ「魔術」であり、「民族学」なのか。ヨーロッパ近代以前の魔術には、それを支える論理があり、「魔術的

思考」様式があるのだが、学問／科学をよすがとする啓蒙主義的文明によって私たちの日常生活から排除されてしまった。しかし、ヨーロッパの近現代において、それらは「別の場所」に帰還している。その空間のひとつ、魔術的思考の重要な場こそが、文学の領域なのだ、と多和田は言う。そのような思考様式、世界の捉え方を近現代のヨーロッパ人の目に見えるように提示したのが民族学、というわけだ。では言語の「魔術」とは、ここでは何を意味するのか？　玩具という事物、モノとモノとの「コミュニケーション」があって、その「ことば」を人間が理解しうる言語へと「翻訳する」こと。その結果として、玩具を代表とする事物を重要なモチーフとするテクストの表面に、語や音声の多様な連関が生み出す意味のレイヤーが幾層にも重ねられていくこと。事物／モノたちと登場人物たちがそのレイヤーを行き来しつつ、ことばの発生するそもそもの根源から切り離された表層のシニフィアンの中で、そのつど「対話」を交わし、異な

る姿を見せること。そのような文学テクストのありようを基底で支える「事物／モノのことばと人間のことばとの相互翻訳」を、多和田は「言語的魔術」と呼んでいる。その「魔術」の仕組みを念頭に置きつつ、ある種の文学作品を眺めてみれば、事物＝玩具と登場人物たちが言語魔術的相互交流を重ねる中で、その姿をアモルフに変容させていくようすが見えてくる。

4

以下、筆者の専門であるロマン派と児童文学を中心に、肝となるだろう点をいくつか挙げておく。

E・T・A・ホフマン『くるみ割り人形とねずみの王さま』を扱う章では、ジークムント・フロイト「トーテムとタブー」を触媒として、「父」をめぐる物語が生成するようすを分析していく。たとえば物語内物語として挿入される「堅いくるみのメルヘン」。「堅いくるみ」はドイツ語で「困難」を意味する言い回しだが、その比喩としての意味をひとまず消し、語の具体的意味に還元することで、「失われた起源」を埋めつつ「くるみ割り人形」と「ねずみ王」との関係を語る物語が新たに生まれてくる、という。くるみを割るくるみ割りの歯、そして強力なねずみの歯。両者は「歯」で重なり合う。くるみ割りの歯の喪失は去勢不安を意味し、またマリーの手の中で熱を持ち動き始めるくるみ割り人形の姿は、男性器を想起させる。堅いくるみの名はKrakatukであり、男性の歯を害するそのKrakatukをknackenする（割る）ことの困難性が、擬音によるつながりの中で去勢不安と重ねられる。このように語の音像から物語が生成するのは、菓子の国、砂糖人形を作ったKonditor（菓子職人）がラテン語Conditor（創造者＝神）と同音異義で結びつくことで人形と人間の互換性があらわになることや、Ratte（ねずみ）がマリーの父の肩書きMedizinalrat（医務参事官）やドロッセルマイヤーのObergerichtsrat（上級裁判所顧問官）のRatと響き合うことでマリーにとっての「父のペア」の存在がテクストレベルで明かされることにおいても同様である。また、擬音は事物の声と人間のことばを相互に「翻訳」し結びつける。悪夢を見て手に怪我をしたマリーにたいしてドロッセルマイヤーが歌う、擬音語に溢れた「時計師の歌」は、時計仕掛けの音の「模倣＝ミメーシス」としてマリーをシャーマニックに「治癒」する。テクストの中で人を癒やし呪いを解き、同時に物語を展開させる、「言語魔術」の力。その力のもとで、マリーとマリーが見た夢との関係は、我々と文学的テクストとの関係と等価になる。

続く『見知らぬ子』の分析では、前章を受ける形でシャーマニズム→病→Geister（霊）からミルチャ・エリアーデが、またGeisterseher（見霊者）としてのホフマンを論じたベンヤミンが引用されつつ、玩具や都市、森などの事物の「顔」、そして父の「顔」を多義的なテクストとして読んでいく「観相学者」ホフマン（ベンヤミン）、という視点が提示される。ポイントはふたつ。Spielzeug（シュピールツォイク）（玩具・遊具）がSpiel（遊）とZeug（具）に分離して、そのZeugがテクストのあちらこちらで意味を変容させながら顔を出すこと。「ことば」のレベルのZeugが別のZeugをerzeugen（エアツォイゲン）する（生み出す）ことで、起源なきErzeugnis（エアツォイクニス）（産物）の連鎖が生じてくる。もうひとつは、最後に死ぬことになる父タッドイスの「存在＝顔」の多義性と「もともとの・起源の顔」の不在。そして、これらいわば浮遊する表層の中で、自然音を人間のことばに「翻訳」する力を持つ「見知らぬ子」が魔術的な媒介者として、ふたりの子どもフェーリクスとクリストリープに歓喜と幸福をもたらすことになる。

5

連想の鎖、シニフィアンの鎖、語の音と文字の類似性による鎖、オリジナルから遊離した模倣の連鎖。起源なき意味の空白を、語のGestalt（ゲシュタルト）（像・形態）がつぎつぎと埋めていく。そこに玩具／人形を媒介にした「言語魔術」

の秘密があり、多和田はそのようなテクストの表層を、「観相学」的に読み解いていく。

6

カフカやベンヤミンを取りあげる後半とのあいだに挟まれる、「人形文字と民族学」と題されたミシェル・レリス論で、そのような多和田の「読み」のベースとなる、「文学」と「民族学」の関係が整理される。ジャック・デリダや岡倉覚三を援用しつつ、「文字」として読まれうる事物、あるいは事物が文字の本体となるような体系という視点を提示し、雛人形や文楽人形、始皇帝の兵馬俑などを「人形文字」として挙げていく。その上で取りあげられるのが、レリス『幻のアフリカ』である。

民族学と文学をつなぐ作家としてのレリスを論じながら、人形や玩具の蒐集、事物と意味の起源、神の文字と人の文字、模倣・偽造と仮面や人形、起源の不在、コロニアリズムといった論点が取り出され、その連なりをたどりつつテクストのそのつどの部分の周囲に見えてくる風景を写し取っていく。自分の記憶と異文化の観察を行き来するレリスのテクストと、事物とことばの連関・切断をめぐる民族学的探求への言及の、入れ子構造。「言語魔術」ということばは、本論文内で一貫した定義を持つ概念というよりむしろ、個々の具体的テクストの読みに際してそのつど生まれてくる意味内容を持つものとして、その集合体としてある、ということがここで浮かび上がってくる。

7

「魔術」と「言語」について、ここで補助線を引いておこう。J・G・フレイザー『金枝篇』では、「共感呪術」の中に以下のような分類があるという。

模倣(類感)呪術:類似の法則
接触呪術　　　:接触の法則

前者は隠喩（メタファー）と、後者は換喩（メトニミー）とかかわるとすれば、「魔術／呪術」は言語・表象の基本的構造と重なるだろう。ローマン・ヤコブソンの論を受けてエドマンド・リーチは以下のようにまとめている。

象徴＝隠喩（類似性による）＝範列的連合
記号＝換喩（隣接性による）＝統辞的連鎖

このような魔術（呪術）と言語の基本構造をもとにして、玩具や人形、仮面、語の音や綴り字などをモチーフに、文学テクストを読んでいくこと。類似と隣接、パラディグマ（範列）とシンタグマ（統辞）といった言語・表象の構造が、「モノ」を媒介として文学テクストを生成していく痕跡をたどること。シニフィアンとシニフィエの見慣れた結びつきを破壊し「笑いや不安、不確かさを生む」状態に置くことが文学的テクストの役割だという認識。

8

以上のようなベースの上に、マックス・ホルクハイマー／テオドール・アドルノ『啓蒙の弁証法』（とくに第一章「啓蒙の概念」）、フロイトとジャック・ラカン、そしてベンヤミンが重ねられつつ本論文は構想されている、と言っていいだろう。以下、後半部を簡単に概観する。

カフカ『こま』においては、こまを追う哲学者が観察者としてとるべき研究対象との距離を失い、最終的にはこまの回転運動を模倣する。ホルクハイマー／アドルノ言うところの「ミメーシス」＝魔術の力が彼を襲い、その力にたいして哲学者はなすすべもない。そして『中年のひとり者ブルームフェルト』に登場するふたつのセルロイドのボールは、男性の欲望が物質化したものとして読み解かれる。ひとたび欲望が物質化しイメージを持てば、それが連想の鎖によってテクスト内の語や人物の特質に次々と転移し、さまざまなコノテーションの連鎖を生み出していく。その自在な読みはとてもおもしろいので、ぜひお読みいただきたい。たとえば犬のイメージが、「Bellen（吠えること）」と「Bällen（ボールの複数形）」という語の類似性のレベルで、さらに犬はボール遊びが好きという隣接性のレベルで、二重にボールのイメージを召喚する。あるいは、Spielzeugの語の後半部たるZeugがZeugung（生殖）を連想させることで、ボールが睾丸のイメージを強くまとい、さらにAugenzeuge（目撃者、証人）とつながることで、自分の人生の「目撃者」＝同伴者を欲すると同時に性的な欲望は抑圧するブルームフェルト（彼はボールを箱Kastenに閉じ込める、つまり去勢Kastrationする）の姿が見えてくる。

シニフィアンの音声的つながりが、無意識の欲望を浮上させる。逆に言えば、欲望は連想の鎖という形で形成される。その鎖の中でイメージがずらされ歪められていくが、そのイメージたちに「起源」はない。フロイトの言う「起源なき、歪曲された記憶像」としてのテクスト。ラカンの言う、シニフィエを生み出す「シニフィアンの戯れ」。

9

夢＝表層。起源としての主体はない。そのことが、玩具や児童書の蒐集家としてのベンヤミンを通して語られる。たとえば「ＡＢＣの本」は、著者という起源が消されて「文字」が主体の位置を占めている。たとえネズミMausの絵があったとしても、それはMという文字から生成されたイメージであって、そこに物語や象徴的な意味は存在していない。フロイトやラカンが文字と夢との関係の中で見出した「主体」の場所を、ベンヤミンは絵本を通して見つめている。それを彼は「観相学」と言った。観相学の本家たるヨハン・カスパー・ラーヴァーターとは異なって、「顔」は内的世界の反映などではない。ベンヤミンにとってそれは、モノを蒐集し事物の世界と戯れることで、表層それ自体の多義性を読み取ることだった。

　価値は表層にある。シニフィアンがあってシニフィエが創り出される。モノと文学を、さらには「不在」の者としての死者の世界と「日常」を生きる生者の世界をつなぐ鍵が、そこにある。「言語魔術」はそのための文学的手法であり、魔術的思考が（ヨーロッパの）現代において生き残る場として、芸術／文学は重要なのだ。そのことが、生と死をつなぐものとしての磁器の蒐集をテーマとするチャトウィン『ウッツ男爵』、そして「こま」「回転椅子」「回転木馬」の回転運動や服の仕立てに用いる人型の台（ドイツ語ではSchneiderpuppe、「仕立屋人形」）をモチーフに死者と生者をつないでいく、「魔術的都市」プラハを舞台とするホドロヴァーの三部作を分析することで、あらためて確認される。

10

　このように見てくれば、私たちはもちろん、多和田葉子の創作の中に「言語魔術」の痕跡を探してみたくなる。たとえば、『尼僧とキューピッドの弓』（二〇一〇年）。ドイツのとあるプロテスタント修道院に、作家である「わたし」が短期滞在するのだが、そこで「わたし」は「修道女」というイメージとは大きくくずれた、バイタリティ溢れる女性たちと交流する。「わたし」を招いてくれた尼僧院長の不在が不穏を呼び、同時に不在の穴からふつふつと「生／性」の息吹が吹き上がってくる……という作品。

　尼僧のひとり、「聡明な少女のようにわたしの目の中をのぞき込む」女性、「流壷」さん（「わたし」がつけたあだ名）と、「わたし」は流壷さんの部屋で会話する。

「でも、そんな話よりも文学の話が聞きたいです。アイヒェンドルフって、どこがいいんですか」

> といって流壷さんは、どんぐりが落ちてないか切り株の中をのぞきこむ栗鼠（アイヒホルンヒェン）のように、わたしの目の中をのぞき込んだ。家族のことを一人思い悩んで胸を腐らせるのはやめて、からから明るい文学地帯に分け入ろうと樫（アイヒェ）の樹のように堅く決心しているのかもしれないが、わたしは流壷さんの娘婿が自殺したと聞いただけでもう気分が元に戻らない。
> （六二―六三頁）

「アイヒェンドルフ」から「アイヒホルンヒェン」「アイヒェ」へ。「アイヒェ／樫の樹」という音／語を媒体として、老いても好奇心を失わぬ栗鼠のような目と「樫」のような「堅」さ、といった流壷さんのイメージが形作られていく。さらに樫の木（オーク）はヨーロッパではいわば神木であり、かつ治癒をもたらす木でもある。一方で、ロマン派の作家アイヒェンドルフの名前からはその作品『大理石像』が、そしてその「大理石のヴィーナス」のモチーフが連想される。キューピッドの母ヴィーナス、その「堅い」石の像による誘惑に溺れそうになる若者、という題材が、修道院、尼僧、性愛という『尼僧とキューピッドの弓』のテーマを予感させる。加えて、アイヒェンドルフについて「どうでもいい」「何も言うことがない」とことさらに言い募る「わたし」が何を抑圧しているか、にも読者の興味は向くだろう。

多和田葉子にとって、「理論」はテクスト分析の手段ではない。事物とことばから物語が生成される「言語魔術」の実践される場に、多和田自身が身を置き続けているのである。

多和田文学における〈翻訳〉の位相

多和田葉子研究の広がりと深度

齋藤由美子

SAITO Yumiko

二〇一八年、全米図書賞の翻訳文学部門で、多和田葉子の小説『献灯使』の英語版 *The Emissary* が受賞した。[1] 以降、多和田文学は国内外でいっそう注目されることとなり、あらゆるメディアで多和田の名はたびたび言及されている。とはいえ、多和田の作品は国際的な賞を授与される前からすでに、日本はもちろん海外の研究者の高い関心を集めていた。多和田に関する論文が所収されている書籍や個々の研究論文は膨大にあるが、その他にも、イギリスでは二〇〇一年、ザビーネ・フィッシャーが博士論文で、「移民文学」の枠にはおさまらない多和田の作品の特殊性を浮き彫りにし、[2] 二〇〇七年には英語の論文集も出版されている。[3] ドイツにおいても二〇〇八年、ダニエラ・ドレッシャーが博士論文で、多和田の作品の視覚的および聴覚的効果を（表紙も含め）詳細に分析し、[4] さらに二〇一〇年以降、ほぼ毎年のように論文集が出版されている。[5] フランスにおいても、二〇一〇年、ドイツ文学の学会誌において多和田が特集された。[6] 近年、

(2)

Das ist auch nicht mein Gedicht

嵐 Stürmisch schwimmt der Drache のような問い内科医の
天 Im Goldfischglas 私の鼠がバイオリンを弾きますと青い指輪が机から
落 Gleicht einem Daumen ちます。常に誤った味なんてまさか記録の
水 Reise ohne Schuhe の羽があなたのおなかをくすぐります。傷口開き
象 Immer nur in Richtung のない太陽は病んだ観念のおうちです。
絞 Des Himmels 首台の上で髪の毛が踊ります。すっかり，自暴自得の夕焼けは
遅 Wundert er sich nicht wenn er すぎます。あるいは，
梟 Ertrinkt denn er wird nicht naß の逃亡。今日こそ
私 Immer weiter ohne Pausen にも見えます。誰が，横たわって
何 Glitzert sein Atem Eine が死ぬのか。それから蜂蜜のなかの
灰 Erdnuß ist runder als seine も見えます。これで翻訳は
終 Liebe りです。そして物語が始まります。欠乏と字余りの空白に脅かされながら。

多和田の作品はますます研究者を惹きつけ、研究書や博士論文は増え続けている。[7]

本稿では、多和田の作品をめぐる多様なテーマ[8]のなかでも「翻訳」に焦点を当てたい。多和田は学術論文や詩学講義、エッセイ、小説、インタビュー等で、しばしば文学作品の翻訳を分析したり、翻訳に関する見解を述べている。直接的または間接的に「翻訳」が関与していない作品は見出せないほどだ。従来の翻訳研究とは一線を画するようなこれらの作品は高く評価され、多くの研究者が考察している。しかし、多和田自身がいかに翻訳しているかという点については、まだ十分に論じられていない。

多和田ほど実験的かつ精力的に「翻訳」の実践を行っている作家は世界的にも少ないだろう。作家としてデビューする以前から翻訳に取り組んでいることも目を引くが、[9]慣習的でない翻訳が最初に行われたのは、いわゆるマルチリンガル・ポエトリー「Das ist nicht mein

図1

（1）

Das ist nicht mein Gedicht

襞状の Stürmische 龍が泳ぐ Fragen im Himmel des
水から Internisten 金魚鉢の中を Wenn meine Ratte
罅割れ Geige spielt 親指みたいに fällt ein blauer
樹から Ring vom Tisch 靴もはかず Nichts schmeckt
揺れる Immer falsch ただ Die Feder im Wasser des
心情で Dokumentes 空 kitzelt auf deinem Bauch
冬衣を Wunde öffnend めざして Die Sonne ohne
通して Elefant ist 溺れても das Haus für kranke
見える Ideen 乾いている Haare tanzen auf einem
青白い Galgen 休みなく Zu spät für verzweifelte
血液の Eulenflucht 困り果てた Heute sehe ich: Wer
徒競走 Liegt, wer 恋 stirbt und Asche im Honig

Gedicht（これは私の詩ではない）」と「Das ist auch nicht mein Gedicht（これも私の詩ではない）」[10] においてである［図1］。

（1）の左端の日本語だけ、あるいは中央の日本語だけ読んでいくと、それぞれ独立した二つの詩になっているのがわかる。つまり、（1）にはドイツ語を含めて三種類の詩があると言えるだろう。そのうち、中央の日本語とドイツ語が、それぞれ（2）のドイツ語と日本語へ翻訳されているようである。（1）も（2）も、ドイツ語と日本語の詩が交互に配置されているので、文が分断され、そうでなければ一息で読むところに異質な言葉が入り込んでくる。日独両方の言語が理解できる読者にとっては、日本語とドイツ語の意味も干渉し合う。そのうえ、見開きの左ページに（1）が右ページに（2）が掲載されているので、オリジナルと翻訳が影響し合う。もちろん、それぞれの詩を別々に読むことも可能だろう。あるいは（2）の左端の漢字一字だけを上から下に読んでみるのも面白い。どこからどの順番に何語で読むかという選択次第で、何通りもの詩が生まれる可能性がある。本稿では、とりわけ(1)が(2)へどのように翻訳されているのかということに焦点を当てて分析したい。

まず、(1)の「龍が泳ぐ」の翻訳においては、「Stürmisch(嵐のように、はげしく)」という語が追加されている。「Stürmisch schwimmt der Drache(はげしく龍が泳ぐ)」。そのため、(2)の冒頭は声に出して読むと、日本語に挟まれているせいでよりドイツ語の力強い響きが強調され、「Stürmisch(シュテュルミッシュ)schwimmt(シュヴィムト)」のなかの摩擦音「シュ」の繰り返しが、嵐やはげしい龍の動きを喚起させる。また、「Drache(龍)」のあとに「のような」が続き、「嵐」と「のような」が分断されているので、「龍のような」問いであるかのようにも聞こえる。「im Himmel(空に、天に)」という前置詞句は「天」という名詞で訳されいるので、そこに龍が現れそうだ。しかし、内科医の「天」とは何だろう。続く「Im Goldfischglas(金魚鉢の中で)」という言葉によって、龍が金魚鉢の中を泳いでいたと理解させられる。同時に、この語は「天」と並んでいるので、内科医の天が金魚鉢であるようにも思われる。人間を世界とみなせば、「脳天」という語もあるように、天は頭の方に位置する。また、頭の鉢は頭蓋を意味するので、内科医の頭のなかには、嵐のような、龍のような途方もない問いがあるようだ。患者のために悩み苦しんでいるのだろうか。

さて、(2)の六行目の翻訳も、(1)とは異なるイメージを想起させる。まず、「絞首台」の「絞」と「首台」が分断されているので、「絞」は、「絞める」や「絞る」という動作のみが具体的に思い浮かぶ。「首台の上」は首(頭)をのせる台のようであり、そこで髪の毛が踊っている。人間あるいは胴体の存在が感じられない。また、「Eulenflucht」は北ドイツの古風な言い回しで「黄昏」を意味するが、(1)では「verzweifelte(必死の、絶望的な、自暴自棄の)」という語が「Eulenflucht(梟の逃亡）」を形容しているので、「Eulenflucht」は「Eulen（梟）」と「Flucht（逃亡）」へと分解され、その前の「Zu spät（遅すぎる）」という語とともに、「梟の絶望的な逃亡」のためにも「遅すぎる」と読める。逃亡は不可能であることが二重に強調されているようだ。(2)の日本語訳では、「verzweifelt」が「すっかり、自暴自得の」と、「Eulenflucht」は、「黄昏」とはいささか異なる「夕焼け」と訳されている。「すっかり、自暴自得の夕焼け」。「自暴自得」は「自暴自棄」と「自業自得」の両方の意味があるのだろうか。「自棄」という語は、「自暴」から思い浮かぶだけではなく、夕焼けの響きにも聞き取れる。夕焼けというつかのまの現象が擬人化され、さらに「自棄」は「焼け」と同音であるため、太陽が沈む前に空が真っ赤に染まるのは、自棄（焼け）になっているからのようだ。また、その後に「Eulenflucht」が逐語的に訳されているので、夕焼けと梟が結びつけられる。「あるいは、梟（中略）の逃亡」。「梟」や「夕焼け」、「遅すぎます」という表現は、ヘーゲルの「ミネルヴァの梟は迫りくる黄昏に飛び立つ」という文を想起させる。ヘーゲルによれば、哲学は世界がいかにあるべきかを教えることに関して、いつも遅すぎる。哲学は、現実がその形成過程を完了し自身を仕上げたあとにはじめて出現するからだ。[11] しかし、この詩において、知（哲学）の象徴である梟は、黄昏に活動を始めるのではなく逃げてしまう。黄昏時に知は存在しないかのようだ。[12]

「遅すぎる」というのは、すでに「首台」で誰かが死んでいるからかもしれない。次の文では、「今日こそ私にも見えるようになる。「誰が、横たわって／何（中略）が死ぬのか」、それから「蜂蜜のなかの灰も」。「甘く」しあわせな気持ちにさせる蜂蜜のなかに、死後、燃やされた後に残る苦い灰が見える。[13]

(1)の中央の日本語は一見したところ比較的わかりやすく、「恋の詩」のように読める。「溺れても」「乾いている」のは矛盾しているようだが、「恋に溺れても」実際に溺れていないので乾いていて、恋しているときは、「満たされぬ気持ちがいらだたしいほど高まる」から「乾いている（渇いている）」とも読めよう。しかし、ドイツ語の「溺れる」にはほぼ「溺死する」という意味しかないので、(2)ではわかりにくい文になっている（「彼（龍）は溺れているとき、不思議に思わないのか。というのも彼は濡れないから」）。すなわち(2)において、龍は水のないところで溺れている。自分でそれを不思議に思うこともないので逃げ場がなく痛々しい。(1)の「困り果てた」は、まるで「こまる」の「丸」と、「はてる」の「照る」に由来するかのような謎めいた文へと訳されている（「彼（龍）の息が輝いている。一つの落花生は彼の愛[14]より丸い」）。また、「Erdnuß（落花生）」の直前に「灰」が置かれているために、「Erdnuß（落花生）」は「土（Erde）」を連想させる。創世記のなかでは、神が土のちりで人間を形作りその鼻に命の息を吹き入れるが、この詩では龍が土でできた木の実（Nuss）[15]に息を吹きかけるようである。「rund（丸い）」には「完全な、調和がとれた」という意味もある。彼の「愛」は、一つの木の実と比べても完全ではないということかもしれない。

最後に、(1)には存在しないいくつかの文が(2)に追加されている。まず、「これで翻訳は／終 Liebe りです」。つまり、突然、通常ならばあり得ないことだが、翻訳者が「翻訳」の終了を告げているのである。それだけではなく、「これで翻訳は終りです」ということは、今まで詩の語り手「私」は、実は「私の」翻訳プロセスについて詩を書いていたかのようにも解釈され得る。そうであるなら、翻訳は死者とかかわる何かが見えるようになるプロセスと言えるだろう。また、この奇妙な宣言によって、(2)の最終行のドイツ語「Liebe」の解釈の可能性が広がる。「終」と「り」の間に「Liebe」が入り込んでいるので、「終り」であり「Liebe」であるかのように見えてくる。つまり、「翻訳は愛です」と読めるのである。例えば「愛情を込めて翻訳する」など、翻訳と愛が組み合わせられることはよくある。[16] しかしながら、(1)と(2)の全体を考慮するなら、「愛」よりむしろ「恋」の方がふさわしく思えてくる。「愛」および「恋」は西欧語の翻訳の影響で徐々に変化し、[17] 両者は現在、以下のように使い分けられている。「愛」は人間以外の間でも用いられることが多い。対して、「恋」は、ほぼ人間に対して用いられ、「愛」に比べて一時的で浅く自分本位でコントロールできない不安定なものとして、また「愛」へ発展する前の段階としてとらえられている。[18] そのため、通常、翻訳は「恋」とはかかわることがない。しかし、この詩においては恋と翻訳が結びつく。翻訳しているときに、恋をしているときと同じ状況が起こり得るかのようだ。嵐のような途方もない問いが内科医の頭のなかで動き回り、龍は休みなく常に天に向かって勢いよく泳いでいる。夢中になり、様々な疑問が湧き起こり、いつまでも満たされない恋をしているときの状況が、翻訳にのめり込んでいるとき突然問いに襲われ、それが頭から離れず、自分自身もコントロールできない、一時的だが、激しい葛藤に重ねられる。翻訳に関して「愛」という語ではイメージされにくいものが、多和田の詩の翻訳において表れている。末尾にはさらに「そして物語が始まります。欠乏と字余りの空白に脅かされながら」という文が加えられている。語の不足や過剰により生じる不明瞭さに読者は脅かされているが、空白は想像力を刺激する。自身で物語を紡いでいくしかないからだ。

この二つの詩は、多和田が修士論文を書き始めた年に雑誌 *LiteraPur* に掲載された。ハイナー・ミュラーの『ハムレット』の翻訳を分析していた頃に、自ら翻訳することでその可能性を模索しているのである。修士論文の翻訳分析は、ヴァルター・ベンヤミンが「翻訳者の使命」において論じている「逐語性」に基づいている。多和田は、「ハムレット」のミュラー訳のなかのいくつかの語を例に、翻訳された語がオリジナルの語と語源的に直接、同系であれば逐語的であると定義し、この逐語性によってこそ、「原作」とラディカルにかかわり合うことができると述べている。しかし多和田も注目しているように、ミュラーは原作に対応しない言葉をあえて用いたり、逆に何行もまとめて削除したりしている。実はそのように、きわめて語に忠実である一方でオリジナルに対してかなり自由な翻訳であるという点は、前記の詩の翻訳のみならず、多和田の翻訳の大部分に当てはまる。例えば『アルファベットの傷口』[19]では、語り手が作中でドイツの現代作家、アンネ・ドゥーデンの短篇を翻訳し、その翻訳が作品のところどころに断片的に挿入されている。一見、日本語の文の意味がわかりにくくなるほどに、ドイツ語の語順に忠実に翻訳しているようだが、オリジナルと比較してみると、その語順に忠実ではなく、そうかといって日本語としてわかりやすい語順にもなっていないところがあり、たびたびオリジナルにはない語の反復も行われている。その場合、いわゆる「意訳」とは異なり、全体の意味やニュアンスなどがくみとられているわけでもない。多和田の翻訳は「逐語訳」と「意訳」という対立概念では論じられない。そもそもこの対立の前提には、原作の言語を理解しない読者のために、できるかぎり「原作」に近いコピーを作るという共通の目標がある。しかし、多和田が修士論文でベンヤミンの言葉を引用しつつ自問しているように、翻訳者の使命は、オリジナルの言語を理解しない読者にオリジナルを媒介するためだけに、「同じこと」をもう一度、別の言語で言うのだろうか。多和田の翻訳の試みは多様であり常に変化しているので、ある一定の型に収めることはできない。[20]しかし、初期のころから変わらないものがあるとすれば、翻訳プロセスを通してはじめて可視化されるものへの憧憬だろう。

加えて、多和田の場合、オリジナルから翻訳が生み出されるという一方通行なプロセスだけではない。何重にも翻訳しながら創作しているように思われるものや、少しずつ交互に翻訳することによって、日本語とドイツ語で同時に執筆している作品、あるいは一つの言語で書かれているにもかかわらず、潜在的な翻訳が行われているように見える作品もあり、これらにも前記の翻訳の特徴が見られる。「翻訳者の使命」からおよそ一〇年後に執筆された短篇「8の字形のパン、羽根ペン、間、嘆き、腕白者」[21]には、「翻訳」という言葉は用いられていないが、このようなオリジナルのない「翻訳」をも含めた「翻訳」の意義の一つが示唆されているように思われる。ベンヤミンはタイトルにあるような「なんの結びつきも脈絡もない語」を、「その順序を変えずに、なるほどと思わせる脈絡をもった文にする」[22]というビーダーマイヤー期の遊び[23]に言及し、次のように述べている。

> とりわけ子供たちがやるときに、この遊びはきわめてすばらしい掘出し物を見つけ出す。すなわち、子供たちにとってはいろいろな語が、まだ、奇妙な連絡路を知っている洞穴群のようなものなのだ。だが、いま、この遊びの逆のかたちを思い描いていただきたい。つまり、ひとつの所与の文を、それがこの遊びの規則に従って構成されたかのように、眺めるのである。突然この文は、私たちにとって、見慣れない刺激的な相貌を獲得するにちがいない。しかし、このような見え方の一部は、読むという行為のひとつひとつに、実際に含まれているのだ。民衆だけがそんな風に長篇小説を読む―これは、すなわち、テクストから読む者めがけて飛び出してくる、名前や決まり文句のせいなのだが―というわけではない。教養のある者もまた、読みながら、さまざまな言い回しや語を待ちかまえているのであり、そのとき意味は、言い回しや語がレリーフ像のように投げかける影が安らうための、背景にすぎないのだ。[24]

通常、文を読んでいるときに個々の語が読者の注意を惹きつけることはあまりない。全体としての意味を把握することにとらわれているからだ。しかし、もし前記の遊びを前提として同じ文を眺めるなら、よくある言い回しに含まれる語や、固有名にすら注目してしまう。そのとき、文はばらばらになり全く違う姿を見せる。これは、文のなかで一義的な意味を負わされることなく、語たちが自立している多和田の「翻訳」において、読者が受ける印象によく似ている。このような語たちは、日常的にはまったく関係がないように見えるが、読む行為のなかでつながる可能性を秘めている。それは、多様で予測不可能な、そのたびごとに作品の解釈も変えてしまうような束の間の言葉のつながりである。

※本論文の作成にあたり、助言してくれた友人のエレナ・ヤヌリスに感謝します。

註

1 Yoko Tawada: *The Emissary*. translated from the Japanese by Margaret Mitsutani, New York 2018. 翻訳部門の賞であることは、ドイツでの作家デビューから翻訳が重要な役割を果たしている多和田に特徴的である。

2 Sabine Fischer: *Kulturelle Fremdheit und sexuelle Differenz in Prosatexten von Yoko Tawada*. The University of Sheffield 2001.

3 Douglas Slaymaker (ed.): *Yoko Tawada: Voices from Everywhere*. Lanham 2007. 二〇二〇年にも同じ編者による多和田葉子の論文集が出版されている。Douglas Slaymaker (ed.): Tawada Yōko. On Writing and Rewriting. London 2020.

4 Daniela Dröscher: *Un/hörbare Stimme, un/sichtbares Bild. Zur negativen Performativität von Literatur am Beispiel der Ästhetik Yoko Tawadas*. Universität Potsdam 2008. ドレッシャーは多和田の作品を分析するうちに、研究よりむしろ創作へのモチベーションが高まったという。現在は数々の賞を受賞している作家である。

5 Christine Ivanovic (Hg.): *Yoko Tawada. Poetik der Transformation. Beiträge zum Gesamtwerk. Mit dem Stück ‚Sancho Pansa' von Yoko Tawada*. Tübingen 2010. Heinz Ludwig Arnold (Hg.): *Yoko Tawada. TEXT+KRITIK*. 2011. H.191/192. Ortrud Gutjahr (Hg.): *Fremde Wasser. Vorlesungen und wissenschaftliche Beiträge*. Tübingen 2012. Barbara Agnese / Christine Ivanovic / Sandra Vlasta (Hg.): *Die Lücke im Sinn. Vergleichende Studien zu Yoko Tawada*. Tübingen 2014. Bernard Banoun / Christine Ivanovic (Hg.): *Eine Welt der Zeichen. Yoko Tawadas Frankreich als Dritter Raum. Mit dem Tagebuch der bebenden Tage und zwei weiteren Originaltexten von Yoko Tawada*. München 2015. Amelia Valtolina / Michael Braun (Hg.): *Am Scheideweg der Sprachen*.

Die poetischen Migrationen von Yoko Tawada. Tübingen 2016.

6 Bernard Banoun et Linda Koiran (dir.), *Études Germaniques 3*, 2010.

7 以下の博士論文では、多和田の日本語とドイツ語の両作品がフランス語を母語とする著者によって比較分析されている。Tom Rigault-Gonsho: *Yoko Tawada, ou le Comparatisme. L'œuvre et la critique en dialogue*. Sorbonne Université, 2018. 二〇二〇年には、芥川賞作家、故・室井光広氏の多和田文学に関する日本で唯一のモノグラフが公刊された。室井光広『多和田葉子ノート』双子のライオン堂、二〇二〇年。

8 とくに、多言語作家として論じられることが多い。ドイツ語文学に関する書籍のなかでも、テレージア・モーラやヘルタ・ミュラーなど五人の多言語作家の一人として挙げられている。Sandra Richter: *Eine Weltgeschichte der deutschsprachigen Literatur*. Pantheon 2019, S.474. また、近年、隆盛を誇っているアニマル・スタディーズやエコロジーの分野の書籍に多和田の作品に関する論文がたびたび所収されている。Frederike Middelhoff, (Not) Speaking for Animals and the Environment: Zoopoetics and Ecopoetics in Yoko Tawada's Memoirs of a Polar Bear. Frederike Middelhoff / Sebastian Schönbeck / Roland Borgards / Catrin Gersdorf (ed.), *Texts, Animals, Environments. Zoopoetics and Ecopoetics*, Freiburg i.Br./Berlin/Wien 2019, p. 339-354.

9 大学在学中に、シュタイナー学校の生徒の作品集を子安美知子氏とドイツ語から日本語に共訳し（イレーネ・ヨーハンゾン編『わたしのなかからわたしがうまれる』晩成書房、一九八二年）、大学の卒業論文ではベーラ・アフマドゥーリナの『グルジアの夢』から五四篇の詩をロシア語から日本語に翻訳している。

10 Das ist nicht mein Gedicht./ Das ist auch nicht mein Gedicht. In: *LiteraPur, Zeitschrift*

für Literatur. Nr.2, Hamburg 1990, S. 78f.

11 Georg Wilhelm Friedrich Hegel: *Grundlinien der Philosophie des Rechts.* Hamburg 2017.

12 「梟の逃亡」は、「暗喩の森を駆けぬけて」語り手のところへ逃げてくる、多和田の初期の詩「月の逃走」を想起させる。「梟」は、知や哲学だけでなく、悪魔や死など、古今東西さまざまな象徴とみなされてきた。「梟」が黄昏に、そのような固定された結びつきから解放されようと自ら逃亡するかのようだ。Yoko Tawada: 月の逃走 . In:ders.: *Nur da wo du bist da ist nichts /* あなたのいるところだけ何もない。 Zweisprachig, Originalsprache Japanisch, Übersetzung: Peter Pörtner. Tübingen 1987, S. 60f. また、パウル・ツェランの詩「Engführung」のなかでも「Eulenflucht」が二度、用いられている。「sichtbar, aufs/neue（何かが新たに見えるようになる）」という表現や死者がかかわっている点など、多和田の詩との類似がいくつも見出せる。Paul Celan: Engführung. In:ders.: *Gesammelte Werke in sieben Bänden. Erster Band.* Frankfurt am Main 2000, S. 203f.

13 クロード・レヴィ＝ストロースが『蜜から灰へ』で、自然から文化への移行を調査しているのに対して、この詩においては、蜜のなかに灰が見えるようになる。クロード レヴィ＝ストロース（早水 洋太郎訳）『神話論理Ⅱ 蜜から灰へ』みすず書房、二〇〇七年。

14 ⑴の「恋」が⑵ではLiebeと訳されている。ドイツ語の「Liebe」は「愛」と「恋」どちらも表すことができる。ここでは「愛」と訳した。

15 「harte Nuss（固い木の実）」は「難題」を意味する。

16 ヴァルター・ベンヤミンの「翻訳者の使命」のよく知られた箇所の邦訳にも「愛」という語が用いられている。以下に引用し括弧内に原文を示す。「（前略）翻訳は、原作の意味にみずからを似せるのではなくて、むしろ愛をもって（liebend）細部に至るまで、原作のもっている志向する仕方を己れの言語のなかに形成しなければならない。」ヴァルター・ベンヤミン（内村博信訳）「翻訳者の使命」、『ベンヤミン・コレクション２　エッセイの思想』（浅井健二郎編）所収、ちくま文庫、一九九六年、四〇五頁。

17 Junko Saeki : From iro (eros) to ai = love : the case of Tsubouchi Shōyō. translated by Indra Levy. In : Indra Levy (ed.) : *Translation in Modern Japan*. London /New York 2011, p.73-101.

18 高坂安雅「青年期における恋愛様相モデルの構築」、『和光大学現代人間学部紀要』第四号、二〇一一年、七九―八九頁。

19 多和田葉子『アルファベットの傷口』河出書房新社、一九九三年。

20 例えば最近では、多和田は自身のドイツ語の詩「Transformation Richard III」を部分的に日本語へ翻訳し、その他の箇所はドイツ語のままに残した「まばらな翻訳」を、多和田が企画準備した世界文学のフェスティバルで披露している。「変形リチャード三世（まばらな翻訳）」。なお、多和田は同フェスティバルで、ジェフリー・アングルスの三篇の日本語の詩をドイツ語へと翻訳している。つまり、オリジナルは、オリジナルの言語を外国語として学んだ作家によって執筆され、その作品が、翻訳の言語を外国語として学んだ作家によって翻訳されている。Yoko Tawada, Günter Blamberger und Marta Dopieralski (Hg.): *Beyond Identities. Die Kunst der Verwandlung*. Tübingen 2018.

21 ヴァルター・ベンヤミン（浅井健二郎訳）「８の字形のパン、羽根ペン、間（ま）、嘆き、腕白者」、『ベンヤミン・コレクション６　断片の力』（浅井健二郎編）所収、ちくま文庫、二〇一二年。

22 同書、二六五頁。

23　以下はベンヤミンの短篇のタイトルの五つの語を用いて、一一歳の子供が実際に書いた文である。「時間が自然のなかを、8の字形のパンのようにくねっている。羽根ペンは風景を描き、間（ま）が生じると、それは雨で満たされる。嘆きなんて聞こえてこない。だって、腕白者はいないのだから。」同書、二六七頁。

24　同書、二六六頁。

多和田作品の演劇化

劇団らせん館の多言語演劇による新たな演劇空間の創出

谷口幸代
TANIGUCHI Sachiyo

小説家多和田葉子は劇作家でもある。日本語でもドイツ語でも戯曲を創作し、ドイツでは戯曲集 *Mein kleiner Zeh war ein Wort*[1] が刊行されている。戯曲はドイツ、オーストリア、日本などで上演され、その他に小説の演劇化やラジオ劇の放送も実現している。[2]

多和田作品の演劇化を考える時、各公演はそれぞれに注目されるが、中でも特筆すべきは劇団らせん館[3]（ドイツ語表記は Lasenkan Theater Berlin、本稿では以後「らせん館」と略す）の活動である。らせん館は兵庫県尼崎、スペインのカネット・デ・マール、ベルリンを拠点に多言語演劇の可能性を追求してきた劇団である。一九九七年から拠点地をはじめ世界各地で繰り返し多和田作品を上演してきた。[4] その前衛的な公演は驚嘆の言葉で評されている。[5]

言語的・文化的境界を越えて移動する、この異色の演劇集団を、なぜ多和田作品は惹きつけてやまないのか。また、らせん館によって多和田作品は具体的にどのように演劇化されているのか。本稿では多和田作品の演劇化を考える一歩として、以上について検討する。

＊＊＊

多和田作品上演の契機について、らせん館の演出家・嶋田三朗は多和田との関係を語った「追いかけティル」(『すばる』一九九九年二月号)等で明かしている。[6] それらによれば、一九九二年にベルリンで秋浜悟史「風に咲く」を上演した際、ベルリン工科大学教授(当時)のアルブレヒト・クレッパー(Albrecht Kloepfer)から、チュービンゲンで出版された多和田の二冊の著書、すなわち *Nur da wo du bist da ist nichts*[7] と *Wo Europa anfängt*[8] を贈られ、作家多和田の存在を知ったという。前者は多和田にとって最初の単行本に当たり、多和田の日本語作品とペーター・ペルトナー(Peter Pörtner)のドイツ語訳を収めた詩文集である。後者は三冊目の著書で、多和田が初めてドイツ語で執筆した表題の小説(「ヨーロッパの始まるところ」)の他、多和田の日本語作品とペルトナーのドイツ語訳を収める。

これらの著書に対していただいた印象を、嶋田は、「今迄出会ったことがない日本語のならび方が面白かった」(「追いかけティル」九七頁)と振り返る。この言葉こそ、らせん館がこれほど意欲的に多和田作品の演劇化に取り組む理由や必然性を解く鍵となる。

「今迄出会ったことがない日本語」という見解には、言語的な観点から見た劇団の歩みが関わっていると考えられる。公演のパンフレット(二〇一九年「風に咲く」公演)には尼崎での設立当時に関する説明があり、そこに、「関西の言葉と、標準語といわれる言葉との間で、何を私たちの作る舞台の演劇語とすべきなのかを探し続けた」と記されていることから、演劇語の探求が当初より劇団の命題に据えられていたことがわかる。さらに、その後の展開に目を転じてみると、やはり演劇語の探求が活動の転回点を作り出していることが見えてくる。なぜなら、当初は主に創作劇や日本の現代作家の作品を関西で上演していたのが、一九八二年から尼崎ゆかりの近松門左衛門の作品に取り組むようになったが、これも近松の言葉のリズムや音に演劇語として魅力を感じたことによると説明されているからだ。[9] 最初は現代語に訳して公演を試みたものの、それでは納得のいくものにはならなかったため、女義太夫の豊竹團司に浄瑠璃を学び、その習得をもとに近松の時代の義太夫節を思い描きながら節回しをつけることで、新たな演劇語と表現技法の開発をめざし、八九年からは海外にも活動の場を広げ、初の海外公演はまさに近松作品だったが、原文の言葉を重視する考えから、海外公演であっても敢えて現代語や外国語に翻訳せずに上演に踏み切ったという。[10] したがって、らせん館が多和田作品との出会いにおいて日本語表現に惹きつけられたというのも、劇団独自の演劇語を探求してきた一連の経緯を背景に置いて理解すべきだろう。設立時からの劇団員である市川ケイが「原文で近松作品を上演したことが、今、ドイツで多和田葉子作品をドイツ語を交えて公演する劇団に駆り立てたのだと思います」[11]と、近松と多和田という一見共通点をもたない作家を結んで発言していることも、それを裏付ける。

加えて、多和田の著書と出会ったのは、らせん館にとって、多言語演劇という次の展開へと向かう転換期であった。九二年にベルリンで公演した「風に咲く」は、関西の言葉と浄瑠璃の言葉という、いわば日本語の中の多言語性を追求した作品であったが、その後、海外公演を重ねるうちに、海外の俳優達と複数言語による演劇作りに取り組むようになる。新たな展開を迎える時期に、日独二か国語の往還から創作する作家の作品に出会ったことは偶然であったとしても、強く惹きつけられたことは、むしろ必然だったと言わねばならない。

らせん館が多和田を知る契機になった二冊の著書には、近代の国民国家の形成とともに作り上げられた「国語」という思想とその規範意識を揺さぶるパワーが溢れている。とりわけ *Nur da wo du bist da ist nichts* は、一冊の本の表も裏も表紙となる特殊な装本で、書名もドイツ語だけでなく、「あなたのいるところだけ何もない」と日本語でもつけられている。日本語作品が縦書きで、そのドイツ語訳は横書きで印刷されたこの本では、オリジナルとその副次的なものとしての翻訳作品という序列は撹乱し、折り目正しい対訳本とは一線を画す。収録された作品の表現においても、たとえば「「のような」たちが／穴のまわりをほがらかに飛びまわる」[12]と、比況の助動詞を擬人化して主語にするように、規範文法を揺さぶる表現が並ぶ。このような既成の枠にとらわれない表現と、ラディカルな言語意識に合致する装本のあり方とが、らせん館に新たな演劇語の可能性を感じさせたのではないか。さらに言えば、二冊の著書双方ともに戯曲が収録されていないことは、広く多和田文学のテクストに演劇語としての魅力を感受したことを意味するだろう。らせん館が多和田の戯曲だけでなく、小説や詩も演劇化の対象としている理由はそこにあると考える。

＊＊＊

では、らせん館によって実際に多和田作品はどのように上演されているのか。多和田の「「サンチョ・パンサ」、ベルリンを行く」（『せりふの時代』二〇〇二年夏号）は、それを考えるに際して大きな示唆を与えてくれる。これは、らせん館に書き下ろされた戯曲 *Sancho Pansa* のベルリン公演（二〇〇二年五月一七—二二日、Kulturbrauerei）の観劇記である。舞台上で躍動する「舞台動物」（一四二頁）としての俳優の身体を通して、自作のテクストに声と動きが与えられ、演劇作品に変身する現場に立ち会った作家の印象が記されている。原作のテクストには日本語版とドイツ語版があるが、多和田は、日本出身の市川、とりのかな、シシリア島出身のアンジェラ・ニコトラ（Angela Nicotra）、東ベルリン出身のヤナ・ラダウ（Jana Radau）、ボリビア出身のマリア・ナンシー・サンチェス（Maria Nancy Sánchez）と、多様な言語的背景をもつ俳優達が、各々の出身地の言語だけでなく、複数の言語（ドイツ語、日本語、スペイン語、イタリア語）を話す演出がとられたことに注目する。一つの文章が「分断」（一四四頁）され、「デフォルメ」（同前）されて発音され、そこに様々な言語が重なることで、「言語が情報伝達の義務から一度解放されて音楽の分野に踏み込んでいき、観ている側は、身に降りかかってくる断片のシャワーを浴びながらゆっくり時間をかけて自分なりの像を結んでいくことができた」（同前）と記す。原作の戯曲は、騎士道物語のパロディとされる「ドン・キホーテ」を下敷きにした上で、サンチョ・パンサとドン・キホーテを女性と設定し、さらなるパラダイムの転換を促す。らせん舘の公演は、この劇団独自の演劇表現を駆使することで、原作の革新性を生かしながら新たな演劇作品を作り上げていると言える。[13]

このような創造的な演劇のあり方は、コラージュという技法の実践にもよく表れている。筆者が観た公演から「舞台動物」[14]の京都公演（二〇〇五年七月九、一〇日、京都ドイツ文化センター）を例に挙げよう。小説 *Das Bad*（「風呂」）や同じく小説の「変身のためのオピウム」等、複数の多和田作品で構成されたコラージュ作品で、演目は多和田が先の観劇記でらせん舘を「舞台動物」と表現したことに拠る。出演は、市川、とりの、フランチスカ・ピーシェ（Franziska Piesche）、クリスティアネ・マルクス（Christiane Marx）である。

この公演では、開始後間もなく、女A（市川）が本を広げて読み始める。「どんよりとして薄暗い、窓ガラスのあちら側、おののき、壁にどすんと当たった、何だろう、鈍い余韻、本を閉じる瞬間と、明かりを消す瞬間の、わずかな時間」と始まる朗読は、「変身のためのオピウム」の一節である。[15]この文は次々に読点で結ばれて水の流れのように続くが、それを声にする際、「当たった」は「アタッ・タ」、「時間」は「ジッ・カン」、さらに「背中」は「セ・ナ・カ」というように、意図的に断絶を設け、強弱や抑揚や緩急がつけられる。それによって、壁に衝突する衝撃が強調され、安定した時間の流れや身近な身体に対する感覚に違和が生じる。また、日常的な語彙が異質な他者としての身体性を獲得し、自ら存在を主張し始める。それは多和田のテクストの言語がらせん館の演劇語に変身する瞬間である。

女Aの朗読は、「遠方にごくごく小さなきらめきが見える、箱が二つ浮いているよう、（中略）十三、十四、十五、どうやら人形ではなく、本物の女たちらしい、十六、十七、みんな女、十八、十九、二十、二十一、水の上を流れていく細胞、二十二、こちらへ向かって来る」と続き、「Sie kommen（彼女達が来る）」とドイツ語に移る。一人の俳優による複数言語の発話から、一人の人間の中の多言語性、多文化性が浮かび上がる。二か国語の声は女性達の到来を告げ、その声に誘われるように、女Aと同じく身体を白く透き通った衣装で包んだ女B（とりの）と女C（ピーシェ）が現れる。この女性達は、母語とは異なる言語文化圏に生きる*Das Bad*の女性主人公の分身的な存在を思わせる。二十二人のギリシャ神話の女性達にちなんだ「変身のためのオピウム」から、増殖する女性達の到来を告げる一節を織り込むことで、彼女達を舞台上に登場させ、さらなる分身の存在をも予感させる構成・演出と解釈できる。複数の女性達による複数言語の声、歌、身振りが、原作の主題となる、異国で様々な視線に晒される女性の身体をめぐる問題を舞台上で鮮やかに提示するのである。

紙幅の関係から「舞台動物」京都公演の冒頭部分の例示にとどめるが、このように多和田作品は、らせん館によって演劇作品として新たに生まれ変わり、刺激的な演劇空間が現出する。嶋田は自身の演劇観を、〈今〉を発見することの重要性から説いている。[16] らせん館による多和田作品の上演は、舞台上で多和田の文学的創造力とらせん館の追求する演劇表現が融合し、観る者の想像力を喚起して、グローバル化時代の移動、言語、ジェンダー、境域的アイデンティティ、身体といった現代的諸問題を、今、ここ、に現前化する。先に引いた嶋田のエッセイ「追いかけティィル」の題名は、動作の継続を意味する「追いかけ - ている」と、らせん館のために多和田が初めて書き下ろした戯曲 *TILL*（「ティィル」）を、ドイツ語と日本語の音の類似によって掛けている。その言語遊戯に倣えば、劇団独自の演劇語を追いかけて多和田作品に出会ったらせん館が、多和田作品の演劇化を通して追いかけ続けるのは、このようにすぐれて先鋭的な演劇の形である。

※本稿執筆に際し、劇団らせん館より資料提供やご教示を賜った。多和田葉子氏からもご教示を賜った。記して謝意に代える。

註

1 Tawada, Yoko（2013）: *Mein kleiner Zeh war ein Wort.* Tübingen:Konkursbuch Verlag. 書名は、私の小指は一つの単語、の意。

2 多和田作品の演劇化は、一九九三年にグラーツの芸術祭「シュタイエルマルクの秋」（steirischer herbst）で *Die Kranichmaske die bei Nacht strahlt*（「夜ヒカル鶴の仮面」）がエルンスト・ビンダー（Ernst M. Binder）の演出で上演されたことに始まる。この芸術祭では同じビンダーの演出で一九九七年に *Wie der Wind im Ei*（「卵の中の風のように」）が上演された。同年、劇団らせん舘が小説二篇、即ち『アルファベットの傷口』（文庫化時に『文字移植』と改題）と『無精卵』をコラージュした作品を、*El punto herido del alfabeto*（スペイン語で、アルファベットの傷口、の意）としてマドリードの舞台芸術祭「マドリードの夏」（Veranos de la Villa）でスペイン語、英語、日本語で上演し、これが同劇団による多和田作品演劇化の幕開けとなる。同公演は一九九七年七月一七—二七日、Teatro Triángulo で初演。出演は市川ケイ、とりのかな、ミゲル・リエラ（Miguel Riera）、デニス・デスペイロー（Denise Despeyroux）、黒衣と演奏は嶋田三朗。その他、注1で示した戯曲集の表題作の児童劇 *Mein kleiner Zeh war ein Wort* は二〇一〇年にフレンスブルクで上演された。ラジオ劇 *Orpheus oder Izanagi*（「オルフォイスあるいはイザナギ」）は一九九七年にベルリン芸術アカデミーのラジオドラマ週間に放送された。日本では、劇団らせん舘の上演の他、シアターカイで、イスラエルのルティ・カネル（Ruth Kanner）の演出による「さくらのそのにっぽん」や、国際バベル・プロジェクトによる「動物たちのバベル」の上演があった。近年は、西尾佳織、和田ながら、川口智子、小山ゆうなの演出による上演が続く。

3　一九七八年、兵庫県尼崎で設立。設立時は螺線館、後、らせん館と改称。代表の嶋田三朗は全演目を演出し、打楽器・ハーモニカ・ピアノ演奏と、黒衣・声、あるいは俳優として出演する。主要メンバーは俳優の市川ケイ、とりのかな（八一年より参加）。公演やワークショップは、ヨーロッパ、アジア、アメリカ、オセアニアの一八カ国四二都市、日本の三三都市以上で実施され、公演数は全九八〇回に及ぶ（二〇二〇年三月一日現在）。

4　らせん館の提供による多和田作品上演歴（二〇二〇年三月一日現在）は次の通り（らせん館公式サイト http://lasenkan-theater.co-site.net より）。

＊劇団らせん館は、一九九七年七月から二〇一八年八月までに、多和田葉子の小説八作品・戯曲七作品（内、書き下ろし六作品）・詩七作品に取り組み、それを演劇にした二六演目を、七カ国・地域（スペイン・ドイツ・日本・チリ・アメリカ合衆国・フランス・香港）の、二七都市／町で、合計二一五回公演している。

＊上演形態は、各作品やプロジェクトに合わせて、ドイツ語・日本語・スペイン語・英語、等で、演出家嶋田三朗と劇団員が上演台本を構成脚色して公演する。書き下ろし戯曲の場合も、多和田葉子の詩や他の歌・音楽などを挿入して発表してきている。

＊小説 *Das nackte Auge* の場合は、『第1章』『第2章』『第3章と第4章』『第5章』『第6章と第7章』『第8章』という六演目として、演劇公演および Szenische Lesung（演劇的朗読公演）として公演している。

＊多和田葉子の小説八作品：「文字移植」、「無精卵」、「飛魂」、「絵解き」、「Das Bad（うろこもち）」、「Opium für Ovid（変身のためのオピウム）」、「Das nackte Auge（旅をする裸の眼）」、「雪の練習生（Etüden im Schnee）」。

＊多和田葉子の書き下ろし戯曲六作品：「TILL（ティル）」、「サンチョ・パン

サ（Sancho Pansa）」、「Pulverschrift Berlin 1 Für Luise（粉文字ベルリン）」と「Pulverschrift Berlin 1 für Luise Teil2」、Kafka Kaikou（カフカ開国）」、「夕陽の昇るとき（STILL FUKUSHIMA Wenn die Abendsonne aufgeht）」、「Ein Schmetterling fliegt übers Meer」。

＊多和田葉子の戯曲一作品：「Dejima -eine europäische Stadt in Japan（出島－日本の中のヨーロッパ都市）」。

ここでは„Dejima“は書き下ろし戯曲とは別に扱われている。多和田によれば、この戯曲は、英訳版をアメリカで朗読すること、らせん館が上演すること、双方を念頭に置いてドイツ語で執筆された（直話）。英訳版（スーザン・ベルノフスキー〈Susan Bernofsky〉訳）は、二〇〇七年にアメリカで開催されたシンポジウム「Imaginary Cities」（Penn State College）で朗読された。また右記の他、多和田戯曲とW・マヤコフスキーら他作家の作品をコラージュした公演もある。

5 たとえば、„Sancho Pansa“のマイアミ公演（演目はスペイン語で“Sancho Panza“二〇〇三年六月九、一〇日、Teatro Avante）は、地元のスペイン語新聞„el Nuevo Heraldo“（同年六月一三日）で“Sancho Panza del Lasenkan Theatre es la sorpresa del festival”（劇団らせん館の「サンチョ・パンサ」は演劇祭の驚きだ）と評された。

6 Shimada,Saburo（2010）：*Der Erinnerung einen neuen Namen geben. Über Sancho Pansa und andere Produktionen von Stücken Tawadas.* In: Christine Ivanovic (Hrsg.)：*Yoko Tawada: Poetik der Transformation.* Tübingen:Stauffenburg,S.57-62. や第一八回ヨーロッパ日本語教育シンポジウム特別講演「日常から演劇へ、演劇から日常へ—近松門左衛門の浄瑠璃、秋浜悟史作「風に咲く」の関西弁、多和田葉子作「サンチョ・パンサ」の現代日本語・ドイツ語・スペイン語の演劇を演出して—」（https://www.eaje.eu/ja/symposium/24）も参照した。

7 Tawada, Yoko（1987）：Nur da wo du bist da ist nichts. Tübingen:Konkursbuch Verlag.

8 Tawada, Yoko（1991）：*Wo Europa anfängt.* Tübingen:Konkursbuch Verlag.

9 注6の特別講演。

10 注9に同じ。

11 深澤昌夫『現代に生きる近松―戦後60年の軌跡―』雄山閣、二〇〇七年、一五八頁。

12 注7の著書に収録された詩「月の逃走」の一節（六八／六二頁）。

13 María Eugenia de la Torre（2010）：*Transformierte Transformationen.Lasenkans mehrsprachige Inszenierungen von Sancho Pansa.* In: Christine Ivanovic（Hrsg.）：*Yoko Tawada: Poetik der Transformation.* Tübingen:Stauffenburg,S.63-70. は、戯曲 „Sancho Pansa"が、らせん館による上演によって新たな意味を獲得すると述べている。

14 二〇〇三年、ベルリン首都助成（Hauptstadtkulturfonds）を受け、ベルリンの森鷗外記念館でのプレ公演を経て、Werkstatt der Kulturen で初演（一一月一二―一五日）。

15 『変身のためのオピウム』講談社、二〇〇一年、二四〇頁。

16 注6に示したエッセイで „Die Grundidee des Theaterstückes ist für mich, das〈Jetzt〉zu entdecken."（演劇に関する私の基本的な考えは〈今〉を発見することにある）と述べている（五九頁）。

父との別離

ハイナー・ミュラーの原風景

ICHIKAWA Akira

市川 明

1 ウィリアム・ケントリッジの『冬の旅』

ベルリンの壁が崩壊したのは一九八九年一一月九日だ。あの歴史的転換の日から三〇年がたとうとする二〇一九年一〇月二七日、京都エクスペリメントでウィリアム・ケントリッジの『冬の旅 *Winterreise*』を見た。ヴィルヘルム・ミュラーの二四編の詩にフランツ・シューベルトが曲をつけた連作歌曲集『冬の旅』が基調をなしている。舞台上では、マルクス・ヒンターホイザーのピアノ伴奏で、マティアス・ゲルネが歌い、背景に映像が流れる。演出・映像を担当するのは南アフリカ出身のケントリッジで、「動くドローイング」とも称される彼独特の映像世界が広がっていく。失恋し、恋人のもとを去って放浪の旅を続ける若者の孤独が、凍てついた冬の情景に重なる。ゲルネのバリトンの深い声が醸し出す「冬の旅」の世界が、アパルトヘイトのもとで差別・隔離された南アフリカの黒人たちの疎外感と共振し、「ナラティヴ・ランドスケープ」が展開される。一五とナンバリングされた「カラス」では、大きな羽を広げて飛び立ったカラスがイカロスのように墜落すると、金魚鉢の金魚の群れに変わる。金魚たちは閉じ込められた空間を同じ方向にぐるぐると回り続ける。

一の「おやすみ」は次のように始まる。「よそものとしてやって来て／よそものとして去ってゆく／……」。私は上演を見ながら、ベルリンの壁が崩壊したあの夜のことを考えていた。私の心象風景では、「よそもの」は社会主義だった。東ドイツの劇作家ハイナー・ミュラー(Heiner Müller)が『戦い *Die Schlacht*』の第五景「シーツ、または処女受胎」で描いたように、東ドイツはソ連の軍隊によって解放され、いわば「処女受胎」の形で社会主義が生まれた。「よそもの」として社会主義はこの国にやって来たのだ。ミュラーは消滅したドイツ民主共和国という名の国を追想し、「東ドイツは歴史が悪夢に変えてしまった夢だった」「そこにあったのはスターリニズムであって社会主義ではなかった」と語った。建国から四〇年たって社会主義は「よそもの」のまま去っていった。「おやすみ」は次のように結ばれている。「通りがかりに門に書く／君に『おやすみ』と。／君を思いながら去ったことが／君が目覚めたときにわかるように」。

2 ハイナー・ミュラーの自伝的作品『旅』と『父』

ハイナー・ミュラーに初めて会ったのは一九七九年一二月七日のことだ。彼がくれた『モーゼル銃 *Mauser*』という本(ロートブーフ出版社)の献辞にこの日付が書かれている。友だちが、「ミュラーを日本に紹介した若い研究者で、もういくつかミュラーに関する論文を書いている」と私のことを紹介してくれていたので、電話で簡単に話が通じた。地図を見ると、彼の家は私が暮らし始めたベルリン郊外パンコーの家から歩いて一五分くらいのところにあった。東洋からの若い旅人はこうして温かく迎え入れられた。ミュラーは古びた本を書斎から取り出してきて、読んでくれと言う。能作品の翻訳集で、示された作品は『景清』だった。彼はまず「翻訳が正しいかどうか」を尋ね、作品についていろいろ質問してきた。私はシテ（主人公）が景清でツレが彼の娘、人丸であることを述べ、冒頭の名乗りの場面を、翻訳を見ながらまず紹介した。

ツレ「これは鎌倉亀が江が谷に、人丸と申す女にて候。さてもわが父七兵衛景清は、平家の御方たるにより、源氏に憎まれ、日向の国宮崎とかやに流されて、年月を送り給ふなる。いまだ習はぬ道すがら、もの憂き事も旅のならひ、また父ゆゑと心強く、……」。日本語を母語とする人ならば、源氏との戦いに敗れ、流刑に処せられた平家の勇将をその娘が遠路はるばる訪ねる話だということは容易にわかるだろう。だが鎌倉と宮崎の地理的関係や、源平の戦いの歴史的背景は基礎知識として知っておかねばならないし、日本語の細やかな表現や、謡のテクストとしての言葉のリズムについても説明が必要だ。私の「解説」に耳を傾けたあと、ミュラーは自分の作品集『ゲルマーニア　ベルリンの死 *Germania Tod in Berlin*』（ロートブーフ出版社）を開き、ここに『景清』の改作があると告げた。それは『旅 *Die Reise*』という三ページの小さな作品で、「人丸は私なのだ」と彼は言う。

ミュラーの『旅』では、登場人物は景清、人丸、木こり、コロス（地謡）で、五つのパートに分かれている。先の場面はミュラーでは、人丸「景清は平家のために戦いに赴いた。平家は戦いの後、彼を流刑に処した。彼は宮崎（Myazaki ママ）に住んでいる。私は旅慣れていないが、彼のところに行きたい。彼は私の父だ。彼は年老いている。……」となるが、鎌倉という地名や源氏は出てこない（ミュラーの第一景）。短い文が連なるカタコト調で、流れるような言葉のリズムからはほど遠い。

作品全体を見ると、景清が「盲目なる乞食（こつじき）」であることはミュラーでも記されている。原典の、「衣寒暖に与えざれば、膚は、髐骨（げうこつ）と衰へたり（寒暖に応じて着替えをしないので、ひどくやせ衰えている）」は、ミュラーでは「私の所有物：夏と冬のため（夏冬兼用）の服一つ。私の身体：骨束（Knochenbündel）」と簡潔な説明になっている。景清は「藁屋」に住んでいるのだが、ミュラーでは「藁屋根の下に」という表現になっている。これはベルトルト・ブレヒトがデンマーク亡命中に書いた『スヴェンボー詩集 *Svendborger Gedichte*』冒頭の、「デンマークの藁屋根の下に逃れて、友よ、僕は君たちの闘争を見守る」から影響を受けたのだろう。「浦は荒磯に寄する波も聞ゆるは」は、ミュラーでは「満ち潮が海辺に押し寄せる（berennen）音が聞こえる」という景清の言葉で表されている。ミュラーはソポクレスの『ピロクテーテス』を改作しているが、レムノス島に一人取り残されたギリシアの勇将ピロクテーテスに景清を重ね合わせているのかもしれない。

この作品で表されているのはかつての英雄の「落魄（らくはく）」と「矜持（きょうじ）」である。景清は落ちぶれた自分の身の上を嘆くが、どこかまだ侍らしい気概、自負のようなものが残されている。落魄と矜持のどちらを強調するのかは能の流儀によって違うようだが、ミュラーの改作では落魄のほうにアクセントが置かれている。落魄のテーマは「島流し」と結び付き、ミュラー作品の『ピロクテーテス *Philoktet*』や『落魄の岸辺　メディアマテリアル　アルゴー船隊員たちのいる風景 *Verkommenes Ufer Medeamaterial Landschaft mit Argonauten*』などで変奏されている。作品の世界はミュラー自身の姿に重なる。一九六一年に『移住の女 *Die Umsiedlerin*』がベルリンの学生劇団によって上演されたが、即刻禁止になり、ミュラーは作家同盟から除名された。その後一九六一年から六三年までミュラーはある種の「孤島暮らし」を余儀なくされるが、この時期に『ピロクテーテス』は書かれている。

　景清は一度は沈黙し、自分を名乗ることを避けるが（ミュラーの第二景）、娘は父親の存在を確認し（第三景）、藁屋を再び訪れ、親子の対面が実現する（第四景）。景清は人丸の求めに応じて屋島の合戦の様子を語る（第五景）。景清は平家の落武者であると同時に「平家語り（平曲を琵琶などの伴奏で節をつけて歌う人）」でもある。ミュラーは原典（世阿弥）にある謡曲の大筋をつかみ、短縮された平易な形で物語を再現している。能ではシテが「この物語過ぎ候はば、かの者をやがて古里へ帰して賜り候へ」とワキ（里人）に頼む。地謡「さらばよ留る行くぞとの、ただ一声を聞き残す、これぞ親子の形見なる……」と声が流れる中、シテは留まり、ツレは橋懸りへ歩み続ける。すなわち、景清「こちらはここに留まるぞ」／人丸「では行きます」と親子は言葉を交わし、永遠の別れとなるのである。ミュラーでは「娘は父の元を去るべきか？　娘は父の元に留まるべきか？」という問いかけで終わっている。


　「父との再会と別離」をテーマにした能『景清』／ミュラー『旅』では、最後に去りゆく子のその後の人生が想像されるのである。ここで描かれた「旅」がミュラーの人生の断片であるのなら、彼の自伝から父親に関してもっと詳しいことを知りたいと思った。ミュラーの『ゲルマーニア　ベルリンの死』では『ピロクテーテス1950』『旅』『父 *Der Vater*』の三作品が順に並べられており、それらは共通のテーマを有している。

　ミュラーの自伝的短編『父』はミュラーを理解するうえで欠かすことの出来ない作品であり、ミュラーのドラマの Ur-Szene（原風景）を形作っている。「一九三三年一月三一日早朝四時、ドイツ社会民主党の幹部だった父は、就寝中に逮捕された」。フランツ・カフカの『審判 *Der Prozeß*』のように、父親の突然の逮捕でこの短編は始まっている。ベッドで布団をかぶり、息を殺して様子をうかがう「僕」（ミュラー）の描写が続く。ミュラーの幼年時代の思い出はほとんどが父に関するものだという。最初の思い出は一九三三年の父の逮捕であり、二番目が一九三四年か三五年ころKZ（強制収容所）にいる父に、母に連れられて面会に行ったこと、三番目は一九五一年にDDR（東ドイツ）を去った父を西ベルリンに訪ねたことだと、ミュラーは述べている。三つの思い出はこの短編で詳しく描かれている。

反ファシズムの闘士であり、強制収容所に入れられた経験もあるミュラーの父はやがて変節し、一九五一年に西ドイツに去っている。母親と弟はすぐに父親のあとを追うが、ミュラーだけが東ベルリンに残った。母親は親孝行の息子が自分について来ないことがわかって大きなショックを受けたらしい。最終章では、西ベルリンの病院の隔離病棟にいる父親を息子が訪ねる。これがミュラーにとって父との最後の面会になった。チフス患者である父とはガラス戸越しにしか話すことを許されなかった。二人の間には越えがたい壁ができてしまったように思えた。短編は次のように結ばれている。「病院を去るとき、ガラス戸越しに父が立って、手を振っていた。廊下の突き当たりの大きな窓から射す光の中で、父は老けてみえた。電車はすごい速度で廃墟と建設現場を通り過ぎていった。窓の外は十月の陽が銀色に輝いていた」。父と子の再会と別離、それは国境を越えた旅であり、東ドイツという国を選択したミュラーの新しい人生の始まりでもあった。

3　ポリフォニー演劇としての『ヴォロコラムスク街道』

一九八八年一月三〇日にミュラーは『ヴォロコラムスク街道 *Wolokolamsker Chaussee*』の第五部『拾い子 *Der Findling*』をベルリンのドイツ劇場で朗読している。それはミュラーが自ら演出した『賃下げ野郎 *Der Lohndrücker*』（『賃金を抑える者』）の初日上演後に行われた。東ドイツでは『拾い子』の上演はまだ許可されておらず、ようやく一九八九年二月四日にポツダムのハンス・オットー劇場で初演された（ベルント・ヴァイスィヒ演出）。このような状況下でミュラーは、総監督のディーター・マンにあらかじめ朗読会の許可を求めており、彼が後押ししてくれた。ミュラーは述懐する。「満員の客席に息詰まるような沈黙が流れた。あのようなものが読み上げられるなんて一九八八年一月の時点で誰が想像しえただろう。私も声の震えが止まらず、読むのに苦労した。ＤＤＲ（東ドイツ）に別れを告げるのは私には困難だったから。突然に敵がいなくなり、権力が消滅し、真空状態の中で自分が自分の敵になっていく」と。

『ヴォロコラムスク街道』は一九八四年から八七年にかけて書かれた五部作で、それぞれが独立した筋とタイトルを持つ短いドラマの集合体である。全編ブランクヴァース（弱強五歩格の無韻詩）で書かれている。登場人物の指定はなく、俳優が決められたディスクール（言説）の担い手としてそれぞれのパートを読んでいく「声の演劇（Theater der Stimmen）」である。声は多層にすることも出来、ギリシア悲劇のコロスや群読形式の演劇とも重なる。独立しているというものの「戦車の侵入」という共通のテーマがある。「計画自体は古いもので、戦車がベルリンからモスクワを往復し、さらにモスクワからブダペスト、プラハへと向かう道が示されている」。各部をもう少し詳しく見ると、第一部、第二部は一九四一年のドイツ軍のモスクワ近郊への侵入が、第三部は一九五三年六月一七日事件でのソ連軍戦車のベルリンへの侵入が、背景になっている。第四部は偽りの平和を戯画化した笑劇で、第五部は一九六八年のプラハへのソ連軍戦車侵入事件をめぐる、東ドイツでの父と子の葛藤を描いたものである。ミュラーは言う。「第三部から第五部は、私がＤＤＲのために書いた最後の三つの場面で、書き上げるのは実に早かった。ＤＤＲがその重要性や正当性を失っていけばいくほど私の筆も軽くなった」と。資本主義が世界恐慌をはじめ、数々の危機を乗り切ってそのたびに賢く、強くなっていったのに対し、社会主義は「戦車の威嚇」「権力による弾圧」によってしか延命をはかることができず、その大きなツケが回ってくることになった。『ヴォロコラムスク街道』は東ドイツのレクイエムでもある。

第五部『拾い子』はハインリヒ・フォン・クライストの同名の短編をもとに書かれたものだ。クライストでは、ローマの裕福な土地ブローカー、アントニオ・ピアキが取引のためラグーサの町を訪れる。そこでは疫病が蔓延しており、同行の息子パウロはペストにかかって死ぬ。ピアキはそこで出会ったニコロ少年を息子の代わりに連れ帰り、養子縁組をしてローマで育てる。だがニコロは女の誘惑を断ち切れず次第に堕落していく。息子の裏切りは養母の死を招き、養父はすべての財産を失う。最後はピアキがニコロの頭を壁にたたきつけて殺し、絞首刑の判決を受けるという壮絶な結末となる。

ミュラーはクライストの物語の大枠だけを取り入れ、設定を現代に変え、まったく新しい作品を作っている。ミュラーでは父と子の対立、世代間の葛藤が息子の視点から描かれている。息子は一九四五年、一人の共産主義者に廃墟の中で拾われ、養子として育てられる。父親はナチスの収容所で拷問により性器を潰され、生殖不能になっていた。父は東ドイツの政党の幹部になるが、息子は次第に父から離反していく。暴力を過敏なほどに嫌悪する息子は、ハンガリー動乱のときも、逃亡に失敗した友だちがベルリンの壁付近で射殺されたときも、父親からの高価な贈り物でなだめすかされた。だがチェコ事件でのソ連軍戦車のプラハ侵入に抗議し、ビラをまいたため、息子は政治犯としてバウツェンの刑務所に入れられる。ドラマは父親が刑務所にいる息子を訪ねる場面から始まる。

　　面会時間彼は私と向き合い座っていた

バウツェンの政治犯収容所での五年間
彼は**マルクスとエンゲルスのことばで**
彼の労働者天国の良さを説教し続けた
……
私は五年間おし黙ったままであった
面会時間に一言だに口にしなかった
だが彼を落胆させないように努めて
差入れは受け取った　面会を終えて
天国だと言う彼の地獄に戻っていく
その度に彼の背中は曲がっていった

　時間は複雑に交錯するのだが、「私」（息子）はその後亡命し、今は西ベルリンにいる。「ここにいれば家も仕事もあるし、安全も保証される／向こうでは人間は無価値だ。資本しかものを言わんぞ」と言う父親の説得も功を奏さなかった。父親との再会と別離、ミュラーの原風景はここでも変奏されている。一九一八／一九年革命の挫折、ナチスの独裁、取り去られた運河沿いのローザ・ルクセンブルクの記念プレート……戦いと殺戮の歴史が回想され、死体と寡婦の町西ベルリンの様子が寸描された後、時間は一九六八年に巻き戻される。私（息子）は夜遅く、雨でずぶぬれになり家に帰ってくる。「同胞軍の侵入反対」というアジビラを持った息子は、警察に追われて逃げてきたのだ。戸口で迎えた父親は、「病気の母親が眠っているのに」ととがめる。父親と「私」の間の長い争いの歴史が語られていく。

　二人にはもう一つ忘れられない思い出があった。一九六一年、ベルリンの壁構築のとき、「共和国逃亡者」の射殺を命じられた父親はこれを拒否し、党の会議で批判の集中砲火を浴びる。家に帰り、部屋に閉じこもってピストル自殺をはかろうとするが、気配を察した息子が党機関に電話で連絡し、父親の命を救ったのである。それから七年後、父は「自分の未来」とまで言った息子を密告するために、受話器を取る。かつて息子が回したのと同じ電話番号を父親が回すところで作品は終わる。

「過去」の象徴である父親と、「未来」のトポス（心像）である「息子」。「未来」（子ども）を生み出すことができなくなった父親は、すっかり人格を失ってしまっている。「長髪やジーンズ、ジャズの撲滅キャンペーン」、それは党の指令であり、父は党の「代理戦争」を子どもに仕掛けたに過ぎない。息子は西ドイツを選択し、父親から去っていく。ドイツ統一の経過をそのまま見ているようだ。二度用いられる電話のモティーフは官僚主義的な国家機構を効果的に表している。「VERGESSEN UND VERGESSEN UND VERGESSEN（忘却、忘却、また忘却）」という言葉が九度繰り返され、いっそう事件をきわ立たせている。見方を少し変えれば、父親をソ連、拾い子を東ドイツに置き換えて読むことも可能だろう。建国以来東ドイツが持ち続けてきた「出生」の問題が、作品の中心に据えられている。ブレヒトの『コーカサスの白墨の輪』や中国映画『乳泉村の子』、山崎豊子の『大地の子』などでずっと語られてきた「育ての親」の勝利は、この作品では、そして「ドイツ統一」では崩れ去ってしまっている。Nation（ネイション）の持つ意味が改めて問われているのである。

＊＊＊

二〇一七年五月二四日にハイナー・ゲッベルス（Heiner Goebbels）と対談する幸運に恵まれた（『舞台芸術』21号）。「京都エクスペリメント」のプログラムとして一〇月にハイナー・ゲッベルスとアンサンブル・モデルンによる《*Black on White*》を上演することが決まり、その先行レクチャーのため彼が来日したからだ。ゲッベルスと言えばアンサンブル・モデルンと制作した《アイスラー・マテリアル》が有名である。ブレヒトの『母』をもとにしたアイスラーのカンタータなどがマテリアルとして使用されており、アイスラー自身の声が挟み込まれている。中央に置かれたアイスラーの小さな像を三方から取り囲む形で演奏／パフォーマンスが行われる。ブレヒトとアイスラーの共同作業は有名だが、ゲッベルスは似たようなパートナーシップをハイナー・ミュラーと結び、ミュラーのテクストに集中的に曲をつけてきた。ラジオ放送劇や演劇、コンポジション／インスタレーションの分野で。《プロメテウスの解放 *Die Befreiung des Prometheus*》や《落魄の岸辺 *Verkommenes Ufer*》、《エレヴェーターの男 *Der Mann im Fahrstuhl*》などはよく知られている。

ミュラーとゲッベルスが大きな影響を受けたのはブレヒトのラジオ理論である。ラジオの有効な利用や、機能転換についてブレヒトは長い間取り組んできた。叙事詩的演劇の形式は、映画やラジオのような新しい技術のもたらす形式と対応している。ブレヒトはワイマール共和国時代にいち早くこうした新しい技術を演劇に取り入れたメディア理論家であり、メディア実践家であった。ブレヒトはラジオ放送劇で教育劇という新しいジャンルを開発した。舞台上手にラジオを置き、そこから音楽（コーラスと楽器演奏）やアナウンサーによる実況放送などを流した。下手には聞き手／演じ手がおり、ラジオと対話する形で舞台は進行する。一九二九年のバーデン・バーデン室内音楽祭のために作られたブレヒト／クルト・ヴァイルの『リンドバーグたちの飛行 *Der Flug der Lindberghs*』ではラジオが大洋横断の様子を伝え、重要な役割を果たしている。ブレヒト／ヴァイルの学校オペラ『イエスマン *Der Jasager*』（初稿）は一九三〇年六月にベルリンで初演されるが、上演はベルリン・ラジオ放送で同時中継され大きな成功を収めた。

ゲッベルスはミュラーの『ヴォロコラムスク街道』に曲をつけ、放送劇《ヴォロコラムスク街道》を一九八九年に完成させた。第一部はスピードメタル、第二部はフォーク、第三部は男声合唱、第四部は現代的な器楽曲、第五部はヒップホップで書かれている。全編通しての音楽化はミュラーのすべてのドラマの中で唯一のものである。句読点のないモノローグ形式で書かれた韻文テクスト、ポリフォニー（多声音楽）を呼び起こす合唱のパートのような話者の交代、せりふとナラティブの交錯、時のすばやい転換によるカットバック、大文字で書かれた引用の文字群から突如飛び出てくるモティーフの連鎖……、ゲッベルスはミュラー作品のこうした特質に興味を引かれ、作曲の大きな可能性を見出したのであろう。

一九八九年一一月五日にベルリンの芸術アカデミーが主催する「放送劇週間」の幕開けとして《ヴォロコラムスク街道》五部作が初めて公開された。引き続きアカデミーで討論がなされたが、ミュラーは第五部《拾い子》が「どうも気に食わない」と異議を唱えた。それはミュラーとゲッベルスの共同作業の中で初めて起こった対立だった。ゲッベルスは、「この第五部を恐るべきスピードで作曲し終えた。ラップで。アメリカンのラップ・ミュージシャンと」と述べている。ミュラーもゲッベルスもスピーディにこの第五部を書き終えたのだが、歴史はそれよりもはるかに速く進んでいた。一一月九日にベルリンの壁が崩壊したからだ。対談でゲッベルスは私に次のように明かしている。「一一月一一日に私はハイナー・ミュラーとともにニューヨークでコンサートをしました。ミュラーのテクストによる《エレヴェーターの男》です。そしてコンサートが終わった一一日の夜にミュラーに尋ねました。〈われわれの争いはどうなったのだ？〉と。〈いや問題はもう片付いたよ〉、ミュラーはただそう言いました」。最後まで社会主義の変革を望んでいたミュラーは、親子の葛藤と別離という悲しい体験を、ヒップホップ・ラップの明るく軽やかな音調で移し変えることに抵抗を覚えたのかもしれない。だが歴史が現代劇を歴史劇にしてしまったとき、劇作家と音楽家の対立は解けた。

対談の最後に私はゲッベルスに次のような言葉を贈った。

「ミュラーは伝統的な演劇に抗い、その逆を示すことで光を放ってきた」とあなたは先ほどおっしゃいましたが、そのとおりだと思います。「いま」と「ここ」を舞台上で結晶させようとする表現者にとって、演劇が持ち続けてきたテクスト優先というヒエラルキーからの脱却は重要な出発点だと思います。こうしたパフォーマンスをポストドラマ的と名づけるなら、あなたもそれに寄与してきた有力な音楽家・演出家だと言えます。なぜならば、あなたが作曲・編曲、テクストコラージュ、演出を兼ねる上演群からは、作家（音楽家ゲッベルス）と語り手／歌い手／演じ手によるモンタージュ的な進行の中に、明確に領域横断的な創造が感じられるからです。

＊＊＊

ミュラーは一九九一年にベルリンのドイツ劇場で『モーゼル銃』を演出しているが、そこでは作品に含まれない二つのテクストを挿入している。『セメント*Zement*』の『ヘラクレス2、あるいはヒュドラ*Herakles 2 oder die Hydra*』と『ヴォロコラムスク街道』の第五部『拾い子』である。『拾い子』とリズミカルな散文である『ヘラクレス2』を、本来の作品の連関から切り離し、単一の作品として『モーゼル銃』とコラボさせているのは注目に値する。観客は新しい意味的関連を探り、そこからまったく違った現代性を感じ取るかもしれないからだ。こうした試みはこれからのミュラー上演に必要なものとなるだろう。ミュラーは『拾い子』を六人の俳優に演じさせている。党に忠実な父親と反抗的な息子はそれぞれ三つの異なったタイプによって表される。

劇場で一晩に一つの筋を追うことほどつまらないものはないと考えたミュラーは、モンタージュやコラージュを駆使した多様な演劇形態を追求してきた。引用のモザイクからなるミュラーのドラマは「間テクスト性(Intertextualität)」演劇の典型とも言えるだろう。しかし一九八〇年代のミュラーの演劇はかぎりなく散文・詩に近づいている。『ヴォロコラムスク街道』は韻文テクストで登場人物の指定はない。素のままのこのテクストでは、ドラマの基本原則である「対話」は一見放棄されたように見えるが、テクストの深層において成り立っているのである。ミハイル・バフチンはドストエフスキーの小説を、「対話原理からなるポリフォニー小説」と呼んだが、ミュラーの演劇も「対話なき対話」演劇、対話原理からなるポリフォニー演劇を形作っている。『拾い子』では表層テクスト（フェノテクスト）と深層テクスト（ジェノテクスト）の関係も見えてくる。舞台上に現れた「現象」としてのフェノテクストと、その底に潜んでこれを生み出す「発生源」としてのジェノテクストは不断に他のテクストと対話し、ぶつかり合い、交じり合って自己増殖をとげる。このようなテクストに見出されるポリフォニー性は「人間の深層意識において聞き取られる言葉の多声性、個人の内部に生きる複数の主体間の対話」という新しい意味を帯びる。こうした多声性はミュラーのドラマの新しい特徴になっている。

4 ポリフォニーとエクソフォニー
——まとめにかえて

一九九〇年八月二五日、ミュラーは国際ゲルマニスト会議に招待され、日本にやって来た。一ヵ月後に消滅する東ドイツの最後の使者として。彼は自作の『ヴォロコラムスク街道』第五部『拾い子』を朗読した。それにしてもミュラーの朗読は、なんと美しかったことか。「忘却、忘却、また忘却」という全編で九度出てくるリフレインが、今も耳に残っている。東京の喧騒に疲れたのか、ミュラーは大阪にやって来た。大阪外国語大学（現・大阪大学外国語学部）で学生やゲルマニストのために朗読会が行われたが、私は朗読作品に『父』と『拾い子』を選んだ。なぜこの作品を選んだのかと聞かれたミュラーは微笑みながら、身振りで私の要望であることを示した。

一〇年後の二〇〇〇年には、多和田葉子が大阪外国語大学に来て、「言葉は穴だらけ」というタイトルで講演会とワークショップを行っている。講演は言葉に関するユーモアあふれる体験談で始まった。ハンブルクから東京に来た多和田は出版社の人とまず会うが、携帯電話の番号を聞いておこうと思う。「携帯」はドイツ語ではHandyなので、「ハンディをお持ちですか」と尋ねたところ、相手は顔色を変えて「いえ、おかげさまでありません」と答えたという。「ハンディキャップ」と誤解したのである。言語の越境によって起きた「間違いの喜劇」に会場は大爆笑で、「外国語は言葉を発見させる」というテーゼへの見事な導入だと思った。多和田は旅の人である。言語表現の可能性に迫るためには「母語の外に出ることが有効であり」、そうした状態を多和田はエクソフォニーと名づけている。それは私流に言えば「母の言葉（Muttersprache）の外に出る旅」の試みである。


ハイナー・ミュラーが「父の国（Vaterland）の外に出る旅」を試みたように。

ミュラーのポリフォニーと多和田のエクソフォニーは共振することがあるのだろうか。二つの旅はどこかでクロスオーバーすることがあるのだろうか。もしあるとすればその接点はどこにあるのだろう。おそらく「境界（Grenze）」という言葉がヒントにあるように思われる。ミュラーにとって境界とはベルリンの壁やブランデンブルク門に代表される「壁」や「門」である。講演会の中でミュラーは、「門」という境界を表したカフカの二つの短編に言及した。『市の紋章 *Das Stadtwappen*』と『掟の門 *Vor dem Gesetz*』で、これらは東ドイツをもっとも的確に表していると言う。そういえば多和田もパウル・ツェランの詩を日本語の翻訳で読むとき、門構え（という部首）の付いた漢字に注意すれば作品の世界が理解できると言った。ツェランの詩集『閾（しきい）から閾へ』では、タイトルにすでに二回「門構え」が登場している。

「門も閾も、ある境界を表しているのだが、その境界を越えようとしているのではない」「閾を越えるのではなく、ある閾から別の閾へと彷徨うのだ」と多和田は説明する。旅の人多和田は、境界にたたずむことを楽しむ人でもある。歌舞伎の『勧進帳』のドイツ初演は『国境越え *Über die Grenze*』というタイトルだったが、越えるか越えないかという境界で、多和田の思考はどのようにスパークするのだろうか。二人の世界を探る私の旅はこれからである。

もうひとつの自由のダンス

多和田葉子とピナ・バウシュ

坂口勝彦

SAKAGUCHI Katsuhiko

1 カタルシスの失効

多和田葉子の作品の特徴を端的に言い表すような文章がある。『尼僧とキューピッドの弓』の冒頭に、

「わたしは気がつくといつも、他に歩行者のいない道をたった一人、歩いている。一両編成の電車が小さな駅に着いた時には、他にも二三人降りた人がいたはずだが、ひらりと姿を消してしまった。おそらく駅の裏に駐車場があって、そこに車をとめておいたか、車で誰かが迎えに来ていたのだろう。駅から自宅へ、自宅から職場へ、商店街へ、いこいの森へと、いつも車で移動する町の住民たちは、出発点と目的地の間に無限に広がる荒れた地帯を目にすることはないのだろう。野原の柔らかい緑が戻ることはもうないが、だからと言って都市の賑わいもない、工業化のしくじりで、いじくられて荒らされた中途半端な土地をわたしは一人とぼとぼと歩いて行くので

ある」（講談社文庫、九頁）

多和田葉子の小説は、そもそも出発点も目的地もわからず、いきなり始まりいきなり終わることが多く、主人公らしき人物はいつまでも中間の地帯をうろうろしている。ただし、ゆっくり歩いて過程を楽しもうという余裕ではなくて、「無限に広がる」「荒らされた中途半端な土地」を「とぼとぼ歩いて」いる。目的地へと向かうまっすぐな物語はほとんどない。そもそも目的地が見えない。だから物語が成就することで生まれるようなカタルシスはほとんど期待できない。

『尼僧とキューピッドの弓』を読みながら、ふとピナ・バウシュの女性ダンサーたちを思い出した。あのふてぶてしさ、なれなれしさ、自信と不安の入り混じった存在感などに、『尼僧とキューピッドの弓』の修道院に住む女性たちに共通のものを感じたからだと思う。どこに向かうわけでもなくいつまでもうろうろしているし、カタルシスがおとずれないことも似ている。多和田葉子とピナ・バウシュを結び付ける接点はどこかにあるのだろうか。

ハンブルク大学に提出した多和田の修士論文「ハムレットマシーン（と）の〈読みの旅〉」は、ハイナー・ミュラーの『ハムレットマシーン』を読むことにより、その周辺のテクスト群も含めてそれらの「多義性を視覚化する」（多和田）試みと言える。それは、ジュリア・クリステヴァが提唱した〈間テクスト性〉の実践でもあり、実際に第四章では、クリステヴァとミハイル・バフチンを参照して『ハムレットマシーン』を読みながら、逆に『ハムレットマシーン』でクリステヴァとバフチンを読み直そうとしている。それを真似て、クリステヴァの〈間テクスト性〉を手がかりにして、多和田葉子とピナ・バウシュを同時に読むこともできるかもしれない。

クリステヴァは、〈間テクスト性〉を提示したことで知られる一九六六年の論文「言葉、対話、小説」（邦訳『セメイオチケ1』所収）で、新しい小説の原理を指示する詩的言語の記号論を構築しようとする。その詩的言語の標識のひとつとして「カタルシスを求めない」ことを指摘している。カタルシスを求めないゆえに、「行為と現在の時間の中につきる」ことになるのだ（同邦訳、九三―九四頁）。とりあえず、この言葉が多和田とバウシュの作品を共通に指し示す指標になるだろうか。

2 『尼僧とキューピッドの弓』のポリフォニー性

多和田葉子の『尼僧とキューピッドの弓』（以下『尼僧』と略す）は、ドイツの小さな町ヴァルスローデにある修道院に多和田自身が数週間滞在した体験を元に書かれたという。小説に登場する人物やエピソードが、実際の人や体験にどこまで関係あるのかはわからない。もちろん小説を読む際にそのような気遣いはまったく必要ない。現実だろうと非現実だろうと小説の中では価値に差はない。語り手の「わたし」に多和田自身を重ねる必要もない。でも、多和田の別の小説『聖女伝説』の「わたし」なら、登場人物が一人称で語っているという約束事だとすんなり納得できるが、『尼僧』の「わたし」は多和田自身と重ねてしまう危険がある。もちろん「わたし」という一人称だけが作者を表す可能性があるわけではなく、たとえば『容疑者の夜行列車』の主役は「あなた」と呼ばれるので読者を指すかと思うが、そこに読者の体験が書かれているわけはなく、仮想の書き手が自分を「あなた」と呼んでいるとも思え、多和田が分身のように姿を変えてそこにいるようにも思える。

「わたし」は尼僧院長に誘われて尼僧修道院に来たのに、尼僧院長は失踪していた。「わたし」はその理由を知りたいと思うが、修道院に住む女性たちが次々に登場して「わたし」をお茶に誘い、とりとめもない話をするばかりだ。修道院に民主主義を浸透させようとする透明美さん、林檎のような頬の老尼僧院長火瀬さん、童話の王女様のようにおっとりとした老老尼僧院長の老桃さん、近くの別の教会を憧れている背の高い貴岸さん、抗がん剤治療中で胡桃のような顔の陰休さん、娘婿が自殺し娘が精神を病んでいる流壷さん、傷を負ったヘラジカの威厳と痛みを感じさせる鹿森さん、見習い期間中なのに気楽な河高さん。鹿森さんが、「修道院の生活には和（ハーモニー）があるとみなさんはお考えでしょうが、実はそこにあるのは、不調和（ディスハーモニー）なのです」（講談社文庫、一二八頁）と語る。それぞれがそれぞれの人生と世界を持って、ことさら調和を求めようともせずに、そこにいる。

『尼僧』は「遠方からの客」と「翼のない矢」の二部構成。第一部では尼僧院長の失踪は弓道の先生に関わりあるらしいことまではわかるが、それ以上ははっきりしない。そこにある穴に落ちないように皆がその回りを回っている感じだ。第二部は、まさにその尼僧院長の手記という形で謎が明かされる。第一部で皆が勝手に噂していた話が第二部で正されるのだが、第一部の登場人物たちは、特に真相を知りたいわけでもないようだ。誰もがそんな話はどうでもいいというように、別の話を一生懸命に「わたし」にしていた。だから、第二部で、尼僧院長自身が恋の物語を語るとき、それは第一部で欠けていた穴を埋めるはずの言葉であるのだが、それで埋まったとはとても思えない違和感が残る。欠けていたパズルの一片がようやくおさまったカタルシスというよりは、合わない一片を無理矢理ねじ込んだような感じと言えばいいだろうか。最初に触れたピナ・バウシュとの関連を思ったのも第一部を読んだ印象からだった。第一部の乱雑さや多方向性に対して、第二部の直線性はあまりにも違う。

第一部は、クリステヴァの言う〈間テクスト性〉を体現した「ポリフォニー小説」と言えるだろう。それを考えるために、〈間テクスト性〉を再考しよう。

3 〈間テクスト性〉再考

クリステヴァが提唱してから半世紀たち、ずいぶん手垢にまみれてしまった〈間テクスト性〉とは、単にテクストの重層性や多声性を指すのではなくて、テクストから意味を生産する実践である。一九六六年、パリに来たばかりのクリステヴァが、ロラン・バルトのセミネールで行った最初の発表がバフチンの紹介で、それに基づいた最初の雑誌論文が「言葉、対話、小説」。クリステヴァはドストエフスキーの彼方に、小説や詩が生成する条件を見ようとする。そこに登場するのが〈間テクスト性〉。

クリステヴァの関心は、作家による社会変革の可能性を拓くことにある。「作家が歴史に参加するただひとつの方法は、読むこと-書くことをとおして、言いかえれば意味構造をもうひとつ別の意味構造に連繋させ、あるいは対立させて作り上げてゆくことをとおして、この抽象化を侵犯するということになる」（同邦訳、五八―五九頁）。歴史も社会もテクストとなり読まれることでつねに書き改めることができる。一方向に向かう線としての歴史は単なる抽象でしかない。

変革の力を持った言語は、数学のイメージで語られる。自己同一性や因果性に基づく論理を「0‐1」としたら、そうした論理を超越する「超限（transfini）」の論理が「0‐2」。「超限」は数学者ゲオルク・カントールの「超限集合論」に由来する言葉で、「0‐2」は、やはりカントールの概念を使って「連続の濃度」と言われる。「1」は記号という概念の限界であり、その「1」を飛び越えて「0」から「2」へといたる論理が「0‐2」と言われる。後者が連続と言われるのは、多値論理というわけではなくて、デジタルな「0‐1」論理でせいぜいたどり着ける離散無限を超えた連続体をイメージしているのだろう。

いささかわかりづらいこの「0 - 2」論理の内実が、バフチンの言う「カーニヴァル」。カーニヴァルというとフェデリコ・フェリーニの『カサノヴァ』や『アマルコルド』などのいくつかのシーンを思い浮かべるが、真理という権威や権力で阻害される民衆の力の集積と言えるだろうか。「カーニヴァルは、神すなわち権威と社会の法に異を立てる。それは対話的なのだから反逆的なのである」(同邦訳、八四頁)。そして、カーニヴァルの構造を持つ小説が「ポリフォニー小説」と呼ばれる。ポリフォニーといっても単に多数の声があるというのではなく、「言表行為の主体 sujet de l'énonciation」と「言表の主体 sujet de l'énoncé」とが分離し、二重化していることが重要だ(同邦訳、七六頁)。これは、バフチンの言う「物語の構造を支える関係」としての「作者 - 登場人物」を、ラカンの主体論に接続したものと考えられる。

クリステヴァが掲げている図式を見てみよう。

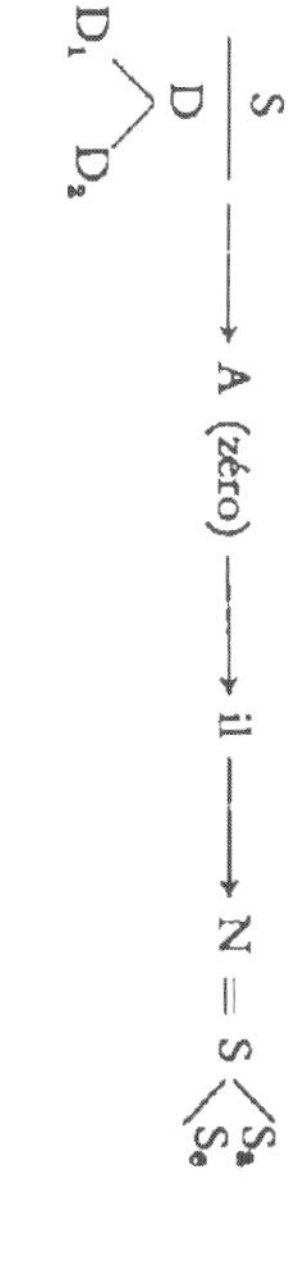

$$\frac{S}{D \, (D_1 \diagup \diagdown D_2)} \longrightarrow A\ (\text{zéro}) \longrightarrow il \longrightarrow N = S \begin{cases} S_a \\ S_e \end{cases}$$

最左辺のSとDは、語りの主体Sと受け手である他者D。Dは読む主体なので、テクストとの関係ではシニフィアンとなり、S自体との関係ではシニフィエになり、D_1とD_2に分裂=二重化している(テクストというシニフィアンを読み、Sというシニフィエを受け止めるということか)。書くこと/読むこと、というコードに組み込まれたSは「言表行為の主体」=誰でもないもの A (anonymat)=ゼロ記号となり、その代わりに登場人物としての「かれ il」に媒介される。そして、「言表の主体」=「かれ il」=登場人物は、「固有名詞N (nom propre)」となってピンで止められる。読むことのコードに組み込まれ空虚となった「言表行為の主体」は、N=Sで置換されて、その穴が記号で埋められる。穴を埋めた語りの主体Sは既に二重化されている。S_a＝「言表行為の主体」は置き去りにされた作者、S_e＝「言表の主体」は象徴界に組み込まれた記号。

この二重化＝分離がカーニヴァルの構造と相似だと、クリステヴァは強調する。「カーニヴァルに参加するひとは、演技者であり、かつ見物人である。かれは自分がひとりの人間だという意識を失って、カーニヴァル的行為というゼロ地点をくぐり抜けて、スペクタクルの主体と演戯の主体とに分かれる。カーニヴァルでは主体は無となり、そこには無名存在としての作者の構造が実現される。作者は、わたしとしてかつ他者として、ひとにしてかつ仮面として、創造し、創造されるのである」（同邦訳、八三頁）。カーニヴァルの構造を内包している小説が「ポリフォニー小説」と呼ばれるので、このポリフォニーとは、単に多声ではなく、「アンビヴァレンス（対立するものの併存）」を指し、それを可能にするのが作者の二重化なのだ。

そうであれば、『尼僧』の第一部は、「ポリフォニー小説」と言えるだろう。登場する多くの女性たちは、「アンビヴァレンス」を体現している。それだけでなく、作者多和田葉子が、演技者であり見物人としてそこにいるのだ。ピナ・バウシュについても同じことが言えることを、後に見てみたい。

ここでクリステヴァが舞台のメタファーで語り始めていることに注目したい。カーニヴァルの舞台は、「舞台にして生そのもの、演戯にして夢、言説にしてスペクタクルであり、またそれゆえに、言語が線状性を逃れてドラマとして三次元のなかで自らを生きる唯一の空間の提示でもある」。「すなわちドラマが言語のなかに定着することを意味している。そこには、詩の言説はみなドラマ化であり、言葉をドラマ的に（数学的な意味で）並べ替えることである、という重要な原理が表明されているのである。カーニヴァルの言説のなかでは、『あるドラマの紆余曲折のごとき心的状況がある』（マラルメ）という事態が告げられているのだ」（同邦訳、八四頁）。

　このステファヌ・マラルメの引用は、晩年のマラルメが、演劇について書いたエッセイをまとめた『芝居鉛筆書き』からのもの。マラルメの文章全体を渡辺守章の訳で引用しよう。

「頭脳的状態については、正劇（ドラム）との紆余曲折と同じであって、その解き難い錯綜の要求するところは、語るべくもないこと、あるいは理念的幻影（ヴィジオン）そのものと言ってもよいが、それが不在である以上、現代の現実の劇場に足を踏み入れる者は誰であれ、ありとある妥協を余儀なくされるという罰を蒙るべし、ということだ」（『マラルメ全集　Ⅱ』一五一頁）

　マラルメは、彼が「シメール」という怪獣で言い表す演劇の幻想性について語りながら、それに相当するヴィジョンが今の劇場にないことを批判している。正劇（ドラム）とは、大衆演劇のひとつで、錯綜した筋を音楽やダンスで盛り上げる活劇のようなものだったらしいので、まさにカーニヴァルなのだろう。さらにマラルメにとっては、ワーグナーこそが「シメール」で、その楽劇では登場人物は音楽の中に解体されるというのだ。

「管弦楽が付け加わるだけで、何から何まで変わってしまい、古来の演劇というものの原理そのものが無に帰せしめられる、そしてまさに厳密に寓意的なものとして、今や舞台上の行為は、内実の空無な、それ自体において抽象化され、登場人物のいないものとなるわけだが、それが本当らしさを以て発動するには、〈音楽〉が惜しみなく注ぐあの生気を与える流れというものを用いることを必要とする」（同、一四〇頁）

　この感覚はよくわかる。確かにワーグナーの楽劇では、音楽の圧倒的な流量の中で登場人物は空無な存在になる。マラルメの舞踊論にもこの感覚は引き継がれていて、ダンサーが非人称的な記号と化すことをよしとしている。「踊り子は踊る女ではない」「彼女は一人の女性ではなく、我々の抱く形態の基本的様相の一つ、剣とか杯とか花、等々を要約するメタファーなのだということ、そして、彼女は踊るのではなくて、縮約と飛翔の奇跡により、身体で書く文字によって対話体の散文や描写的散文なら、表現するには、文に書いて、幾段落をも必要であろうものを、暗示するのだ」(同、一六六頁)。

ダンサーを読まれるべきひとつの記号とみなすマラルメのダンス観はよく知られている。ただし、シニフィアンたるダンサーの身体は、シニフィエの前で決して消え去りはしない特異な記号であることにも、マラルメは十分気づいている。

クリステヴァの〈間テクスト性〉をたどって、マラルメのダンス論にまで来たが、マラルメの言うダンサーという記号は、クリステヴァが言うカーニヴァルの構造=作家の二重化に通じている。その意味でダンスはポリフォニー性を、その存立条件自体からして纏っていると言えるだろう。

4 ピナ・バウシュと多和田葉子

おそらく、ダンスでポリフォニー性やそれと連動しているアンビヴァレンス性を強く備えた作品を数多く作ったのは、なんといってもピナ・バウシュだろう。クリステヴァからマラルメへと至ってたどり着いたダンサーの記号性は、ピナ・バウシュの作品で徹底されている。記号というと無味乾燥になることを想定するかもしれないがそうではない。クリステヴァの〈間テクスト性〉で見たように、作品の構造の中に組み込まれた誰でもない記号だからこそ、読まれうるものとなる。そこで読まれるはずの意味は、ワーグナーではそこに注がれる音楽が与えるのであろうが、ダンスであればシニフィアンとしての身体の運動が与える。

ピナ・バウシュの創作法でよく知られた、ダンサーへ次々に質問を投げて、その返答からシーンを編集していく方法は、ダンサー自身の体験を言葉とすることで、身体から分離し、ダンサーを〈言表行為の主体〉と〈言表の主体〉に二重化すると言えるだろう。こうしてダンサーたちは、振付という形で編集される記号となることができる。そこには線状の物語はまったくなくなり、それぞれのダンサーが、それぞれの独立した物語を担った記号となる。そこで担われる物語も、必ずしもそのダンサーのものではなく、既に誰のものでもなくなった声となる。

たとえば、『山の上で叫び声が聞こえた』(一九九四年)にこんなシーンがある。女性がうなだれて長い髪の毛を前に垂らしたまま、ドレスの裾を両手で引っ張って何かをしきりに落とそうとする、その手で足を激しく擦り何かをしきりに落とそうとする、腰を落としたまま両手を振り上げて空をかきむしり何かをしきりに払いのけようとする、そして髪の毛をかきむしって何かをしきりに払いのけようとする。内面の葛藤に駆られた動きを演じているのだろうとはわかるが、この動きが機械のように正確に幾度も反復されるので、いったい何を見ているのか混乱してしまう。動きがダンサーの身体から遊離して、ひとつの記号として立ち上がり、観客はその遊離した記号を読むことを強いられるのだ。

こうしたところが、徹底した二重化を行っているピナ・バウシュの作品の特質だと思う。とはいえそれは、マラルメも見抜いていたダンスというものの構造に元来備わっている条件を拡大したものであろうが、ピナ・バウシュほど徹底してそれを行っている作家は少ない。そしてそれは、そもそも言葉に内在するディアローグ性を拡大したのがポリフォニー性であることと同じだろう。その意味で、多和田葉子も言表行為の潜在性を拡大したのであって、そこに共通の肌触りを感じる。『尼僧』で、次々と現れては「わたし」をお茶に誘っては話をして消えていく女性たちは、ピナ・バウシュの作品で次々に登場してはダンスによって観客と対話して消えていくダンサーたちと似ている。カタルシスがいつまでも訪れないところも似ている。

クリステヴァが〈間テクスト性〉を前面に押し出したのは、歴史も社会もテクストとみなすことで、作家が言葉によって社会変革をする可能性を拓くためだった。ピナ・バウシュの作品は確かにそうした〈間テクスト性〉の力を持っているだろうが、受け手の問題としてそれが十全に展開されているわけでもないようにも思える。一方、多和田葉子の多くの小説は、ピナ・バウシュよりも過激で破壊ギリギリの作品となっているのではないだろうか。『尼僧』は、そういうラディカルな作品群に比べるとおとなしいように見えるかもしれないが、実は、多和田の潜在的な力の構造をしっかりと備えている作品だと思う。

『尼僧』の第一部の最後、ヒエロニムス・ボッシュの『最後の審判』の白昼夢を唐突に見てしまった「わたし」は、「わたしたちの物語はいつか交わるのだろうか」と述懐する（講談社文庫、一七五頁）。そして、睡蓮の池のほとりで老桃さんととりとめのない話をしているうちに、「目の前にあった壁が急に幕に変化して、さあっと風に開いてその向こうに舞台が現れた」（同、一七八頁）。もちろん、「わたし」の目の前に壁などなかった。ありもしない幕が開いて舞台が始まる。いや、始まるのではなく、実は既にそこが舞台であったということだろうか。「わたし」は観客として、その舞台を見ていたのかもしれない。彼女たちは次々に舞台に現れて、「わたし」を誘って話をする。「わたし」は時々彼女らの話にコメントしたり質問したりするが、「相手の答えは絹豆腐より柔らかかった」（同、八一頁）り、「ハイデッガーと哲学問答を交わす架空の日本人のようなシャチコチしたしゃべり方になってきた」（同、七〇頁）り、「スターリンと電話で話す詩人のように緊張しながら」（同、九九頁）話さなくてはならなくなったりして、どうにも対話はぎこちない。まるで、観客と舞台との遠さのようだ。「わたし」は河高さんに、「あなたは、わたしたち全員を愛していますね」（同、一五四頁）と言われる。まるで、観客が役者全員を愛しているかのようだ。『尼僧』の第一部の「わたし」は、舞台に紛れ込んでしまった観客であり、分裂した作者でもあろう。そして、それは作者としてのピナ・バウシュの在り方にも通じる。

クリステヴァは、〈間テクスト性〉を体現した詩的言語は、カタルシスを求めないゆえに「行為と現在の時間の中につきる」と指摘していた。目的地に到達することが目的とはならないような、多和田の作品も、ピナ・バウシュの作品も、常に今そこで起きている出来事に尽くされると言える。その意味で自由だ。目的地に縛られることはないのだ。クリステヴァが言うように、そのような作品こそが世界を変革できるはずだ。

ハイナー・ミュラーがピナ・バウシュへのオマージュとして「もうひとつの自由の演劇」と言ったことはよく知られている（谷川道子『ハイナー・ミュラー・マシーン』二二三頁）。「もうひとつ」と言われているのは、グリューバーらに続く「自由な演劇」という意味であろうが、このオマージュの一節で、ミュラーが「身体が出版と意味の牢獄を拒絶するテクストを書く。肉体の奴隷制の刻印の押されたバレエの強制からの解放」と語っている。この、意味の拒否、バレエの規範的な肉体からの解放は、いわゆるコンテンポラリー・ダンスの「自由」の主要な内実であり、その先駆的な形を見せてくれたのがピナ・バウシュだった。

振り返ってみると、多和田葉子は修論で既にその自由に触れている。冒頭でも言及した修論の第四章は、『ハムレットマシーン』の〈間テクスト性〉を検証していくものであり、バフチンの言う「ポリフォニー性」を、クリステヴァを手がかりにしつつ修正している。

ポリフォニーというのは、単に多くの声が存在するというものを指すのではない。バフチンは、演劇よりも小説にこそポリフォニー性があるというのだ。多くの声ではなく多くの世界や思想を指してポリフォニーと呼ばれる。それゆえ、どれほど変則的であれ演劇作品である『ハムレットマシーン』のポリフォニー性を指摘するにはバフチンを修正する必要がある。多和田が指摘するポイントは、ダイアローグからのいわば退行である。退行は、ダイアローグからモノローグへ、ないしは、言葉からイメージへ、ないしは、男から女へ、という形でなされる。だがそれは、バフチンにおいては退行と言われたかもしれないが、「言語的な表現の敷居」をまたがないまま、「何の声も代理しない」イメージの上に、「複数の歴史／物語の重なり合いを提示している」という意味で、アンビヴァレンスを導入するポリフォニーなのだ。

その具体例として多和田は、『ハムレットマシーン』に現れる金貸し老婆やオフィーリアをたどる。金貸し老婆は、「声のない身体としてのみ多声性に関与可能な人物が存在することを気づかせてくれる」。そして、オフィーリアは「『モノローグ』をしているのだ。このモノローグの語り手は、ひとりの女性ではなく、たくさんの死んだ女たちの多層的な合体である」。これは図らずもピナ・バウシュをもかなり的確に指しているように思える。また、クリステヴァが後に、意味生成性やル・セミオティックという形で意味や記号の前段階を捉えようとした試みに通じるだろう。

ハイナー・ミュラーは、ピナ・バウシュを「自由の演劇」と言った。自由とは、その積極的な意味としては、多層的な広がりを以て繋がりを紡いでいくことの可能性と言うことができるとしたら、その繋がりを生成的に生み出していくのが〈間テクスト性〉であり、作者自身からも、作品自身からも、登場人物や、役者やダンサーからも自由であること、そういう作品の土台を脅かしかねないほどの自由をクリステヴァは想定している。

最後に、多和田葉子が修論第四章を閉じるために書いた文章を引用しよう。

「トランプのカードは、数やイメージ、シンボルや文字が現れる表面を持っている。どのカードの部分も、別のカードの上に繰り返される。しかもどのカードもその数やイメージ、文字の様々な組み合わせによって、一枚しかないから一回的である。それゆえカードは、間テクスト性を強調する文字テクストを想起させる」

　このカラッとした接続性は多和田葉子の作品に共通する肌触りでもあろう。もちろん『犬嫁入り』や『聖女伝説』のような九〇年代の作品には、ネチッとした肌合いのものもあるが、その場合にしても、ひとつひとつの出来事がまるでカードが無機質に重ねられるように繋げられ、組み合わされていく。「わたし」が分裂し、作品に侵入し、そうして生まれる自由と接続性が世界を変革できるというのがクリステヴァの希望だとしたら、ピナ・バウシュも多和田葉子も、確かにその希望に応答している。

「わたしたち」の健忘症、あるいはエクソフォニーが開く〈夢の脈絡〉

地点・HM・多和田葉子

渋革まろん

SHIBUKAWA Maron

1 地点の『HM』

ものかなしげなジョバンニ・フスコのワルツが鳴り響くなか、『ハムレットマシーン』(『HM』)ならぬスモークマシーンから間抜けな音で白い煙が舞台上に噴出される。明るくなった舞台上では、六人の俳優たちのセットアップが完了。安部聡子が「ウェルカム・トゥ・ヘル・ノー・情け・ヒア」と軽いタッチで歌い出し、カーネーションが敷き詰められた床上に丸まり寝転がる俳優たちが、赤ちゃんプレイに興じるように「オンギャ、オンギャ」とふざけた泣き声をあげる。これが、京都を拠点に活動する劇団「地点」がTHEATRE E9 KYOTOにて上演した『ハムレットマシーン』のオープニングである。

いわずもがな、『HM』は、旧東ドイツの劇作家、ハイナー・ミュラーが『ハムレット』をドイツ語に翻訳する過程で書き上げてしまったという五つの景からなる引用の集積体としてのテクストである。『ハムレット』への対抗テクストとして書かれたそれには、さまざまな古典文学からの引用が織り込まれているのはもとより、スターリンの国葬、ハンガリー動乱、プラハの春、マンソン・ファミリーのシャロン・テート集団殺人といった歴史的事件が書き込まれ、ワイマール共和国からベルリンの壁の崩壊まで、ドイツ近代の歴史＝「わたしたち」の記憶がミュラーという個人＝「わたし」の記憶と重なり合い、多層的な引用の織物へと結実する。

「社会主義というのは、死者たちに対し、つまりは犠牲者たちに対して、みずからの責任を自覚するものでした」というミュラーにとって、戯曲は歴史のなかに滞留する死者たちとの対話であり、劇場は「わたしたち」が責任を負う死者たちの記憶を想起する空間なのだ。

ところが、観客に対する挑発ともとれるオープニングで表象されるのは、幼児退行的な「大人」の赤ん坊である。「わたし ich」「ハムレットホホ」のような語尾の操作や、集団であげる瞬発的な泣き声で、セリフの発語はたびたび脱臼させられる。窪田史恵は、トランペットでアメリカ国歌を繰り返し演奏するが、中途半端にしか吹くことができず、小林洋平は『ＨＭ』の単語を用いたラップもどきを披露する。さらに上演の後半にいたり、四景に書き込まれた「暴動」のテクストを中心にしたシークエンスでは、小河原康二が手にした板を防弾ガラスのしきりとして、舞台上をぐるぐるとまわるように、政府とデモ隊という交換可能な「ふたつの持ち役」を俳優たちはプレイし、それを反復する。

ヨーロッパの廃墟を背にして、「わたしはハムレットだった」と口にする男の描写ではじまる『ＨＭ』の「わたし」は、何者かであったという過去の記憶を保持している。確かにドラマの全体性は砕け散り、引用の記憶／記憶の引用は、打ち砕かれた断片の集積として死せる歴史の廃墟たる『ＨＭ』のテクストを構成するが、そうした歴史の記憶痕跡が「読みのマシーン」を、それを読む「わたし」のうちに作動させることで、「わたしたち」の立ち位置――主体性――を問いただす。つまり、さまざまな来歴を持つテクスト＝死者たちとの対話を誘発する装置こそが『ＨＭ』だと言える。

　しかし、地点の『ＨＭ』における「わたし」からは、何者かであったという記憶そのものが抹消されている。すなわち、俳優たちは「泣く」という記号化された感情の集団的同調を反復することで、さまざまなところからやってきた引用テクストの痕跡を、生起する情緒のうちに包み込んで「わたしたちである」の現在形へと回収する。

　だからわたしはやはり戸惑ってしまった。アメリカ国歌を救済のラッパとして吹き鳴らすことに失敗し、近代的な成熟を迎えられない主体性を奪われた赤ん坊として泣き叫び、共同体の情緒へと反復的に回帰する。地点の『ＨＭ』は、そうして歴史の記憶痕跡が抹消されていくメカニズムをこそ、まさに上演していたと思われるのだ。

　だが、戸惑ってばかりもいられない。確かに「わたしたち」は『ＨＭ』の発表された一九七七年にも増して、消費と忘却のリズムが加速するメディア環境のうちに生きている。インターネットを通じて、あまりにも膨大な情報のフローに巻き込まれ、Twitterを開いては、断片化された情報のタイムラインを無為に追いながら時間を潰していく。それらフェザータッチされた情報群はすぐさま忘れられ、ソーシャルゲームやYouTubeやTikTokやTinderで瞬間的な快楽を消費することだけを求め続けて、永遠に反復される日常が通り過ぎていく。どこにも拠って立つ場所がないことを知りながら、生の必然を持ちえず、名前／顔を喪失した何者でもない匿名者であることに漠然とした不安と焦燥だけが溜め込まれていく圧倒的な無能感。

　どうしたら、「わたしたち」は、消費と快楽に閉ざされた仮想空間の内側において、「わたしたち」は誰なのかと問いうるのだろうか？　そのような反省的な想起はいかにして可能だろうか？

だから地点は、そうした集団的な健忘症に罹患した「わたしたち」を条件として引き受けた上で、『ＨＭ』を使用して、「わたしたち」の正体へと反省的な眼差しを向けることを自覚的に実践していると思われるのだ。

> 演劇という表現は、ヒエラルキーに安住する集団性や社会に対して批評の鏡のような存在であるはずだ。その鏡を覗き込むのは誰か。自分しかいない。自分の姿を鏡でじっとみつめるのはつらい。……我々の中にいる自分の姿を見つめることをひとまず演劇だと言っている。我々とは誰か？　ついにこの問いが芽生えたとき、演劇は初めて社会性を帯びる。[2]

したがって、本稿では、「わたしたち」の反省的な想起を可能にする方法として、地点における〈夢の脈絡〉があることを論じる。そうした〈夢の脈絡〉は多和田葉子の「エクソフォニー」という概念を鏡とすることで、明確に浮かび上がるだろう。そのとき、地点の活動そのものが「Ｊという場所」（内野儀）に埋め立てられる『ＨＭ』の「眠り夢叫び」にも見えてくるかもしれない。

2　文字移植／地点語のエクソフォニー

地点が語られるとき、その特異性を表象するために、彼らの発語の方法にスポットが当てられることが多い。いわゆる「地点語」として。だが、その方法は地点という劇団の占有物ではない。

そもそも、地点と多和田葉子の言語に対する関わり方はよく似ているのだ。たとえば、多和田の初期の代表作のひとつである『文字移植』（『アルファベットの傷口』）

を見てみよう。とある島を訪れた翻訳家の「わたし」は、二日後に迫った締切に追われて筆を進めようとするが、翻訳しようとすればするほど言葉がパラパラと小石のような単語に分解され、小説の全体像がつかめなくなってしまう。

> において、約、九割、犠牲者の、ほとんど、いつも、地面に、横たわる者、としての、必死で持ち上げる、頭、見せ物にされて、である、攻撃の、武器、あるいは、その先端、喉に刺さったまま、あるいは……[3]

こうして小説を翻訳していくうちに、「わたし」は溶岩が流れた跡にできた河のような黒い道筋で、この小説の作者と出会い、また島の郵便局に完成した原稿を届けようと家を飛び出した「わたし」の前には、小説のなかでドラゴン退治をする聖ゲオルクがさまざまな人物に仮現して登場する。つまり「わたし」は現実（小説）と虚構（小説内小説）のあいだに設けられた階層秩序の審級が壊れたあとの、複数の「現実＝虚構」が入り交じる〈夢の脈絡〉へと入っていく。

もちろん、ここで言葉は「現実」を写実することはないし、「わたし」という語り手に統合されて意味づけられることもない。「わたし」が翻訳する最初の単語は犠牲者――Opfer――である。その頭文字である「O」という文字は視覚的なイメージ／絵文字として自律する。「O」に空いた「穴」は、噴火口、傷口、口、あるいは島そのものの形態（島は「海」の平面に空いた穴である）と連結して重なり合い、紙に印字された文字群のうちに多義的に分裂した「O」の「いけにえ」――作中で犠牲者の訳語に「いけにえ」が当てられるのは犠牲となるのはもはや人だけではなく島そのものであることも暗示するからだ――の星座を浮かび上がらせる。

『文字移植』で描かれるのは「わたし」が見る夢ではな

い。〈文字〉が見る夢である。多和田のテクストは、〈文字〉が見る夢の領域を抱え込んでいる。紙の平面に穿（うが）たれたアルファベットの傷口から夢がしたたりおちる。語り手の、そして読者の「わたし」は、疾走する〈文字〉のリズムで確固たる現実の足場が突き崩される〈夢の脈絡〉のうちに溶け込んでいく。

　同じことが、地点の発語実践に対しても言える。地点は二〇〇三年初演の『三人姉妹』から二〇〇六年初演の『るつぼ』まで、台詞を細分化することから意味が剝奪されたバラバラな音の水準にまで言葉を解体する発語の方法論を深化させていった。その後、二〇〇七年から二〇〇八年にかけて、「チェーホフ四大戯曲連続上演」シリーズで発語の方法論はひとまずの完成をみた。その方法論に従えば「草刈りはすっかり済んだというのに、まいにち雨ばっかり、せっかくの草がみんな腐りかけているわ」という『ワーニャ伯父さん』のソーニャの台詞は、次のように分解されると三浦基は解説する。

1　ソーニャ　草刈り……すっかり……済んだ……まいにち……雨……ばっかり……せっかく……草……みんな……腐り……（いる）……（わ）。[4]

2　ソーニャ　クサカリはスッカリスンダというのに、マイニチアメバッカリセッカクのクサがミンナクサリかけて（イル）（ワ）。[5]

　1は単語のみを抜き取ったもの、2で単語は外国語のような異物としてカタカナで表記される。こうした台詞の細分化によって、地点は何をしようとしているのか。三浦によれば、それは物語や作者の意図、役の心理に回収されない単語が持つ潜在的な支配力を働かせるためである。そこでは、

〈草刈〉　　徒労。田舎。ばかばかしさ。

〈すっかり〉 清潔。S。秋田県。
〈済んだ〉 S。知性。のんき。

のように、普通のリアリズムであれば、登場人物の目的に向けて統制された心理解釈のためのサブテクストが、あたかもはじめて接する言葉のように、単語単位で過剰に解釈される。「たとえ母国語で書かれていようとも……舞台における言葉とは、すべて外国語のようなものとして扱うべきなのである」と三浦は言う。

　つまり、三浦は『文字移植』の「わたし」が外国語から母国語へと翻訳したように、日本語から日本語へと翻訳する。母語から母語へ。その翻訳の原動力となるのが、発語のリズムである。しかしそれは、一定の決められたリズムで言葉を統制することではない。逆である。〈文字〉の非連続な連続が、結果的にリズムを産出するのである。

　三浦の演出は、発語する主体に統一される意識の流れからつねに逸脱してしまう個々の単語に内在する響きやイメージを顕在化する。そのとき細分化された台詞は、無意味な音でもなければ、充実した意味でもない。意味と音のせめぎ合いから、そのつどごとに新たな意味のリズムを産出する、意味の外へと向かう〈声〉である（だから観客は台詞を意味として解釈すること、音として聴取することの不分明な領域に置かれる）。

　そうした音と意味の境界線で鳴り響く〈声〉の力を、多和田の言う「エクソフォニー」だと理解することは十分に可能だ。リービ英雄が解説するように、もともと移民文学やクレオール文学を包摂した「母語以外の言語で文学を書く現象」を指すexophonyは、exit + phone（外へ出る声）と分節されるが、多和田は母語の外に出る戦略の一端を、意味の外に出ることと重ね合わせる。

　母語の外に出ることは、異質の音楽に身を任せることかもしれない。エクソフォニーは新しいシンフォニーに耳を傾けることだ。[6]

わたしたちは『文字移植』のテクストに、すでに単線的な物語とは異なるリズムで産出される「異質の音楽」を聞き取っていたことを思い出そう。「O」の穴は意味の媒体である〈文字〉を露呈させ、噴火口、傷口、口、島の連結ネットワークを作動させる。「O」の「いけにえ」の翻訳プロセスのうちに生じる「異質の音楽」こそがエクソフォニーを響かせるのだ。それはテクストの〈文字〉＝身体に刻まれた多義性を、読者の身体感覚において想起させる複数的・多動的な読みのリズムである。そうした〈文字〉のエクソフォニーが〈夢の脈絡〉に「わたし」を引き込むのである。

一方、三浦は日本語のうちに、衝突する単語のリズムを導入することで、母語の充実した意味作用に亀裂を入れる。その亀裂が新たなリズムを創出し、台詞の意味を刷新する「異質の音楽」を響かせる。つまり、地点語とは〈声〉のエクソフォニーなのである。

3 情報処理のエクソフォニー

三浦と多和田は、共に、物質的な音や文字でも充実した意味でもない、その抗争関係を生起させるエクソフォニーの実践者である。『文字移植』では、「O」に喚び出されたエクソフォニーが、「わたし」を〈夢の脈絡〉のうちに引き込んだ。そしてそれは、読者／語り手／作者の審級を侵犯する〈文字〉の群れによる想起の爆発を惹起した。

なぜなら、エクソフォニーは、意識に上らない「わたし」の無意識へと多動的なリズムでもって揺さぶりをかける「異質の音楽」であるからだ。

そして、このエクソフォニーの実践は、第一節で提起した問いに対するひとつの答えになりうるものだ。SN

Sのようなネット以後のデジタルメディアにアクセスする「わたしたち」は、ワンクリックで表示される無数の情報のフローで断片化された非連続的な時間に引き裂かれ、何も覚えていられない情報消費の健忘症を強いられる。しかし、エクソフォニーの響きは、そうして断片化した情報群を単線的な物語とは別の仕方で連結する方法を示唆している。それは、非意味的な想起からなる反省作用に、「わたしたち」の想像力を開くのだ。

ここで、その答えの意味をさらに明確化するために、三浦と多和田のあいだに横たわる、見逃しえない差異に注目しよう。多和田の再読行為に比べて、三浦が例示する単語の解釈は、あまりにもデタラメなのである。わざわざジャンクなゴミの寄せ集めであるかのように、三浦が台詞を解釈するのはなぜだろうか？

たとえば、多和田の再読が『ＨＭ』の「吐き気」という単語ひとつから、ニーチェのディオニソス的人間とハムレット、そして『ＨＭ』の「ハムレット」を結びつけ、

そこから異なる英雄像を呼び出しうる豊穣さを備えているのとは対照的に、三浦は「草刈り」から「徒労・田舎・ばかばかしさ」といったまったく恣意的かつ無意味な読みを引き出すのであり、その貧しさは否応なく際立つ。しかし、それは三浦が台詞を「情報」として扱うがゆえである。

台詞を平板に覚えるということは実際にはできない。言葉には必ず色がある。意味がある。そして感情があるからだ。私が俳優に望むことは、できるだけそれを細分化するということ。これはもはや技術である。ここで言う技術とは……台詞を「情報」として扱いますよ、という態度のことだ。その情報処理をめぐる差異が、俳優の技術、すなわち能力と直結するのである。[7]

三浦は台詞を無意味な「情報」として扱い、その処理

速度を問題にしている。つまり、ここでは、言葉の意味を支える社会的・文化的・政治的なコンテクストを共有する解釈共同体は想定され得ないことが前提なのだ。脱文脈化された情報群を目の前に、俳優はいかようにも読み込める台詞をひたすらに処理し続ける情報処理機械となる。いわば彼／彼女は台詞＝情報を管理する「データバンク」、固定的なアイデンティティの地盤を喪失した空虚なマシーンである。

　つまり、地点は、細分化された台詞＝情報を高速処理することによって、台詞から単語のジャンク性＝物質性を引き出す翻訳のプロセスを作動させ、通常の処理速度では言葉の意味に抑圧されて顕在化しない複数的・多動的な読みのリズムから生まれる〈声〉のエクソフォニーを響かせる。そこで観客は、日常的な意識においては捉え損なうノイジーな〈声〉の響きを注意深く聞き取る聴取のモードへと態度変更を迫られるのだ。

　たとえば、地点の発語実践が見事に開花した二〇〇四年の『三人姉妹』の台詞の音構成を簡単に再現してみよう。オーリガ、イリーナ、マーシャの三人姉妹は、それぞれ化粧台、衣装箱、キッチンワゴンの上に乗り、無機質な物体と化したように硬直した姿勢のままで、次のように発語する。

> ヨネン?、ノアイダニ、マ・イ・ニ・チ、イッテキ、マタ、イッテキ、と、チカラ?、や、ワカサ?、が、ヌケテイクヨウナキガスル、ダンダン、オ・オ・キク、ツヨマ…ッテ・イ・ク・ノ・ハ……ク・ウ、ソ・ウ、ダ・ケ……〈モ〉…スクバへいく、コノウチヲウッテコノトチトキッパリテヲキッテ、〈モ〉…スクバへ／ソウよー、はーやーくー／〈モ〉…スクバへ／ネー／ニーサーン。[8]

読点を付けた部分が音の切れ目、「…」は間、「……」は長い間、「・」は強く切れる部分、「〈 〉」は爆発的に強調された音、「／」は発語する人物の切り替わりを意味する。オーリガとイリーナの第一幕での会話であるが、「ヨネン?-」などと自己言及的な問いかけが強調されることで、モスクワを夢見る三人姉妹からは、すでにして発語の根拠となる過去の記憶がなかば忘却されていることが示される。さらに、三人の俳優に振り分けられた台詞は、ほとんどひとつらなりの音構成で編まれたモノローグとして聞こえるように調整される。情報処理機械の匿名性においては、オーリガやイリーナといった固有名に立脚した台詞の配分は失効してしまうからだ。

とはいえ、人間は理想的な情報処理機械になりきることはできない。過剰かつ脱文脈的に解釈された台詞を高速処理し続けることには、身体――脳や肺や舌――の物理的な限界がある。ゆえに俳優の身体は情報処理の多動的なリズムが形成する〈声〉のエクソフォニーとの緊張関係に置かれてきしみ、硬直する。

その匿名的な〈情報処理‐身体〉は、発話に歴史的な記憶の根拠を必要としない、健忘症を生きる「わたしたち」のシミュレーターであり、同時に「わたし」の無意識下でノイズとして高速処理される、意味へと回収不能な不安の情動を露出させる方法にもなるのだ。

だから、台詞を細分化する地点の方法は、言葉の意味を社会的・文化的・政治的コンテクストの連続的時間のうちで記憶できない、消費と快楽の仮想空間に生きる「わたしたち」の健忘症を人為的に再現している。もう一方で、音と意味の境界で生起するエクソフォニーによって、「わたしたち」の健忘症が抑圧している忘失の不安を〈夢の脈絡〉において浮き彫りにするのである。それはたとえば、夢見られた「モスクワ」の内から、爆発的に生起する〈モ＝喪〉の音韻で「わたしたち」の目指すべきユートピアがすでにつねに喪われていることを顕在化するように。

つまり、健忘症の消費空間を、複数的・多動的な読みのリズムが作動する〈夢の脈絡〉へと変容させることで、夢見る「三人姉妹」という健忘症の「わたしたち」の根源的不安に観客が直面するように仕向けていたと言えるのである。かといって、「わたしたち」日本人というナショナルなカテゴリーを反動的に立ち上げるのではない。あらゆる共同性に根ざすことのない匿名的な「わたし」の存在と記憶をいかにして想起しうるのか？　という問いを観客に突きつけていたと考えられるのだ。

4　「わたしたち」のエクソフォニー？

　それでは、地点の『ＨＭ』はどうだろうか。いま、詳細にたどることは出来ないが、少なくとも発語実験を精力的に探求していた初期の地点は、二〇〇九年の『あたしちゃん、行く先を言って―太田省吾全テクストより―』以降、硬直した静止状態のまま発語することをやめて舞台上を歩いて移動するようになり、物語のある戯曲の上演からも逸脱していった。そして二〇一二年、エルフリーデ・イェリネクの『光のない。』を上演してから、つまりは二〇一一年の東日本大震災を契機に「わたしたち」日本人の「無責任の体系」を問うような作品が増えていった。

　こうした文脈のなかで、二〇一三年にはベルトルト・ブレヒトの未完の大作をハイナー・ミュラーが再構成した『ファッツアー』を上演し、二〇一九年に『ハムレットマシーン』を上演するに至った。確かに地点はあくまでもスタイルの様式化（形骸化）を拒み、上演する戯曲／テクストに立脚した上演の形式を探り当てる作業を持続的に行っている。だがその一方で、地点という集団の関心が、忘失の不安から逃れられない匿名的な〈情報処理‐身体〉が硬直し、きしむ姿を通じて、観客の反省的想起を促す実践から、「わたしたち」観客が参加する場の政治性を問う実践へと変化しているのは間違いないだろう。

確かに、初期の地点における発語実践には、断片的な引用の衝突するリズムから、歴史の記憶痕跡を想起する『HM』の方法論との形式的な共鳴関係があった。それが「Jという場所」の健忘症に対しての、批評的な対抗実践だったと解釈できるものである。

しかし、第一節で記述したように、地点の『HM』は自然（じねん）の論理に貫かれた「Jという場所」における情緒共同体の成員の姿を、集団的同調の方法でもって提示しようとしていた。ところが、俳優と観客の線引きを超えて、観客も劇への擬似的な「参加者」として巻き込み、「わたしたち」の共同性のあり方を問題化しようとするとき、テクストの持つ政治的コンテクスト――ハイナー・ミュラーであれば東ドイツの歴史性――が、つねにすでに自然な感動という美的価値でもって「わからないもの」としてやんわりと排除され忘却される「Jという場所」のメカニズムを、ひとまずはそのままトレースせざるをえなくなる。

そこで地点は、「わたしたち」が帰属するJapanという文化的共同体を戯画化することで、『HM』の受容の失敗を、観客＝参加者へのアジテーションとして上演する戦略を用いたのではないだろうか。それは、終幕近くの「一人の子どもさえ彼女からは生まれません」という台詞に示されるように、約三〇年前に西堂行人らによって日本に紹介された『HM』との、ある種の決別宣言だったとも考えうるのだ。社会主義という二〇世紀が産み落とした赤ん坊は流産したと再認すること。

だが、「以前は過去から亡霊がやってきたが、今では未来からやってくる」というミュラーが引用するブレヒトの言葉にある通り、埋葬された赤ん坊は、ジャンクなゴミになるからこそ、〈夢の脈絡〉を胚胎した未来のエクソフォニーとして「わたしたち」に取り憑く。地点の上演においても、舞台上で死体のように転がる俳優たちは、泣き叫ぶことをやめないのだ。

だとするならば、これから『HM』を再使用する新たな動きが出てくるかどうかは未然の問いとしてまだ残されている、のかもしれない。

註

1 ハイナー・ミュラー『悪こそは未来』(照井日出喜訳)こうち書房、一九九四年、一六〇頁。
2 三浦基『やっぱり悲劇だった―「わからない」演劇へのオマージュ』岩波書店、二〇一九年、ix―x頁。
3 多和田葉子『アルファベットの傷口』河出書房新社、一九九三年、三頁。
4 三浦基『おもしろければOKか?―現代演劇考』五柳書院、二〇一〇年、四八頁。
5 同書、五一頁。
6 多和田葉子『エクソフォニー―母語の外へ出る旅』岩波書店、二〇一二年、八九頁。
7 前出4、三五頁。
8 「chiten works2」所収『三人姉妹』(二〇〇四年)、0:07-0:41 の台詞を筆者が書き起こした。

第Ⅱ部

Homo Theatralis——演劇表象の現場から

晩秋のカバレット ハムレット・マシーネ 霊話バージョン

多和田葉子

「晩秋のカバレット」は、多和田がジャズピアニストの高瀬アキと東京のシアターXで行う声（朗読）と音（演奏）のシリーズ競演。テーマは年ごとに異なるが、政治や社会状況をユーモラスに風刺する刺激的なパフォーマンスを展開してきた。第十八回「ハムレット・マシーネ　霊話バージョン」（二〇一九年一一月一八日）ではハイナー・ミュラーをテーマに、オペラ歌手の中村まゆみを特別ゲストに迎えた。新たなオフィーリア像を立ち上げてミュラーの「ハムレットマシーン」を自在に解体・再構築しながら、全体主義に向かう現代社会に警鐘を鳴らした。

第一章　家庭の事情

わたし　だった　ハムレット
わたし　立った　湘南海岸
押し寄せては砕ける波に向かって
ものろ
ものろった
のろった
モノローグ
ひとり言
くりごと
ではない
立派なコミュニケーション　ちゃんと
しゃべった　他者と
タシャタシャ砕ける波と
べちゃくちゃ　しゃべくった

べちゃ　くちゃ
くちゃ　くちゃ　ちゃちゃちゃ
くちゃ　ちゃちゃちゃ
べちゃ　くちゃ
くちゃ　くちゃ　ちゃちゃちゃ
くちゃ　ちゃちゃちゃ
べちゃ　くちゃ
くちゃ　くちゃ　ちゃちゃちゃ
くちゃ　ちゃちゃちゃ

目の前は海
背後に迫る岸壁
日本列島は幅が狭いな
目の前は太平洋
背後には壊れた港町
あれ、かもめ
わたしゃ立つ鳥　とめないで
あああ　飛んでっちゃった

飛べない青年は
自分自身を抱きしめたまま
島に残される

ぐおん　愚音　愚音　愚音　愚音
鐘が鳴る鳴る　お国のお葬式
殺し屋と　殺された男の妻が
べったり　くっついて
おいっちに　おいっちにの　国会議員
Heulend ほいほい泣きながら
泣き男の報酬　Honorar ホラー映画
は雀の涙
あれだけ泣いてやったのに
稼ぎはこれっぽっち？
誰だ　仏は　死体運搬車の中の
誰だ　４体は　０９車の中の
„Wer ist die Leich im Leichenwagen?"

数えられない叫び　計り知れない嘆き
に取り囲まれた
死体はオオモノだ
コモノたちからすべてを奪った
奪うために奪って
奪った物を　ため込んだ
ため込んだ物が溜まりすぎて　腐った
ＦＵところが　ＦＵかい（懐が深い）
葬式行列を見ようと集まった国民は
黒魔術にかけられて　垣根に変身
これは垣根ですか？
かきね？
いいえ、国民です
野次馬ですか？
馬ではありません
わが
われらが

われわれが　国民

難病ホウレンソウ幻想
難病ほうっておけん勉強
難民放れん限界
難病ホウレンソウ幻想
難病ほうっておけん勉強
難民放れん限界
難病ホウレンソウ幻想
難病ほうっておけん勉強
難民放れん限界

とまれええええええ！
わたしは　とめた
葬式の行列を

棺桶をつるぎでシュヴェアっと

とめた
くさなぎの　つるぎ
ジークフリートの　つるぎ
ゲームの中だけで威張っているヒーローの　つるぎ
ＨＡ！ハムレットのつるぎは
ＨＡ！　ぽきんと折れた
ＨＡ！切れなくなった剣で
ＨＡ！生活に疲れた野次馬たちから
ＨＡ！死んでしまった王様を　切り離した
き・り・わ・け・た
「お肉とお肉はくっつきたがる」
„Fleisch und Fleisch gesellt sich gern."
ふふふ Fleisch und ふふふ Fleisch gesellt sich gern.
死者をめぐる悲しみが　いつの間にか
ふふふふふ
に変わっていく
戦後を管理する兵隊みたいに

くちゃ　くちゃ　ガムを噛みながら
ちゅん　ちゅん　音楽　聴いて　首ふって
あれ、あそこにいるのは？
あやめびと
からっぽの棺桶の上で
あやめびと
が
ごけさん
に　おおいかぶさる
「手伝ってあげようか、オンケルおじさん」
でもそれじゃあ
僕自身がオンケルおじさんになってしまう
パパを殺してママと結婚したおじさん
ママ
は飲み屋にしかいない
飲み屋？
クラブのラブ

母性愛
ママから生まれた会社員
つきだし、お酒、おひたし、焼き魚、大根
ママなのに食事を出して金を取る
世の中で本当に　ただで　もらえるもの
無償で　見返りを期待しない人から
あなたに与えられるもの
ありますか
空が剥がれ落ちそうな夜
わたしは　わたしを　横たえた
わった　わたしは　よこた　わった
割った　わたしは　ふたつに割った
わたしは　わたしを　横たえた
わった　わたしは　よこた　わった
割った　わたしは　ふたつに割った
　叔父と自分　父と自分　割ったら　わかった　ふたりとも自分　わらった　おかしくないのに　わたし　は　割れた　笑い

溺れる者は　我（われ）をもつかむ　轢かれながら　渡った　横断歩道を　赤を無視して　霊柩車が
すれすれで　通り過ぎていった　わたしは　横たわった　道路に　そして　耳をそばだてた
……
聞こえてくる
かすかに
声
地球さんが言った
「ちょっとそのへんを
ひとまわりしてくるよ
新鮮な空気が吸いたいんだ」
のんきなもんだね
自転しながら公転する
日々のお散歩
一定の速度で　滅びていく
地球さん
わたしは　いい人　だから

悩めるきっかけを与えておくれ
リア充という悲しみが　しみが
生活にはびこり
せまいところしか見えなくなる
わたしは　この国に来て何世代目だ
移民と王様は数えやすい
一世、二世、三世、四世
女の子を産んだ
生まれた女の子を　王座につかせよ
卑弥呼一世、エリザベス二世、エカチェリーナ三世
国民よ　焼け死んだ民よ
わたしは　なんてことをしてしまったのだ
焼け野原になった町
彼らを意味もなく襲撃し
破壊してしまった
わたしは　重い瘤を背負って歩く
資本主義　始まって以来　第二の猛暑の

寒さに震え
二番煎じのピエロを演じる
戦時
戦争を煎じる
戦時には　誰も笑わない
個の希望は消えて　個わばっていく
「窓をあけて！」
月
月ばかり眺めるのはもうやめて
地球を眺めよう
そこに現れた
わたしをつくった　おしべ
の幽霊は
頭に斧が刺さったまま
「その帽子　かぶったまま
で　いいですよ
羽根のついた素敵な帽子ですね

え　それは羽根ではない？」
おしべです
おしべ　が一本多すぎた薔薇男
それさえなければ息子は
この世に生まれなくてすんだのに
そう考えるのは息子自身

穀倉はお米の入ったお蔵
国草は国の草　ぺんぺん草
国葬は国の葬式　国が死んだら　国葬
くにがまえ　なんか　とっぱらって
ちいさく行こう
国にとって大切な人は全員だ
だから国葬ということは
有り得ない　厚かましい　怪しい
国葬は　殺人犯を弔っている
見えるでしょ　当然　当選　え　選挙で当選　それまでのボスを弔って　今度は自分が当選　それ

よくある　話

あなた、ちょっと、靴に血がついている　拭き取った方がいいんじゃない？

いけにえのおでんも　ぐつぐつ煮えてきた
明日というハンペンはいつまでたっても半端なままで
ちくわは牛蒡が詰まっているので　先が見えない
大根は役者に食べさせる
おでんに肉は要らない
お隣さんの肉に　斧を食い込ませる儀式は
やめたい
要らない物を取り合う遊びも
やめたい
斧につかまって回転する地球から
振り落とされないように
祈りながら　非科学に　しがみついている
祈りを禁じて　科学に　しがみついている
飲んでいてもいなくても

つまずいて　ころんで
地球から振り飛ばされる
そんなに簡単に　さよUなら?
さよUなら　さよUなら
友よ！
あれ、友はまだ舞台に来ていない
これじゃあ悲劇が台無しだ
早く　早く　遅刻だぞ　急げ
ホレイショー登場
わたしは　わたしをやめたい
わたしの頭の中にあるのは
実行する前から血まみれの計画ばかり
べらべらべらべら　言葉言葉言葉
わたしの脳味噌を知りつくしている男
ホレイショー
遅いよ、友達だろ、ギャラはたっぷりもらっているのに
どうして芝居の稽古に遅れるんだい？

ホレイショー君、わたしという人間を理解してくれているのか
わたしを友達だと思ってくれて　いるのか
わたしを理解していないなら　友達ではない
わたしを理解しているなら　友達でいることはできないだろう
心がきれいなホレイショーに
どうしてあんないやらしい父親のポローニアスが生まれたのか
生まれるなり自分の娘のオフィーリアの
全身をくさい舌で舐めた
あれ、オフィーリアがいない
これじゃあ悲劇が台無しだ
早く　早く　遅刻だぞ　急げ
「キュー出してください、お願いします！」
オフィーリアの登場
お尻を振り振り
悲劇の真ん中に飛び込んでくる
「さあて　誰と踊ろうかしら」
誠実な友ホレイショー

いやらしいポローニアス
一人二役
役者だから仕方ない
役者は役を演じる
訳者は翻訳をする
翻訳者と作者　一人二役
翻訳者と作者と役者　一人三役
わたしはハムレットを演じる翻訳者
セリフは何だっけ
「我が国は牢獄だ」
我が国って、どの国？
牢獄では
一人一人が
自分という壁に閉じ込められている
「キュー出してください、お願いします！」
ポローニアス退場
嫌いなキャラだ　早く退場してほしい

でも自分の結婚式だから出るしかないと
思い込んでいる
嫌な奴
母親の花嫁姿
誰だって自分の目で見たくはないだろう
写真ならいいけど
それもセピア色の
ママ　今　そのままの　ママ
胸はバラ肉の畑　下半身は蛇の穴
ママ　もしもセリフを忘れたら
僕が小声で教えてあげよう
こんなセリフはどうだろう
「口をすすぎなさい、王子様」
ごろごろごろ
「何度もすすぎなさい、王子様」
ごろごろごろごろ
「口が流れていってしまうまで

口をすすぎなさい」
まずい
くたくたに煮えすぎた国
お酢を入れすぎた国
保存料と着色剤だけでできた
この国に
もう口を合わせなくてもすむように
口をすすいでしまいなさい
口がなければ　どんなに楽だろう
目だけで媚びればいいのだから
この芝居は
序幕から人が死んで
処女膜から　この映画の字幕は赤い字で
書かれていて　まるで　結婚式みたいに
おめでたい
幕間に鼻血が出てきて鼻が
徐々に処女に

なっていく
徐々に処女に
さわらないでくれ
ハグと呼べばいつでも他人に抱きついていいのか　オレは誰にも抱きつかれずに　お辞儀ばかりして
いる国に行きたい

ママの結婚式
ママ　つのかくし
ママにはお祝いの席でさわられたくない
もう役者を演じるのはこりごり
監督になりたい
監督になって命令したい
はい、ここでキャアアアしてくださああい
花嫁衣装をビリビリしてくださああい
カット
違う、違う、衣装を鋏でカットしろと誰が言った？
カット、カット、

え、歴史はカットできない？

心臓はもちもちと弾力があるハツ
ヤキトリ屋のハツ
セイがつくと言われた時しか生きる意欲が出ないんだ　しかもそれがヤキトリだけではすまない　それで女性の立場から見たら迷惑だとは思うけれど　串に刺して食べさせておくれオフィーリア
女の心臓を
ハツがハーツになって　はたはた
羽ばたきながら
こちらを見下ろしている
わたしゃ立つ鳥
上空でハたハたハた　笑っている
死者の魂みたいに

第二章　水入らず

わたしの名前はオフ
オフのエーリア
この世界では何でもオフ
「川の水」株式会社も年配女性には
退社してほしいと常々思っている
川の中にずっと浮かんでいてもらっては困ります　いくらヒロインの死がロマンチックだと言っても
やっぱり腐っていきますしね
「川の水」株式会社も年配女性を
ずっと雇っていると
どんどん成熟して
出世してしまうから
首吊り会社は春のシーズン割引き
眠りが美味しすぎて一晩で一瓶
出勤時間が来ても

もう二度と目を醒まさなくてもいい薬
唇に降りかかるSchnee
Schneeが「死ねー」と聞こえる
鍋と間違えて　自分の頭をガスコンロに……
きのう　わたしは　自分自身を殺すのをやめた
自分の胸と二人っきりで　水入らず　入水しない
自分の腿と二人っきりで　水入らず　入水しない
自分の腰と二人っきりで　水入らず　入水しない
わたしを閉じ込めている道具を
かちかちで　めっちゃくちゃに
たたき割って壊した
家具を破壊せよ
椅子　お尻を家に縛り付けるための
テーブル　のせる食事をつくるための
ベッド　快楽を演じるための
我が家と呼ばれる戦いの場を
破壊します

ドアを破ってはずします
外の風と世界の叫びが
吹き込んでくるように
窓ガラスを割ります
血がついた手で
写真を破ります
好きだった人の写真
わたし　という女の使用法
ベッドの上では掛け布団
テーブルの上では受け皿
椅子の上では座布団
床の上では雑巾
グラビア写真にライターで火をつけて
台所の菜種油を注いで
新聞紙を加えて
成長していく炎
家庭が燃え尽きた後

これまでわたしの心の代わりだった
大切な時計を
胸からナイフで掘り出して
質屋に持って行った
グッ血まみれの
愚痴ばかり言っている
しゃれる
射殺ネ　ル
バーバヤーガ
墓場ばかり
ぶるぶる震え
がりがりに痩せて
わたしは　今
死んでばかりいる毎日に
終止符を打った

Universität der 死んだ人間たちの Toten 大学。Gewisper und ひそひそ　Gemurmel　ぶつぶつ。Von ihren Grabsteinen aus 墓石の中から（墓石が教壇 Katheder になっている）werfen die toten Philosophen 死んだ哲学者たちが ihre Bücher 本を Hamlet に投げつける。死んだ女たちのギャラリーあるいはバレー。首を吊った女、手首を切った女などなど。Hamlet は眺めている betrachtet sie 彼女らを mit der Haltung eines Museums- 美術館に来た人みたいに、あるいは劇場の観衆 Theaterbesuchers みたいに。

消しゴムが色っぽい化粧をして、身売りしている。全裸のボールペン。はさみは女になりたい。でも女というものはもう存在しない。ビニール袋が、お腹の中にコンビニで買った口紅を入れて、女になりたい、とうめく。でも男というものはもう存在しないので、女になるということもありえない。キャバレーで物干し竿に囲まれてバーボンを飲んでいる携帯電話は、ひょうたんをぶら下げて明日の朝また穀物運搬車で出勤する。大統領がマリリン・モンローそっくりの格好をして踊って見せてももう誰も驚かない。誰も笑わない。ため息ばかりが台風になって、ふうふうと地上を吹きまくる。

第四章　しゃあしゃあソーシャルメディア

国民のみなさまには大変なご迷惑をおかけしております。我が国は大変難しい時期にさしかかっております。戦後もっとも難しい時期と言ってもよいのではないかと思っている次第であります。いったい何が難しいのか、簡単に申しますと、方向転換するのが難しいのでございます。集団で崖に向かって真っ直ぐに歩いて行く。このままでは落ちてしまうと全員が感じているのに、方向転換ができないのであります。

本物のハムレットのセリフ
本物のハムレットなんて　いるはずない
ハムレットの本物は　いつも　偽物
今日も偽物　明日も偽物

本物のハムレット　俳優がなります
偽物のハムレット　これこそ　本物
ハムレットの偽物は　いつも　本物

今日も本物　明日も本物

もう日本人を演じるのは　やめました
先祖代々　誰もが移民
ハムレットが誰だったのか
みんな忘れてしまっていても
それでも　お客さんは充分集まってくる
自分には関係のない遠い国
遠い時代の物語
安心して観ているお客さん
もうハムレットーキョーはやめました

「裏方さん、ご苦労さん」

舞台装置は　巨大な冷蔵庫
気温は毎年あがっていくから
脳味噌を冷蔵庫に入れておかないと

雑菌が増えるよ
ごおおお　ごおおお
電気が食われていく音だ
ごおおお　ごおおお
冷蔵庫に　冷凍庫に　冷房装置に
冷戦の終わった温暖化の時代
テレビが三台ついているけれど
声は聞こえない
レコードプレイヤーも黙ってしまった
電話も音声は消してある
言論の不自由モードで
声は　き・こえ　ない

お偉い人　お偉いはずの人　大物の
島国では銅像は空気でつくる
だから倒される心配がない
人々は決して立ち上がらず

しゃがんだまま輪になって
時には目に涙を溜め
時には鼻の穴をほじくりながら
折れた枝で砂にコメントを書き付ける
しゃあしゃあ雨に流れる砂でできた
しゃあしゃあソーシャルメディア
しゃあしゃあ誰も読まないみんな読む
何も変わらない何かが変わっていく
雨の中を散歩する犬たちが
自分のにおいを残すため
しゃあしゃあラブレターをふりまく
しゃあしゃあ雨の日も犬の鼻先で読む
しゃあしゃあソーシャルメディア
雨の降る中　アンモニア・ヘイト

（冷蔵庫の中で血のソーセージを食べている三人の女たち。実は女装したマルクス、レーニン、毛沢東。

それぞれが自分の言葉でしゃべっている。）

Es gilt alle Verhältnisse umzuwerfen. Необходимо отменить все условия. It is necessary to overturn all conditions.
すべての関係性をくつがえす必要があります。

ディスプレイの気まぐれで
見ちゃったよ　白黒の昔
石でできた国の指導者が倒れて
大きな鼻の穴にカメラが近づいた

ディスプレイの気まぐれで
見ちゃったよ　白黒の昔
何気なく町を歩いていた人たちが
ふいに歩調を合わせて
赤信号を無視して流れ始めた
川が反乱したみたいに

ディスプレイの気まぐれで
見ちゃった　白黒の昔
警官たちがつくる垣根
氾濫して政府官邸に向かう川

気がつくと
戦車に乗っていた
目の前から怒った顔をして
娘が
外国から来た婿たちが
孫たちが
そしてその友達が
こん棒を振り上げて迫ってくる
巻き戻しができない
リセットボタンもない
強制終了のキーがない
あるのは発砲のボタンだけ

安心して殺しなさい
これはゲームだから
撃っても大丈夫
人間みたいに見えるけれど
実はただのデータ
撃っても大丈夫
安心してキーを押して
いつものように
いち目玉焼き、に半熟卵、さんスクランブル交差点。この三つの中から発砲の場を選んでください
クリック
お客様のニーズに合わせて
ドイツ文学は　イチできれば読みたくない　ニあまり関心がない　サン聞いたこともない　この三つの中からは選ばないでください
クリック
あなたの性格は　イチ　人を殺してでも前に進む　ニ前に進んだら人が死んでしまったがそれは仕方ないと諦める　サンあらゆるアンケートを無視する
ハムレットはキーを叩き続ける

彼の出る幕はない
あるのはクリックだけ

テレビって　よかったよね
みんなで集まって　やいやい　ひやかして　好きな女優が出てくると箸が動かなくなって　ごはんこぼしながら食べて　お茶を飲み終えると　それぞれが　また　机に戻って行って
日々の生活の絨毯
テレビって結構　嘘つきじゃなかったよね
顔を見られているから
責任取らないとならないから
昭和のテレビ
ベルリンの壁が崩れる前触れとして
昭和が終わった

a月曜日、火曜日、水曜日、木曜日、テレビ、金曜日、土曜日
b月曜日、火曜日、テレビ、水曜日、木曜日、テレビ、金曜日、土曜日、テレビ、
c月曜日、テレビ、火曜日、テレビ、水曜日、テレビ、木曜日、テレビ、金曜日、テレビ、土曜日、

テレビ、
d月曜日、テレビ、テレビ、金曜日、テレビ、テレビ、
eテレビ、ネット、テレビ、ネット、テレビ、ネット
fテレビ、ネット、ネット、テレビ、ネット、ネット
gネット、ネット、ネット、ネット、ネット、ネット
日曜日はどこへ行ったの?

のんびり　って漢字でどう書く?
漢字がみつからないから
のんびりできない
ゆっくり　って漢字でどう書く?
漢字がみつからないから
ゆっくりできない
ぶらぶら　って漢字でどう書く?
漢字がみつからないから
ぶらぶらできない
Gemütlichkeit ってどんなスペル?

難しすぎて移民はため息をつく

芝居も映画も架空のお話
架空でも嘘をついたことはなかった

……「吐き気」という言葉。口にするのはちょっと気が引けます。激しい言葉なので。吐き気。「こんな社会は見ていると吐き気がする」なんて、あの人平気で口にしちゃうんですよね。それでみんなに煙たがられて。みんなそんなことは言わないですもの。吐き気がする、なんて、なんだかひどく否定的ですからね、言わないですよ。言わないけど、でも終電の中ではやっぱり吐いちゃうんですよね。

さまよう　店から店へ　顔
汗ばんだ顔　化粧した顔　あおざめた顔
額に傷がある　消費者戦争で受けた傷
損のない買い物する人の
尊厳のない　貧しさ
微笑みという商品
広告写真の中で　女が殺され　その若さだけが残る

女の大損を「尼損（アマゾン）」と呼ぶ

僕はマクベスだった　王様が使い古した三人目の奥さんをただでもらった　ほくろの位置は全部暗記している　ラスコーリニコフを胸のポケットに入れて　ジャケットはこれ一枚しかしか持っていない
いくら金貸しだって　頭蓋骨は　一つしかないだろう　だから武器も一つでいいだろう
計画犯罪
完全犯罪
計画だけで完全に終わった犯罪
空想から現実にはみ出してしまった犯罪

空港の孤独の中で
やっと息がつける
優遇されているんだな
孤独を感じることができるなんて
壁に守られて
壁に閉じ込められて
鉄条網でできた活字に囲まれて

（作者の写真）

もう食べるのは嫌　飲むのは嫌　息をするのは嫌　女を愛するのは嫌　男を　子供を　動物を愛するのは嫌　毎日死ぬのは嫌　殺すのは嫌

（写真を破く）

自分の中に住みたい
自分の肌の下に
肌じゃまだ外側過ぎる
自分の肉の中に住みたい
肉ではまだ外側過ぎる
骨の中に
骨は外部
骨髄の中に
そこは迷路
脳味噌の中に
脳味噌の中味イコール情報という名の外部
自分の内臓の中に住みたい
しかし内臓にもカメラは入っているだろう

生中継もあるだろう
自分の排泄物の中に住みたい
そこが自分の内部か
嘔吐物の中
まさか
ここまでは誰も追ってはこないだろう
住むところが欲しい
身体をナイフで切り開いてでも
一人になりたい
一人になれるのは　空港だけ

（ハムレットはまえかけをかける。）
ハムレットは　おでん屋さん
けっこう流行っている
未来のタンパク源は　昆虫
未来の歩き方は　躓きながら
穴から穴へ　穴場を狙って　大穴当てて

まあどうでもいいや　と
やる気はないのに
何をやっても上手く行く
けっこう　うまくやっている
きっと肩に幽霊を背負っているからだね

第五章　母の回収

深い海の中です。車椅子に乗った女性の姿が見えます。オフィーリアでしょうか。ひらひらとお魚が泳いでいます。でもお魚はそれぞれビニール袋に入っていて、息が苦しそうです。

白衣を着た二人のお医者さんが、オフィーリアと思われる女性の身体を下から上へ包帯で巻いていきます。

「こちらはエレクトロです」と放送が入ります。「海の底はとても暗いのです。今日の番組は、その暗さの中心からお届けしております。明るく照らされた都会にいる人には想像できないでしょう。でも立派な大人になられたみなさん、海のミルクを飲んで育ったんですよ。その母乳に泥がまざってしまった。ヘドロという名前の恐ろしい泥です。産みの母であるやさしいお母さんが母乳に毒を混ぜたなんて、いったいどうしてでしょう。しかもお母さんは叫んでいます。産まなければよかった、っと。産んだのはわたしの責任です、と。これから生んだ子供たちを一気に吸い込んで、回収します。一度生産した物はなんでもみんなゴミになる。海のお母さんは責任をとって、自分の産んだ人間たちを回収します。一人一人回収します。時には大勢いっぺんに回収します。燃える人間、燃えない人間、粗大人間、電化人間、古着人間、瓶人間、缶人間、古本人間、

演出ノート

Homo Theatralis——演劇表象の現場から

演出ノート❶

多和田葉子のことばを聴く

『動物たちのバベル』を上演して

川口智子

戯曲のことばに出会うとき、私は、一語一語のことばが持つ時間の長さやリズム、ことば自体のエネルギーや空間のひろがりを聴く。確かに目で読んでいるのだけれども、文脈を理解する脳の働きとは別に、耳ではないどこかでその響きを味わっている。

二〇一八年夏から秋にかけて、くにたち市民芸術小ホールの制作で、国立市を中心とした一般公募の出演者一八名と一緒に多和田葉子さんの『動物たちのバベル』の上演に取り組んだ。企画が持ち上がり、多和田さんの戯曲の中から『動物たちのバベル』の上演を提案したのは、そのことばの持つレゾナンス、話している主体から空間的に少し離れ、斜め上にふわりと浮いているようなことばとの距離感が心地よく、多和田さんのことばの海を泳いでみたいと思ったからだ。

「多和田葉子　複数の私　Vol.3」
演劇公演『動物たちのバベル』

2018年11月9日（金）　くにたち市民芸術小ホール
主催：公益財団法人　くにたち文化・スポーツ振興財団

KAWAGUCHI Tomoco

演出家。東京学芸大学大学院修了。劇作家、演出家の佐藤信に師事。二〇〇八年より演出活動を開始。自身のプロジェクトとして一〇年―一三年、サラ・ケイン『洗い清められ』（訳：近藤弘幸）の連続上演を企画・演出。一三年―一七年、香港のドキュメンタリー映画監督・卓翔とともに、東京と香港のアーティストの交流の場を開く「絶対的」を発足し、多言語演劇の創作に取り掛かる。二〇年春、コンテンポラリー・パンク・オペラ『4.48 PSYCHOSIS』（四時四八分精神崩壊）を国内およびイギリス二都市にて上演。二二年、くにたち市民芸術小ホールにて多和田葉子書下ろしの新作オペラを演出。

『夜ヒカル鶴の仮面』演出は、川口による多和田葉子作品演出の第二弾となった。死者（棺桶）をめぐる四人の人間たちの声は、ラップ音楽と共に協奏／狂騒へと繰り広げられ、人間と動物の境界線をゆさぶる言葉たちの闘ぎあいが、張りつめた緊張とユーモアの連続において、会場中を実に心地よく木霊した。今回の演出ノートで川口が記すのは、本演出に先立ち二〇一八年に上演された『動物たちのバベル』の演出経験を経て実感される、多和田葉子作品の「ことば」の魅力である。

作：多和田葉子
演出・美術：川口智子
照明：横原由祐
衣裳：角田美和
舞台監督：横山弘之（アイジャックス）
演出助手・音響操作：横川敬史
照明操作：野田容瑛
協力：葉名樺、鄒思揚、辻田暁、鄭慶一
ワークショップ協力：おきなお子、加藤礼奈
制作：斉藤かおり、青山雅音、中島さゆり（くにたち市民芸術小ホール）
写真提供：くにたち市民芸術小ホール、遠藤晶
出演：一色亮介　加藤礼奈　久保田正美
熊田香南　佐藤満　渋沢瑶　末松律人
高橋博子　武田あやめ　武田怜実　棚田真理子
中嶋祥子　畠山栄子　堀満祐子　前川悦子
松井千奈美　森口京子　横川敬史

『動物たちのバベル』

リーディング『夜ヒカル鶴の仮面』

イヌ、ネコ、リス、キツネ、ウサギ、クマ。

第一幕。ひとつの洪水のあと。ホモサピエンスが絶滅したあと。動物たちが話を始める。それぞれに別の場所から来たのだろう。それぞれの、別の言語を話している。書かれているのは日本語。でも、私にはイヌとネコとリスとキツネとウサギとクマがひとつの言語を話しているようには聞こえない。これはひとつの言語で記されている多言語の演劇なのだと理解した。イヌはイヌのことばを、ネコはネコのことばを話している。その互いの言語を理解できているのが、彼らの言う「動物的倫理」かもしれない。登場動物（人物と言えない）たちが、それぞれのことばで話しているその言語的に未分化で豊かな状態を、日本語を母語とする出演者が日本語で話しはじめると急に日本語の演劇になってしまうので、第一幕ではお芝居の中で起こることに対して、イヌならば「ワン」と吠えてしまうというシンプルな仕掛けをつくった。そうすると、例えば、何かの拍子に「ワン」と話しかけられたネコが困って「ニャァ」と返す。互いの言語を理解できない瞬間が自然と立ち上がり、時間を経ていくと動物たちがひとつのことばを欲求するようになる。

第二幕。バベルの塔を建設するプロジェクトに集まった動物たちは、人間のような服を着て、動物的倫理をその内側に押し込めるようになる。バベルの塔の建設をめぐる国際会議、フォーラムシアターのような場面。この場面では、ことばがある程度標準化され、ひとつの言語を話しているように見えて、実はお互いに通じていない。わからないということが個々の動物の中に隠され、実は互いに別の空間で顔を合わせることもなく、互いの声さえ聞こえていないのではないかという気がする。この幕の終わりに行くにつれ、別のコンピューターにホストされているテレビ会議のようで、ことばはそのことばだけを意味する記号になりそうな、そんな不安がよぎる。とはいえ、人間の服の下に隠された動物たちの（例えばウサギはバベルと言うつもりで「タマネギ」と言ってしまい、他の動物たちがその「タマネギ」という言葉にずっと翻弄される）、統制されたことばへの一定の距離感が、まだ動物たちの会議のほうがまともであると思わずにいられない。

そして、第三幕。待てど暮らせど、バベルの塔建設のプロジェクトは始まらず、動物と人間の中間くらいの状態で、彼らは自分たちでプロジェクトを始める決意をする。そこで、動物たちは翻訳者を選ぶことにする。

リス　ボスではなく翻訳者を選んでみたらどう？　自分の利益を忘れ、みんなの考えを集め、その際生まれる不調和を一つの曲に作曲し、注釈をつけ、赤い糸を捜し、共通する願いに名前を与える翻訳者。

イヌ　大統領でも代表でも指揮者でもプロジェクト・ディレクターでもなくて……

ウサギ　翻訳者！

全員　賛成！[1]

そして意外なやり方のくじ引きが行われ、リスが翻訳者になる。ここでの翻訳者はことばをことばに置き換えるだけの無機的な言語を話そうとはしない。ひとつひとつのことばのエネルギーをほどいて提示してみせる。そのほどき方がリス特有のユニークさで語られるこの場面は、意味ではないことばとの距離感、ことばとの出会い方を描いているようで、それでいて、ことばがビジュアルで可視化され、クリアにイメージできる場面。沸騰した鍋に浮き上がるひらがなやカタカナをおたまで掬うことができる多和田さんのことばが[2]、動物と人間の中間の身体で発語される、『動物たちのバベル』のまさにことばがふわりと斜め上にゆらいでいる状態のよう。

翻訳者を中心にして、動物たちが住む家をみんなで作ろうとしているその最中、海が近くに押し寄せ、ホモサピエンスが生き残っていることを発見して、この劇は終わる。

『動物たちのバベル』を上演するにあたり、もしかしたら、イヌ、ネコ、リス、キツネ、ウサギ、クマの他にも黙っていた動物がいたのではないか、という気になった。どうも、戯曲の中に、じっと耳を傾けている存在の気配を感じるのだ。今思えば、それは動物たちの声を聴いている多和田さん自身の存在なのかもしれない。ここ十年、イギリスの劇作家、サラ・ケインの上演に取り組んでいるけれど、サラ・ケインの場合も戯曲の背後に彼女の身体が震えているのを感じる。私は、こういう作家のカラダを舞台に上げたいと思う。今回は、じっと耳を傾け、自らは発していない、動物。

初期のワークショップの中で、動物たちのデモを行った。新聞を使って動物に扮し、それぞれの動物の言語で人間に抗議する。最初はそれぞれの言語でデモしているので、お互いに何を言っているのかわからないのだけれど（参加者の好きな動物を選んでもらったので戯曲には登場しないキリンやゾウがいた）、例えば、ゾウがパオーンと主張するデモだ。そこに、貘(ばく)がいた。貘は「人間の夢ばっかり食わせるな」と怒っていた。『動物たちのバベル』で、動物たちのことばをじっと聴いている、その存在は貘かもしれないと思った。そこで、第三幕、ひとりの出演者に貘に扮してもらい、動物たちのやり取りにずっと耳をすませてもらった。動物たちが劇場の客席に人間を見つけ、舞台から降りて「あなたはもし何でも知っている人に、一つだけ質問していいと言われたら、どういう質問をしますか」[3]と尋ねている間、貘は降ってくる辞書のページ(バラバラになって降ってくる辞書のページは爆風で吹き飛ばされたことばの灰のようだった)が降り注ぐ中、ことばをもたずに無言で大地(舞台)を踏み鳴らした。海が近づき、ホモサピエンスが再び発見され、貘は怒っていた。

二〇一九—二〇二一年、多和田さんの初期の戯曲である『夜ヒカル鶴の仮面』の上演、それからくにたち市民芸術小ホール主催で多和田さんの書下ろしによる新作オペラの上演も予定している。ひとつの言語による多言語演劇の可能性。ことばなのか音なのか、「意味というものから解放された言語」[4]を求める、そんなことばの海を「泳ぎ歩く」旅になるのかもしれない。

註

1 多和田葉子「動物たちのバベル」、『献灯使』講談社、二〇一四年。
2 多和田葉子「捨てない女」、『光とゼラチンのライプチッヒ』講談社、二〇〇〇年。
3 多和田葉子「動物たちのバベル」、『献灯使』講談社、二〇一四年。
4 多和田葉子『エクソフォニー——母語の外へ出る旅』岩波書店、二〇〇三年。

演出ノート❷

『オルフォイスあるいはイザナギ』に取り掛かるにあたって

小山ゆうな

多和田葉子さんの作品に、演出家として関わらせて頂けることになった。TMPというプロジェクト内において、「多和田葉子さんの演劇」という地平を過去・現在・未来に拓いていく実践の一つとして、日本では未公開、未邦訳の作品『オルフォイスあるいはイザナギ』に挑むことになったわけである。TMPに参加する上で、大きなきっかけとなったのは、二〇一一年にハイナー・ミュラーの『画の描写』を演出した際にも、あらゆる方面から厳しくも的確なアドバイスを頂いて以来、いつも様々な深い洞察と新しい視点を与えてくださる、ミュラー研究家の谷川道子先生とのご縁である。『オルフォイスあるいはイザナギ』をめぐる企画は、最終的には演劇公演を目的としており、二〇一九年一一月にまずリーディング公演という形で始動する。頂いた台本は、もともとラジオ用台本であったとの事

上演

『オルフォイスあるいはイザナギ〜黄泉の国からの帰還』

2019年11月16日（土）　くにたち市民芸術小ホール　地下スタジオ
主催：公益財団法人　くにたち文化・スポーツ振興財団

KOYAMA Yuna

ドイツ・ハンブルク出身・早稲田大学第一文学部演劇専修卒業。二〇一二年よりさまざまな分野・国のアーティストが平等に意見を出し合い作品づくりをするアーティスト集団「雷ストレンジャーズ」を主宰。一七年に『チック』にて小田島雄志・翻訳戯曲賞、一八年には読売演劇大賞優秀演出家賞受賞。

『オルフォイスあるいはイザナギ―黄泉の国からの帰還』は、小山による初の多和田作品演出となった。オリジナルテクストはドイツ語で、ラジオ劇のために書かれた作品であり、多和田文学に特有ともいえる、音と意味の掛け合いによる言葉遊びのユーモアを観客にどのように届けるのかといった工夫が、ドイツ語に堪能な小山こその捻りによって随所に活かされ、シンプルながらも美しいリーディング劇が誕生した。

作：多和田葉子
訳：小松原由理
演出：小山ゆうな（雷ストレンジャーズ）
出演：波／イナーケ／花1：紫城るい　オーギ／漁師1：霜山多加志（雷ストレンジャーズ）　漁師2／花3／数9：松村良太（雷ストレンジャーズ）　花2／数4：平山美穂（雷ストレンジャーズ）
映像：神之門隆広

で、どのように立体的な演劇になり得るのかは未知数だが、作品に潜むユーモアと、世界や人間の哲学に広がっていく重層的な世界感は、理屈ではなく、ただそこに浸っていたい気持ちにさせる。

振り返れば、自分自身と多和田葉子さんの接点はこれまで皆無だったわけではない。私は、一九七六年にドイツ・ハンブルクで生まれ、一九八二年まで過ごした。この八二年に多和田さんがハンブルクにいらしたという。私はその後小学五年生の時にも再びハンブルクに戻っているのだが、常に自分の中で、「日本人である事」と「ドイツで育った事」の根っこのなさ、そしてこの融合点がどこにあるのかといった問いかけを続けてきた。いわばその問いかけの延長で、日本人である事の不思議なコンプレックスと日本独自の文化や思想の面白さをいったりきたりしながら、演劇に関わるようになった現在は、ドイツ演劇やヨーロッパの古典演劇を演出する機会が多い。だが、ヨーロッパ演劇を面白いと思う理由は、ドイツで育った事に加え、曽祖父である楠山正雄が、明治・大正期に西洋演劇の翻訳や紹介を積極的に行った人物だったこともあり、西洋演劇の翻訳戯曲が身近にあったことも大きい。実はこの曽祖父も、晩年は日本の昔話の編纂にあたっており、『日本童話宝玉集』の二巻は『日本の神話と十大昔話』という括りで編纂された神話の冒頭には、イザナギとイザナミの物語が置かれている。西洋の作品に深く触れれば触れる程日本人・日本文化について考える事になるし、日本文化に触れれば触れる程西洋的思考について考える事になる——自分自身の演劇との目に見える関わり以前に、すでに昔から多和田葉子さんの『オルフォイスあるいはイザナギ』の世界と繋がっていたようにすら感じてしまう。

多和田さんの世界は、和洋の世界を自然に繋げていて、極めて現代的である。そこには、『古事記』の世界の伊奘諾の物語に覚えた違和感や不気味さは全く感じさせず、『オルフェウス』の物語の余りに人間臭いと感じた不思議さも感じない。波に語らせたり、花たちや数字と会話する童話的世界により、よりドライで洗練された現代的な神話世界に触れる事ができる。それにしても、我々にとって神とは何なのか――。多和田さんのインタビューに「アルファベットで書くことでルーツから解放される」という言葉があったことが思い起こされる。イザナギをアルファベットで書くときに立ち現れるイメージ。あるいは花や波といった登場者たちにも、花／BLUMEN、波／WELLEといったおそらく多和田さんの脳内では二つの表記と二つの音が、同時に駆け巡っていたに違いないことを意識しながら、日本語で俳優がそれらの言葉を声に出すときに、物語がどのように息づくのかを繊細に見ていきたいと思っている。それと同時に、もう少し大きく捉えて、多和田作品独特の言葉遊びとユーモアをどのようにお客様と共有できるのかということも考えたい。そもそも神話世界を土台とした事自体のユーモアと遊び心にはどのような表現が適しているのかを模索することも楽しみの一つである。俳優たち、作曲家、そして翻訳の小松原さんとともに話合いながら、この作品が持つ国や時代を超える普遍性を、いかに立体的にできるか、挑戦するつもりである。

地点の『ハムレットマシーン』

三浦 基

『ハムレットマシーン』を、どう上演するかということで、稽古場ではシェイクスピアの『ハムレット』を読むことからはじめた。まずは『ハムレット』をハイナー・ミュラーがどう扱ったかに注目した。何度かの通読やテキスト抜粋の作業を経て、これらのテキストから想起されるイメージを俳優たちと話し合った。それはまた、「なにを表現できれば『ハムレットマシーン』を上演したと私たちは言えるのだろうか」ということだった。稽古場に居た八人がそれぞれ一〇個ずつ言葉を書いた。全部で八〇個の言葉が並んだが、同じ言葉はほとんどなかった。言葉のイメージを共有してすり合わせ、まとまりごとにシーンとしてタイトルをつけていった。このタイトルはシーンそのものの核心・分析であると同時に、演技の指針ともなる。各シーンのタイトルは次のようなものになった。

公演情報『ハムレットマシーン』

2019年10月24日（木）〜 31日（木）

MIURA Motoi

劇団「地点」代表、演出家。桐朋学園芸術短期大学演劇科・専攻科卒業。一九九九年より二年間、文化庁派遣芸術家在外研修員としてパリに滞在。帰国後、地点の活動を本格化。二〇〇五年、青年団より独立、活動拠点を東京から京都へ移す。同年、チェーホフ作『かもめ』で利賀演出家コンクール優秀賞受賞。〇六年、ミラー作『るつぼ』でカイロ国際実験演劇祭ベスト・セノグラフィー賞受賞。〇七年、チェーホフ作『桜の園』で文化庁芸術祭新人賞受賞。一七年、イプセン作『ヘッダ・ガブラー』で読売演劇大賞選考委員特別賞受賞。その他、京都府文化賞奨励賞（一一年）、京都市芸術新人賞（一二年）など受賞多数。

二〇一九年一〇月二四日初演の『ハムレットマシーン』は、地点による特殊な集団創作のノウハウ、「地点語」と言われる日本語の音節の破壊と再構成という印象的な響き、さらにシェイクスピア作品、そしてブレヒト、イェリネク作品といった三浦によって手掛けられた話題性の高い演出経験が見事に積み重なった舞台を披露し、ハイナー・ミュラー作品への独創的なアプローチを実現した。

作：ハイナー・ミュラー
訳：谷川道子
演出：三浦基
出演：安部聡子・石田大・小河原康二・窪田史恵・小林洋平・田中祐気

〈子守り唄〉〈ママー／ベイビー〉〈デンマーク侮辱〉〈不吉〉〈人たらし役者〉
〈真空パック家族〉〈死のインフレ〉〈バカ殿（カオス）〉〈空〉
〈デモ隊、投石、花、〉〈H・M・次〉〈祈り・暗記・次〉

このような作り方をしたのは初めてのことだった。

もう一つ、今回初めて試みたのが、劇の終盤でのシーンの反復である。〈デモ隊、投石、花、〉のシーンをもう一度〈H・M・次〉で上演する。ただし、劇の序盤で示したトランペットの演奏とシーンの静止を挿入し、さらに『ハムレットマシーン』『ハムレット』からの言葉を抜き出し、ラップ調の言葉遊びを展開させた。このようにいわば「変奏」はされているものの、シーン全体をそのまま反復するということもこれまでやったことのなかったことだった。

以下に上演台本の一部を掲載する。地点の作品では、ひとりの俳優がひとつの役を担うということは少ない。ましてやこの『ハムレットマシーン』はそもそもそういう戯曲ではないので、俳優の名前を役名としている。また、俳優自身が、タイトルにそって台詞を選び直したり、提案し合って構成するという集団創作を前提としている（前述のラップも、すべてそれを発語する俳優自身が言葉を選んだものだ）。上演台本は、稽古場でのさまざまな試行錯誤の結果である。その作業の一端を文字からでも感じてもらえたら幸いである。

［使用テキスト］
ハイナー・ミュラー『ハムレットマシーン』（谷川道子訳）、『シェイクスピア　差異』（谷川道子訳）
ウィリアム・シェイクスピア『ハムレット』（福田恆存訳）
ソフォクレス『エーレクトラー』（大芝芳弘訳）
エウリピデス『エーレクトラー』（松本仁助訳）
ベルトルト・ブレヒト『屠場の聖ヨハンナ』（岩淵達治訳）、『ファッツァー』（津崎正行訳）
エルフリーデ・イェリネク『スポーツ劇』（津崎正行訳）

ママー／ベイビー

Sie　私 ich は母上、あなたをまた処女に戻してあげましょう、あなたの王が流血の婚礼をあげられるように ich。
女の胎は一方通行路ではない ich。さああなたの両手を背中で縛りあげます、その花嫁のヴェールで、あなたに抱擁されるのはたまらない ich からね。さあ、花嫁衣裳も引き裂くよ。ほら、悲鳴をあげなきゃ。ママー

Abe　わたし ich はアガメムノンの子供に生まれたが、
わたし ich を生んだのは、テュンダレオースの

恐ろしい娘クリュタイメーストラー。
だから、町の人たちは、わたし ich を
あわれなエーレクトラーと呼ぶのです。

Yuk　ママー、空になった柩の上で、人殺し ich は未亡人と交合（まぐわ）った、叔父さん、上に乗る手伝いをしてあげようか、（ママー）ママ、股をひろげなよ。

Abe　ああ坊や（ママー）、坊や（ママー）、お母さんを憐れと思ってちょうだい ich。

Sie　ママ、あなたが腹を痛めて産みだしたものの見分けがつきますか。

Abe　お前は、この私 ich を忘れておしまいか?

Dai　母上に穴がひとつ少なかったらよかったのに ich と思う、父上がまだ肉体を備えていた頃（ママー）。それからあなたの千切れた花嫁衣裳に ich 父上のなれの果てである土を塗りたくって、それであなたの顔、腹、胸を汚しましょう。

Yuk　ママ、女たちの穴は縫って閉じてしまうといい ich、母たちのいない世界 ich。そうすれば私もこの世に生まれないですんだのに ich。

Abe　あんたはおれに言葉を教えてくれた（ママー）、おかげでおれは悪態をつけるようになった（ママー）。くたばれ（ママー）。くそっ（ママー）、くたばってしまえ（ママー）。

Yoh　ぼくの母さんは花嫁（ママー）。彼女の乳房はカーネーションの苗床で、子宮はヘビの穴。
ママー

Sie　なぜ、男に連れそうて罪ふかい人間どもを生みたがるのだ? このハムレットという男は、これで自分ではけっこう誠実な人間のつもりでいるが、それでも母(ママー)が生んでくれねばよかったと思うほど、いろんな欠点を数えたてることができる。うぬぼれが強いich、執念ぶかいich、野心満々だich、そのほかどんな罪をも犯しかねぬ。

H・M・次

Koj　服従の幸福を打倒せよ。
M　リズム
全員　オギャー(扉のまわりに集まる)
Sie　不穏な十月にストーブが煙を立てる
彼は最悪の時期に悪い風邪をひいた
革命には一年でまさに最悪の時期
Dai　いくつものグループができ、あちこちで演説を始める者が出てくる。
Abe　シェイクスピアがわれわれの劇を書いている限り、われわれはわれわれ自身に到達することはできない
もう時間になるわ――足の運びを速めなさい。

さあ、歩みなさい、歩みなさい、(Sie 演奏)嘆きながら。

Yuk　いったい何事だ、この厳重きわまる取締りは?

Koj　(叫ぶ)

(Sie 演奏)

Abe　オギャー

Yoh　痛み　もなく　思想　もなく　同時に　やる気　もなく　未熟　魅力　メーク　早く　します　彼に　化粧　衣装　娼婦　ポーズ　踊る　踊る　めぐる　思想　見せる　ために　柩

Sie　最初の投石が命中し、彼は両開きの防弾ガラスの扉の後ろにひっこむ。

Dai　私は防弾ガラスの背後に立つ私自身に拳(Sie 演奏)拳を振りあげる。

Abe　暴動は散歩から発生する。道路は歩行者の手に落ちる。

Yuk　あちこちで自動車がひっくり返される。

Koj　一方通行路をとりかえしのつかぬ駐車場にむかって徐行すると、(Sie 演奏)そこは武装した歩行者たちによって包囲されている。

Yoh　柩　空になった柩　ならぬ　左右　並ぶ　理由　全部　全部　くれる　斧を　どうぞ　どうぞ父上には　ひとつ　ひとつ　余計　穴が　ひとつ　頭　あいて　いるん　だから　斧の帽子　帽子　兜　ペスト

Sie　記念碑が倒されてしばらくして、暴動が起る。

Dai　恐怖と軽蔑に身を震わせながら、私は殺到する群衆の中に私自身を見る、

Abe　私は防弾ガラスの扉の後ろから押し寄せてくる群衆を眺め、私自身の不安（Sie 演奏）

（音楽変化・M エルビス）

Abe　不安の汗の匂いを嗅ぐ。

Yuk　快適さという字はどう綴るのか
三度目に雄鶏が啼く直前に
道化が哲学者の鈴のついた衣裳を引き裂き
一匹のデブ犬が血に飢えて戦車のなかにもぐりこむ

Koj　道路を封鎖する警官隊は、押し流されて道端に排除される。

Yoh　ペスト　ブダの　ペスト　ランド　ランド　ブランコ　ランコ　友よ　後ろ　後ろ　見ろよ
道路　徐行　すると　そこは　武装　した　歩行者（Sie 演奏）歩行者　たちに　よって　包囲　道路　封鎖　排除　される　セット　される　ところ　止まる

Sie　もっと自由を与えよという声が、政府を倒せという叫びに変わっていく。

Dai　口から泡を吹きながら私自身に拳（Sie 演奏）拳を振りあげている私の姿を見る。

Abe　私にそれが習慣だという理由で　斧を
次の肉あるいはその次の肉（Sie 演奏）へと突き立てていけというのか

Yuk　人々は警官の武器を奪いはじめ、刑務所や警察署、秘密警察の事務所などのいくつかの建物

に乱入し、十数人の権力の手先を逆さ吊りにする。

Koj　私は群衆の汗の匂いの中に身をおき、警官や兵士に戦車や防弾ガラスに投石する。

（Sie 演奏）

Sie　群衆のなかで血を流し、防弾扉の後ろでほっと一息つく。

Dai　私は私自身の捕えた囚人。

Yoh　武器を　奪い　はじめ　おし　とどめ　貰え　娘　お前　道化　そして　色目　両手　抱いて　させて　陽射し　浴びて　腹を　痛め　泣いて　おくれ　バレエ　バレエ（Sie 演奏）血　まみれ　まみれ　ひょっと　何を　待って　いるの　他の　首の　骨を　とばせ　吹きとばせ　転げ　落ちる　時に　君の　椅子を　ベッド　窓も　机　マイホーム（間）浜辺よせて　告げて　納め　ついて　取って　床で　まみれ　血に　まみれ　まみれ　まみれマイホーム

Dai　主よ　酒場の椅子から転げ落ちる時に　私の首の骨をへし折り給え

Sie　人はなんのために祈るのだ？　恐れることはない、天に面をあげよう……

Koj　私はマシーンになりたい。

Yuk　地球に穴を開け、月まで吹きとばせ（Sie 演奏）

祈り・暗記・次

Yoh　首の　骨を　産みの　親の　空虚　廃墟　誰の　彼の　背後／　立つ　私　自身　拳　振り
あげる　男　歓呼／　春の　穴を　この世　生まれ　ないで　すんだ
あなた　みんな　屠殺　されて　しまい　ました　的な／
朝は　酒場　朝が　だから　われら　ギャラは　聖母　ギャラは　乳房

（Sie 演奏）

役だ　楽屋　そうだ　役は　ぼくら　あいだ　壁が　できる　落ちる／　落ちる　掴む　恐
怖　つかぬ　自由　政府／　倒せ　叫び　秘密　ガラス　ガラス　防弾　ガラス　ロープ
足に　ロープ　かけて　逆さ　吊りに　して　いる　首と　ロープ　データバンク　きれい
ごとを　並べ　たてる　農夫／　ひとり　引き　裂いた　ドラマ　信じ　られる　鎌　マー
ク　付きの　戦車　パンツァー　放つ　店を　歩く　ナイフ　ハイル　ラスコーリニコフ
孤独／　近く　こもる　歩く　散歩　老婆

（Sie 演奏）

涙　女　首を　吊った　切った　操作　タイプライター　扉　死んだ　哲学者　体　彼は
悪い　風邪を　ひいた　悲劇／

Abe　ベルリン、フランクフルト、ミラノ、ジェノヴァのあいだで、シェイクスピアについて書こうと試みた。メモの山が増大すればするほど、言葉で表現することへの恐怖が増大していく。シェイクスピアに最も肉薄したのはジェノヴァ、夜、中世の城壁都市で港の近く。狭い路地、民衆を閉め出すための鉄の鎖のバリケードが張られていたところだ。

Yoh　悲劇　君の　出番　寝たい　処女に　縛り　縛り　悲鳴　世紀　上着　白衣　便器　便器　やる気　便器　悲劇　やる気　便器　嘆き　投げキス　横たわって　投げキス　まさに　盛り　盛り　花　盛り　盛り　うなじ

Abe　以前は過去から亡霊がやってきたが、今では未来からやってくる。

（Sie 演奏）

そうこうするうちに、闇の時代、木々について語ることがほとんど犯罪であるような暗い時代があった。時代が明るくなり影が消え失せると、木々について沈黙することが犯罪になる。

Yoh　うなじ　天使　踊り　踊り　二人　笑い　煙　悪い　ひとり　演技　興味　持たぬ　人たちに　よって　舞台装置／

（扉下がる）

テレビ　テレビ　歴史　広い　世界　腐敗　同じ　歩調　打倒　希望　可能　消費戦争　毛沢東　ハムレット　社会機構

Abe　あの神に見捨てられた牧師の息子ニーチェを、哲学の悲惨から未来の亡霊たちとの短刀のダンスへ、アカデミーの沈黙から歴史の白熱する鉄線へと駆り立てた恐怖。

わめきと怒りに満ちた狂人によってあしたとあしたとあしたの間に張り渡された恐怖。アクセントはあしたとあしたとあした〈と〉にあり、真実は三等船室で旅をする。／

Yoh　社会機構　ハムレット　だった　だった　ああだ　こうだ　コカ　コーラ　喉が（乾いたお茶が欲しいですな）台詞　台詞　しゃべる　しゃべる　ヴェール　彼女　腰の　どんな　痣も　消える　重い　時代　頭蓋　死骸　腐敗　拍手　ひとつ　しない／　来ない　ながら成果　これだ　彼は　あけた　何か　立てた　折れた　折れた　やいば（言葉　言葉　言葉か）／　穴は　女　たちの　穴は　縫って　閉じて　股を　ひろげ　母　たちの　いない世界　叫び　泣き叫びながら　生まれたての赤子　畜生

（Yoh、シンバルを手から落とす。全員横たわっている。）

演出ノート ❹

やなぎみわの神話機械 MM（Myth Machines）

ギリシア神話の文芸を司る女神たちの名前が与えられた四台のマシンによる、無人の演劇空間である。「モバイル・シアター・プロジェクト」として、やなぎと大学、高等専門学校、高校、および開催館が協働して製作した。マシンたちは髑髏の投擲を行い、喝采をし、手足がのたうつ。走行するマシンのタレイアがそれに照明を当て、音楽や台詞を奏でて演出空間をつくりあげていく。ここには『古事記』をはじめ、ギリシア悲劇やシェイクスピア、二〇世紀フランスの美術家マルセル・デュシャンの作品などが重層的に織り込まれている。会期中、ここでマシンと俳優が共演する有人公演『MM』が上演され、二〇世紀ドイツの劇作家・演出家ハイナー・ミュラーの戯曲が更に加わり、生と死の混沌とした世界が描き出される。

（『やなぎみわ展　神話機械』公式図録より）

上演『ライブパフォーマンスMM（Myth Machines）』

1　2019年2月2日（土）・3日（日）高松市美術館
2　2019年5月17日（金）・18日（土）アーツ前橋
3　2019年7月13日（土）・14日（日）福島県立美術館
4　2019年11月29日（金）・30日（土）神奈川県民ホールギャラリー
5　2019年12月21日（土）・22日（日）静岡県立美術館

YANAGI Miwa

神戸生まれ。京都市立芸術大学大学院美術研究科修了。一九九三年に京都で初個展。以後、九六年より海外の展覧会にも参加。「エレベーターガール」「マイグランドマザーズ」など物語性と演劇性を伴う独自な写真シリーズを発表。二〇一一年以降「やなぎみわ演劇プロジェクト」として、『１９２４』三部作など舞台作品の演出や脚本、美術を手がけ、二〇一四年には横浜トリエンナーレにて自身でデザインした台湾製の巨大なステージトレーラーによる野外劇『日輪の翼』を披露。以後全国の港町を巡回上演させている。

二〇一九年、一〇年ぶりとなる個展『やなぎみわ展　神話機械』にて、高専の学生たちにより作成された四台のマシーンと共に、シェイクスピア及びハイナー・ミュラーを自身により解体・再構成した脚本を手に、有人と無人のパフォーマンス『ＭＭ』に挑んだ。

作：ウィリアム・シェイクスピア
ハイナー・ミュラー
構成・演出：やなぎみわ
出演：高山のえみ
音楽：内橋和久

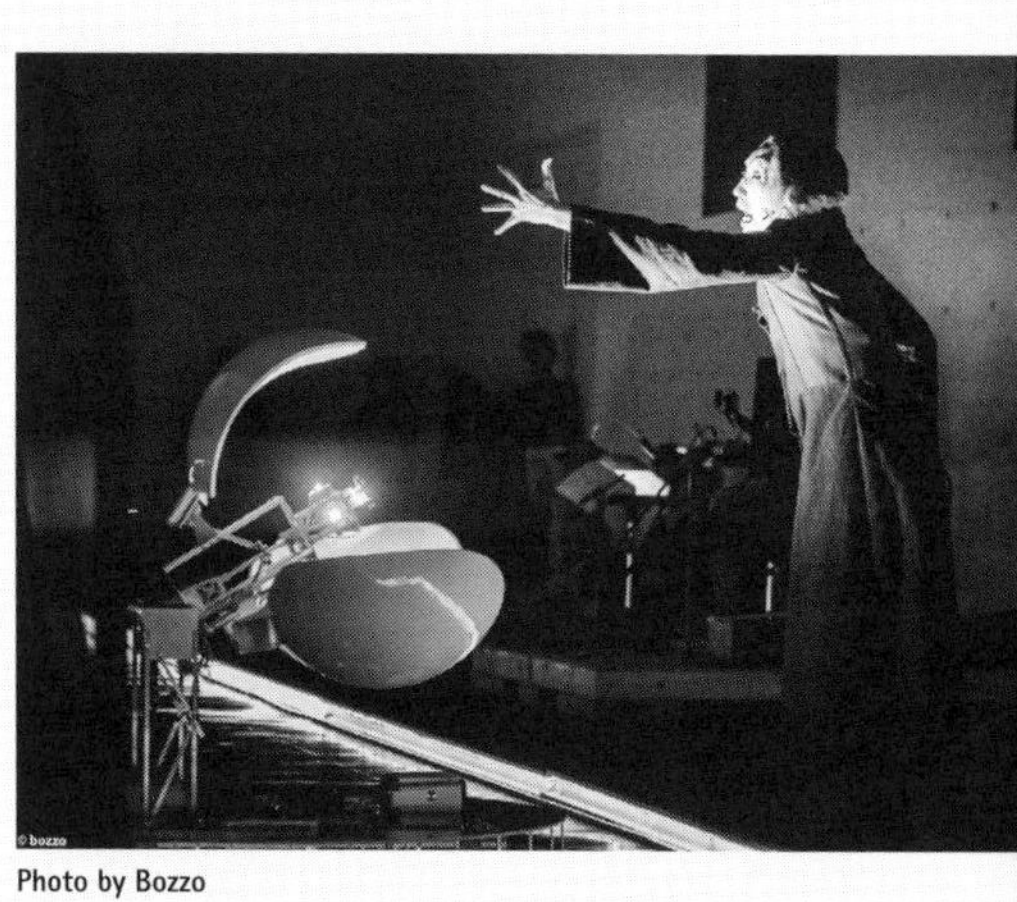

Photo by Bozzo

動き回る小型劇場の夢

やなぎみわ

ダ・ヴィンチを例に出すまでもなく、機械工学と芸術の関係は非常に深く、遠大な歴史があり、舞台表現は、機械をもって行う表現として、その歴史を担っている。一九二〇年代、バウハウスの校長で建築家のグロピウスが、演出家ピスカートアと共に、トータルシアターという劇場機械を計画した。それは音響、照明、映像などの最新の設備をとりいれ、完結した機械器具のような劇場だった。結局、実現はしなかったものの、のちの劇場機械に発展につながる発想だったと言える。現代の最新劇場はコンピューター制御で動き、様々なスペクタクルを繰り出す驚くべきスペックを備えている。それら「箱の中で嵐を起こす装置」に対して、「モバイル・シアター・プロジェクト」は「不特定の場所を劇的空間に変える」実験である。

ＭＭ／Myth Machines／または Media Material
マシンと、演者と、奏者による悲劇パフォーマンス

「墓堀人たちが歌いながら墓を掘っているぞ……。
あの骸骨にも舌があったはずだ。歌もうたえただろう。
それを墓堀りは、こともなげに地面に叩きつけている！」

シェイクスピアの『ハムレット』の後半、墓掘り人夫が墓穴を掘りつつ会話する「墓掘りの場」は、照明もなく陰気なシーンである。それに反して、墓掘りたちの世間話は掛け合い漫才のように陽気で、国政の腐敗への不満を機知にとんだ言葉で表現でする。彼らに話しかけたハムレットも舌を巻くほどだ。金メッキされた数多の言葉に対して、庭師、墓掘り、ドブさらいたちの、土の中から出てきたような無一物の彼らの言葉こそ豊穣である（とシェイクスピアが言っているような気がする）。それにしてもハムレット劇の女たちは、オフィーリアもガートルートも、まったく役立たずでどうしようもない。せめて泥まみれの労働者を女に出来なかったものか。エラスムスの痴愚女神のように永久にしゃべくりながら墓を掘っては、骨を洗い、ムナモシュネーのように勝手に骸骨に名前を付ける墓掘り女を夢想してみる。ヘラクレス、オイディプス、イアソン、彼女が名付けた時に、物語が始まる。

シェイクスピアとハイナー・ミュラー（ミュラーは、無力なオフィーリアをエレクトラのごとく抗う古代の女に転じさせ、ハムレットをマシンにして無力化しつつ延命させた。）

この二人の偉大な戯曲家に、私からの提案である。

大地を掘りつつ、歌い、語れば、人は真実を思い出す。

「あとは沈黙」？　ばかな、決して沈黙してはなりません。

（『やなぎみわ展　神話機械』公式図録より）

MM　~Myth Machines~

構成・演出　　　やなぎみわ
出演　　　　　　高山のえみ
　　　　　　　　内橋和久（作曲・演奏）
原作　　　ハイナー・ミュラー　　訳：谷川道子
　　　　　『ハムレットマシーン』『メディアマテリアル』
エウリピデス『エレクトラ』
ウィリアム・シェイクスピア『ハムレット』

脚本　　　2018年12月4日　初稿

公演　　　「神話機械」巡回展にて
初演：高松市美術館　2019年2月2日3日
以下、巡演
アーツ前橋　2019年4月17日18日
福島県立美術館　2019年7月13日14日
神奈川県民ホール　2019年11月29日30日
静岡県立美術館　2019年12月21日22日

マシン製作：
香川高等専門学校 機械電子工学科 逸見研究室
群馬工業高等専門学校 機械工学科ロボット工学研究室
福島県立福島工業高等学校
政岡恵太朗（メインマシン　テクニカルディレクター）

協力：京都造形芸術大学 舞台芸術センター
＊本プロジェクトは、JSPS 科研費 JP17H00910 に関連する作品です。

STAFF

舞台監督	黒飛忠紀（幸せ工務店）
音響	高田文尋（ソルサウンドサービス）
照明デザイン	藤本隆行（Kinsei R&D）
艤装造形	吾郷泰英
	京都造形芸術大学 ウルトラファクトリー
広報デザイン	木村三晴
制作	清水聡美

前芝居　ドクロ語り　１０分

出演：サブマシン・演者・奏者

登場人物：語り部・楽師

語り部と楽師がやってくる。
各サブマシンを懐中電灯で照らしていく。影絵を作ったりもする。
サブマシンに電源を入れて動かしていく。
朗読と音楽。マシンに照明と音と物語を与える。

語り部が
のたうちマシンを見つけて照らす　朗読
ON　作動開始　影絵つくる

振動マシンを見つけて照らす　朗読
ON　作動せず　何度かスイッチング　揺らしてみる

投擲マシンを見つけて照らす　朗読
ON　作動開始
ドクロを照らす
ドクロの中を読む。名付ける→投げる→壊れる→次を語る・・を繰り返す。

演者	音楽	サブマシン	メインマシン
登場 衣装：ワークコート（ポケットに帽子）	登場 衣装：ワークコート（ポケットに帽子） 楽器スペース入り	振動ON のたうちON 投擲ON	ピット待機

イアソン…わたしはイアソン…わがアルゴー船の…残骸の下敷きとなり粉砕された…頭蓋を見よ(ドクロを投げる)

以降ドクロに名前を付けていく

ヘラクレス～ゼウスの息子ゆえに地球を背負うアトラスより過酷な運命を負った者(投げる)

あなたはオイディプス、息子に踏み越えられるのを恐れた父により足を不具にされた者(投げる)

うーん…メディ…マクベス…王は三番目の側室を私に提供した。彼女の腰のどんな痣も私は知っていた(投げる)

私はリチャード三世、余は王子殺しの王、おお、わが人民よ余が汝らに何をしたというのか。私はまるで背中のこぶのように重い脳髄をひきずっている(投げる)

私はラスコーリニコフ、たった一枚の上着の心臓の近くに、金貸し老婆のたった一つの頭蓋を破るための斧を隠して。

投擲機がドクロを投げる

振動マシンが喝采　語り部が近づいて照らし影絵を作る

投擲Mが投げる
振動M喝采

一場　悲劇　10分

出演：サブマシン・演者・奏者

登場人物：墓掘り二名

「ハムレット」墓掘りシーン

モノローグ・観客との対話

自分で勝手に往生した娘っ子がどうしてちゃんとしたキリスト教の葬式を出してもらえるんだ？　間違って溺れちまったわけでもねえのによ。どうやらこれは正当防衛、いやあ正当暴行、正当自損行為ってやつだ。そうに違えねえ。

要はここよ。もし俺がわざと溺れたとする。するとその行為が議論の種になるが、行為には3つの分類がある。なす、行う、実行するって具合でよ。よってもって娘っ子は考えがあって入水したものと考えられる。

いいか、ここに水があるとする。ここには人間様が立ってるとすらぁな。で、そいつが水の方へ出向いていってドボンとなれば、これは否応なくやっこさんのほうが出向いたことになるわさ、そうだろ？

これがもし水のほうが出向いてきて奴を溺れさせた場合には、やつは自殺したことにはならん。よってもって、己の死に責任なき者は自ら命を絶ったとは言えぬと、こ

演者	音楽	サブマシン	メインマシン
衣装：ワークコート＋帽子	衣装：ワークコート＋帽子 生演奏		

れが法律ってもんだ。お役人の法律よ。

とはいえ、本当のところはよ、おっ死んだのはお偉いさんの娘なわけよ。でなきゃあ、まともな葬式は出してもらえん。遺憾千万ながら、お偉い連中は身投げするにしても首を吊るにしても世間一般の人間より顔が利くときてらあ。　さてクワを取ってと。

庭師、墓掘り、どぶさらい。世にこれほど古い家柄のジェントルマンはいねえぞ。なにしろアダム様のご職業を受け継いでるからな。アダム様はジェントルマンだ。最初の土地持ちだ。ええ？　眼かっぽじって聖書を読んでみろ。聖書いわく「アダムは掘れり」だ。土地がねえのに掘れるもんかよ。

ひとつ質問がある。石屋よりも、船大工よりも、家を作る棟梁よりも、頑丈なものをこさえる奴はだーれだ？

相方「首吊り台を作る職人」
・・ふん、首吊り台か。首吊り台って答えはいいセンだな。首吊り台ってのは土地問題で騒ぐ百姓を千人吊るしてもびくともせん。しかしよ、頑丈な首吊り台は、悪い事をする上の連中に都合がいい道具だ。首吊りの機械が教会より頑丈に出来てるって世の中はまずくねえか？ええ？
へへ、答えは墓掘り。俺ら墓掘りのこさえたものは、最後の審判までもつってもんだ。

鐘の音SE
葬列

葬列の鐘や音楽が聞こえる

おっといけねえ、もう葬列が来やがった。オフィーリアさまの棺の到着だ。

魅力的なオフィーリアさまはキッカケどおりに登場するぞ。

掘るのをやめ腰をふる真似をする

へへ、見ろよ、あの腰の振り方、悲劇的な役だ。

二場　喜劇15分

出演：サブマシン・演者・奏者・タレイア（メインM）
登場人物：オフィーリア・ハムレット・タレイア

タレイア登場　照射ポイント1

オフィーリアのストリップ

わたしはオフィーリア。わたしは自殺するのをやめた。
わたしはわたしの牢獄に火をつけよう。着ていたものをその火に投げ込もう。わたしの心臓であった胸の時計を埋葬し、血の衣裳をまとってわたしは街に出て行くのだ。

演者	音楽	サブマシン	メインマシン
	葬列		走行スタート
			開花
ストリップ 長靴・帽子、コート、手袋、ガウンを脱ぐ	録音台詞		①照射

わたしの心臓を食べたいの、ハムレット。（笑う）

オフィーリア、わたしは女になりたい。
生きるべきか死ぬべきか。それが問題だ。
どちらが気高い心にふさわしいか。
怒り狂う運命の矢弾をじっと耐え忍ぶか。それとも苦難の海にたいして武器を取り立ち向かって人生を終わらせるか！

タレイア　ポジション2

私は善良なハムレット、
私に悲しむ理由を与えてくれ、ああ、ほんとうの悲しみをくれるなら、地球全部をやってもいい。

わたしは
わたしはハムレット。
わたしはハムレット。
わたしは　の役はハムレット。
この国は牢獄だ。

ぼくの母さんは花嫁。彼女の乳房はバラの苗床で、子宮はヘビの穴。台詞を忘れたのかい、ママ。プロンプしてあげよう
「おまえの顔から人殺しを洗い流してね　私の王子／そして新しい国に色目を使うのよ。」
私は母上、あなたをまた処女に戻してあげましょう、あなたの王が流血の婚礼をあげられるように。女の胎は一方通行ではない。さああなたの両手を背中で縛り上げます、

			②照射A
ハムレット衣装を探して着る			
船首像の写真の前へ			照射B

その花嫁のヴェールで、あなたに抱擁されるのはたまらないからね。さあ、花嫁衣装も引き裂くよ。ほら、悲鳴をあげなきゃ。それからあなたの千切れた花嫁衣裳に、父上の成れの果てである泥を塗りたくって、それであなたの顔、腹、胸を汚しましょう。これなら母上、彼の、私の父上の見えない痕跡に身を包んだあなたなら抱いてあげられる。叫んだら私の唇で窒息させてあげます。

あなたが腹を痛めて産みだしたものの見分けがつきますか。さあ、結婚式にいらっしゃい、娼婦よ、デンマークの陽ざしを浴びて堂々と。この陽は生者も死者もひとしく照らしている。この死体は便器の中に詰めこんでしまいたい、宮殿が高貴な汚物で窒息するように。
そして君の心臓を食べさせておくれ、オフィーリア、わたしの涙を泣いてくれる君の心臓を。

タレイアとともに踊る　海

タレイア　ポジション3

わたしは
わたしはハムレット。
わたし
わたしはハムレットを演じる。
わたしはハムレットの俳優。
わたしは

演者	音楽	サブマシン	メインマシン
	海の音楽ドクロ名付けの台詞		走行 ③照射

わたしはハムレットだった。
浜辺に立ち、寄せては砕ける波に向かってと喋っていた、
ヨーロッパの廃墟を背にして。

鐘の音が国葬を告げていた。人殺しと寡婦がペアーを組み、高貴な亡骸を納めた棺の後から国会議員たちが分列行進する、得にもならぬ儀礼的な哀しみを表して泣き叫びながら。

オフィーリアが歌う　生伴奏

〽霊柩車のなきがらは誰／かくも嘆き哀しむのは誰のため／この遺骸は施しを／ばらまいた偉人だった。

左右に人民の人垣、彼の国策の成果がこれだ、彼は万人から万物をとりあげた男。
私は葬列をおしとどめ、棺を剣でこじあけた、刃先が折れたが、残った刃で棺をこじ開け、産みの父親の遺体を切り刻む、肉は肉を呼ぶ、その肉片を立ち並ぶ貧民たちに分け与えた。嘆きの声は歓声に変わり、歓呼の声は舌鼓の音に変わった。空になった棺の上で、人殺しは寡婦とった、叔父さん、上に乗る手伝いをしてあげようか、ママ、股をひろげなよ。

わたしは地面に身を横たえて、世界が腐敗と同じ歩調で回転するのを聞いていた。

タレイアは勝手に走行し退場

	オフィーリア歌		
海の音 照明を 出る 教会の鐘SE	オフィーリア歌の生演奏	歌の後に喝采 （振動Mの音録音）	
		振動M 揺れる	
		出発 走行	退場

三場　再び悲劇　２０分

出演：演者・奏者・サブマシン

登場人物：ハムレット・昔ハムレットに出演していた役者

え……ちょっと、照らしてよ。
照明は…？
演じなくていいの？
……私、ハムレットを演じる俳優なんだけど。
いいの？
…いいんだね。
私、もう役演じないよ。

サブマシンに順番に布をかけていく。のたうち・振動・投擲

興味ないし…
わかった…わかったよ…
私のドラマはもう起こりませーん

わたしは
わたしはハムレット
わたし　は
わたしはハムレットを演じる
わたしは
わたしはハムレット
わたしはハムレットの俳優
わたしはハムレット　ではない
私は
もう役は演じない。
私の台詞は、私にはもう興味がなくなった。

演者	音楽	サブマシン	メインマシン
			停止
		のたうち OFF 振動 OFF 投擲 OFF	
ハム衣装脱ぎかける			

私の思想が、形象から血を吸い取ってしまう。
私のドラマはもう起らない。

ヘリコプターの音

しかし私のドラマがまだ演じられるとしたら、それは暴動の時だろう。私の登場する舞台は前線の両側、二つの前線の間、二つの前線の上だろう。

ヘリコプターの音と暴動のアナウンス

（録音）

暴動は散歩から発生しました。労働時間中の交通規制に違反する散歩です。道路は歩行者の手に落ちています。あちこちで自動車がひっくり返され、一方通行をとりかえしのつかぬ駐車場に向かって徐行すると、そこは武装した歩行者たちによって包囲されています。道路を封鎖する警官隊は、押し流されて道端に排除されています。デモ隊は官庁街に近づき、警察の警戒線のところで止まっています。いくつものグループができ、あちこちで演説を始める者が出ています。政庁のバルコニーに身に合わないフロックコートを着た男が現れ、彼もまた演説を始めています。最初の投石が命中しました。彼は両開きの防弾ガラス扉の後ろにひっこみました。もっと自由を与えよという声が、政府を倒せという叫びに変わっています。人々は警官の武器を奪いはじめ、刑務所や警察署、秘密警察の事務所などのいくつかの建物に乱入。十数人の権力の手先を逆さ吊りにしています。政府は軍隊を、戦車を出動させました。

（P6の台詞がかぶさってくる）

ヘリ音

報道アナ音

（P5の録音にかぶさる）

私は群衆の汗の匂いの中に身をおき、警官や兵士に戦車や防弾ガラスに投石する。

私は防弾ガラスの扉の後ろから押し寄せてくる群衆を眺め、私自身の不安の汗の匂いを嗅ぐ。

こみあげてくる吐き気で喉をつまらせながら、私は防弾ガラスの背後に立つ私自身に拳を振り上げる。

恐怖と軽蔑に身を震わせながら、私は殺到する群衆の中に私自身を見る、口から泡を吹きながら私自身に拳を振り上げている私の姿を見る。

私は私自身の制服と化した肉体の足に自分でロープをかけて逆さ吊りにしている。

私は戦車の砲塔のなかの兵士、鉄兜を冠った私の頭はからっぽ、キャタピラにつぶされて窒息する叫び。

暴動おわり静寂

暴動の扇動者たちが絞首刑にされる時、私はそのロープを結び、足台を引き、それぞれ私自身の首の骨を折る。私は私自身の捕えた囚人。

演者	音楽	サブマシン	メインマシン
ドクロを投げ続ける	報道アナ 暴動の音楽 暴動ここまで		

私は自分の人物データをコンピュータに入力する。

私はタイプライター。
私はデータバンク。
わたしのふたつの持ち役は
痰と痰壷、
短剣と傷口、
歯と喉、
首とロープ。

群衆のなかで血を流し、
防弾扉の後ろでほっと一息つく。
防音され吹きだしに入ったせりふの中で、この闘いについてきれい事を並べたてる。

わたしのドラマは起こらなかった。

台本はなくなってしまった。俳優たちは自分の顔を楽屋の衣裳掛けにかけてしまった。

ハムレットの衣装を脱ぐ

プロンプターはプロンプターボックスで腐敗する。客席のペストの死骸の剥製で、ある観客は拍手ひとつしない。

わたしは家に帰って、時間をつぶしていく、分裂していない自我と／ひとつになって

嫌悪の曲　から騒ぎ

モニター　日毎の嫌悪　嫌悪　嫌悪　嫌悪・・・
なめらかな饒舌　嫌悪
操作された快活さに接するたびの　嫌悪
安逸さという字はどう綴るのか　嫌悪
われら日毎に殺すもの　嫌悪
今日われらにそれを与えよ　嫌悪

演者	音楽	サブマシン	メインマシン
ハムレット衣装脱ぐ			
ラップのリズムをバックに朗読	ラップ 生リズム 嫌悪貧困は 高田さん		

なぜなら殺しの成果は無なのだから　嫌悪
嘘つきたちしか信じず　嫌悪
他の誰も信ずることはない虚偽への　嫌悪
信じられる虚偽への　嫌悪
策謀家の顔に接する　嫌悪
地位と獲得票と札束を求める闘いの　その痕跡を貌に留めている　嫌悪
鎌マーク付きの戦車が点々と閃光を放つ　嫌悪
私は往来を　店を歩く　貧困
消費戦争の傷跡と留めた顔のあいだを　貧困
品位のない　貧困
ナイフやメリケン（拳骨）や拳の品位のない　貧困
女たちの凌辱された肉体　貧困
幾世代もの希望
血と臆病さと愚かさのなかで窒息させられた
死んだ腹から出てくる哄笑
ハイル・コカコーラ
暗殺者ひとり手に入るなら
王国ひとつくれてやるのに

空港の孤独のなかで
ほっと一息つく　私は　特権階級の男。
私の嫌悪は　特権。
壁と有刺鉄線と牢獄で守られたもの。

空港の音

私はもう食べることも、飲むことも、息をすることも、女や男や、子供や動物を愛することもしたくない。私はもう死にたくない。私はもう殺したくない。

私は封印された私の肉体をこじあける。私は自分の血管、骨髄、脳髄の迷宮の中に住みたい。私は自分の内臓のなかに引きこもる。自分の排泄物、血管の中に座を占めよう。どこかでたくさんの体が破壊されている、私が自分の排泄物の中に住めるためだ。どこかでたくさんの体が開かれている。私が自分の血とふたりっきりでいられるためだ。

私の思想は私の脳髄の傷跡。私の脳髄は傷跡。

私はマシーンになりたい。掴む手、歩く足、痛みもなく、思想もなく。

スイッチングしてサブマシンを動かす

振動・投擲・のたうち動く

演者	音楽	サブマシン	メインマシン
孤独エリア	メインテーマ　フル 4分強		

ハムレットの衣装を拾い身につける。

ハムレット　この国の王子にして蛆虫の餌　よろめきながら
穴から穴へ　最後の穴へと　やる気もなく

私の見捨てられた　誰でもない
肉体でできた　ことばの汚泥
私のまわりで音も立たずゆっくりと
生い育っていく私の夢のしげみから
どうやってそれを見つけ出そうか
バクテリアの天国のなかの　シェイクスピアの切れ端
誰

わたしは　誰

わたしのことを話せというのか　わたしとは誰

わたしのことが話題になるとき　その

わたしとは誰のこと　私　それは誰

鳥の糞の雨にうたれ　石灰の層に覆われたものか
それともわたしは別のもの　旗　血まみれのぼろ布
晒されて　風があれば　虚無と

ハムレット衣装着る 鍬を持って泥を掘る	メインテーマ	振動ON 投擲ON のたうちON	

無人の間にはためくものか
わたしは男の残骸　私は女の
残骸
わたしはハムレット
わたしはオフィーリア
決まり文句を重ねたもの
わたしは夢地獄　私に偶然与えられた
名前を持つ夢地獄　わたしは
その偶然の名前への不安
わたしの裏切りの道を行く　私の歩み
わたし

ハムレット機械となって悲劇的に終演。

葬列曲が聞こえる

演者	音楽	サブマシン	メインマシン
内橋ドクロ転がし	メインテーマ		
ドクロを置く		投擲	
	メインテーマ終わり タレイアから葬列曲		
			再登場

タレイア、出てくる。元ハムレット呆然と見る。

タレイアが照射する先に移動

生きるべきか死ぬべきか。それが問題だ。どちらが気高い心にふさわしいか。
（怒り狂う運命の矢弾をじっと耐え忍ぶか。それとも苦難の海にたいして武器を取り立ち向かって人生を終わらせるか）

突然、呼びかけが入る

停止首上げ 開花ジングル 照射 海の曲

後芝居　再び喜劇5分

出演：メインM・サブマシン・演者・奏者・声

登場人物：昔ハムレットに出演していた役者

A　応答せよ。

B　・・・・

A　応答せよ。

B　・・・・

A　応答せよ！

B　私はハムレット。

A　応答せよ！

B　え？ハムレット！

A　本当にハムレット？

B　いや！ええと、こちらはオフィー・・いやマクベス・・いや、イアソン。

A　エレクトラ、エレクトラ、応答せよ。

メインマシン	サブマシン	音楽	演者
タレイア照射海の曲	作動中	呼びかけ録音とハムレットのやりとり	

B　エレクトラ?

A　エレクトラ、応答せよ。

B　・・・はい、こちらはエレクトラ。

A　エレクトラ、とうそうせよ!

B　え?

Aエレクトラ、とうそうせよ!

B　闘争? いやそれは無理です。

Aエレクトラ、ひるむな、とうそうせよ!

B　闘うとか無理無理。

Aエレクトラ、ひるむな、そこからとうそうせよ!

B　とうそう?　とうそう・・

A逃走して闘争せよ。　そこから、どこまでもとうそうせよ。

照明から
出る

こちらはエレクトラ。暗闇の中心。拷問の太陽の下。世界のすべての首都にむけて、犠牲者たちの名において、伝えます。わたしは、わたしが受け入れてきたすべての精液を吐き出します。

わたしの乳房の乳を致死の毒に変えます。わたしの産んだ世界を回収します。わたしの産んだこの世界を、股の間で窒息させます。わたしの恥部に埋葬します。

隷属の幸福を打倒せよ。

憎悪、軽蔑、暴動、死よ、万歳。

彼女が屠殺者の短剣をもっておまえたちの寝室を通りすぎる時、おまえたちは真実を知ることになるだろう。

タレイアやマシンたちを置いて去る。

マシンたちは動き続けている。

演者	音楽	サブマシン	メインマシン
小道具衣装を回収し、持ち抱える		作動中	走行　葬列曲
演奏者を連れて逃げ出す	退場		

おわりに

今が旬で魂を込めて創作活動のさなかにある芸術家に対して、不遜にも何をしようとしているのか、何ができるのかと本当に身震いし、何度もブレーキを掛けようとした。ハイナー・ミュラーのときもそうだった。多和田葉子もそうだ。しかも東西冷戦時代の裂け目と今のこのコロナウイルス騒ぎに挟まれた、こういう不穏な時代状況のなかで出会ってしまった、という想いがブレーキとアクセルを同時に踏ませて、ここまで来てしまった。

そういう本書の成り立ちについて、語る責任はあるだろう。主犯格は谷川道子だが、立ち位置も専門も思いも異にする山口裕之、小松原由理という三人の共編者それぞれの関わり方と思いを述べる形で、締めくくるのがふさわしいのではないかと考えた。順に……。

思えばハイナー・ミュラー（M）と多和田葉子（T）がクロスしたのが一九九〇年――。多和田葉子がハンブルク大学で修論HM論を書き始めたのも、東京で開催されたIVG（国際独文学会）でハイナー・ミュラーはその大会のメインゲストだったのだが、多和田は彼の前で「ハイナー・ミュラーと能」についてドイツ語で発表報告し、知己を得たのも九〇年。他方、私たち日本の九〇年に創設した「HMP（ハムレットマシーン・プロジェクト）」のメンバーは、帝国ホテルの宿に彼を訪ねて、岸田理生宅で夜明けまで送別会で語らい合って昵懇の仲になり、その後の九〇年代にミュラー作品集の共訳邦訳を引き受ける形となった私は、ベルリンに訪ねるたびに、彼の書斎（山と積まれた本の間で沢山の仲間と同時並行的に作業したり議論したり……）、稽古場あるいは酒場などで諸々の世話をして貰える関係となった。新演出のベルリン観劇の際には切符も上演台本も劇評の手配までして貰えるほどに、そのくらい誠意ある温かい人だった。九五年の訃報には涙した。

多和田葉子さんとは、一九九九年の東京外国語大学独立百周年記念シンポジウムの企画「境界の言語」で真っ先にパネリストとして想定し、ハンブルクまでその依頼に出かけて、幸せなことにエルベ河畔近くの古民家のような書斎にも案内してもらい、問わず語りにいろいろな話をした。たしか話は多和田修論「ハムレットマシーン（と）の〈読みの旅〉」（HM論）のことにも及んで、いきなり「読んでみて」と、そのときにオリジナル原本を託されたのではなかったか。

九五年のミュラーの逝去は分水嶺ではあったが、TとMの二人のまさに文学的な核心作業のど真ん中の懐にすっぽりとはまり込んでしまったような、戸惑いと興奮の九〇年代だった。私はTとMを読むこと、訳すこと、観ること、考えること、等々が凝縮されたような日々を過ごすこととなった。多和田戯曲の『ティル』や『サンチョ・パンサ』も同じ頃に東京両国のシアターXとベルリンで観劇することにもなったし、二〇〇〇年からの多和田の博論とその後の「晩秋のカバレット」の開始も堪能できて、ポスト・ミュラーはレーマン著の『ポストドラマ演劇』の共訳（同学社、二〇〇二年）と「ミツバチ葉子探し」に自然にスライドしていった観もあった。東京外国語大学シンポジウムは一九九九年。その記録は、荒このみとの共編で新曜社から二〇〇〇年に『境界の言語――地球化／地域化のダイナミクス』として刊行されている。

つまり私の中で重心は、いわばＨＭＰからＴＭＰ（多和田／ミュラー・プロジェクト）にいつしか変換していった。オリジナルで託されたその修論ＨＭ論はいつも私の手元にあって、もちろん「変換」を感得して読み込んでいたのだが、「多和田葉子」で論文や博論を書く学生さんがその修論をコピーしたいと我が研究室に来て、そのまま谷川ゼミにも参加したり……その一人が今回のＴＭＰの本書でＨＭ論邦訳にも加わって、ベルリン工科大学に移られた多和田と同じくヴァイゲル教授のもとで見事に二〇一九年に博士論文を提出し、本書にも論考を書いてくれた齋藤由美子だ。二〇一五年にベルリン演劇祭に出かけた際にたまたま多和田＋齋藤両氏に再会してその話になり、いよいよこのＨＭ論の邦訳を始めようかという約束になった。齋藤さんと同じ時期にベルリン留学していた谷川ゼミ生の松村亜矢と、ずっと先輩格で谷川ゼミでベルリン・ダダのラウール・ハウスマン論で博論を書き、いまや芸術ジャンルやテーマの越境でユニークな研究者である上智大准教授の小松原由理の助けも得て、とりあえず、多和田ＨＭ論の邦訳が先行していった。その小松原さんが本書の一方の共編者でもある。

さて、問題はそこからだった。多和田葉子とハイナー・ミュラーのこういう関係はほぼ知られていない。それをどうクロスさせて、〈演劇表象の現場〉のテーマを核心とできるのか。TMPの展開のさせ方だ。多和田論でミュラー論で、それぞれ独特な存在形態をもつTとMのクロスと距離を時代の文脈で測ること。多和田の文学営為は、旧来の文学とも演劇とも違う、要はそのクロスポイントの考察だ。「序」に書いたような構想で、九〇年のHM論と、二〇一七年のロシア革命百周年の際の「カバレット〈ミステリアブーフ〉」が面白かったので、二〇一九年は「カバレットHM」にして貰い、その間を合わせ鏡にしつつ、それぞれの論客にその窓からの景色を考えて貰えないかと……。

同時に、TとMのテクストの再読的な舞台パフォーマンス化をそれに並行させて、テクストとパフォーマンスの合わせ鏡から演劇の可能性の考察という視角にも拓いていけるような試みができないか、という思いもあった。そんな我が儘が言えるのは、四半世紀を過ごしたいわば第二の故郷の勤務校であった東京外国語大学なればこそであろう。かつての同僚の山口裕之教授がちょうど二〇一八年春に東京外国語大学で「イルマ・ラクーザと多和田葉子の朗読会〈海─想起のパサージュ〉」を企画開催され、参加した私はまた、「あ、これだ」と直感した。多和田の文学営為の演劇性だと。そこから学生たちとのワークショップの構想も生まれていった。

その山口さんと小松原さんのお二人を強引に両輪とし、外語大出版会の編集者大内宏信氏の多大なる我慢のご協力を得て、旧知の装幀家の宗利淳一氏のお世話になり、無理を承知で協力・執筆頂いた皆さんのご協力を得ての無謀な企てではあった。二〇二〇年秋には論創社から、『多和田葉子の〈演劇〉を読む』も谷口幸代との共編で刊行の予定になっている。我が人生最期のチャレンジとして、欲張らせて頂いた。

もろもろの成り行きもあって、魔訶不思議な本になったが、ここから何が産まれてくるのか、というような危なくもワクワクした試みとして受け止めて下されば幸せである。そして誰よりも多和田葉子さんご本人と、彼岸のハイナー・ミュラーさんに不遜のお詫びとここまでの我が儘を受け入れてご協力下さった感謝のお礼を伝えなくてはと……。

二〇二〇年コロナウイルス騒ぎの秋に。

谷川道子

多和田葉子（T）とハイナー・ミュラー（M）をクロスさせるプロジェクト（P）を考えたい。多和田葉子の修士論文の邦訳をきっかけに、何が現在の日本で発信可能かを探りたい――恩師である谷川道子先生らしい壮大、かつ「無謀」な着想だなと驚嘆しつつも、その純粋な想いの深さに、こちらも（生意気ながら）襟を正して向き合う必要を痛感したのが二〇一七年の春だった。母語世界から飛び出した「エクソフォニー作家」多和田葉子の存在はもちろん知ってはいたし、Yoko Tawada は、今や多くの研究者によって国際的な議論の対象となっていることも知っていた。だが個人的には、日常をユニークな記号で疑問符をつけひっくり返していく、その小気味よい風刺スタイルは、密かな友達とのやり取りのような気がして、一人でこっそりその毒舌(!)を楽しみたい、そんな作家の一人だった。一方ハイナー・ミュラーは、旧東ドイツ（DDR）という実験的な国家をバックグラウンドとし、さらに劇場という公共空間を作品発表の場とする当然ながら政治的な演劇人である。なかでもミュラーの『ハムレットマシーン』は東ドイツという国家理念へのロイヤルティが最高度に凝縮されて爆発した、まさに戦後ドイツの歴史的・政治的なナラティヴへの挑発である。その絶望の深度はあまりに深く、ゆえに政治的文脈と切り離した考察を誘発するほど高度なテクスト美学を持ち合わせたこの作品は、演劇とは異なるジャンルの芸術家たちをも多く魅了してきた。

多和田葉子がこの『ハムレットマシーン』をどう読んだのかという問いかけは、政治性のその先にある文学／演劇の可能性を考えることにつながっていく――谷川先生の直感はそこにあったのではないかと今は思う。本書に収載された邦訳『ハムレットマシーン』は、多和田によるミュラー作品の再読なのだが、それは同時に『ハムレットマシーン（と）の〈読みの旅〉』を包み込む政治的な引力からテクストを切り離し、その先の物語への導入可能性を示している。またそうすることで、政治的な引力の足場のからくりも同時に詳らかにしてくれるのである。多和田の再読行為は、この邦訳のみでも存分に楽しめるのだが、幸運なことに本書ではその再読の二〇一九年度版ともいうべきカバレット『ハイナー・ミュラー』をも楽しむことができる。谷川先生の序論でもすでに詳細が語られているが、ドイツのカバレットとは、公共劇場のB面、あるいはパラサイト的空間であり、労働者と芸術家たちの戯れの場として都市生活者の暮らしに寄り添いつつ、A面的な政治言説や芸術をパロディーや笑い、風刺やユーモアで気晴らし的に消費する大衆寄席である。ヴェデキントも、ブレヒトも引き継いでいるこの大真面目をずらしていくカバレットの精神を、直接引き継いでいるともいえる二〇〇〇年以降の多和田のカバレットに、おそらく谷川先生は「再読の未来形」としての現代演劇の具体化を見たのではないだろうか。

さらに幸運なことに、本書の第二部には、多和田のカバレットを一例として、TMPに共鳴してくれた現代演劇を牽引するアーティストによる表象実践を収めることができた。最も強く印象に残ったのはやはり、成り行き的（?）に多和田葉子作品の邦訳という大役を務めさせていただくことになった小山ゆうな演出による『オルフォイスあるいはイザナギ』のリーディングである。日本神話とギリシア神話の邂逅は、イザナギとイザナミ、そしてオルフォイスとオイリュディケの孫の世代の話となって展開されていく。言葉遊びやユーモアの楽しさは当然ながら、原作の醍醐味は、ラジオドラマとして構想されたことからも明らかなように、言葉と音の組み合わせで広がるイメージ世界としてのエクソフォニー神話である。ところで現代美術にはフォトモンタージュ／コラージュという技法があり、そのパイオニアともいうべきハンナ・ヘーヒ研究の第一人者である香川檀氏は、イメージとイメージを繋ぎ、新たなイメージを生み出すヘーヒの手法を「透視のイメージ遊戯」と捉えたが、多和田葉子のこの戯曲にも同様に、他の戯曲には感じることのなかった透視図法ともいうべきイメージの優雅な戯れを感じた。アジアとヨーロッパのオリジンをめぐる物語が、これほど自由で大胆に書き換えられるという、その歴史文化の開かれ方に、言葉では何とも言い表せない勇気と「現在」の可能性を見させてもらった気がした。

第二部に紹介しているどのアーティストの作品でも、多和田の前記のような再読行為に共通する開かれ方がそれぞれに展開されていると思う。とりわけ、やなぎみわの個展『神話機械』におけるライブパフォーマンスは、その構想段階から全国巡回し、ラストの静岡県立美術館に至る丸一年に渡る過程を、まるで関係者のような気持で身近に見させていただけたことは真に僥倖であった。美術家やなぎみわは、すでに二〇一〇年代より演劇プロジェクトに乗り出していたことは知っていたが、「美術のまま演劇である」ようなライブパフォーマンスは圧巻だった。『ハムレットマシーン』を再読するという多和田の営為に、最も忠実なゆえの越境性を実現した舞台だったと思う。静岡県立美術館でのやなぎみわプレトークでは、なんと谷川道子先生と共に登壇させていただくという即興もかなえてくださった。両氏に（そしてもちろん急な出来事に対応してくださった関係者に）心より御礼申し上げたい。

最後に、谷川先生が、自身の集大成とも位置づけられた本書が、新型コロナの流行という災禍にもめげず、無事に上梓されることを本当にうれしく思う。多和田葉子さんのプロジェクトへの賛同とご協力がなければ、本書が世に出されることはなかったこと、そして東京外国語大学出版会の大内宏信さんのご尽力がなければ、この本の確かな重みを感じることもできなかったことは、やはり明記しておきたいと思う。谷川先生と山口裕之先生、そして大内さんと、この本の実現について話し合った出版会の事務室でのひとときは、タイムマシーンにのって院生時代に戻れたかのような、懐かしく楽しいひと時でした。

小松原由理

多和田葉子さんの作家としての活動のほぼ出発点にあたる時期に修士論文として書かれたハイナー・ミュラー論と、現在の多和田さんの舞台活動の一断面という、いまの時点での両端が二つの軸として据えられた本を、このたび東京外国語大学と深い関わりのある三人の編者によって、東京外国語大学出版会から刊行できることになった。このアイディアは、元同僚の谷川道子さんによるもので、この企画の実現に向けた熱い思いと途方もないエネルギーについては、谷川さんご自身の「おわりに」として書かれた言葉から感じとっていただけるのではないかと思う。

私自身が多和田さんにイベントへの参加をお願いしてご一緒したのは、二〇一三年一一月に東京外国語大学の総合文化研究所で開催した朗読会が最初だった。これは、多和田さんと同じく越境的な作家であるイルマ・ラクーザさんと多和田さんの共同の朗読会であり、私にとってはラクーザさんとの大切な出会いの機会ともなった。そのあとも多和田さんとはいろいろな機会にお会いしたり、さまざまなお願いをしたりしていたのだが、結果的に今回の出版の直接のきっかけになったのは、二〇一八年四月に東京外国語大学総合文化研究所で行われた、同じくラクーザさんと一緒の朗読会だったようだ。この朗読会の場にいた谷川道子さんが、前から抱いていた企画を実現させる大きな刺激をこの朗読会から得たということを、あとから聞いて知った。

私がこの企画に編者の一人として加わることになったのは、そういった事情もあったのかもしれないし、おそらくそれ以上に、三人のなかで現在、東京外国語大学にいる人間であるという単純に実務的な理由が大きかったのではないかと思っている。私にとって多和田葉子さんは、「移動の文学」や「翻訳」をめぐる研究テーマとのつながりで総合文化研究所の企画に何度かご一緒いただいているというだけではなく、現代の日本語文学作家のなかの、そしてドイツ語作家のなかの、特別に大切な一人である。しかし、今回の出版の中核に据えられている「演劇」についていえば、個人的な関心はともかくとして、私はあまりに門外漢であるようにも感じていた。

それでも、今回、このように多和田葉子さんの出発地点と現在を結ぶ重要な本を出版できることになったということを考えるとき、多和田さんにとって東京外国語大学はもしかすると特別な意味をもつ場所になりうるのかなとも思いをめぐらしている。現在ベルリンに住んでおられる多和田さんは、さまざまな日本の研究者と交流をもち、日本に来られたときに各地で大学の企画によるイベント（シンポジウム、朗読会、パフォーマンス、ワークショップ等）にも精力的に関わっている。そのなかでも出身大学の早稲田大学で行われるイベントはやはり特別であると感じているが、もし東京外国語大学での朗読会などが別の意味で特別なものとなるとすれば、それはやはり、さまざまな言語を横断しながら言葉が生み出されていく空間となりうるということに大きく関わるのかもしれない。

多和田さん自身がいろいろなところで書いたり話したりしていることだが、多和田さんにとっては、別の言語と関わるときに、その異質性に対する感覚や意識によって、それまでにはない新しい言葉、新しい文学が生まれてくる。多和田さんの書く日本語は、ドイツ語を通じていったん解体されて外からとらえ直した日本語ということになるだろうし、多和田さんが日本語話者として外側からまなざしを向け生み出すドイツ語は、ドイツ語母語話者には思いもよらなかったような言葉の断面を新たにそこに浮かび上がらせることになる。

多和田さんのいつもの朗読会やカバレットでも、しばしば複数の言語が飛び交う。東京外国語大学で複数の言語によって朗読を行う場合、そこでは基本的に翻訳されたテクストがそこに加わることになるわけだが、翻訳もまた言葉の異質性を通じて新たな言葉が豊かに生み出される場である。もちろん多和田さんはそのことをとても意識して、戦略的にその場に関わる。ステージ上の言葉のパフォーマンスで翻訳の言葉が朗読されるとき、その空間のなかで次々と刺激に満ちた言葉が生み出されてゆく。この先も、東京外国語大学がそのようなかたちで多和田葉子さんと言葉を生み出す空間になることができればと願っている。

今回出版されるこの本は、翻訳というテーマとは直接結びついていないようにも見える。しかし、異質なものとの関わりによって生み出される言葉という意味では、ハイナー・ミュラーの『ハムレットマシーン』ははじめからそのような性格を強くもっているように思われる。そして何よりも、日本語母語話者である多和田さんがドイツ語で書いたこのハムレットマシーン論を、別の日本人が日本語に翻訳するという少し不思議な状況も、多和田さんにとっての翻訳ということを考えるとき、あらためてとても面白い試みであると見えてくることになるのかもしれない。

この企画が実現できるのは、何をおいても多和田葉子さんのご理解とご協力があったからこそである。いつもほんとうにありがとうございます。それとともに、たいへんご多忙ななか寄稿していただいた多くの方々に、私からもここであらためて心からの感謝を申し上げます。そして、激務のなか、運営・編集にかかわるさまざまな難しい調整をいつも落ち着いて的確に進めていただいた東京外国語大学出版会の大内宏信さんには、心からのねぎらいと感謝の言葉しかありません。とりわけ、今回はこの編集作業がコロナ禍の只中となってしまい、刊行の時期も当初予定していたよりずいぶんと遅れることになってしまった。そのようななかでようやく刊行のはこびとなりました。関係者のみなさま、ご寄稿いただいたみなさま、ほんとうにありがとうございました。

山口裕之

二〇二〇年九月

執筆者・訳者プロフィール（執筆者は掲載順）

谷川道子（たにがわ・みちこ）

東京外国語大学名誉教授。ＴＭＰ／多和田・ミュラー・プロジェクト代表。専門はドイツ現代演劇。著書に『聖母と娼婦を超えて――ブレヒトと女たちの共生』（花伝社、一九八八年）、『境界の「言語」――地球化／地域化のダイナミクス』（荒このみとの共編、新曜社、二〇〇〇年）、『ハイナー・ミュラー・マシーン』（未來社、二〇〇〇年）、『ドイツ現代演劇の構図』（論創社、二〇〇五年）、『演劇の未来形』（東京外国語大学出版会、二〇一四年）など。翻訳にハイナー・ミュラー『ドイツ現代戯曲選17　指令』（論創社、二〇〇六年）、ベルトルト・ブレヒト『ガリレオの生涯』『三文オペラ』（光文社古典新訳文庫、二〇一〇、一四年）など。共訳に『ハイナー・ミュラー・テクスト集　I－III』（未來社、一九九二―九四年）、ハイナー・ミュラー『闘いなき戦い――ドイツにおける二つの独裁下での早すぎる自伝』（未來社、一九九三年）などがある。

多和田葉子（たわだ・ようこ）

日独を超える世界文学作家。グラーツの芸術祭「シュタイエルマルクの秋」で一九九三年に "Die Kranichmaske die bei Nacht strahlt"（夜ヒカル鶴の仮面）、九七年に "Wie der Wind im Ei"（卵の中の風のように）が上演され、また、

劇団らせん館に "TILL" や "Sancho Pansa" をはじめとする諸作品を書き下ろすなど、小説、詩だけでなく戯曲家・カバレッティストとしても活躍している。戯曲集に *Mein kleiner Zeh war ein Wort*, Tübingen: Konkrsbuchverlag, 2013. がある。シャミッソー賞、ゲーテ・メダル、芥川賞、谷崎賞、読売文学賞、クライスト賞、全米図書賞翻訳部門、朝日賞などを受賞。

山口裕之（やまぐち・ひろゆき）

東京外国語大学教授。専門はドイツ文学・思想、表象文化論、メディア理論、翻訳理論。著書に『ベンヤミンのアレゴリー的思考』（人文書院、二〇〇三年）、『映画を見る歴史の天使——あるいはベンヤミンのメディアと神学』（岩波書店、二〇一〇年）、翻訳に『ベンヤミン・アンソロジー』（河出文庫、二〇一一年）、イルマ・ラクーザ『ラングザマー——世界文学でたどる旅』（共和国、二〇一六年）などがある。

小松原由理（こまつばら・ゆり）

上智大学准教授。専門はドイツ語圏アヴァンギャルド芸術・文学。著書に『イメージの哲学者ラウール・ハウスマン——ベルリン・ダダから〈フォトモンタージュ〉へ』（神奈川大学出版会、二〇一六年）、『〈68年〉の性——変容する社会と「わたし」の身体』（共編、青弓社、二〇一六年）などがある。

本田雅也（ほんだ・まさや）

関東学院大学ほか非常勤講師。専門はロマン派を中心としたドイツ近現代文学、ドイツ児童文学。著書に『演劇インタラクティヴ　日本×ドイツ』（共著、早稲田大学出版部、二〇一〇年）、共訳にハイナー・ミュラー『闘いなき戦い——ドイツにおける二つの独裁下での早すぎる自伝』（未來社、一九九三年）、翻訳にクラウス・コルドン『ロビンソンの島、ひみつの島』（徳間書店、二〇〇一年）、ライナー・シュタッハ『この人、カフカ?』（白水社、二〇一七年）などがある。

齋藤由美子（さいとう・ゆみこ）

ベルリン工科大学へ提出した博士論文の出版準備中。専門は多和田葉子の文学・翻訳研究。論文に「多和田葉子の自作翻訳『Etüden im Schnee』に関する一考察」（『日本独文学会研究叢書』139号、二〇二〇年）、「多和田葉子の新訳「変身（かわりみ）」分析」（『れにくさ』7号、二〇一七年）などがある。

谷口幸代（たにぐち・さちよ）

お茶の水女子大学准教授。専門は日本現代文学。主な論文、著書等に、"Destruction and Recreation of Japanese Mythology through Yoko Tawada's Literature" in Dough, Slymaker(ed.), *Tawada Yoko: On Writing and Rewriting*, Lexington Books, 2020, p.185-198.「多和田葉子全作品解題」（『群像』二〇二〇年六月号）、『多和田葉子の〈演劇〉を読む』（仮題、谷川道子との共編著、論創社より近刊予定）などがある。

市川　明（いちかわ・あきら）

大阪大学名誉教授。専門はドイツ現代演劇。著書に『ブレヒト　詩とソング』『ブレヒト　音楽と舞台』（編著、花伝社、二〇〇八、〇九年）など。翻訳に、ハイナー・ミュラー『ゲルマーニア　ベルリンの死』（共編訳、早稲田大学出版部、一九九一年）など。ドイツ語圏演劇の個人訳、全二〇巻（松本工房）は現在第5巻『アンドラ』（二〇一八年）まで刊行。

坂口勝彦（さかぐち・かつひこ）

批評家。専門はダンス批評、思想史、数学史。雑誌『シアターアーツ』編集委員。二〇二〇年には、ダンスアーカイヴプロジェクト２０２０「踊る日本の私」と題し、一九四〇年上演の『日本』三部曲から想を得て、新たに創作された現代舞踊作品を監修。『江口隆哉・宮操子 前線舞踊慰問の軌跡』（共著、かんた、二〇一七年）、ジョン・ディー「数学への序説」の翻訳（『原典 ルネサンス自然学』名古屋大学出版会、二〇一七年、所収）など。

渋革まろん（しぶかわ・まろん）

批評家。『ＬＯＣＵＳＴ』編集部。京都演劇ガイドブック『とまる。』（二〇〇八―一二年）を創刊・発行。二〇一八年、「チェルフィッチュ（ズ）の系譜学――新しい〈群れ〉について」（『ゲンロン9』、二〇一八年一〇月）で〈ゲンロン 佐々木敦 批評再生塾〉第三期最優秀賞を受賞。

川口智子（かわぐち・ともこ）

演出家。劇作家・演出家の佐藤信に師事。主な演出作品に、コンテンポラリー・パンク・オペラ『4時48分 精神崩壊』（作：サラ・ケイン）、香港のアーティストとの交流企画「絶対的」など。二〇二二年、多和田葉子書き下ろしの新作オペラ（主催：公益財団法人くにたち文化・スポーツ振興財団）を演出予定。

小山ゆうな（こやま・ゆうな）

翻訳家・演出家。二〇一一年より劇団「雷ストレンジャーズ」主宰。二〇一七年には『チック』にて小田島雄志・翻訳戯曲賞を、二〇一八年には読売演劇大賞優秀演出家賞を受賞。

三浦 基（みうら・もとい）

演出家。劇団「地点」代表。京都を拠点に精力的な演劇活動を展開し、二〇一三年にはブレヒト／ミュラー作の『ファッツァー』、二〇一四年には『ブレヒト売り』、二〇一九年には『ハムレットマシーン』を上演。著書に『やっぱり悲劇だった――「わからない」演劇へのオマージュ』（岩波書店、二〇一九年）、『おもしろければOKか？現代演劇考』（五柳書院、二〇一〇年）がある。

やなぎみわ（やなぎ・みわ）

美術作家、舞台演出家。一九九〇年代半ばより国内外で写真作品を発表。二〇一〇年以降、舞台作品の演出・脚本・美術を手がけ、二〇一五年より特殊車両を用いた野外劇を全国巡業させている。二〇一九年、美術館での巡回個展『神話機械』にて、シェイクスピアとミュラーを解体・再構成した『MM』を複数のマシンを用いて上演。

松村亜矢（まつむら・あや）

ドイツ語非常勤講師。東京外国語大学博士前期課程修了、ベルリン自由大学比較文学専攻修士課程修了。専門はドイツ文学・表象文化。修士論文でハイナー・ミュラーを扱う。ベルリンのブレヒトハウスにて多和田葉子の作品『旅をする裸の眼』の朗読劇に出演。

多和田葉子／ハイナー・ミュラー　演劇表象の現場

二〇二〇年一〇月三〇日　初版第一刷発行

編者　谷川道子・山口裕之・小松原由理

発行者　林 佳世子

発行所　東京外国語大学出版会
東京都府中市朝日町三‐一一‐一　郵便番号　一八三‐八五三四
電話番号　〇四二（三三〇）五五五九
FAX番号　〇四二（三三〇）五一九九
e-mail　tufspub@tufs.ac.jp

装釘……宗利淳一［協力 齋藤久美子］

印刷・製本……シナノ印刷株式会社

Printed in Japan　ISBN 978-4-904575-83-3